Pour sauver son enfant

*

L'héritage piégé

TYLER ANNE SNELL

# Pour sauver son enfant

*Traduction française de*
CHRISTINE BOYER

BLACK ROSE

HARLEQUIN

*Collection :* BLACK ROSE

*Ce roman a déjà été publié en 2018*

*Titre original :*
SMALL-TOWN FACE-OFF



**HARPERCOLLINS FRANCE**
83-85, boulevard Vincent-Auriol, 75646 PARIS CEDEX 13
Service Clients — www.harlequin.fr
ISBN 978-2-2805-0409-6 — ISSN 1950-2753

Édité par HarperCollins France.
Composition et mise en pages Nord Compo.
Imprimé en février 2024 par CPI Black Print (Barcelone)
en utilisant 100% d'électricité renouvelable.
Dépôt légal : mars 2024.

FSC www.fsc.org MIXTE Papier issu de sources responsables FSC® C159065

Pour limiter l'empreinte environnementale de ses livres, HarperCollins France s'engage à n'utiliser que du papier fabriqué à partir de bois provenant de forêts gérées durablement et de manière responsable.

# Prologue

À la vue du cadavre de la jeune fille, Billy Reed, l'adjoint du shérif, sentit une sourde colère l'envahir. Il eut soudain envie de frapper quelque chose. Avec force.

À côté de lui, Suzy murmura d'un ton accablé :

— C'est insensé ! Elle était si jeune...

En effet, Courtney Brooks avait soufflé ses seize bougies le mois dernier. La voiture dans laquelle son corps avait été retrouvé lui avait été offerte par son père, à cette occasion. Billy le savait parce qu'il connaissait très bien la famille Brooks. Comme lui, les Brooks vivaient dans la petite ville de Carpenter, en Alabama, depuis au moins deux générations.

Billy était arrivé sur les lieux du drame un petit quart d'heure après Suzanne Simmons, sa coéquipière. À cause des embouteillages, il avait mis du temps pour sortir de la ville et, quand il s'était garé près de l'endroit où la malheureuse Courtney avait trouvé la mort, il y avait déjà foule. Suzy lui désigna l'adolescent qui avait découvert le véhicule en se baladant dans ce bois.

— Quelqu'un a-t-il déjà annoncé la nouvelle à sa famille ? demanda Billy.

— Non, répondit Suzy. Rockwell a dit qu'il préférait s'en occuper lui-même.

Billy leva un sourcil surpris. Pourquoi le shérif voulait-il se charger du sale boulot alors qu'il ne s'était pas déplacé en personne sur la scène de crime ?

Devinant sa perplexité, Suzy poursuivit :

— Il pêche régulièrement avec le père de Courtney. Lorsqu'il a entendu Marty prononcer le nom de la petite, il s'est tout de suite porté volontaire.

Billy imagina leur chef, un homme d'une soixantaine d'années, assenant aux parents la terrible nouvelle.

Rockwell se débattait quotidiennement au sein de difficultés liées à ses fonctions de shérif, mais apprendre la mort d'un enfant à un père, à une mère était la pire des épreuves.

— D'après les premières constatations, il n'y a rien de suspect dans la mort de cette jeune fille, poursuivit Suzy.

— Nous savons tous de quoi elle est morte, répondit Billy qui avait du mal à maîtriser sa fureur.

Courtney avait succombé à une overdose de moxy. Depuis plusieurs mois, cette drogue semait la mort dans le comté de Riker, en particulier chez les adolescents. Le moxy était un véritable fléau.

L'un des ambulanciers se dirigea vers eux tout en retirant ses gants en latex. Quand il commença à leur expliquer que, sans pouvoir encore l'affirmer avec certitude, il suspectait une overdose, Billy fut tenté de l'interrompre pour le prier de ne pas leur faire perdre leur temps. Le moxy avait tué cette gamine, sans l'ombre d'un doute. Heureusement, ayant appris, dès l'enfance, l'importance de la politesse, Billy se l'interdit et l'écouta débiter son petit laïus en silence.

Quand l'homme eut terminé, Suzy hocha la tête et poursuivit :

— J'ai déjà pris quelques photos, mais j'aimerais jeter de nouveau un coup d'œil alentour... Au cas où.

Billy s'apprêtait à lui emboîter le pas lorsqu'un appel radio le poussa à retourner vers sa voiture. Il demanda au *dispatcher* de répéter son message, tant il avait du mal à en croire ses oreilles.

— Le shérif vous attend à son bureau. Tout de suite.

Un instant interloqué, Billy répondit qu'il arrivait. Suzy dut saisir immédiatement de quoi il retournait, car elle lui fit comprendre d'un geste qu'elle était capable de gérer la situation sans lui.

Billy remarqua alors l'adolescent qui avait découvert Courtney. Il répondait aux questions de Marty, l'un des adjoints du bureau du shérif. À intervalles réguliers, le gamin jetait un regard vers Courtney et, chaque fois, il semblait sur le point de tourner de l'œil. Sans doute n'avait-il jamais vu de cadavre auparavant et, à en juger à son expression, il ne l'oublierait jamais.

Billy sentit sa colère se raviver. Pour lui, il était insupportable que ce garçon — ou tout autre habitant du comté de Riker, d'ailleurs — soit confronté à ce genre de choses.

Voilà six mois que le moxy ravageait la région. Incapables de démanteler les réseaux des trafiquants, Billy et ses collègues ne pouvaient que constater les dégâts : quatre morts par overdose, une escalade inédite de la violence, deux meurtres. Le moxy exacerbait les tendances destructrices de ses consommateurs.

Le bureau du shérif du comté de Riker et les services de police avaient déjà connu des problèmes avec la drogue dans le passé mais rien de comparable avec cette substance. Malgré leurs efforts, ils n'arrivaient pas à identifier celui ou ceux qui fournissaient les adolescents, ils ne parvenaient pas à enrayer la progression de ce poison au sein de la jeunesse. Leur impuissance provoquait la mort d'innocents, anéantissait des familles.

Billy en perdait le sommeil et, tout en regagnant la ville, il ne cessait d'y penser. La rage au cœur, il s'engagea sur le parking du bureau du shérif, se gara et coupa le moteur.

Son supérieur, le shérif Rockwell, l'attendait devant le bâtiment, une cigarette collée au coin des lèvres. Lui aussi semblait en colère.

— Je ne vais pas tourner autour du pot, Reed, dit-il à sa descente de voiture, sans se donner la peine de le saluer. Nous ne pouvons pas continuer ainsi. Il nous faut arrêter à tout prix le narcotrafiquant qui répand cette saleté dans le comté. Et vite. Vous comprenez ?

Billy hocha la tête.

— Oui, monsieur.

— Jusqu'à ce que nous le coincions, vous travaillerez exclusivement sur ce dossier. Vous consacrerez désormais tout votre temps à cette enquête.

— Et qu'en est-il de l'inspecteur Lancaster ? demanda Billy.

Depuis le second décès par overdose, Jamie Lancaster avait pour mission de trouver le dealer.

— Lancaster est nul, tout le monde le sait, répliqua le shérif. Depuis que les restrictions budgétaires nous ont obligés à baisser les salaires, il ne fait plus rien. Il n'est pas la personne ad hoc. Il nous faut quelqu'un dont l'énergie et la détermination sont indépendantes de la rémunération qu'il perçoit.

Le shérif posa la main sur son épaule.

— Au cours de ma longue carrière, j'ai appris que rien ne motivait davantage un homme que le désir de protéger les siens. Vous aimez cette ville et le comté comme votre propre famille, Billy, non ?

Ce dernier se rengorgea.

— Tout à fait, répondit-il.

Un bref sourire passa sur les lèvres du shérif mais il déclara avec gravité :

— Alors, allez sauver votre famille.

Deux mois plus tard, assis au fond de la salle d'un bar de Carpenter, l'Eagle, Billy sirotait une bière. Depuis le jour où Rockwell lui avait confié sa nouvelle mission, il avait suivi toutes les pistes recensées par les services de police. Il avait travaillé sans relâche, ne comptant pas ses heures. Et ses efforts avaient fini par porter leurs fruits. Il avait obtenu un nom.

Bryan Copeland.

Âgé d'une cinquantaine d'années, Bryan Copeland avait les cheveux grisonnants, et un goût immodéré pour les costumes malgré le climat subtropical de l'Alabama. Il ne se qualifiait pas de narcotrafiquant mais d'homme d'affaires.

Il organisait le trafic de moxy à partir de Kipsy, seule ville du comté de Riker à être hors du champ de compétence du bureau du shérif. Mais personne ne savait où ce misérable stockait la drogue ni surtout quand ou comment il la déplaçait.

Et bien que deux de ses dealers aient balancé le nom de leur patron en échange d'une peine plus clémente, Billy n'avait pas encore pu arrêter Bryan Copeland. À en croire le juge et l'avocat de Copeland, il n'avait aucune preuve tangible pour étayer ses accusations. Voilà pourquoi en ce mardi soir Billy Reed finissait par douter de réussir à coincer celui qui incarnait ses pires cauchemars.

Alors qu'il s'apprêtait à héler le barman pour commander une autre bière, une inconnue s'approcha de lui.

— Êtes-vous Billy Reed ? L'adjoint au shérif ? demanda-t-elle dans un murmure.

Billy leva un sourcil interrogateur. Il ne connaissait pas cette femme et il était certain que, s'il l'avait déjà rencontrée, il ne l'aurait pas oubliée. Avec ses longs cheveux bruns, son visage clair et déterminé, ses yeux noirs, ses hautes pommettes et ses lèvres bien dessinées, elle était d'une rare beauté. Elle cherchait son regard, tentant ouvertement de décrypter son expression. Elle semblait à la fois pressée de lui parler et inquiète.

En tout cas, elle éveilla tout de suite son attention.

— Oui, c'est moi, dit-il. Mais pardonnez-moi, je ne pense pas avoir déjà eu le plaisir de faire votre connaissance...

La femme, qui avait sans doute un âge proche du sien, trente-deux ans, sourit et inspecta brièvement la salle avant de répondre :

— J'ai appris que vous essayiez de monter un dossier contre mon père, de réunir des éléments solides pour pouvoir le poursuivre en justice.

À ces mots, Billy fut immédiatement sur ses gardes. Il se raidit, se préparant à affronter la colère ou l'amertume que cette femme allait sans doute déverser sur lui.

Il ne s'attendait pas du tout à ce qu'elle était venue lui annoncer.

Ses yeux noirs s'assombrirent et parurent plus déterminés encore quand, d'une voix assurée, elle ajouta :

— Je peux vous y aider.

# 1

*Trois ans plus tard*

Après avoir retiré ses chaussures, Billy Reed se laissa choir sur son canapé. À l'aide de sa télécommande, il chercha dans son magnétoscope numérique le match de football qu'il rêvait de voir depuis des semaines. Happé par ses nouvelles responsabilités, il n'avait pas pu suivre le championnat et il n'avait aucune idée des scores des différentes équipes. Voilà pourquoi regarder ce match avec plus d'un mois de retard n'avait pour lui aucune importance. Mais si la partie était serrée, peut-être parviendrait-il à oublier son travail assez longtemps pour l'apprécier.

Tout en décapsulant une bouteille de bière, il sourit à cette perspective. Voilà près de deux ans qu'il avait été élu shérif du comté de Riker et son métier était devenu toute sa vie. Il avait à cœur de protéger les habitants d'un comté dans lequel il vivait depuis toujours, comme son père et son grand-père avant lui. Il se consacrait corps et âme à ses nouvelles fonctions. Pour lui, le plaisir d'assister à un match ou de partager un repas avec des amis passait toujours au second plan.

C'était d'ailleurs l'une des raisons pour lesquelles le

shérif Rockwell avait soutenu sa candidature quand il avait décidé de prendre sa retraite.

« Vous avez toujours voulu ce qu'il y a de mieux pour Riker et vous avez donc le profil idéal pour prendre ma suite, avait dit Rockwell. Après tout ce que vous avez déjà fait au bureau du shérif, je ne vois personne d'autre que vous pour me succéder. »

Billy s'empara d'une photo encadrée sur laquelle l'ancien shérif et lui se serraient la main. Le cliché avait été pris au cours d'une conférence de presse, à l'un des moments les plus gratifiants de sa carrière d'adjoint, lorsque le narcotrafiquant Bryan Copeland avait enfin été mis sous les verrous. Billy l'ignorait à l'époque, mais cette affaire avait été déterminante pour la suite de sa carrière.

Alors qu'il reportait son attention sur le match, son téléphone portable se mit à sonner. Le nom de son correspondant s'afficha sur l'écran de l'appareil. Il s'agissait de Suzy, sa première adjointe, son bras droit.

Avec un soupir, il prit l'appel.

— Je viens d'arriver chez moi, Suzy, grommela-t-il.

Suzanne Simmons ne chercha pas à s'excuser de le déranger alors qu'il était officiellement en congé jusqu'au surlendemain. Qu'il soit désormais son patron n'avait rien changé à sa façon de se comporter avec lui. Billy ne le lui reprochait d'ailleurs pas. Suzy était une amie de longue date.

— Ce n'est pas mon problème, shérif, répliqua-t-elle. Mon problème, c'est que la petite amie de Bernie Lutz vient de débarquer au bureau, ivre morte. Et qu'elle ne cesse de me hurler dessus.

Billy posa sa bière sur la table basse. De toute évidence, il ne pourrait pas la boire tranquillement comme il l'avait espéré.

— Peux-tu répéter ?

Connaissant Suzy depuis le collège, il comprit qu'elle

prenait quelques instants avant de répondre afin de lui exposer les faits sans les fausser avec ses émotions.

Étant sa principale adjointe, elle ne pouvait se permettre de laisser la colère lui faire perdre son sang-froid ou son objectivité. Suzy tenait à rester professionnelle en toutes circonstances. Même si, de temps en temps, elle n'hésitait pas à lui dire entre quatre yeux ce qu'elle avait sur le cœur.

— Bernie Lutz, tu te souviens de lui ? reprit-elle. Petit, costaud, le visage de son ex-femme tatoué sur le bras gauche.

Bien que Suzy ne pût le voir, Billy hocha la tête, se replongeant déjà mentalement dans ses anciennes enquêtes.

— Si ma mémoire est bonne, Bernie Lutz était un trafiquant de drogue qui, après plusieurs mois en prison, s'est rangé des voitures, répondit-il. Il aurait rencontré Jésus au pénitencier et décidé de changer de vie. En tout cas, depuis qu'il a été libéré, il se consacre à des travaux d'intérêt général.

— C'est bien ça, dit Suzy. Eh bien, Jessica, sa petite amie, a déboulé ici en hurlant comme une hystérique. Elle prétend avoir trouvé le cadavre de Bernie dans un fossé alors qu'elle rentrait chez eux. Elle semble terrifiée et demande notre protection.

Billy se frotta le visage.

— As-tu vérifié qu'elle disait la vérité ? s'enquit-il.

— J'y travaille. Je lui ai demandé de venir avec moi pour me montrer l'endroit exact où elle avait vu le corps de son ami, mais elle refuse catégoriquement d'y retourner. Elle prétend que les tueurs sont sans doute toujours là-bas à l'attendre pour lui faire la peau.

Billy se leva, cherchant des yeux les chaussures qu'il avait retirées en rentrant, lorsqu'il croyait avoir la soirée pour lui. Son chapeau était toujours plus facile à trouver. Il trônait sur une chaise et Billy l'enfonça sur sa tête. Ce simple geste l'aida à se concentrer.

— Les tueurs ? Elle les a donc vus ?

— D'après ce qu'elle m'a raconté, deux types sont venus chez eux la semaine dernière pour demander de la drogue à Bernie. Quand il leur a expliqué qu'il ne dealait plus, ils l'ont menacé de revenir pour les descendre tous les deux.

Suzy baissa la voix pour ajouter :

— Enfin, tout ceci est à confirmer car Jessica a manifestement consommé des substances illicites et n'est pas dans son état normal. Et j'aimerais bien savoir pourquoi elle ne nous a pas appelés de chez elle en découvrant le cadavre. En attendant qu'elle recouvre ses esprits, j'ai envoyé Dante explorer les alentours de l'endroit où elle vit avec Bernie. Mais j'ai préféré te prévenir au cas où il trouverait effectivement le corps de Bernie… Pour que tu ne tombes pas des nues.

Billy remit enfin la main sur ses chaussures et les enfila.

— Demande à cette Jessica des descriptions précises des types qui lui ont rendu visite, répondit-il. Si elle dit vrai, si Bernie a bien été assassiné, ces derniers pourraient être suspectés du meurtre. Et même si elle raconte n'importe quoi parce qu'elle est sous l'emprise de l'alcool ou de stupéfiants, ces deux visiteurs seraient de toute façon coupables de consommation ou de trafic de drogue.

Par association d'idées, Billy repensa à Bryan Copeland.

— Et nous ne voulons plus retomber dans ce genre de situation, dit Suzy qui, manifestement, avait suivi le même raisonnement.

— Non, renchérit Billy. En aucun cas.

— D'accord. Je te rappellerai quand nous aurons tiré les choses au clair.

— Ne t'inquiète pas, fit-il tout en laçant ses chaussures. J'arrive.

— Mais…

— Les habitants du comté de Riker ne m'ont pas élu pour

que je reste assis sur mon canapé alors que de potentiels meurtriers traînent dans les rues, lui rappela-t-il. De plus, s'il y a un cadavre et une scène de crime, nous avons besoin de nous rendre sur place au plus vite, avant que la pluie ne détruise les indices. Appelle Matt pour lui demander de rejoindre Dante tout de suite. Même s'il s'agit d'une fausse alerte, je préfère prévoir le pire plutôt que regretter de ne pas l'avoir anticipé. Et débrouille-toi pour retenir Jessica jusqu'à mon arrivée.

Suzy le lui promit avant de raccrocher. Elle était peut-être sa meilleure amie mais elle savait qu'il ne fallait pas discuter un ordre.

Billy éteignit le poste de télévision tout en s'efforçant de se remémorer l'endroit où vivait Bernie et de visualiser la route que Jessica avait dû emprunter pour se rendre de là-bas au bureau du shérif.

Ayant grandi à Carpenter, l'une des trois petites villes du comté de Riker, Billy avait parcouru des dizaines de fois toutes les routes qui sillonnaient la région. Il connaissait très bien la communauté dont il avait la charge. La plupart des habitants du comté y étaient installés depuis des générations.

Il vivait, quant à lui, dans la maison où son grand-père et son père avaient habité avant lui et il espérait bien y élever ses enfants un jour. Certes, il n'avait encore aucune progéniture mais cette idée le poussait à prendre soin de cette demeure et à en faire un endroit sûr, confortable et agréable à vivre.

Si Bernie était retombé dans la drogue et tentait de nouveau d'inonder le comté de narcotiques, Billy était décidé à tout faire pour l'en empêcher.

Il tentait de se rappeler où il avait bien pu poser ses clés en rentrant — il ne cessait de les égarer — quand quelqu'un frappa à la porte. Comme un chien cherchant à identifier un bruit incongru, il s'immobilisa et tendit l'oreille, la tête penchée sur le côté.

La nuit était tombée et il pleuvait à seau. La liste des personnes susceptibles de lui rendre visite à l'improviste à cette heure-ci était assez courte, car la plupart de ses amis s'annonçaient avant de venir. Cela dit, il n'était pas impossible qu'un vieux copain ait eu envie de passer prendre un verre. Le fait d'être shérif ne signifiait pas qu'il n'avait plus aucune vie sociale.

Ou peut-être s'agissait-il de sa mère. Elle lui avait annoncé qu'elle passerait les fêtes de fin d'année avec lui. Il pensait qu'elle débarquerait la veille de Noël mais il se pouvait qu'elle ait décidé de venir une semaine plus tôt. En ce cas, elle lui reprocherait certainement de n'avoir pas encore installé un sapin.

Billy savait qu'il était important de respecter ce genre de traditions, au moins pour entretenir son image au sein de la communauté, mais il n'avait pas encore trouvé le temps de sortir les guirlandes et les santons. Pour tout dire, il ne se sentait pas d'humeur festive.

Et s'il voulait être honnête avec lui-même, il devait avouer que, depuis un an ou deux, Noël comme la Saint-Sylvestre avaient perdu beaucoup de leurs charmes à ses yeux.

Un sourire chaleureux aux lèvres, il traversa le salon et ouvrit la porte...

... Et resta bouche bée à la vue de Mara Copeland, ruisselante sous la pluie. Ses longs cheveux bruns étaient trempés, son poncho dégoulinait.

Il avait cru ne jamais la revoir, et son apparition le laissa un instant pétrifié. Les yeux écarquillés, il la dévisagea sans rien dire, trop surpris pour pouvoir articuler un mot.

Elle s'éclaircit la gorge.

— Bonsoir, Billy.

Même sa voix le replongea dans une zone trouble enfouie au plus profond de lui. Il ne parvenait toujours pas à la saluer.

— Je sais qu'il est tard et que je n'ai rien à faire ici, poursuivit-elle. Mais j'ai besoin de ton aide.

Par miracle, Billy ne lui demanda pas de lui en dire plus sur son paillasson, sous la pluie. Dès qu'elle eut terminé son petit laïus, il parut recouvrer ses esprits, même si Mara devina qu'il lui était difficile de faire semblant de rien.

— Entre, fit-il tout en l'invitant d'un geste à l'intérieur.

Mara avait presque oublié à quel point Billy était grand. Malgré la pénombre, elle se rendit compte qu'il ressemblait beaucoup à l'homme qu'il était, trois ans plus tôt. Brun, mince et doté de larges épaules, il était sans doute toujours aussi musclé qu'auparavant. Avec son nez aquilin, son menton volontaire et, surtout, ses yeux émeraude, il était toujours aussi séduisant.

Voilà longtemps qu'elle savait que Billy Reed lui plaisait de la tête aux pieds.

Ce qui n'avait pas facilité les événements qui s'étaient déroulés depuis l'époque où ils s'étaient rencontrés.

Mara hésitait à entrer, sachant à quel point Billy était méticuleux. Il tenait à ce que le plancher de sa maison reste propre. Crottée comme elle l'était, si elle avançait, elle le salirait forcément. Son poncho avait gardé au sec ce qu'elle portait dessous, mais il dégoulinait comme un chien trempé. Sans parler d'elle. Elle n'avait pas de capuche et ses cheveux ruisselaient.

— Ne t'inquiète pas, dit-il, devinant ses pensées. Ce n'est que de l'eau.

Son sourire, qui s'était envolé lorsqu'il l'avait reconnue, revint. Un bref instant.

La tendresse et l'amour qu'il lui témoignait autrefois

avaient disparu, constata-t-elle, le cœur serré. Mais qu'avait-elle espéré ?

— Je suis désolée de te déranger, dit-elle dès qu'ils furent tous deux à l'intérieur.

Il régnait chez lui une douce chaleur qui calma un peu la nervosité dont elle était la proie, mais elle avait toujours le ventre noué. Même si elle connaissait sa destination en prenant la route, ce matin, revoir Billy en chair et en os la stupéfiait d'une certaine façon. Elle avait l'impression de retrouver brusquement un souvenir qu'elle avait longtemps tenté d'effacer de sa mémoire.

Elle se demanda s'il avait essayé, lui aussi, de l'oublier.

— J'aurais sans doute dû te passer un coup de fil mais je ne retrouvais pas tes coordonnées, prétendit-elle.

Billy recula pour lui permettre de gagner le salon. Le petit sourire qui avait refait surface sur ses lèvres commençait à se désintégrer. Mara devinait que la politesse de Billy n'était qu'une façade, qu'il était en train de se rappeler qui elle était et, surtout, ce qu'elle avait fait.

Comment aurait-elle pu lui reprocher la méfiance qui assombrissait son séduisant visage ?

Le cœur serré, elle sentit des larmes lui brûler les paupières.

— Tu aurais pu appeler le bureau du shérif, répliqua-t-il. Tu ne t'en souviens peut-être pas étant donné que tu as quitté si vite la région, mais je suis désormais le shérif du comté de Riker. Je suis sûr que si tu avais demandé à me parler, le *dispatcher* t'aurait mis en relation avec moi.

Mara s'interdit de flancher. Tout en roulant à travers l'Alabama pour retourner à Carpenter, le dernier endroit où elle aurait imaginé revenir, surtout à quelques jours de Noël, elle avait espéré en son for intérieur que Billy lui aurait pardonné ce qu'elle avait fait. Que lorsqu'ils se retrouveraient face à face, il lui décocherait ce petit sourire en coin qui la faisait toujours fondre autrefois et... Et quoi ? Qu'ils deviendraient amis ?

Elle s'était complètement fourvoyée. Dès lors qu'il s'agissait de Billy, elle n'avait jamais été capable d'une réflexion sensée.

Et le petit être endormi sous son poncho ne facilitait pas les choses.

— Je n'ai évidemment pas oublié que tu étais shérif, dit-elle. Et tu as raison, j'aurais dû téléphoner mais...

Dans la voiture, Mara avait préparé ce qu'elle dirait à Billy pour justifier sa décision de venir chez lui au lieu de lui passer simplement un coup de fil. Mais, maintenant, les mots ne sortaient pas. Et Billy continuait de la dévisager d'un air interrogateur, attendant qu'elle s'explique.

— Eh bien, recommença-t-elle, s'efforçant de s'exprimer d'une voix plus intelligible. Ce que j'ai à te dire est assez grave et je préférais t'en parler en face.

Billy fronça les sourcils.

— D'accord. Mais fais vite. Je viens d'être appelé et je dois partir immédiatement.

Elle hocha la tête. Ce simple geste fit tomber de l'eau de son poncho.

— Excuse-moi, je n'avais pas de parapluie, expliqua-t-elle.

— Tu n'en as jamais.

Comme elle restait sans rien dire, Billy tendit la main pour lui prendre le sac qu'elle portait à l'épaule.

— Laisse-moi te décharger.

N'importe quelle mère de famille aurait reconnu un sac de couches, même s'il avait été conçu pour ressembler à une grande besace, mais elle comprit que Billy ne l'avait pas identifié comme tel. Et qu'il n'avait pas remarqué non plus qu'elle dissimulait quelque chose sous son poncho.

Elle l'avait vraiment déstabilisé en débarquant chez lui à l'improviste.

— Merci. Aurais-tu quelque chose dans lequel je pourrais fourrer ce vêtement avant qu'il ne salisse tout ?

— Bien sûr, donne-moi un instant, répondit-il en se dirigeant vers la cuisine.

Restée seule, Mara prit une profonde inspiration. Voilà trois ans qu'elle avait rencontré Billy Reed dans un bar pour lui proposer de l'aider à arrêter son père. Cela faisait près de deux ans qu'elle ne l'avait pas revu. Et maintenant, elle était de retour dans sa maison, à dégouliner sur le plancher.

— C'est tout ce que j'ai trouvé, dit-il.

Son sourire n'était pas revenu mais au moins ne lui opposait-il pas un visage de pierre.

— Oh ! merci, répondit Mara.

Mais elle ne s'empara pas du sac en papier qu'il lui tendait.

— En fait, j'aurais besoin de ton aide, ajouta-t-elle. Je ne veux pas la laisser tomber.

Elle lut l'incompréhension dans ses yeux. Sans un mot, il l'aida toutefois à retirer son poncho.

Et Mara vit la stupéfaction se peindre sur son visage comme il découvrait la petite fille qu'elle serrait dans ses bras. L'enfant plissa les paupières à la lumière soudaine mais, heureusement, elle ne se réveilla pas.

Un petit miracle que Mara apprécia.

— Alexa, dit-elle.

Toujours muet de surprise, Billy examina la fillette avec attention.

Mara frissonna. L'intensité du moment lui avait fait presque oublier la raison de sa venue. Depuis deux ans, elle avait imaginé cette rencontre tant de fois, se demandant comment il réagirait, ce qu'elle dirait…

Elle se rappela brutalement qu'elle n'était pas revenue à Carpenter pour son plaisir, ni même de son plein gré. Elle y avait été obligée. Un homme l'avait menacée de s'en prendre à la petite. Voilà pourquoi elle s'était enfuie de chez elle, voilà pourquoi elle était venue demander à Billy sa protection.

Elle prit une profonde inspiration.

C'était maintenant ou jamais.

— Billy, voici ta fille.

# 2

Billy n'avait toujours pas prononcé un mot. Mais Mara vit toute une gamme d'émotions traverser ses yeux émeraude.

Leur fille toujours dans les bras, elle voulut s'avancer vers lui, ajouter quelque chose. Mais comme elle s'apprêtait à le faire, le téléphone portable de Billy se mit à sonner.

Il secoua la tête, comme pour sortir de l'état de sidération dans lequel il était tombé, et tira l'appareil de sa poche.

— Excuse-moi, dit-il. Je dois prendre cet appel.

Sans regarder l'identité de son correspondant sur l'écran, il pressa une touche.

— Reed.

Mara entendit une voix féminine débiter d'un trait ce qu'elle avait à lui transmettre, sans s'interrompre pour respirer.

Lentement, l'expression de Billy se modifia. Il fronça les sourcils et son regard se teinta d'une expression que Mara ne connaissait que trop bien. Il était passé en mode « shérif ». Elle comprit qu'elle était arrivée à un mauvais moment. Une enquête urgente l'attendait. C'était évident.

— D'accord, merci, répondit-il quand son interlocutrice eut fini. J'y serai dans vingt minutes.

Comme il raccrochait, Mara sentit son ventre se nouer. Elle ignorait ce qu'elle avait espéré de l'homme qu'elle avait quitté deux ans plus tôt en lui laissant un mot sur l'oreiller, de l'homme à qui elle avait caché qu'elle était enceinte de lui. Mais, pas un instant, elle n'avait imaginé qu'elle le dérangerait en plein travail.

Le découragement lui fit plier les épaules et, dans son sommeil, Alexa serra plus fort ses petits bras autour de son cou.

Le geste n'échappa pas à Billy. Il regarda fixement la petite fille.

— Tu me dois une tonne d'explications, commença-t-il lentement.

Il était en colère.

— Tu m'as plaqué sans me dire pourquoi, ajouta-t-il, glacial. Tu as quitté la région sans laisser d'adresse, tu ne m'as pas donné signe de vie pendant deux ans et, maintenant, tu débarques et tu m'apprends que…

Il s'interrompit, comme pour s'interdire de crier.

Sans la quitter des yeux, il attrapa un imperméable accroché à une patère.

— Un cadavre vient d'être découvert dans un fossé et j'ai absolument besoin de me rendre sur place au plus vite, avant que la pluie n'emporte les éventuels indices et ne ruine l'enquête. S'il n'est pas déjà trop tard.

Il enfila le ciré.

— Je suis désolé de t'accueillir ainsi, ajouta-t-il, un peu radouci. Mais la journée a été longue et je ne m'attendais pas à te voir.

De nouveau, il observa Alexa.

— Je te demanderais bien de m'accompagner mais je ne pense pas qu'une scène de crime sous une pluie battante soit le lieu idéal pour cette discussion.

— Je suis d'accord, répondit Mara.

Avant qu'elle ne puisse ajouter quoi que ce soit d'autre, l'expression peinte sur le visage du shérif changea encore. Il parut soudain inquiet.

— J'ai l'esprit d'escalier mais tu disais que tu avais besoin de mon aide, non ? demanda-t-il.

Mara était certaine qu'il l'aurait écoutée avec attention si elle avait commencé à tout lui raconter, mais maintenant qu'elle était là, à l'abri chez lui, le sentiment d'urgence qui l'avait chassée de chez elle, ce matin, avait diminué d'intensité. D'ailleurs, elle commençait à regretter sa précipitation. Peut-être avait-elle été idiote de paniquer et de revenir en catastrophe dans le comté de Riker. Et chez son shérif.

— Ça peut attendre, dit-elle. Fais d'abord ce que tu as à faire.

Il fronça les sourcils.

— En es-tu sûre ?

Elle le voyait hésiter. Elle hocha la tête.

— Je vais prendre une chambre à l'hôtel de Miller Street.

— Pourquoi ne pas rester ici ? Ce n'est pas comme si tu ne connaissais pas la maison.

À ce commentaire, Mara sentit ses joues s'enflammer. Elle devina qu'il n'avait pourtant pas cherché à remuer le couteau dans la plaie. Il énonçait simplement un fait.

En effet, elle connaissait la maison pour y avoir passé d'innombrables heures à réfléchir avec lui au meilleur moyen d'arrêter son père, de le prendre en flagrant délit. Une recherche qui avait eu des conséquences inattendues...

— Non, je ne veux pas m'impo...

— Mara... Reste.

Alexa se mit à gigoter dans ses bras. Elle céda.

— D'accord.

Elle n'avait pas envie de sortir Alexa par ce temps de chien. De plus, avec la nouvelle qu'elle venait de lui assener, elle se doutait que Billy voudrait entendre toute l'histoire dès son retour. Comment aurait-elle pu le lui reprocher ?

— J'attendrai que tu reviennes.

Une expression qu'elle ne put décrypter passa sur le

visage de Billy mais, quand il reprit la parole, sa voix était normale.

— Fais comme chez toi. Il y a tout ce qu'il faut dans le frigo.

Mara le remercia, et s'écarta pour le laisser sortir de la maison. Elle reconnaissait le Billy qu'elle avait rencontré trois ans plus tôt. Chez lui, la justice et la protection des personnes sous sa responsabilité prévalaient sur tout le reste.

Lorsqu'elle entendit sa voiture s'éloigner, Mara se tourna vers sa fille.

— Eh bien, Alexa, nous sommes dans la maison des Reed. Ces murs abritent ta famille paternelle depuis deux générations.

Un peu intimidée, elle retira ses chaussures et traversa l'entrée pour gagner le salon. Rien ne semblait avoir changé depuis son départ.

Bien sûr, certains des meubles n'étaient pas là à l'époque où la maison avait été construite. Le canapé en cuir noir, par exemple, n'avait certainement pas été le choix de la mère de Billy. L'écran plasma accroché au mur, non plus. Mais l'ambiance chaleureuse d'un foyer où chacun aimait se retrouver était toujours là.

Mara continua sa visite avec un sourire croissant. Du salon, elle se rendit à la cuisine, puis dans la salle à manger et enfin dans le petit bureau.

Elle cherchait des indices qui pourraient lui apprendre ce que vivait Billy depuis qu'elle avait quitté Carpenter. Les photos familiales des Reed étaient toujours accrochées aux murs. De nouvelles y figuraient, des photos de mariages, en particulier, mais certaines ne concernaient que Billy. L'une d'elles attira particulièrement son attention.

Elle représentait Billy, debout devant une foule d'habitants du comté de Riker, quelques instants après avoir été officiellement élu shérif.

Les digues intérieures que Mara avait bâties depuis des

années pour refouler ses propres émotions commencèrent à se fissurer et, soudain, l'amour qu'elle avait éprouvé pour cet homme revint en force, la submergeant comme un tsunami.

Mais presque aussitôt, elle se remémora l'inconnu venu frapper à sa porte ce matin pour la menacer et menacer son enfant. Pour affronter ce type aussi dangereux que mystérieux, Mara ne faisait confiance qu'à une seule personne : le shérif du comté de Riker.

Alexa se réveillait dans ses bras.

— Bonjour, ma petite jolie, murmura-t-elle.

Alexa posa sur elle ses magnifiques yeux émeraude. Âgée de quinze mois à peine, la petite ne connaissait pas grand-chose du vaste monde mais cela ne l'empêchait pas d'être curieuse.

Comme son père.

Il lui fallut un bon quart d'heure pour arriver devant le fossé au fond duquel gisait le cadavre de Bernie Lutz. Mais aurait-il mis trois heures, ou même trois jours, pour parvenir sur les lieux, qu'il n'aurait pas davantage réussi à assimiler les derniers événements, songea Billy.

À elle seule, la réapparition soudaine de Mara l'aurait stupéfié. Mais apprendre l'existence d'Alexa l'avait abasourdi. Il se repassait la scène en boucle sans parvenir à y croire complètement. Mara Copeland sur le seuil de sa porte, une enfant dans les bras… Et pas n'importe quelle enfant. *Sa* fille à *lui*…

— Ressaisis-toi, Billy, s'ordonna-t-il à voix haute. Tu as un métier qui doit rester ta priorité.

Mara portait-elle une alliance ?

Billy secoua la tête. Ce n'était pas le moment de se poser ce genre de questions. Dans l'immédiat, il devait se concentrer, s'intéresser à l'enquête et à rien d'autre. Il lui fallait chasser de son esprit tout ce qui ne concernait pas Bernie Lutz.

Pourtant, il ne parvenait pas à extraire de son esprit l'image de Mara le dévisageant avec gravité et lui demandant de l'aider.

Et il l'avait laissée.

Et il était parti.

Son téléphone portable se mit à sonner sur le tableau de bord. Cette fois, c'était Matt Walker qui l'appelait. Depuis le départ en retraite de son coéquipier, Matt était le seul inspecteur de police du comté de Riker.

Comme Suzy, Matt n'avait pas l'habitude de prendre des gants dans le cadre de son travail. Il allait droit au but.

— Henry a trouvé une bâche, Billy, cria-t-il pour se faire entendre au milieu des éléments déchaînés. Mais la route est transformée en torrent. L'eau emporte tout. Pour gagner du temps, j'ai pris la liberté d'appeler le coroner.

Billy poussa un juron.

— Tu as bien fait. Nous n'avons pas eu une goutte de pluie depuis des semaines et il faut que le seul jour où nous avions besoin d'un temps sec, il tombe des cordes. Ce n'est vraiment pas de chance, dit-il en soupirant. J'arrive dans quelques instants. Si le coroner parvient sur les lieux du crime avant moi, ne m'attendez pas. Chargez le corps dans son véhicule. Si nous agissons assez vite, peut-être parviendrons-nous à sauver quelques indices.

Comme Billy s'apprêtait à raccrocher, Matt reprit précipitamment :

— Billy ? Rien qu'en regardant le macchabée, je dirais que sa petite amie n'a pas menti Il a été salement battu. Je n'irais pas jusqu'à affirmer qu'il a été torturé mais il n'est pas mort rapidement, c'est une certitude.

Billy raccrocha, préoccupé.

Il ne pensait plus à Mara. Il avait un meurtre à résoudre.

Il était près de minuit quand Billy déverrouilla sa porte d'entrée. Dehors, la tempête faisait toujours rage et il était trempé jusqu'aux os. Ses bottes et son jean étaient couverts de boue. Il se glissa à l'intérieur et se déshabilla dans le vestibule. Ce n'est qu'au moment où il retirait sa chemise qu'il vit le poncho jaune roulé en boule au fond du sac en papier. Il se figea tandis que son cerveau cessait de tourner autour de sa vie professionnelle pour revenir sur le terrain personnel.

*Mara.*

Veillant à ne pas faire de bruit, il ôta ses bottes.

Une lumière était allumée dans le salon. En y entrant, Billy pensa tout d'abord qu'il était désert, que Mara était repartie, avec sa fille. Puis il l'aperçut sur le canapé. Elle dormait en position fœtale, les jambes repliées contre son ventre, ses longs cheveux déployés sur son dos. Ce n'était pas la première fois qu'il rentrait chez lui pour la trouver à cet endroit précis, à l'attendre.

Il y a de cela deux ans, même lorsqu'il lui disait qu'il avait beaucoup de travail et rentrerait tard, elle l'attendait toujours. Et ne se plaignait jamais.

En la voyant ainsi, abandonnée entre les bras de Morphée, sans défense, Billy s'accorda quelques instants pour se remémorer le bonheur qu'il éprouvait autrefois à rentrer chez lui pour l'y trouver, elle.

Mais cet instant de grâce ne dura pas.

Depuis lors, il avait vécu trop de nuits à tourner en rond, seul, dans la maison vide, à se demander pourquoi elle était partie.

« Je suis désolée, mais c'est fini. »

Billy secoua la tête en se remémorant les mots qu'elle lui avait laissés en partant. Il avait longtemps cherché à comprendre, tenté de s'expliquer ce qui s'était passé. En revanche, jamais il n'avait pensé un seul instant qu'elle était enceinte lorsqu'elle l'avait quitté.

Alexa était blottie entre les bras de sa mère. Comme cette dernière, elle avait les cheveux sombres mais fins et plus courts. Il se surprit à sourire. Alors que, jusqu'à ce jour, il ignorait l'existence de cette petite fille, il éprouvait déjà beaucoup d'affection pour elle.

Mais, très vite, cet attendrissement s'envola.

Pourquoi Mara ne lui avait-elle rien dit ? Pourquoi lui avait-elle caché la naissance de son enfant ?

Billy ne voulait pas les réveiller ni l'une ni l'autre, mais le plancher craqua sous ses pas. Les paupières de Mara battirent et ses yeux se posèrent immédiatement sur lui.

— J'ai essayé de ne pas faire de bruit, murmura-t-il, penaud.

Mara se mit lentement sur son séant, tentant de se libérer de l'étreinte de la petite sans la tirer du sommeil. Elle la laissa sur le canapé.

— Non, c'est moi qui suis désolée, dit-elle. Je ne pensais pas m'endormir.

Elle le suivit à la cuisine. Là, ils pourraient parler sans réveiller la petite.

Et Dieu sait qu'ils avaient beaucoup à se dire.

Elle étouffa un bâillement.

— Quelle heure est-il ? demanda-t-elle en s'installant autour de la table.

— Près de minuit. J'ai été retenu plus longtemps que prévu, dit-il en s'asseyant en face d'elle. Cette tempête tombe vraiment mal.

Mara hocha la tête, mais le mouvement était lent.
Lui aussi était fatigué. Il était temps de cesser de tourner autour du pot et de lui poser la seule question importante :
— Mara, qu'es-tu venue faire ici ?

# 3

— Un homme est venu chez moi, ce matin, et il m'a interrogée sur mon père, commença Mara, sachant très bien l'effet qu'auraient ces mots sur Billy.

Il y a trois ans, chercher le moyen de faire tomber son père, de le prendre en flagrant délit, les avait tous deux épuisés, aussi bien physiquement que psychologiquement. À l'époque, toute la communauté du comté de Riker comptait sur Billy pour les débarrasser du fléau moxy. Billy se sentait sous pression. Il n'avait pas droit à l'erreur, à l'échec.

Quant à elle, dénoncer son père, trahir le seul membre de sa famille qui lui restait, n'avait pas été simple. Mais si elle ne l'avait pas fait, elle aurait été complice de ses crimes par son silence. Voilà pourquoi elle avait pris cette décision.

Mais la culpabilité n'avait jamais cessé de la torturer.

Comme si une main invisible s'était emparée des cordes de sa marionnette, Billy se remit en mouvement.

— Il voulait lui parler ? demanda-t-il. Mais Bryan Copeland est en prison.

— Non, il ne souhaitait pas particulièrement s'entretenir avec mon père. Il avait plutôt envie de récupérer quelque chose ayant appartenu à mon père, quelque chose d'important, et il espérait que je lui dirais où se trouvait cette... chose. Mais pour tout dire, je n'ai pas compris un traître mot de ce qu'il m'a raconté.

Billy leva un sourcil interrogateur.

— Quelque chose d'important, répéta-t-il.

— Il n'a pas dit explicitement de quoi il s'agissait, reconnut-elle, se remémorant le soin avec lequel l'homme avait choisi ses mots. Mais quand il m'a expliqué qu'il rêvait de reprendre le flambeau, de poursuivre l'œuvre de mon père, de développer les activités de la famille, j'ai commencé à paniquer. Je ne pense pas qu'il faisait allusion à l'ancien travail de comptable de mon père.

Le visage de Billy s'assombrit. Mara voyait presque les rouages de son cerveau se mettre en branle.

— Le moxy, fit-il.

Elle hocha la tête.

— Je lui ai dit que je n'avais rien à voir avec cet aspect de la vie de mon père, que je n'y avais jamais été impliquée. Mais manifestement, il ne m'a pas crue.

Elle se tordit les mains à l'idée de raconter la suite.

— Il a soudain remarqué Alexa... et m'a dit alors que je recouvrerais sans doute la mémoire, que je me rappellerais à quel point j'avais été impliquée si j'étais correctement incitée à le faire...

Billy se tendit davantage encore.

— À propos de quoi exactement espérait-il raviver tes souvenirs ? demanda-t-il.

Mara soupira.

— Je n'en sais rien. Quand il a commencé à regarder Alexa de cette façon, je lui ai ordonné de s'en aller. Il est parti mais il m'a dit qu'on se reverrait bientôt, que j'aurais bientôt de ses nouvelles.

Billy repoussa sa chaise avec violence. Surprise par sa réaction, Mara écarquilla les yeux. Elle comprit qu'il était très en colère. Et pas contre elle, cette fois.

— Je suppose qu'il ne t'a pas donné son nom, dit-il tout en quittant la cuisine.

Il revint quelques instants plus tard, muni d'un calepin et d'un crayon.

— Il ne m'a laissé qu'un prénom. Beck.

— As-tu appelé la police ?

Mara grimaça. Sur le moment, elle avait bien sûr été tentée de porter plainte. Mais à l'idée de devoir expliquer qui était son père, elle y avait renoncé. Il ne lui était pas possible d'aller trouver les forces de l'ordre comme n'importe qui l'aurait fait. Voilà pourquoi elle avait pensé au shérif du comté de Riker, au seul homme avec qui elle se soit un jour sentie en sécurité. Sans perdre de temps, elle avait fait ses valises, installé Alexa à l'arrière de la voiture pour traverser avec elle l'Alabama jusqu'à Carpenter.

— Non, reconnut-elle. J'aurais sans doute dû le faire mais je me suis dit que si quelqu'un avait envie de prendre la suite de mon père, de relancer ses activités de narcotrafiquant, il commencerait ici. J'ai pensé que je devais te prévenir...

De nouveau, elle avait du mal à s'exprimer. Ses mots lui semblaient trop faibles pour rendre compte de la situation. Mais au moins étaient-ils sincères.

À l'apogée de sa puissance, Bryan Copeland avait mis en place un trafic de stupéfiants très efficace au sein du comté de Riker. Ses agissements avaient coûté la vie à des dizaines de personnes, des adolescents, pour la plupart. Sans parler des répercussions en cascade plus difficiles à mesurer.

Le fait que les anciens complices de son père n'aient pas tous été identifiés, que beaucoup de ses dealers soient toujours dans la nature, expliquait sans doute son affolement face à l'irruption de ce Beck.

L'expression peinte sur le visage de Billy s'adoucit un peu.

— Pourrais-tu me décrire ce type ? demanda-t-il en

ouvrant son calepin et en cliquant sur son stylo. Et as-tu vu sa voiture ?

— Oui aux deux questions.

Mara passa un moment à lui brosser le portrait du dénommé Beck. Ce faisant, elle ne pouvait s'empêcher de s'étonner que Billy ne s'enquière pas de l'endroit où elle vivait depuis qu'elle avait quitté la région. L'avait-il cherchée au cours de ces deux dernières années ? Elle n'était pas allée très loin, mais assez loin pour que le comté de Riker n'apparaisse plus dans son rétroviseur.

— Tu m'accompagneras au bureau du shérif demain, poursuivit Billy en refermant le bloc-notes. Je vais demander à notre nouveau portraitiste de te rencontrer. Si ce Beck n'est pas répertorié dans les banques de données des personnes ayant déjà eu affaire à la justice, un portrait-robot pourra nous être très utile.

— Tu prends donc sa menace au sérieux ?

Mara se redressa.

— Penses-tu qu'il va vraiment essayer de reprendre les activités de mon père là où elles s'étaient arrêtées ?

Avec un gros soupir, Billy se passa les mains dans les cheveux.

*Dieu qu'il est séduisant !* se dit-elle.

En regardant cet homme si bien bâti, si charmant et si plein de bonne volonté, elle sentit un regain de désir s'emparer d'elle. Billy l'avait toujours troublée. Depuis le début, il l'attirait comme un aimant. Mais ce n'était pas vraiment le moment ni le lieu de s'en souvenir.

Si l'éventualité qu'une personne inonde le comté de moxy ou de toute autre drogue, en réactivant les réseaux que son père avait mis en place, devenait une réalité, il y avait vraiment lieu de s'inquiéter. Et les habitants du comté de Riker auraient du même coup une raison supplémentaire d'exécrer tous les Copeland.

Billy s'éclaircit la gorge. Ses yeux se durcirent. Elle comprit qu'il avait une information à lui donner, une information qui ne lui plairait pas.

— Nous avons retrouvé le cadavre de Bernie Lutz gisant dans un fossé, ce soir, commença-t-il.

Elle fronça les sourcils. Ce nom lui disait vaguement quelque chose, mais elle ne parvenait pas à le situer.

— C'était l'un des dealers de ton père. Après le procès de Bryan, il avait eu affaire à la justice, lui aussi, mais il avait écopé d'une faible peine, ayant échappé aux plus graves chefs d'inculpation.

D'une voix lasse, il enchaîna :

— Le témoignage de sa petite amie n'a pas encore été confirmé mais semble crédible. D'après elle, deux hommes sont passés chez eux l'autre jour pour acheter de la came. Bernie n'en avait pas ou ne voulait pas leur en donner. Les deux types lui ont alors promis de revenir, ils l'ont menacé, lui promettant de lui faire la peau. Il s'agit peut-être d'une coïncidence mais, tu me connais, je n'y crois pas.

Il posa le doigt sur le feuillet qu'il venait de noircir.

— Non seulement je suis persuadé que ce mystérieux Beck a l'intention de reprendre les activités de ton père, mais je pense qu'il a déjà commencé.

Billy pria Mara de l'excuser un instant. Il avait besoin de s'isoler un moment. Il se rendit à la salle de bains pour s'asperger le visage d'eau froide.

Il était toujours sous le choc d'avoir vu réapparaître Mara — et d'avoir appris dans le même temps qu'il était le père d'une petite fille ! Alors avoir la confirmation que quelqu'un avait l'intention de reprendre et de développer les activités criminelles de Bryan Copeland lui avait donné le coup de grâce. Il était anéanti.

Trois ans plus tôt, le moxy avait ravagé le comté. Les souffrances provoquées par ce poison étaient toujours aussi vives au sein de la communauté dont il avait la charge. Qui que soit ce Beck, il n'était pas question de le laisser mener à bien ses sombres desseins. Et surtout pas pendant cette période de Noël. Personne n'avait envie de ce genre de cadeau.

Une nouvelle fois, il se passa de l'eau sur le visage. Penché au-dessus du lavabo, il ferma un instant les paupières. Il sentit le poids d'un nouveau fardeau tomber sur ses épaules.

Mais, très vite, il se redressa, empli d'un regain de détermination. Il ouvrit les yeux.

Non, il était hors de question que ses concitoyens, les hommes et les femmes dont il avait la charge, endurent un nouveau Bryan Copeland.

Pas tant qu'il serait shérif.

Quand il sortit de la salle de bains, il trouva Mara debout dans le salon, son sac sur l'épaule, Alexa endormie dans les bras. Son expression lui disait déjà au revoir.

— Tu pars ?

Les joues de Mara s'embrasèrent mais elle secoua aussitôt la tête.

— Oui, mais je ne vais pas loin. Je ne quitte pas la ville. Je n'ai aucune envie de retourner chez moi, de risquer une nouvelle visite de ce Beck, répondit-elle. De plus, pour être tout à fait franche, je suis vraiment fatiguée. Plus vite nous arriverons à l'hôtel, plus vite je pourrai dormir.

Billy n'était pas un homme compliqué. Du moins, le pensait-il. Pourtant, face à une femme qui l'avait laissé tomber sans un mot d'explication, deux ans plus tôt, il n'aurait pas dû éprouver une telle joie à l'entendre dire qu'elle comptait prolonger son séjour dans la région. Ni un tel désir à la vue de ses seins dressés sous son T-shirt rose ou de ses longues jambes fuselées que son jean mettait en valeur...

Cependant, ce fut le cas.

— Reste plutôt ici, répondit-il avant d'avoir pu s'en empêcher.

Les yeux de Mara s'écarquillèrent.

Il se hâta d'ajouter :

— La chambre d'amis est à ta disposition, le lit est fait, les draps sont propres, tu n'auras pas à conduire pendant des kilomètres sous une pluie battante. De plus, je suis passé devant l'hôtel de la ville en rentrant. Le parking était plein. À cette époque de l'année, il est sans doute rempli de beaux-parents, de cousins éloignés, de grands-oncles acariâtres qu'il a bien fallu inviter pour Noël mais que personne ne veut dans sa maison.

Il sourit, essayant d'enfoncer le clou.

— Je ne pense pas que ce soit une bonne idée, répondit Mara, détournant les yeux des siens.

Avait-elle compris qu'il l'imaginait nue contre lui ? Cette image l'avait traversé brièvement mais, par Dieu, elle avait été torride.

— J'ai suffisamment bouleversé ta vie en venant ici, ajouta-t-elle.

Billy tenta de résister au désir dont il était la proie. Certes, il avait besoin de prendre ses distances avec elle, mais il n'était pas disposé à la laisser s'éloigner sans tout faire pour la retenir.

— Alors, installe-toi dans la maison d'hôte, proposa-t-il.

Mara fronça les sourcils, perplexe.

— Je l'ai finie l'été dernier, expliqua-t-il, se rappelant qu'elle ignorait qu'il avait consacré tout son temps libre depuis deux ans à transformer l'ancien garage en appartement.

Il l'avait aménagé au départ pour y accueillir sa mère, mais ces travaux lui avaient surtout changé les idées.

— Allez, Mara, poursuivit-il en la sentant hésiter.

Il se rapprocha mais s'arrêta à la vue d'Alexa. Il s'autorisa à regarder la petite fille un instant avant de reporter son attention sur sa maman.

— S'il te plaît, Mara. Reste.

Mara cala Alexa plus fermement sur sa hanche. Un petit sourire passa sur ses lèvres et elle répondit :

— D'accord, nous nous installerons dans la maison d'hôte si tu es sûr que ça ne te dérange pas.

Hochant la tête, Billy se pencha pour attraper son sac. Ses yeux s'attardèrent sur Alexa mais il ne demanda pas à la porter.

Il ne pouvait pas jouer son rôle de père maintenant. Pas au moment où les choses recommençaient à s'envenimer dans le comté de Riker. Pas au moment où Mara venait de lui parler d'un homme mystérieux qui l'avait menacée. Pas au moment où il avait du mal à se concentrer sur autre chose que Mara alors qu'elle n'était revenue dans sa vie que depuis quelques heures.

Le sac sur son épaule, il entraîna Mara et son précieux chargement vers la porte arrière, s'emparant d'un parapluie au passage.

Il ne pleuvait pas aussi fort qu'en début de soirée, mais assez pour l'obliger à serrer Mara contre lui pour lui permettre d'être bien à l'abri sous le parapluie. Au lieu de s'écarter comme il l'avait craint, elle lui prit le bras tandis qu'ils marchaient en silence vers la maison d'hôte.

Il sortit des clés de sa poche et ouvrit la porte.

— Nous y sommes, dit-il à voix basse. Entre, je t'en prie.

Il la regarda s'avancer et promener les yeux autour d'elle sans un mot. Une pièce à vivre avec kitchenette, une salle de bains et une petite chambre composaient l'appartement. C'était tout petit. Au moins, y serait-elle chez elle, tranquille.

— Que c'est beau, Billy ! s'exclama-t-elle après un moment. Tu as fait du bon travail.

Billy aurait pris le compliment avec joie et fierté s'il avait émané de quelqu'un d'autre et à un autre moment. Mais les mots n'eurent pas chez lui l'effet attendu. Il sentit son corps se raidir, ses traits se durcir. Il se remémora sa douleur en trouvant sa lettre sur son oreiller.

— Je viendrai te chercher demain matin à 7 heures, dit-il.

Il s'apprêtait à tourner les talons, à repartir sous la pluie, quand soudain, plantant les yeux dans ceux de Mara, il lança :

— Essaie de ne pas t'enfuir, cette fois. Et dès que nous aurons arrêté ce type, tu m'expliqueras pourquoi tu m'as caché si longtemps l'existence de ma fille.

# 4

Mara et Alexa étaient levées et prêtes quand Billy vint frapper à la porte de la maison d'hôte, le lendemain matin.

— Tu es en retard, lança Mara en désignant l'horloge murale d'un geste du menton.

Il était sept heures et quart.

— Je voulais te donner une certaine marge de manœuvre, répondit-il.

Il regarda Alexa, qu'il voyait bien réveillée pour la première fois depuis qu'elles étaient apparues sur le pas de sa porte. Assise par terre, l'enfant jouait avec un chien en peluche.

— Avec un enfant en bas âge, les marges de manœuvre sont toujours très limitées, répliqua Mara avec un sourire.

La remarque était anodine, mais Billy ne put s'empêcher de s'interroger.

Quand Mara avait-elle appris cet état de fait ?

Quel que soit le moment où elle en avait pris conscience, il n'avait pas été là.

Comme si elle lisait en lui, Mara s'assombrit.

— Écoute, à propos d'Alexa..., commença-t-elle après s'être éclairci la gorge.

Mais Billy posa la main sur son bras pour l'interrompre :

— Encore une fois, j'ai hâte de t'entendre t'exprimer sur le sujet. J'ai très envie de comprendre pourquoi tu m'as caché si longtemps l'existence de ma fille, répéta-t-il avec gravité. Mais pas maintenant. Ce n'est vraiment pas le moment.

Mara ouvrit la bouche mais la referma aussitôt, comme si elle tentait en vain de trouver les mots pour répondre.

Billy n'avait pas le temps de l'y aider.

— L'urgence est de retrouver Beck et de découvrir ce qu'il a fait et, surtout, ce qu'il a l'intention de faire afin de l'en empêcher, poursuivit-il. Dans l'immédiat, ma priorité est ta sécurité et celle d'Alexa. Tu pourras m'expliquer plus tard pourquoi tu as jugé bon de me cacher que j'étais devenu père.

Il voulait se montrer pragmatique et neutre, mais il entendait la colère teinter sa voix.

Il avait passé la plus grande partie de la nuit allongé sur son lit, à réfléchir à un plan d'action pour la journée à venir, et en particulier à la façon dont il devrait gérer Mara et Alexa. Après des heures à se torturer la cervelle, il avait compris que la meilleure façon d'exercer son travail — de faire en sorte que tout le monde soit en sécurité — était de se détacher d'elles deux émotionnellement.

Garder ses distances... Plus facile à dire qu'à faire, songea-t-il en se retrouvant face à elles.

— D'accord, répondit finalement Mara. Je te suis jusqu'au bureau du shérif.

Elle attrapa son sac et reprit Alexa dans ses bras. La petite fille serrait son animal en peluche contre elle avec une force incroyable. Billy se demanda quels étaient ses autres jouets préférés.

— Une brasserie vient d'ouvrir non loin du bureau du shérif, dit-il. Ils proposent de très bons petits déjeuners à emporter, ajouta-t-il tout en refermant la maison d'hôte derrière eux.

— Parfait. Et pour Alexa, j'ai empaqueté des tonnes de

céréales, répondit Mara. Dès qu'elle se réveille le matin, elle en réclame un bol.

Alexa leva la tête vers sa mère et laissa échapper un petit rire cristallin. Billy en aima instantanément la sonorité.

— Et tu en as déjà englouti deux portions, ce matin, n'est-ce pas, ma choupette ?

Mère et fille se mirent à rire, apparemment très complices dans leur petit monde.

Un petit monde dont il n'avait jamais rien su... et dont il ne savait toujours rien. Il serra les poings, pour tenter de se contrôler.

Mara se redressa.

— S'ils servent un bon café, j'en suis ravie parce que j'ai vraiment besoin d'une dose de caféine pour démarrer.

— Alors, allons-y.

Elle esquissa un sourire avant de poursuivre :

— Billy, je sais que je ne suis pas chez moi et que je n'ai pas à me mêler de ce qui ne me regarde pas, mais j'ai remarqué que tu n'avais pas encore installé de sapin de Noël dans ta maison ni même accroché une couronne de houx sur ta porte. Qu'attends-tu ?

Billy soupira.

Quoi qu'il se passe dans leur vie, les femmes du Sud se souciaient toujours des décorations de Noël.

Le bureau du shérif du comté de Riker était situé au cœur de Carpenter. Il n'avait rien d'extravagant, mais Billy ressentait une profonde fierté chaque fois qu'il posait les yeux dessus. Érigé entre le palais de justice et la station de télévision locale, l'édifice de deux étages était rempli d'hommes et de femmes dont l'unique ambition était de protéger leur pays, leur Sud natal en particulier.

Tout en brique, le bâtiment donnait sur une rue que tous

les habitants de Carpenter étaient obligés d'emprunter pour se rendre quelque part. À l'arrière, le parking longeait le quartier d'affaires qui abritait un bistrot, un café et plusieurs boutiques de vêtements.

Billy et Mara se garèrent, l'un sur sa place réservée, l'autre sur la partie « invités ». Billy avait tenté de convaincre Mara de se rendre en ville avec lui mais elle avait refusé, préférant être indépendante et pouvoir rentrer à sa guise, au cas où il soit retenu par ses obligations professionnelles. Sans parler du fait que le siège bébé se trouvait déjà à l'arrière de sa voiture.

Billy n'avait pas insisté. Il avait craint que, contrariée, elle ne décide de prendre, une fois de plus, la poudre d'escampette. Au lieu de lui mettre la pression, il avait décidé de se comporter comme si tout était normal.

En entrant dans la brasserie, ils furent accueillis par Becky Chamber, propriétaire des lieux avec son mari. Dotée d'un physique imposant, Becky était un personnage haut en couleur.

— Eh bien, shérif, je ne m'attendais pas à vous voir aujourd'hui, alors que vous êtes en congé, commença-t-elle.

Reportant son attention sur Mara et Alexa, elle poursuivit avec un grand sourire :

— Et encore moins en compagnie de deux jolies filles !

Billy s'efforça de rester impassible.

— Un shérif est toujours en fonction, se contenta-t-il de dire avec gravité.

— En tout cas, vous estimez que vous devez l'être, commenta Becky.

Elle voulut échanger un regard de connivence avec Mara, mais cette dernière promenait les yeux sur la salle.

— Préparez-moi mon petit déjeuner habituel, reprit Billy. Et un café au moka pour madame. Les deux à emporter, s'il vous plaît.

Becky fronça les sourcils.

— Madame n'a-t-elle donc pas son mot à dire sur la question ? demanda-t-elle d'un ton désapprobateur.

— Monsieur n'a simplement pas oublié mon goût immodéré pour les mokas, dit alors Mara en se tournant vers elle avec un sourire. Avec beaucoup de crème, s'il vous plaît, ajouta-t-elle.

Manifestement soulagée de constater que le shérif n'était pas un macho, Becky se rendit à l'office pour s'occuper de leur commande.

Billy, qui s'attendait à ce que Mara le félicite de s'être souvenu de ses préférences en matière de café, fut déçu de voir qu'elle consacrait de nouveau toute son attention à la salle. À tel point qu'elle sursauta lorsqu'il lui chuchota à l'oreille :

— Que se passe-t-il ?

Calée sur la hanche de sa mère, Alexa leva alors les yeux vers lui et le dévisagea avec une expression étrange, mi-curieuse mi-inquiète. Elle avait les mêmes prunelles émeraude que lui. Troublé, Billy eut l'impression de contempler son propre reflet dans un miroir.

— Donna Ramsey est assise là-bas, répondit Mara à voix basse.

Billy cessa de soutenir le regard d'Alexa pour se tourner vers le coin de la salle que lui désignait Mara. En effet, Donna Ramsey, installée sur une banquette, sirotait son café tout en feuilletant un magazine.

— Et alors ? fit-il.

Il vit le visage de Mara se fermer. Elle resta silencieuse.

— Es-tu proche de Donna ? insista-t-il, cherchant à comprendre le problème.

Mara secoua la tête.

— Je ne lui ai parlé qu'une seule fois dans ma vie.

— À quel sujet ?

Il connaissait suffisamment Mara pour savoir que quelque chose n'allait pas. Elle semblait soudain la proie d'une sourde colère, d'une indicible tristesse ou d'une autre émotion qu'il ne parvenait pas à définir.

— À propos de mon père, répondit-elle enfin d'une voix presque inaudible au milieu des bruits de la machine à café.

Perdant son air sombre, Mara arbora une expression qui se voulait nonchalante.

— Ne t'inquiète pas, ajouta-t-elle. C'était avant que je quitte la région.

Becky réapparut avec leurs cafés et il ne put interroger Mara davantage.

— Rappelez-vous, shérif, que se plaindre ne fait qu'aggraver les problèmes, déclara-t-elle soudain en encaissant les consommations. Alors prenez les choses du bon côté et régalez-vous du meilleur café que cette ville ait à offrir.

Une réflexion, toute empreinte de sagesse qu'elle soit, qui arrivait un peu comme un cheveu sur la soupe, se dit Billy. Il ne put s'empêcher de sourire.

— Compris, Becky.

Chargés de leurs gobelets, ils quittèrent le bistrot pour rejoindre le bureau du shérif.

— Cette femme me plaît, dit Mara.

— La prochaine fois que tu la verras, dis-le-lui. Un jour, Suzy l'a complimentée sur son franc-parler et, depuis, Becky lui fait des prix.

Mara se mit à rire et Alexa à babiller. De nouveau, Billy se tordit le cou pour regarder *sa* fille. Il ne comprenait pas un traître mot de ce qu'elle racontait… Devait-il s'en inquiéter ? Apparemment, Mara ne semblait pas surprise, alors il devait s'agir d'une conversation normale pour un enfant de cet âge.

— Suzy, dit Mara. Je ne l'ai pas revue depuis que tu es devenu shérif.

— Suzy est l'une des rares personnes du bureau à savoir que nous avons travaillé ensemble il y a trois ans pour faire tomber ton père. Personne d'autre n'est au courant. Ni de ce que nous étions l'un pour l'autre à l'époque, ajouta-t-il d'une voix un peu plus tendue qu'il ne l'aurait souhaité.

Ils étaient arrivés devant la porte de service, réservée au personnel du bureau du shérif. Billy sortit sa clé.

Il regarda par-dessus son épaule la femme qu'il avait un jour espéré épouser.

— Je te laisse libre de raconter ou non les détails de notre histoire aux autres. Mais quoi que tu choisisses de révéler aujourd'hui, je n'hésiterai pas à le nier demain s'il le faut.

Puis Billy avança, déjà en mode « travail ». Il avait un meurtre à résoudre et un dénommé Beck à trouver.

D'une certaine façon, Mara trouvait réconfortant de se rendre au bureau du shérif aux côtés de Billy. Et de constater que, contrairement à leurs vies, le bâtiment n'avait pas changé depuis trois ans. En tout cas, pas en apparence.

Ils longèrent le couloir, passèrent devant la salle commune et la salle de repos avant de se diriger vers les bureaux. Celui de Billy était au centre des autres. Sa plaque signalétique en laiton brillait sur le bois verni. À sa vue, Mara ne put s'empêcher de ressentir une réelle fierté.

Billy ne s'y arrêta pas.

— Walden, le portraitiste, devrait arriver sous peu, déclara-t-il. En attendant, j'aimerais que tu fasses officiellement une déposition à propos de ce Beck. Pendant ce temps, je vais vérifier si quelqu'un correspondant à la description que tu m'en as faite n'est pas déjà fiché chez nous.

Il l'invita à entrer dans la salle de conférences. Plusieurs adjoints s'y trouvaient déjà, installés autour d'une immense table ovale.

Mara sentit ses joues s'enflammer à la vue de ces visages pour la plupart familiers. Brusquement intimidée, Alexa enfouit la tête dans son cou. Comment Mara aurait-elle pu le lui reprocher ?

Billy lui offrit une chaise.

— Je crois que tout le monde ou presque connaît Mara et inversement, dit-il.

Il désigna tour à tour Suzy, Matt Walker et Dane Jones. La dernière fois que Mara les avait rencontrés, Suzy était adjointe du shérif avec Billy, ainsi que Matt et Dane.

Maintenant, assise en face d'eux, Mara se doutait que leurs titres et fonctions avaient changé. Elle se demandait quel poste occupait Dane à présent mais elle n'avait pas l'intention de lui poser la question.

Un seul visage lui était inconnu. Celui d'une jeune et jolie blonde aux cheveux bouclés et au sourire chaleureux. Mara ne put s'empêcher de se demander si Billy la trouvait séduisante.

— Mara, laisse-moi te présenter Cassie Gates, dit Billy. Elle est ici en stage pour devenir *dispatcher*.

Mara ne put dissimuler sa perplexité. Elle ne comprenait pas ce qui justifiait la présence avec eux d'un *dispatcher* en formation.

La jeune femme répondit elle-même à la question.

— Je suis la plus jeune d'une famille de six frères et sœurs, dont la plupart ont des enfants et j'ai donc beaucoup d'expérience dans l'art de garder les petits et de les amuser quand leurs mamans sont occupées à des activités importantes, répondit-elle d'une voix douce.

Et de décocher un bref sourire à Alexa.

— Et toi, comment t'appelles-tu ? ajouta-t-elle en s'adressant directement à sa fille. Je parie que tu as un très joli prénom.

La salle entière parut retenir son souffle. Le jugement

d'une fillette de quinze mois était impossible à prévoir. Personne ne pouvait deviner comment Alexa réagirait à cette inconnue qu'était Cassie pour elle. Cependant, la petite semblait plus intriguée qu'apeurée.

— Voici Alexa, dit Mara, se chargeant des présentations.

Elle sourit à Cassie pour montrer à sa fille que la femme qui leur faisait face était une amie.

Cassie était une inconnue pour elles mais pas pour Billy. Alors Mara lui faisait confiance.

— Comme je l'avais pensé, tu as un très joli prénom, Alexa.

Cassie s'empara alors d'un sac rempli de livres et de jouets. Billy avait manifestement demandé à Cassie de s'occuper de la petite fille et il s'était arrangé pour que tout se passe bien.

— Si ta maman est d'accord, que dirais-tu d'aller à côté pour jouer avec moi dans le bureau du shérif ? reprit Cassie. Nous pourrons aussi lire une histoire, ajouta-t-elle en lui montrant un livre pour enfant, *Pat the Pet*.

Alexa battit des mains, tentant déjà de descendre des genoux de sa mère.

— Chien, chien ! cria-t-elle en montrant la couverture.

Sa réaction provoqua le rire surpris de Cassie, et Mara sortit de son sac un exemplaire identique de *Pat the Pet*.

— Alexa connaît très bien cette histoire. Une de ses préférées, expliqua-t-elle.

Mara donna à Cassie l'autorisation d'aller à côté avec Alexa, la petite semblant totalement conquise par la jeune stagiaire. Mara remarqua que Billy se tordait le cou pour voir la couverture du livre préféré d'Alexa. En proie à une sourde culpabilité, elle se rendit compte que, pas plus que Cassie, il n'était au courant de ce que sa fille aimait ou n'aimait pas.

Comprenant qu'il était inutile de revenir sur un passé

qu'elle ne pouvait changer, Mara se tourna vers le reste du groupe. Les hommes lui décochèrent un sourire amical. Suzy lui adressa un signe de tête un peu raide. Si les collègues masculins de Billy avaient été témoins de sa collaboration à l'enquête visant à faire tomber son père, seule Suzy avait su qu'elle avait noué une relation amoureuse avec Billy et qu'elle avait rompu brusquement sans explication. Étant très proche de Billy, Suzy était probablement au courant aussi de la façon dont Billy avait réagi à cette rupture.

Billy mit en marche un magnétophone posé au milieu de la table.

— Maintenant, Mara, commença-t-il. Si tu pouvais commencer par le début et nous raconter la visite du dénommé Beck.

Mara répéta l'histoire qu'elle avait relatée à Billy la veille, s'efforçant de leur donner une image aussi claire que possible de Beck. Alors qu'elle s'apprêtait à décrire la manière dont il était habillé et sa voiture, un homme frappa à la porte.

Il était blême, comme s'il venait de voir un fantôme.

— Excusez-moi de vous déranger, shérif, mais nous avons un problème, dit-il.

Billy se tendit, ainsi que les membres de son équipe.

— Que se passe-t-il ?

À la vue d'une tête inconnue, il s'interrompit, hésitant manifestement à continuer.

— Tout va bien, tu peux parler devant Mara, quoi que tu aies à dire, lança Billy.

— Nous venons de recevoir un appel, commença-t-il. Deux adolescents ont été conduits à l'hôpital dans un état grave. Suite à une overdose.

Mara sentit un frisson glacé lui parcourir l'échine. Et elle ne put retenir la question que tous avaient aux lèvres :

— Une overdose de quoi ?

— De moxy. Une overdose de moxy.

# 5

Billy tenta de lutter contre les émotions dont il était la proie, émotions qui l'avaient déjà submergé trois ans plus tôt à la vue du cadavre de la malheureuse Courtney Brooks. Assis dans la salle de conférences, il ressentait exactement ce qu'il avait éprouvé alors.

De la tristesse.

De la culpabilité.

De la colère.

S'il avait été seul, il aurait probablement envoyé quelque chose contre le mur. Au lieu de quoi, il se contenta de lancer une ribambelle de jurons à la tête de l'adjoint Dante Mills, qui, heureusement, ne s'en offusqua pas, comprenant qu'il n'était pas personnellement visé.

— Ils se trouvaient dans l'ancien théâtre, désormais abandonné, à la périphérie de la ville, poursuivit l'adjoint Mills. La propriétaire de la station-service située en face a fini par s'étonner de la présence de leur voiture qui stationnait là depuis plusieurs heures. Elle est allée y jeter un coup d'œil avec son mari. Aucun des deux gamins n'avait ses papiers sur lui. Par contre, il était clair qu'ils avaient besoin de soins médicaux en urgence.

Billy en avait assez entendu. Il se leva, aussitôt imité par Suzy.

— Suzy et moi filons tout de suite à l'hôpital, dit-il.

Matt, rends-toi à l'ancien théâtre et mènes-y l'enquête, ajouta-t-il. Regarde partout, interroge les propriétaires de la station-service...

Billy se tourna alors vers Dane Jones avec qui il échangea un regard entendu. Pour des raisons personnelles, Dane avait renoncé de lui-même au poste de shérif auquel il aurait pu prétendre. Quand Rockwell avait annoncé son départ en retraite, il avait préféré postuler pour prendre la tête du Bureau des Enquêtes au sein du service. Pour lutter contre le mal et la corruption, il s'estimait mieux armé devant un ordinateur que dans les rues. Billy ne pouvait le lui reprocher, sachant ce qui lui était arrivé quelques années auparavant. Certaines enquêtes partaient en vrille sans que personne puisse rien y faire. Il fallait l'accepter.

— Je vais sonder les banques de données pour tenter d'y retrouver le dénommé Beck, dit Dane. Et pour voir s'il n'est pas lié d'une façon ou d'une autre à Bernie Lutz. Je compte également appeler Hawser pour lui demander si, de son côté, il n'aurait pas quelque chose qui pourrait nous faire avancer.

Billy hocha la tête. Prendre contact avec le chef de la police de Carpenter était une excellente idée.

Bien que Billy soit le shérif du comté de Riker, la ville de Carpenter et la ville de Kipsy avaient leurs propres services de police et, en principe, tout ce qui se passait au sein de ces municipalités était de leur ressort, de leur juridiction.

Les jeunes victimes d'overdose ayant été retrouvées à la périphérie de la ville, à l'extérieur de Carpenter, Billy était logiquement chargé de l'enquête. Mais son ego n'était pas surdimensionné au point de refuser de s'entretenir à ce sujet avec l'inspecteur de police local. Il était également proche de Hawser.

Après avoir chargé chacun de ses adjoints d'une mission, Billy glissa enfin un œil vers Mara. Elle semblait accablée.

L'histoire des deux adolescents avait dû la replonger dans le passé. Comme lui, sans doute éprouvait-elle un mélange de colère et de culpabilité.

Il eut soudain envie de la prendre dans ses bras mais il se ressaisit à temps.

— Le portraitiste ne devrait plus tarder, dit-il. Tu peux attendre dans mon bureau, s'il prend trop longtemps.

Il vit un muscle de sa mâchoire tressauter.

— Ne t'inquiète pas pour moi, murmura-t-elle. La seule chose qui compte est que tu arrêtes le type qui a vendu cette saleté à ces gamins.

— Je le trouverai, fais-moi confiance.

L'équipe se leva pour se mettre au travail.

Billy, suivi de Suzy, se rendit jusqu'au parking et s'engouffra dans la voiture de patrouille. Depuis qu'ils avaient quitté le bureau, Suzy n'avait pas prononcé un mot. Mais tandis qu'ils s'engageaient sur la route qui menait à l'hôpital de Carpenter, elle se tourna vers lui. Billy s'y attendait. Il la connaissait assez pour savoir quelle question elle allait lui poser.

— Alexa est ta fille, non ?

— Oui, répondit-il, surpris lui-même de le reconnaître si simplement. Je n'ai appris son existence et ma paternité qu'hier soir.

Elle-même maman, Suzy ne fit d'abord aucun commentaire, se contentant de regarder la route à travers le pare-brise.

— Elle est très mignonne, dit-elle enfin d'un ton posé, comme s'ils discutaient du temps ou de l'état des routes. Je suis contente qu'elle n'ait pas hérité de ton nez.

Billy se mit à rire. Il se sentait mieux.

Affligé d'une légère surcharge pondérale et d'un début de calvitie, le portraitiste, Walden, ressemblait beaucoup à l'idée que Mara se faisait de ce genre de professionnel. Il prit son temps pour dessiner Beck en se basant sur la description qu'elle lui en donnait.

Enfin, il lui tendit son carnet.

— Ce portrait-robot ressemble-t-il à l'homme qui vous a menacée ? demanda-t-il.

Alexa, qui grignotait un gâteau à son côté, se pencha également sur le dessin. Mais Mara l'écarta aussitôt pour l'empêcher de le regarder. Comme si la simple vue du croquis pouvait lui faire du mal.

— C'est tout à fait lui, répondit-elle, impressionnée. Vous avez fait un excellent travail, Walden.

Il avait même réussi à reproduire le rictus méprisant qui ornait le coin des lèvres de Beck lorsqu'il lui avait dit qu'il reviendrait.

— Les visages me fascinent, j'ai toujours voulu faire des portraits, répondit-il. Cela dit, je ne m'attendais pas à me spécialiser dans les portraits-robots pour le bureau du shérif ou la police.

— Je comprends. De mon côté, j'ai longtemps rêvé de monter une société de décoration intérieure, avoua-t-elle. Mais, en fait, je travaille pour une entreprise de planchers. Persuader les gens de changer leurs parquets, je peux toujours me dire que c'est déjà un peu m'occuper de rénover leur intérieur, ajouta-t-elle avec un sourire.

— En effet, il y a des planchers partout dans une maison. C'est un très bon début, remarqua-t-il.

Mara se mit à rire.

— Vous semblez d'un naturel très optimiste. Je suppose que votre verre est toujours à moitié plein, non ?

Walden repoussa ses lunettes sur le nez et se leva.

— Mieux vaut un verre à moitié plein qu'une bouteille vide, lança-t-il avec un clin d'œil. Maintenant, je vous laisse pour aller apporter mes croquis au chef. J'ai été ravi de faire votre connaissance.

Mara, troublée par sa réflexion, tarda à lui renvoyer son compliment. Walden avait raison, il fallait relativiser. Elle n'était pas la seule au monde à devoir supporter son lot de souffrances et de déceptions. D'ailleurs, par rapport à la plupart des gens, sa situation était loin d'être la pire. Beaucoup de personnes étaient confrontées à de véritables drames.

Le cœur serré, elle songea aux deux adolescents qui luttaient contre la mort à l'hôpital. Au moment où les gens se retrouvaient en famille ou avec leurs proches pour fêter Noël, Mara n'avait pas de mal à imaginer la douleur des parents de ces gamins lorsqu'ils avaient reçu le coup de fil de l'hôpital ou de l'adjoint au shérif chargé de leur annoncer le drame.

— Toc, toc, toc.

Mara s'extirpa de ses sombres pensées pour sourire à Cassie, la jeune stagiaire, qui se tenait dans l'embrasure de la porte.

— On m'a chargée de vous dire que, maintenant que vous en avez fini avec le portraitiste, rien ne vous oblige à rester plus longtemps ici, Mara. Pour votre petite Alexa, il y a sûrement beaucoup d'endroits plus agréables que le bureau du shérif, ajouta-t-elle.

Qui avait pu demander à la jeune stagiaire d'accomplir cette démarche ? Billy, avant de partir au chevet des deux adolescents ?

Mara laissa échapper un long soupir. De nouveau, elle était la proie d'inquiétudes, de doutes et de culpabilité, alors qu'elle était revenue dans le comté de Riker depuis moins de vingt-quatre heures...

Au lieu de dire à Cassie la vérité, à savoir qu'elle préférait rester jusqu'au retour de Billy, Mara se leva, s'efforçant d'arborer un sourire chaleureux à défaut d'être sincère.

— J'aimerais en effet aller promener ma fille, répondit-elle tout en rangeant les jouets de la petite dans son sac. D'autant que la journée promet d'être belle.

Le regard de Cassie se dirigea aussitôt vers les fenêtres. Tous les habitants de Carpenter entretenaient une relation d'amour et de haine avec l'hiver. Le sud de l'Alabama ignorait le froid. Tout au long de l'année, il y faisait chaud et humide. La période de Noël ne faisait pas exception. Au moins, dans le nord de l'Alabama où Mira vivait depuis la naissance d'Alexa, la promesse d'un temps frais pour Noël était-elle le plus souvent tenue.

— Pourriez-vous demander au shérif de m'appeler quand il en aura la possibilité ? lança-t-elle lorsqu'elle fut enfin prête à partir avec Alexa.

Hochant la tête, Cassie le lui promit. Ensemble, elles remontèrent le couloir vers l'arrière du bâtiment, vers la porte de service.

Des guirlandes et des branches de houx ornaient tous les murs. Dans le hall était dressé un petit sapin couvert de boules. À la vue des efforts louables du personnel du bureau du shérif pour décorer les locaux aux couleurs de Noël, Mara se sentit mal soudain. Non seulement elle avait perturbé la vie du shérif en se présentant à sa porte sans prévenir, mais elle avait laissé derrière elle sa maison prête pour fêter Noël avec Alexa. Depuis plusieurs jours, elle aussi avait accroché des guirlandes, décoré un sapin, acheté des jouets pour la petite et confectionné des friandises.

Mais à présent, à quoi ressemblerait ce Noël ? se demandait-elle. Maintenant qu'il se savait père, Billy allait-il vouloir fêter Noël avec sa fille ? Se déguiser en Père Noël ?

Tandis qu'elles passaient devant lui, l'adjoint qui avait surgi tout à l'heure dans la salle de conférences pour annoncer la nouvelle des overdoses leur décocha un bref sourire tout en parlant à la secrétaire, une autre personne que Mara ne connaissait pas. Un peu plus loin, deux femmes attendaient dans le hall, assises sur des chaises en plastique, que quelqu'un s'occupe d'elles.

Mara tressaillit. De même qu'elle avait reconnu sans peine Donna Ramsey au café, Mara identifia l'une d'elles, une dénommée Leigh Cullen. Mais, cette dernière, contrairement à Donna, la reconnut elle aussi, car elle se leva brusquement, sans finir ce qu'elle était en train de dire à sa compagne.

Sentant venir le danger, Mara prit brusquement congé de Cassie.

— Merci encore pour tout, dit-elle.

— À plus tard.

— Vous ! s'écria Leigh, assez fort pour attirer l'attention de tous.

Mara hésita à partir en courant, mais elle n'en eut pas la possibilité. Leigh se précipitait vers elle, le visage rouge de colère.

— Comment avez-vous osé revenir dans cette ville ?

Mara se prépara à la confrontation. Elle espérait que Leigh n'en viendrait pas aux mains. Elle méritait sans doute cet opprobre public, ce déchaînement de haine et de violence. Mais elle ne voulait surtout pas qu'Alexa, calée sur sa hanche, en soit témoin.

Par chance, la jeune stagiaire s'interposa aussitôt.

— Je vous en prie, madame, dit-elle à Leigh d'une voix ferme. Il n'est pas question de se comporter ainsi dans le bureau du shérif et encore moins devant une enfant.

Leigh parut alors remarquer Alexa. Elle baissa d'un ton mais ses yeux continuaient à lancer des éclairs.

— Ignorez-vous donc qui est cette femme ? gronda-t-elle. Ignorez-vous ce qu'elle a laissé faire ?

Mara sentit son visage s'embraser. Son cœur battait à tout rompre dans sa poitrine. Pourquoi n'avait-elle pas anticipé cette situation ? Elle aurait dû se douter que revenir dans le comté de Riker ne pouvait qu'aboutir à un désastre. Il était évident que les gens allaient la reconnaître et lui lancer son passé à la figure à tout propos.

— Je sais très bien qui elle est et pourtant, comme vous le voyez, je m'abstiens de faire un esclandre, déclara Cassie.

L'adjoint au shérif intervint à son tour :

— Je vous conseille de vous calmer, madame, dit-il avec autorité à Leigh.

Cette dernière se détourna, grommelant encore quelques mots incompréhensibles avant d'aller se rasseoir à côté de sa compagne.

Cassie, qui continuait à surveiller Leigh du regard, poussa un profond soupir. Puis se tournant vers elle :

— Je suis désolée. Je ne sais pas ce qui lui a pris, quelle mouche l'a piquée.

À ces mots, Mara comprit tout. Cassie ignorait qui elle était.

— Merci, Cassie, dit-elle avec sincérité. Mais tout va bien. Sa réaction est naturelle et je ne la lui reproche pas.

Sans s'expliquer davantage, elle quitta le bureau du shérif, Alexa dans les bras.

Ce n'est qu'une fois à l'abri dans sa voiture, avec *Jingle Bells* qui passait à la radio, qu'elle craqua et fondit en larmes.

Le mari de Leigh Cullen, qui travaillait dans une banque, avait été abattu au cours d'un hold-up à main armée, il y avait presque trois ans. Le tueur faisait partie des complices de Bryan Copeland, il était l'un de ses dealers. Si Mara avait dénoncé son père dès qu'elle avait découvert la nature de ses activités, le mari de Leigh n'aurait pas été tué. Mara le savait.

Leigh aussi.

Une demi-heure plus tard, Mara laissa le rire de sa fille apaiser ses blessures comme un baume.

Après avoir quitté le bureau du shérif, elle avait roulé jusqu'au Anthony's Park. L'endroit n'était pas aussi verdoyant qu'en été, mais il était très agréable et traversé par de nombreux sentiers de randonnée. Il était situé non loin de la ville de Kipsy, voilà pourquoi Mara y était souvent venue pour y retrouver Billy afin de travailler avec lui sur la meilleure manière de faire tomber son père, de le prendre en flagrant délit. Assis dans la vieille voiture de Billy garée sur le parking, ils réfléchissaient ensemble aux moyens de l'arrêter et de démanteler ses trafics de drogue.

« Es-tu sûre de vouloir aller jusqu'au bout ? lui avait demandé Billy, un soir. Tu es libre de tout arrêter et de me laisser continuer l'enquête seul. Tu peux décider de rentrer chez toi, de te laver les mains de toute cette histoire. Je ne te le reprocherais pas. »

Mara se souvenait encore de ses yeux émeraude posés sur elle. Le visage crispé d'inquiétude, le regard doux, Billy lui offrait une porte de sortie.

« Et à ma place, rentrerais-tu chez toi, Billy ? »

Même s'il n'était alors qu'adjoint au shérif, Mara avait compris que Billy Reed avait toujours été shérif par le cœur. Sa détermination, stupéfiante, l'avait aidée à prendre la décision d'aller jusqu'au bout.

Mara sourit à Alexa qui détruisait avec enthousiasme les pâtés de sable qu'elle venait de démouler. Qui aurait pu deviner, lorsqu'elle retrouvait Billy dans ce parc, que ces rencontres aboutiraient à la naissance d'une petite fille, de *leur* fille ?

— Vous êtes bien courageuse, fit une voix masculine derrière elle.

Craignant qu'elle n'émane de Beck, Mara, alarmée, se retourna d'un bond. Elle ne se sentit pourtant pas franchement rassurée quand elle découvrit qui avait parlé. Maigre, les yeux injectés de sang, les cheveux clairsemés, l'inconnu semblait très agité. Son corps était parcouru de tremblements nerveux et il se frottait les mains sans raison apparente.

*Sans doute est-il drogué,* pensa-t-elle.

— Pardon ? dit-elle, interloquée, ne voyant pas du tout où il voulait en venir.

— Vous êtes courageuse de la laisser jouer dans le bac à sable, précisa-t-il en désignant Alexa d'un mouvement de menton.

La petite fille leva un instant les yeux vers l'individu avant de reporter son attention sur son seau.

— Comment cela ?

Mara jeta un regard circulaire autour d'elle. Un jour en semaine, l'aire de jeux était déserte. Il n'y avait personne à part eux trois. Pourquoi n'était-elle pas restée plus près du parking ? se reprocha-t-elle.

— Elle va mettre du sable partout, dans ses chaussures, sur ses vêtements, répondit-il. Vous n'allez pas vous amuser à tout nettoyer ensuite.

— J'ai connu pire, répliqua-t-elle d'un ton poli. De plus, elle s'amuse tellement à faire des pâtés que je ne veux pas la priver de ce plaisir.

L'homme haussa les épaules.

— Vous êtes sans doute une meilleure mère que la plupart de celles qui emmènent leurs gosses jouer ici.

Sans répondre, Mara ouvrit son sac, en quête de son téléphone portable.

— Mais dites-moi, reprit le type. Bryan était-il un bon père ?

À ces mots, Mara sentit son sang se glacer dans ses veines.

— Qui êtes-vous ? balbutia-t-elle. Et que voulez-vous ?

Il se contenta de rire.

— Disons que je suis l'ami d'un ami.

Mara referma la main sur son téléphone. Elle n'avait plus qu'à le débloquer et à le tapoter deux fois pour qu'il compose automatiquement le numéro des secours.

Malheureusement, son manège n'était pas passé inaperçu.

— Si vous ne retirez pas tout de suite votre main de ce sac, je vais vous le faire regretter, dit l'homme.

Il souriait mais son regard était lourd de menaces.

Les jambes tremblantes, Mara se leva, veillant à ne pas le quitter des yeux.

— Que voulez-vous ? répéta-t-elle.

Oubliant définitivement sa politesse de façade, l'homme répondit d'un ton dur qui lui donna la chair de poule.

— La camelote que Bryan Copeland a planquée avant d'être arrêté. Et, bien sûr, l'argent qu'il a gagné avec. Quoi d'autre ?

# 6

Malgré tout ce qu'elle avait à reprocher à son père, Mara avait appris plusieurs choses très utiles grâce à lui. Notamment, il lui avait appris à se défendre en toutes circonstances, en utilisant les moyens du bord. Et de lui relater, à nombreuses reprises, l'histoire suivante :

Alors que, jeune comptable dans une grande ville, il avait décidé un soir, afin de profiter de l'air de la nuit, de rentrer à pied chez lui au lieu de prendre le bus et alors qu'il remontait une ruelle sombre, un type avait surgi devant lui et exigé sa montre et son portefeuille sous la menace d'un couteau.

Bryan n'était pas du genre à se laisser dépouiller sans réagir, aussi avait-il utilisé pour se défendre la seule arme qu'il avait sur lui : son trousseau de clés. Discrètement, il avait glissé les clés entre ses doigts, leurs pointes tournées vers l'extérieur, et serré le poing. Il s'était alors senti prêt à donner une bonne leçon à son agresseur.

Si Mara n'avait jamais eu les détails du pugilat, elle savait que son père était toujours en possession de son argent et de sa montre en quittant la ruelle.

C'est pourquoi Bryan n'avait cessé de lui recommander de garder ses clés dans sa poche plutôt que dans son sac à main. Afin de pouvoir les atteindre facilement et d'être en mesure de s'en servir face à un éventuel assaillant.

Aussi, dès que ce louche individu proféra ses menaces, Mara plongea-t-elle la main dans sa poche.

— Je ne comprends pas de quoi vous parlez, répondit-elle tout en s'emparant de ses clés. Mais peu importe. Il est temps pour nous de partir maintenant.

Comme Mara s'y attendait, l'homme secoua la tête.

— Vous ne partirez pas avant que je vous y autorise, déclara-t-il.

S'arrangeant pour dissimuler sa main dans son dos, Mara plaça discrètement une clé entre chacun de ses doigts et serra le poing pour former un gantelet hérissé de pointes.

— À ma connaissance, mon père n'a ni argent ni drogue planqués quelque part, poursuivit-elle. Et s'il avait un trésor caché, je serais bien la dernière à qui il l'aurait dit.

Il parut peser sa réponse mais, très vite, il se mit à ricaner.

— Il m'avait prévenu que vous nieriez tout en bloc.

À ses mots, Mara s'immobilisa.

— Qui ? demanda-t-elle. Mon père ?

Billy n'avait pas été le seul homme de sa vie à qui elle n'avait pas adressé la parole depuis deux ans, depuis qu'elle avait quitté le comté de Riker. Elle n'avait pas non plus échangé un mot avec son père depuis son procès. Et encore, les échanges qu'ils avaient eus au sein du tribunal avaient été plutôt succincts.

Depuis sa condamnation, Bryan avait-il parlé d'elle à quelqu'un ?

— Notre ami Beck.

Le ventre noué, Mara serra plus fortement ses clés. *Mon Dieu, un complice de Beck...* Le cauchemar continuait...

— Je n'ai pas revu mon père depuis des années, déclara-t-elle en essayant de garder une voix posée.

D'instinct, elle devinait que ce type réduisait en miettes ceux qui avaient peur de lui. Comme un requin attiré par le sang.

— S'il a un trésor caché quelque part, je suis la dernière personne à qui il l'aurait dit, répéta-t-elle. Je suis donc la dernière à pouvoir vous aider à le trouver.

— Inutile de vous fatiguer à mentir, je ne vous crois toujours pas.

Tout en parlant, il cherchait Alexa du regard. Mara se déplaça pour se mettre dans son champ de vision et l'empêcher de poser les yeux sur la petite. Elle avait peut-être peur de cet homme, mais elle était prête à se battre bec et ongles pour l'éloigner de sa fille.

Comme s'il l'avait senti, il reporta son attention sur elle et leva les mains dans un geste d'apaisement.

— Je ne suis pas armé, commença-t-il. Mais je vous prie de venir avec moi. Si vous refusez, j'ai les moyens de vous le faire regretter, croyez-moi. Dans votre intérêt et dans celui de votre fille, je vous conseille de me suivre sans discuter.

En elle, la colère fut un instant plus vive que la peur.

— Je m'en vais, dit-elle, excédée. Et si vous tentez de m'en empêcher, j'appellerai les flics.

— Cela ne sera pas nécessaire, répondit-il en ricanant de nouveau.

Il la dévisageait d'un air déterminé. Mara n'avait pas l'intention de rester, les bras ballants, à attendre de voir ce qu'il comptait faire. Pendant les quelques instants qu'il fallut au type pour contourner le banc et se planter devant elle, elle s'efforça de se rappeler ce que Billy lui avait appris aussi en matière d'autodéfense.

« Parfois, l'attaque est la meilleure défense. »

Cette réflexion de son père alors qu'elle regardait avec lui un match de foot, quelques semaines avant son arrestation, s'imposa soudain à sa mémoire.

Alors Mara se précipita vers l'homme qui la menaçait, brandissant son poing armé de clés, déterminée à le frapper en pleine figure. Malheureusement, son peu d'expérience en matière d'attaque fut lourd de conséquences. Son poing n'atteignit que l'oreille de l'individu. Pire, emportée par son élan, elle perdit l'équilibre.

Le complice de Beck poussa un cri étranglé. Mara essaya de se redresser pour lui assener un autre coup de poing, espérant qu'il causerait plus de dégâts que le premier, mais son assaillant fut plus rapide. Il lui saisit le poignet et le lui tordit.

— Espèce de garce !

Refusant de s'avouer battue, Mara lui envoya un genou dans le bas-ventre. Submergé de douleur, il la lâcha et s'écroula sur le sol.

Sans perdre de temps, Mara courut vers Alexa. Elle la saisit si vite que la petite fille se mit à pleurer.

Billy avait rarement connu pire journée.

Bien sûr, il savait qu'il n'avait pas le droit de se plaindre. Pas après avoir vu à l'hôpital la mère de Jeff Briggs pleurer au chevet de son fils plongé dans le coma. Stanley Morgan n'était pas dans un meilleur état que son ami. D'après le médecin, Jeff et Stanley sortiraient de leur coma. Restait à savoir quand et dans quel état…

Billy avait rencontré les parents des deux adolescents dès que ces derniers avaient été formellement identifiés. Lorsqu'il leur avait répété les propos du médecin, ils étaient tombés des nues. Pas un instant, ils n'avaient imaginé que leurs enfants se droguaient.

Billy poussa un gros soupir.

Comme ils revenaient vers la voiture, Suzy s'empara de son téléphone portable.

— Je vais appeler le bureau pour voir si le portrait-robot de Beck est assez précis pour lancer les recherches, dit-elle.

Il la laissa en discuter par téléphone avec Dane. Tout

en roulant, il regardait défiler les rues du centre-ville de Carpenter. La journée était chaude mais moins humide qu'elle n'aurait pu l'être. Pourtant, Billy n'avait pas envie de troquer son blazer pour un de ses T-shirts. L'étoile qui brillait à sa ceinture lui rappelait que, tant qu'il n'aurait pas arrêté le ou les narcotrafiquants qui semaient la mort alentour, il n'avait pas le droit de se détendre.

— Elle a fait quoi ? demanda Suzy d'une voix à la fois surprise et réprobatrice.

Billy se tourna aussitôt vers elle, levant un sourcil interrogateur, mais d'un geste, Suzy lui intima de se taire.

— Oui. D'accord, je le lui dirai, continua-t-elle au téléphone. Cela ne devrait pas poser de problème. Merci, Dane.

— Que se passe-t-il ? demanda Billy dès que Suzy mit fin à l'appel.

Pendant un bref moment, il se demanda si Mara avait de nouveau quitté la ville. Cette fois, avec Alexa, sa fille, dont il connaissait désormais l'existence.

— Alors que Mara quittait ton bureau après en avoir fini avec le portraitiste, Leigh Cullen s'en est prise à elle, déclara Suzy. Apparemment, Leigh a déversé sa colère sur Mara avec une incroyable agressivité.

Billy sentit le poids qui était tombé sur sa poitrine s'alléger un peu. Mara n'avait pas encore décidé de s'enfuir. Mais son soulagement fut de courte durée.

— Que veux-tu dire ? De quelle manière s'en est-elle prise à elle ? Et pourquoi ?

— Je ne sais pas trop, ni d'ailleurs pourquoi Leigh Cullen se trouvait dans les locaux. Tout ce que Dane m'a dit, c'est qu'au moment où Mara s'en allait, Leigh a commencé à l'insulter et s'est approchée d'elle comme si elle voulait la frapper.

En le voyant serrer les poings, Suzy se hâta d'ajouter :

— Ne t'inquiète pas, elle n'a pas pu en venir aux mains.

L'adjoint Mills et Cassie l'ont maîtrisée et Mara est ensuite partie pour promener Alexa au parc. Du moins, Dane pense-t-il qu'elles allaient là-bas. Mais il n'en était pas tout à fait sûr. Tu sais comment il est : dès que Cassie entre dans son champ de vision, il n'arrive plus à se concentrer sur quoi que ce soit.

Billy ne put s'empêcher de rire. Il avait remarqué depuis longtemps que Dane n'était pas insensible aux charmes de la jeune stagiaire.

Au lieu de prendre la direction du bureau, Billy mit son clignotant pour tourner à droite. Anthony's Park n'était pas loin.

Suzy ne put masquer sa surprise.

— Tu as envie de les rejoindre ?

— Je n'ai pas encore eu la possibilité de mesurer pleinement la dangerosité de ce Beck mais, jusqu'à ce que nous en apprenions un peu plus sur ce type, je ne veux pas courir le moindre risque. Après avoir vu ces adolescents entre la vie et la mort à l'hôpital et sachant que Beck est venu chez Mara pour menacer Alexa, je me sentirais mieux si Mara et la petite s'exposaient moins...

Billy serrait si fort le volant que les jointures de ses doigts en blanchirent.

En proie à un malaise croissant face au risque de recrudescence du trafic de drogue, il poursuivit :

— De plus, je vais devoir avoir une discussion sérieuse avec Mara.

— À propos de son père ?

Billy hocha la tête.

— Si les choses s'aggravent comme malheureusement elles semblent en prendre le chemin, il va devenir indispensable de s'entretenir avec celui qui est à l'origine de tout.

— Billy ! s'écria soudain Suzy. Regarde ! Là !

Billy s'apprêtait à s'engager sur le chemin de terre que

Mara avait toujours emprunté pour entrer à Anthony's Park. Il n'avait pas remarqué ce qui se passait aux abords du parc, sur la pelouse qui s'étendait entre le bac à sable et le parking.

Suivant la direction du regard de Suzy, il vit, sidéré, Mara courir comme une dératée, Alexa dans les bras, poursuivie par un inconnu.

D'un bref coup d'œil circulaire, Billy évalua la situation. Le parking était encore loin, et l'individu se rapprochait de Mara et d'Alexa, aussi décida-t-il de couper à travers champ pour les rejoindre plus vite.

— Vois-tu s'il est armé ? hurla Billy.

— Apparemment pas, répondit Suzy.

L'inconnu entendit le véhicule qui s'approchait et se retourna. Billy était assez près, à présent, pour lire la stupéfaction sur son visage.

— Il change de direction ! cria Suzy. Il se dirige vers les bois, vers le sentier de randonnée !

Manifestement, l'arrivée d'une voiture de patrouille l'avait désarçonné et dissuadé de mener son plan d'action à son terme. Billy accéléra encore, il fallait absolument qu'il coince ce type avant qu'il n'atteigne le couvert des arbres.

L'homme, cependant, était rapide.

Billy écrasa la pédale de frein. Il ouvrit la portière et cria à Suzy par-dessus son épaule :

— Reste avec Mara et Alexa !

Puis il s'élança vers le bois.

# 7

Déterminé à rattraper le misérable qui s'en était pris à Mara et à Alexa, Billy s'efforçait d'imiter sa course en zigzag. Lorsque la distance entre eux commença à se réduire, il cria :

— Je suis le shérif du comté de Riker et je vous ordonne de vous arrêter !

Le type ne fit même pas mine de ralentir.

— Arrêtez-vous ! répéta Billy. Ou je tire !

La menace réussit au moins à détourner l'attention de l'homme qui trébucha sur une grosse racine. Il tomba à terre.

Billy se jeta aussitôt sur lui et le maîtrisa en quelques instants. Il était prêt à faire feu si cela se révélait nécessaire.

— Ne bougez plus, ordonna-t-il. Les mains derrière le dos !

L'individu obtempéra. Le nez dans la poussière, il gémit, grogna, avant de lancer une ribambelle de jurons.

— Je n'ai rien fait, protesta-t-il.

Billa tira une paire de menottes de sa poche et les lui passa rapidement. Après cette petite course effrénée, il avait du mal à recouvrer son souffle. La chaleur n'arrangeait rien. Son cœur battait la chamade.

— Il me semble pourtant vous avoir vu pourchasser une femme et son enfant, répliqua-t-il en tirant sur les bracelets pour s'assurer qu'ils étaient bien fermés. Et je ne sais pas pour vous, mais pour moi, il s'agissait d'une agression.

— Vous n'avez rien compris, rétorqua son interlocuteur en se relevant.

— Eh bien, parfait, nous allons nous rendre au bureau du shérif et là-bas, vous m'expliquerez à quoi vous jouiez, répondit Billy en replaçant son arme dans son holster. Et si vous tentez de nouveau de vous enfuir, je n'hésiterai pas à vous tirer dans les jambes.

Le type cracha de colère.

— Et je peux aussi vous inculper pour outrage envers un représentant de la loi, ajouta Billy. Suis-je clair ?

L'homme grommela quelque chose d'inaudible, mais cessa de se débattre tandis que Billy l'entraînait hors du bois.

Suzy se trouvait près de la voiture de patrouille. Elle avait placé Mara et Alexa derrière elle. La main sur le pistolet qu'elle portait à la ceinture, elle était visiblement prête à tout pour les défendre.

— J'ai appelé des renforts, dit-elle. L'adjoint Mills était dans le secteur. Il ne devrait plus tarder.

En effet. Le hurlement d'une sirène se fit alors entendre. Et ils virent peu après une voiture de patrouille se garer sur le parking qui jouxtait le terrain de jeux.

— Vous commettez une grave erreur, répéta le type menotté. Vous me traitez comme un criminel alors que je suis une victime ! Avez-vous vu ce que cette garce m'a fait à l'oreille ?

Billy lui allongea une bourrade dans le dos pour le faire avancer.

— Allez, cesse ton baratin, il me fatigue. Et marche.

Billy fouilla ses poches pour y retrouver ses clés. Il les lança à Suzy.

— Peux-tu ramener ma voiture au bureau ? demanda-t-il. Notre ami va monter avec Mills.

— D'accord, patron, répondit Suzy. Je pars tout de suite, et en route, je téléphonerai à Hawser pour lui raconter ce qui s'est passé. Je suis sûre qu'il sera content d'apprendre que nous arrêtons les types qui terrorisent les femmes et les enfants sur la voie publique, ajouta-t-elle en fusillant du regard l'homme menotté.

— Parfait, dit Billy. Appelle également le bureau et demande-leur de préparer la salle d'interrogatoire.

— Compte sur moi, dit Suzy qui composait déjà le numéro.

Billy se tourna vers Mara. Elle berçait Alexa qui sanglotait dans son cou.

— Je vais rentrer avec toi, dit-il.

Ce n'était pas une question, mais Mara hocha pourtant la tête. Son visage était fermé, l'inquiétude crispait ses traits.

Elle ne dit mot tandis qu'ils se dirigeaient vers le parking, mais Billy remarqua qu'elle caressait le dos d'Alexa pour la rassurer, lui faire comprendre que tout allait bien maintenant et qu'il n'y avait plus de raison d'avoir peur.

Que ce type ait terrifié sa fille raviva sa colère. Lorsque l'adjoint Mills fit asseoir l'homme à l'arrière de sa voiture, Billy songea qu'il aurait été plus brutal avec lui.

— Lis-lui ses droits, dit-il à Dante. Et ne le laisse pas t'embobiner avec ses salades.

Mills hocha la tête.

Billy les regarda s'éloigner avant de reporter son attention sur Mara. Adossée à sa voiture, elle tapotait toujours le dos d'Alexa. La petite fille ne pleurait plus, mais il l'entendait renifler. Ces petits bruits, inexplicablement, le ravagèrent.

— Elle va bien ?

— Oui, oui. Je crois que c'est plutôt moi qui lui ai fait peur en l'attrapant avec brusquerie pour m'enfuir avec elle, alors qu'elle jouait tranquillement.

— Raconte-moi ce qui s'est passé, Mara.

— Pouvons-nous d'abord partir d'ici ?

— Bien sûr.

Elle semblait sur la réserve. Une fois de plus, il se demanda quelle avait été sa vie au cours des deux dernières années.

Mara reporta son attention sur Alexa attachée dans le siège-auto à côté d'elle. Billy conduisait. Dès qu'ils s'étaient mis à rouler, la petite s'était calmée mais Mara ne pouvait oublier les cris, la peur de la petite fille lorsqu'elle l'avait brutalement saisie dans ses bras pour courir vers le parking.

Elle lui prit les mains, plus pour se rassurer, elle, que pour calmer l'enfant. Elle avait relaté à Billy la manière dont l'individu l'avait abordée et les propos qu'il lui avait tenus. Ainsi que la technique d'autodéfense dont elle avait usé.

— Voilà. Ça m'a donné quelques instants pour fuir, conclut-elle, mais qui sait ce qui se serait passé s'il m'avait attrapée.

Et d'ajouter tout de suite après :

— En fait, si, je sais ce qui serait arrivé.

Billy gardait les yeux rivés sur la route, mais elle savait qu'il écoutait avec attention.

— Il m'aurait enlevée pour essayer de me faire dire où se trouve le soi-disant trésor de guerre de mon père. Et comme je n'aurais pas pu lui répondre, il s'en serait pris à notre fille dans l'espoir de me tirer les vers du nez.

L'épisode dans le parc l'avait tellement secouée qu'elle se rendit compte trop tard qu'elle avait utilisé le mot « notre ». Un petit mot sans importance pour elle, mais qui ébranla profondément Billy car elle le vit serrer plus fort les mains sur son volant.

— Billy, je...

Mais le trajet en voiture n'était pas assez long pour s'expliquer sur ses silences et ses secrets et encore moins pour lui présenter ses excuses.

— Tu penses donc que ce trésor caché n'a aucune réalité ? l'interrompit Billy.

Il s'exprimait avec une dureté qui la surprit et la déstabilisa un moment.

— En tout cas, ce type comme le dénommé Beck croient dur comme fer qu'il existe, finit-elle par dire. Pourtant, vraiment, je ne vois pas comment mon père aurait eu la possibilité de constituer un trésor de guerre et encore moins comment il aurait pu le cacher où que ce soit. Quand il a été arrêté, une enquête approfondie a été menée sur lui et ses activités. Ne crois-tu pas que le bureau du shérif ou les inspecteurs de police mobilisés sur ce dossier auraient découvert cette cache, ce stock de drogue, cet argent ? Et même s'ils n'avaient pas réussi à mettre la main dessus, ils en auraient au moins entendu parler, non ?

Billy partageait son avis.

— Cela dit, il y a deux ans, nous n'avons pas réussi à identifier tous les dealers qui composaient le réseau de ton père, souligna-t-il. Peut-être sommes-nous également passés à côté de son trésor de guerre.

Mara se sentait frustrée et elle avait l'impression que cette frustration ne ferait qu'empirer. Mettre son père en prison aurait dû marquer la fin de ce cauchemar. Et de son chagrin, s'avoua-t-elle *in petto*.

Mais il n'en avait rien été.

Des souvenirs de son enfance remontaient à sa mémoire. Elle avait grandi auprès d'un père aimant qui avait toujours veillé sur elle, pris soin d'elle. Très vite, la culpabilité revint la torturer. Il était très difficile pour elle de se remémorer ces temps heureux avec lui alors qu'elle avait causé sa chute.

— Que ce trésor caché ait une quelconque existence n'a à mes yeux aucune importance, dit-elle, percevant l'amertume qui teintait sa propre voix. Le problème, c'est que tant qu'ils sont persuadés que ce trésor existe et que je sais où mon père l'a planqué, Alexa est en danger.

La voiture ralentit pour s'engager sur le parking du bureau du shérif. Billy se gara sur l'une des places réservées aux représentants de l'ordre. Que se passait-il derrière ces beaux yeux émeraude ? songea Mara.

Il coupa le moteur et elle n'eut pas à attendre longtemps pour qu'il le lui dise.

— Eh bien, nous allons donc devoir les convaincre que tu ne sais rien.

Le type s'appelait Caleb Richards et, au cours des dix dernières années, il avait mené une belle petite carrière criminelle. Avec à son actif plusieurs cambriolages avec effraction, de nombreux vols à l'étalage, une multitude d'excès de vitesse et une condamnation pour coups et blessures, Caleb donnait l'image d'un homme qui n'hésitait pas à franchir la ligne jaune. Manifestement, il se considérait comme au-dessus des lois.

— Votre casier judiciaire est loin d'être vierge, conclut Billy après l'avoir lu à voix haute.

Tous deux étaient assis face à face, de part et d'autre de la table métallique de la salle d'interrogatoire. Derrière un miroir sans tain se tenaient Suzy et Jones, qui suivaient leurs échanges. Billy avait demandé à Mara de rester dans son bureau. Elle aurait sans doute refusé de le reconnaître, mais l'épisode du parc avec Caleb l'avait ébranlée plus qu'elle ne le pensait.

— Et maintenant, poursuivit-il, vous avez tenté d'échapper à la police après… Quoi ? Comment qualifier la scène dont j'ai été témoin ? Pour moi, il s'agissait d'une tentative de kidnapping. En tout cas, on peut parler d'escalade dans le domaine du crime, non ?

Le visage de Caleb se tordit de colère.

— Kidnapping ? C'est elle qui m'a agressé ! cria-t-il. Je me reposais, assis sur un banc, et elle s'est jetée sur moi pour me frapper. C'est elle qui devrait être dans cette salle, sur cette chaise. Pas moi !

— Elle affirme que vous lui avez demandé où se trouvaient cachés la drogue et l'argent de son père, répliqua Billy, s'efforçant de garder son sang-froid. Alors encore une fois, de mon point de vue, vous n'avez rien d'un innocent.

Caleb secoua la tête mais ne répondit pas. Ce qui était probablement la chose la plus intelligente qu'il ait faite ce jour-là.

— Écoutez, Caleb, reprit Billy, j'ai interrogé Mara. Elle n'a aucune idée de l'endroit où est caché le trésor de guerre de son père, si tant est qu'il existe. Contrairement à ce que Beck vous a raconté, elle n'est au courant de rien, je vous l'assure. Maintenant, je pense qu'il est temps de jouer cartes sur table. Où se trouve Beck ?

Caleb prononça alors les quatre mots que Billy détestait entendre lors des interrogatoires :

— Je veux un avocat.

— Tout serait beaucoup plus facile si vous coopériez avec nous, répliqua-t-il. Trouvons un accord. Dites-nous tout ce que vous savez sur votre complice et nous retirerons du dossier la plupart des faits qui vous sont reprochés.

Billy savait déjà que Caleb ne mordrait pas à l'hameçon. Il était le type même du criminel stupide, mû par la peur.

— Je ne dirai rien tant que je n'aurai pas parlé avec mon avocat, riposta Caleb.

Billy frappa la table d'un poing rageur et quitta la pièce.

Dans le couloir, il croisa Jones et Suzy qui sortaient de la salle voisine.

— Que fait-on maintenant ? demanda Suzy en le suivant vers son bureau.

# 8

Quand Caleb la vit entrer dans la salle d'interrogatoire, il fut d'abord interdit. Puis, voyant qu'il allait parler, Mara posa un doigt sur ses lèvres.

— Taisez-vous, chuchota-t-elle.

Sans bruit, elle referma la porte derrière elle et s'immobilisa un instant, tendant l'oreille, pour s'assurer que personne ne l'avait entendue.

Au moins Caleb suivit-il ses consignes. Il ne dit mot.

Prenant place en face de lui, elle poursuivit :

— N'élevez pas la voix, je vous en conjure. Si quelqu'un survenait maintenant, ce serait une catastrophe.

Il la regarda faire d'un air perplexe sans chercher à cacher sa méfiance. Manifestement, il ne s'était pas attendu à la voir. Et encore moins toute seule.

Mara n'avait pas besoin qu'il ait confiance en elle. Elle s'approcha de lui.

— Le shérif est en train de passer quelques coups de fil et le reste de l'équipe est occupé à différentes tâches mais nous n'avons sans doute pas beaucoup de temps devant nous, alors je vous suggère de ne pas le gaspiller inutilement.

Mara s'installa sur la chaise que Billy venait de quitter. Les bras croisés sur la poitrine, elle leva le menton pour lui montrer qu'elle maîtrisait la question dont ils allaient discuter, qu'elle était le patron.

Caleb ouvrit des yeux ronds et s'efforça de la jauger. Malgré son passé criminel, Mara avait déjà compris qu'il n'était pas très malin et qu'elle n'aurait pas trop de mal à le berner.

— J'ai dit que je ne parlerais pas avant d'avoir vu un avocat, dit-il lentement pour la tester.

— Je me moque complètement de ce que vous raconterez ou non au shérif et aux flics, répliqua Mara d'un ton dédaigneux. Un seul sujet m'intéresse.

Sans lâcher Caleb des yeux, elle poursuivit à voix basse :

— Comment Beck a-t-il entendu parler du trésor de guerre de mon père ? Nous avions tout fait à l'époque pour que personne ne soupçonne rien... Nous pensions le secret bien gardé.

La réaction de Caleb lui donna presque envie d'éclater de rire. Ses sourcils se levèrent si haut qu'ils disparurent sous ses cheveux, et il s'exclama, incapable de dissimuler son excitation :

— Si je vous comprends bien, vous êtes en train de confirmer l'existence de ce trésor !

D'un geste, Mara l'invita à parler moins fort.

— Mon père avait évidemment planqué un stock de moxy et un paquet d'argent pour assurer ses arrières et, bien sûr, il m'en avait parlé. Pour qui me prenez-vous ? Je suis la fille unique de Bryan Copeland. Pensez-vous vraiment qu'il aurait bâti un tel empire sans m'y associer ? Nous avons toujours su qu'il risquait de se faire prendre, alors nous avions prévu un plan B. Moi.

L'air surpris de Caleb se mua en suffisance.

— J'en étais sûr, fit-il, triomphant.

— Heureuse de voir que vous avez quelques neurones dans votre petite tête, répliqua Mara.

— Hey, faites attention à ce que vous dites, protesta Caleb, vexé.

— Ou quoi ? rétorqua-t-elle avec mépris. Ou vous allez vous libérer par magie de vos menottes et me frapper ? Avez-vous oublié où nous nous trouvons ? Pour le moment, vous n'avez qu'un droit, celui de vous taire. Réfléchissez un peu avant de dire n'importe quoi.

Quelle que soit la réplique intelligente, ou supposée telle, que Caleb s'apprêtait à lancer, elle resta bloquée en travers de sa gorge, et il la dévisagea avec des yeux de merlan frit.

Comme Mara le subodorait depuis un moment, Caleb était un petit minus pas très futé qui s'était introduit par erreur dans la cour des grands mais qui n'en connaissait ni les codes ni les coups fourrés. Pour avoir accepté de kidnapper une femme et son enfant, il avait dû être manipulé avec brio par quelqu'un. Mais il n'était certainement pas le cerveau de l'affaire.

— Maintenant, écoutez-moi bien parce que je ne me répéterai pas, poursuivit Mara en baissant la voix. Je veux savoir comment Beck a découvert l'existence du trésor familial et, pendant que vous y êtes, j'aimerais également que vous me disiez qui est ce Beck. Parce que j'ai entendu parler de beaucoup d'acteurs importants dans le milieu de la came et pas une fois le nom de ce type ne m'est revenu aux oreilles. Pas une fois.

Voilà.

Elle voyait presque les rouages du petit cerveau de Caleb se mettre en branle. Il pesait les options, ce qui lui demandait visiblement un effort intellectuel épuisant. Pour donner plus de poids à son image, Mara tapota la table du bout des doigts.

— Ne vous laissez pas leurrer par mon look de mère de famille respectable, ajouta-t-elle. Je ne suis pas la petite créature fragile dont je donne l'apparence. Je suis la fille de mon père. Et comme lui, je n'aime pas perdre mon temps. Alors répondez-moi, à présent.

— Ou quoi ? rétorqua Caleb avec plus de mordant qu'elle ne l'en aurait cru capable.

Si elle ne parvenait pas à le convaincre qu'elle était plus puissante — et plus dangereuse — que Beck, il ne lui livrerait aucune information, comprit-elle.

— Ou quoi ? répéta-t-elle pour gagner du temps. Je vais vous le dire.

À son tour, Mara venait d'avoir une idée terrible.

Sidéré, Billy regarda par le miroir sans tain une femme qu'il pensait connaître saisir Caleb Richards par les cheveux pour projeter brutalement sa tête contre la table. L'homme fut tellement surpris par cette attaque inattendue qu'il n'essaya même pas de se protéger. Son visage heurta avec violence la surface métallique avec un bruit sourd.

— Si vous ne me le dites pas, mon père le découvrira autrement très bientôt, poursuivit Mara en se rasseyant tranquillement. Et il racontera partout que c'est vous qui avez balancé Beck.

Caleb se prit la tête entre les mains pour se tâter le nez. Il ne saignait pas mais, visiblement, il souffrait.

— Et alors, continua Mara, non seulement vous serez dans le collimateur de Bryan Copeland et de ses associés, mais vous pouvez être sûr que Beck et ses copains auront envie de vous loger eux-mêmes une balle dans la nuque. Le sort réservé aux traîtres, je ne vous l'apprends pas. Que vous soyez jeté en prison ou remis en liberté, je ne donne pas cher de votre peau. Vous serez devenu une cible. Et que ce soit les amis de mon père ou Beck et ses comparses qui se chargent de vous, votre compte est bon. Je n'ai pas besoin de vous préciser où vous finirez, n'est-ce pas ?

Caleb laissa échapper une ribambelle de jurons mais il ne riposta pas. Mara avait gagné.

— Bon sang, elle est douée, murmura Suzy à l'oreille de Billy.

Il dut le reconnaître.

— Quoi que je fasse, je suis foutu alors, dit Caleb en inspirant profondément pour tenter de calmer sa colère.

— Pas forcément, répliqua Mara. Si vous me dites tout ce que vous savez, sans rien omettre, mon père et moi prendrons ces révélations pour une preuve de votre bonne foi. Nous oublierons votre erreur d'avoir travaillé pour l'un de nos concurrents et il n'est pas impossible que nous décidions de vous remercier pour votre aide. Tout dépendra bien sûr de l'importance des renseignements que vous nous communiquerez. Et de leur utilité.

Un homme un peu plus intelligent aurait fait remarquer à Mara que Bryan n'était plus un concurrent pour personne. Certes, les criminels les plus endurcis dirigeaient toujours leurs réseaux à distance, de leurs cellules, mais celui de Bryan avait été mis à mal depuis des années. En grande partie grâce à sa fille qui avait pourtant le toupet de promettre protection et récompense. Heureusement, Caleb Richards était loin d'être un cerveau.

Billy le vit pousser un gros soupir. Il n'allait pas tarder à craquer, songea-t-il.

— Je ne sais pas grand-chose du type qui s'est présenté à moi sous le nom de Beck, commença le malfrat. Il m'a accosté dans un bar et il m'a demandé si j'avais envie de gagner de l'argent.

Caleb haussa les épaules.

— J'ai dit oui, bien sûr. Oui, j'aime l'argent et il m'a dit que je pouvais en gagner beaucoup si je venais travailler pour lui.

— De quoi vous a-t-il chargé exactement ? l'interrompit Mara. De me kidnapper ?

Caleb hocha la tête et fronça les sourcils d'un air douloureux.

— Il m'a dit qu'il avait fait le plus difficile, à savoir vous attirer ici, en ville. Tout ce que j'avais à faire, c'était de vous encourager à me dire où était caché le trésor de votre père et de vous enlever si vous refusiez de répondre. Je vous aurais alors conduite auprès de lui. Il se serait occupé de vous faire parler.

— Attendez, Beck vous a raconté qu'il m'avait poussée à venir ici ? demanda Mara.

— Oui. Il savait qu'en vous faisant comprendre qu'il était prêt à tout pour reprendre les affaires de votre père, il vous ferait peur et vous donnerait envie de plier bagage pour aller demander la protection du shérif de ce comté.

Un sourire passa sur ses lèvres.

— Il a essayé de vous suivre mais, sur la route, il a crevé. Le temps qu'il change la roue, vous aviez disparu dans la nuit. Mais il m'a indiqué les différents coins où vous étiez susceptible de vous rendre en me disant que je n'avais qu'à vous y attendre.

Billy sentit une sourde colère s'emparer de lui. Il mit les poings sur les hanches.

— Et comment connaissait-il mes coins préférés ? continuait Mara. Est-il de Carpenter ou de Kipsy ? Ou devin ?

Elle avait de plus en plus de mal à jouer son rôle, nota Billy. La peur s'emparait d'elle.

— Non, je ne pense pas qu'il soit d'ici. Il s'est plaint du GPS qui ne fonctionnait pas bien sur son téléphone, l'autre jour.

— Alors il a eu de la chance aujourd'hui en devinant que j'irais au parc ? dit Mara.

Caleb secoua la tête.

— Il ne s'agissait pas de chance. Il m'a dit que vous alliez souvent courir là-bas autrefois et que vous auriez probablement envie de montrer l'endroit à votre fille, d'autant qu'il faisait beau.

— Bon sang, mais comment le savait-il ? s'enquit Billy à voix haute.

— S'il n'est pas d'ici, comment savait-il que j'aime courir dans le parc ? demanda Mara une fraction de seconde plus tard.

— Il m'a dit que son ami vous connaissait. Et avant que vous me le demandiez, non, je n'ai pas fait la connaissance de son ami ni de quiconque avec qui il travaille. Je ne l'ai jamais rencontré à l'hôtel où il séjourne.

— Et de quel hôtel s'agit-il ?

Un coup sur la porte interrompit Mara. S'attendant apparemment à voir quelqu'un du bureau du shérif, elle fut surprise de se retrouver face à un homme trapu, transpirant dans son costume.

L'avocat.

— Puis-je vous demander ce que vous faites ici avec mon client ? lança-t-il.

Un instant déstabilisée, Mara sourit en regardant tour à tour Caleb et le nouveau venu.

— Oh ! je suis juste une amie qui voulait lui tenir compagnie en vous attendant, assura-t-elle.

L'avocat ouvrit la bouche, pour protester très probablement, mais Mara était déjà dans le couloir. Duper Caleb avait été facile, mais la chose n'aurait pas été aussi aisée avec son avocat, elle s'en doutait bien.

Sans un regard en arrière, elle gagna directement le bureau de Billy. Si elle était plutôt satisfaite du résultat obtenu, elle était en même temps écœurée par ce qu'elle venait de faire.

Et si, comme certains des habitants du comté de Riker semblaient le penser, elle ne valait pas mieux que son père ? Étant donné qu'il n'avait jamais été rendu public qu'elle avait fait tomber Bryan Copeland en fournissant au shérif et à la justice des preuves contre lui, bon nombre de gens pensaient qu'elle avait su intelligemment plaider sa cause pour paraître innocente alors qu'elle aurait dû être condamnée avec son père pour complicité.

Peut-être avait-elle toujours su au fond d'elle-même qui était son père et ce qu'il trafiquait. La femme dure, violente, impitoyable qu'elle avait fait semblant d'être dans la salle d'interrogatoire était peut-être celle qu'elle était réellement, finalement.

Accablée par cette prise de conscience, Mara sentit les sanglots monter à sa gorge.

— Tu as été géniale ! s'exclama Billy en arrivant derrière elle. Tu as su lui tirer les vers du nez, il a commencé à tout balancer et... Mara ? ajouta-t-il, surpris par son silence.

Percevant la chaleur des mains de Billy sur ses épaules, elle se tourna vers lui.

— Oh ! Billy ! s'écria-t-elle en se jetant dans ses bras.

Quand il l'étreignit, elle sentit sa douceur, sa tendresse l'envelopper. Elle mesura alors à quel point Billy lui avait manqué.

Il pencha la tête pour planter les yeux dans les siens.

— Qu'est-ce qui ne va pas ? demanda-t-il. Pourquoi ces larmes ?

— Et si j'étais comme lui ? balbutia-t-elle. Et si j'étais comme mon père ?

Il l'étreignit plus fort, faisant remonter à sa mémoire de nouveaux souvenirs. Elle se revit nue contre lui, partageant son désir, le faisant sien.

— Tu n'as rien de commun avec ton père, dit-il d'un ton assuré, sans réplique.

Sa voix avait baissé d'une octave et l'envoûtait dans un cocon de soie. Elle résista à l'envie de fermer les paupières.

Voilà trop longtemps qu'elle n'avait pas entendu Billy lui

parler ainsi, et les images qui commençaient à lui traverser la tête ne l'aidaient pas à recouvrer ses esprits.

Un désir impérieux s'empara d'elle. Billy était si près. Elle n'avait qu'à lever la tête pour coller ses lèvres aux siennes. Serait-ce une mauvaise idée ?

Non, sans doute pas.

— Mara, murmura Billy comme une prière.

Mara ne trouva pas les mots pour répondre. Une douce chaleur commençait à se répandre dans son corps alors que Billy la serrait plus fort contre lui. Ses doigts glissèrent sur ses bras pour se poser sur ses hanches.

Voilà comment les choses se passaient toujours entre eux deux. Il suffisait d'un instant pour que tout s'embrase.

— Mara, répéta Billy.

Les yeux dans les siens, il se pencha pour capturer ses lèvres, et Mara, Dieu lui vienne en aide, ferma finalement les paupières, pour savourer la bouche de Billy après deux ans loin de lui.

Un bruit de verre brisé interrompit leur baiser. Mais ce fut les cris aigus d'Alexa qui les fit se ruer vers la porte.

# 9

La possibilité que le bruit ait une origine anodine, comme la chute d'un vase sur le sol, fut vite écartée lorsqu'ils identifièrent celui d'une baie vitrée explosant sous l'impact d'une balle.

Aussitôt Mara se sentit projetée au sol par Billy, qui s'allongea sur elle pour la protéger de son corps tout en s'emparant de son arme.

— Sniper à l'extérieur ! cria-t-il à la cantonade.

À peine avait-il fini sa phrase que d'autres coups de feu résonnèrent.

— Alexa ! hurla Mara en se rendant compte que ces tirs visaient la salle de conférences, celle où elle avait laissé la petite jouer avec Cassie.

Elle voulut se libérer, mais Billy la clouait à terre de tout son poids.

— Ne bouge pas, murmura-t-il.

Incapable de résister à l'appel de sa fille qui continuait de pleurer, Mara essaya une nouvelle fois de se dégager mais de nouveau, le shérif refusa de la laisser aller.

— Reste ici, Mara.

— Mais Alexa...

— C'est moi qui vais la chercher, dit-il d'un ton sans réplique.

Pendant un long moment, un indicible chaos régna à

l'intérieur du bâtiment. Billy aboyait des ordres et Suzy relayait des informations.

Lorsque le silence revint, Billy appela Cassie, la seule personne qui avait la possibilité de voir Alexa.

Elle ne répondit pas.

L'arme au poing, Billy rampa jusqu'à la salle de conférences.

— Nous avons besoin d'un médecin, cria-t-il dès qu'il fut à l'intérieur.

Mara bondit. À cet instant, rien ni personne n'aurait pu l'empêcher de se précipiter là où se trouvait sa fille.

Imitant Billy, elle rampait à toute vitesse vers la salle quand quelqu'un la saisit par l'épaule.

— Laissez-moi y aller en premier, ordonna Suzy, brandissant son pistolet.

Mara eut assez de bon sens pour s'immobiliser mais, dès que Suzy franchit la porte, elle la suivit.

— Seigneur !

Les baies vitrées qui donnaient sur la rue avaient explosé, des milliers de débris de verre jonchaient le sol ainsi que la table de conférence. Pourtant, ce fut ce qu'elle vit de l'autre côté de la salle qui lui donna envie de vomir.

Au milieu des cubes de couleur et des livres, Cassie était recroquevillée dans une mare de sang. Manifestement blessée, elle avait pourtant eu le réflexe de pousser Alexa derrière elle pour la protéger.

Agenouillé près d'elle, Billy s'efforçait de mesurer la gravité de ses blessures. Mais dès qu'elle aperçut Mara, Cassie se redressa et lança d'une voix hachée :

— Elle... Elle va bien... Elle n'a pas été touchée.

— Ne parle pas, Cassie. Épargne tes forces, ordonna Billy d'un ton sec.

Comme il passait la main sur la nuque de Cassie pour l'obliger à s'allonger, Mara vit le sang couler le long de ses doigts.

— Emporte Alexa, lui dit Billy qui s'efforçait de juguler l'hémorragie.

— Merci, Cassie, murmura Mara d'une voix étranglée.

Mara attrapa sa fille. À sa vue, l'enfant hurla plus fort. De grosses larmes roulaient sur ses joues.

— Tout va bien, ma chérie, chuchota Mara, tentant de la calmer. Tu n'as rien.

Dès qu'il vit la petite fille blottie dans ses bras, Billy se retourna pour lancer à Suzy :

— Sors-les d'ici. Emmène-les quelque part où il n'y a pas de fenêtre. Ne reviens pas sans un médecin.

Reportant son attention sur Cassie, Billy se remit à lui parler à voix basse et rassurante, et Mara fut touchée par cette scène.

Suzy les entraîna vers la petite salle de repos. Elle posa son sac près de la porte.

— Restez ici jusqu'à ce que le danger soit écarté, dit-elle.

Mara hocha la tête.

Alexa continuait de sangloter, le nez dans son cou.

Un peu plus tard, lorsque la situation se calma un peu, Suzy revint les chercher. Des ambulanciers, des policiers et bien sûr tous les adjoints de Billy allaient et venaient dans le bâtiment, et Suzy les fit sortir par-derrière pour leur éviter de les croiser. Elle les emmena vers le parking, vers la voiture dans laquelle elles s'engouffrèrent.

Mara respecta son silence. Manifestement secouée par les événements, Suzy roula un bon moment avant de commencer à lui expliquer ce qui s'était passé. Elle lui apprit que Billy, accompagné du chef de la police de Carpenter et de certains de ses hommes, était parti à la poursuite du tireur. Il était exceptionnel que quelqu'un ait le cran, ou la folie, de s'attaquer à un bureau du shérif. Et plus rare encore qu'il réussisse à tuer quelqu'un à l'intérieur, malgré la présence du shérif et de ses adjoints.

Mais l'impensable s'était produit.

— Caleb Richards est mort. Le deuxième coup de feu l'a atteint à la tête.

La nouvelle la bouleversa.

— Mais comment a-t-il pu se faire tuer ? Il était dans la salle d'interrogatoire. Elle n'a pas de fenêtre.

— Le malheureux avait demandé à se rendre aux toilettes. Son avocat l'y a escorté. Il s'est fait descendre dans le couloir, devant la porte.

Un frisson lui parcourut l'échine. Le seul endroit où elle aurait pu s'imaginer en sécurité, le bureau du shérif, n'avait pas réussi à protéger Caleb, à l'empêcher de mourir.

— Nous pensons que le premier coup de feu était également destiné à Caleb, poursuivit Suzy.

La circulation était fluide, Suzy roulait sans difficulté. Mara avait accepté de laisser sa voiture sur le parking du bureau du shérif, transposant le siège d'Alexa dans la voiture de patrouille.

— Le tueur voulait certainement abattre Caleb en tirant à travers les baies vitrées de la salle de conférences, mais…

— Mais Cassie a eu la malchance de se trouver près de la fenêtre quand il a fait feu, acheva Mara.

Par le rétroviseur, elle regarda Alexa qui chantonnait sur le siège arrière. Mara avait réussi à la calmer pendant qu'elles attendaient dans la salle de repos.

Une indicible colère la traversa à la pensée que sa fille aurait pu, elle aussi, être victime d'une balle perdue.

Mara s'interdit pourtant d'imaginer le pire. Alexa avait connu une journée terrifiante mais elle était saine et sauve et maintenant elle ne risquait plus rien.

— Comment va Cassie ?

Mara avait entendu arriver les secours mais elle n'avait pas osé sortir de la salle de repos pour venir aux nouvelles. Elle n'avait pas voulu qu'Alexa voie plus de sang qu'elle n'en avait déjà vu.

— Elle a été conduite au bloc dès son arrivée à l'hôpital. Sa sœur s'est rendue là-bas. Je n'en sais pas plus pour le moment.

Mara sentit des larmes lui brûler les paupières. Elle serra les poings.

— A-t-on une idée de l'identité du tireur ?

Les doigts de Suzy serraient si fort le volant que les jointures en blanchirent.

— Non, reconnut-elle. Mais croyez-moi, le shérif ne s'arrêtera de le chercher que lorsqu'il l'aura arrêté.

Elles restèrent silencieuses pendant le reste du trajet jusqu'à la maison de Billy. Trois ans plus tôt, quand Mara avait commencé à travailler avec lui pour l'aider à faire tomber son père, ils avaient gardé secret le rôle qu'elle avait joué dans cette histoire. Suzy avait été la seule personne au bureau du shérif à le savoir. Au début, Mara s'était demandé si l'insistance de Billy à mettre Suzy dans la confidence ne prouvait pas l'existence entre eux de relations plus que professionnelles. Maintenant, elle avait compris que Suzy était sa meilleure amie.

« Suzy est une fille bien, lui avait dit Billy. J'ai confiance en elle plus qu'en quiconque. Et tu peux te fier à elle, toi aussi. Elle ne te fera jamais de mal et te protégera toujours. Compte sur elle pour assurer tes arrières. »

Suzy savait-elle qu'Alexa était la fille de Billy ? s'interrogea-t-elle.

— Vous ne m'avez pas demandé pourquoi j'étais partie, il y a deux ans, dit Mara lorsque la voiture s'immobilisa dans l'allée de Billy.

Suzy coupa le moteur.

— Je suppose que vous aviez vos raisons.

Se tournant vers elle, les clés à la main, elle ajouta :

— Et pour quitter un homme aussi amoureux de vous, vous deviez avoir de sacrées bonnes raisons.

— À l'époque, je pensais qu'elles l'étaient, reconnut Mara avec honnêteté.

— Et maintenant ?

Mara ignorait comment répondre à cette question. Heureusement, elle n'eut pas à le faire.

— Maman ! cria Alexa. Maman !

Suzy sourit. Les tensions se dissipèrent. Maintenant, Mara pouvait voir la mère se profiler sous l'uniforme de la femme assise à côté d'elle.

— Ce « maman » me manque, dit-elle. Profitez de votre petite fille le plus possible parce que les enfants grandissent vite, trop vite.

Pour la première fois depuis son arrivée en ville, Mara oublia ses problèmes. Toutes trois entrèrent dans la maison du shérif, tout en parlant des joies de la maternité, du climat impossible qui régnait en Alabama et de la hausse du prix de l'essence.

De tout sauf des dangers qui planaient au-dessus du comté de Riker.

Plus tard dans la nuit, Mara se réveilla sur le lit de Billy, le cœur battant, le souffle court. Elle se mit sur son séant et se frotta le visage, tentant d'oublier la violence de son cauchemar. Peu à peu, elle recouvra son sang-froid.

C'est alors qu'elle découvrit le petit mot que Suzy avait laissé sur la table de chevet.

« J'ai besoin d'aller courir. Deux adjoints du shérif montent la garde dehors et je vous enferme à l'intérieur. J'ai branché l'alarme alors n'essayez pas de sortir parce que je ne connais pas le code pour la désactiver si elle se déclenche.

Suzy. »

Reposant le feuillet, Mara regarda sa fille. L'enfant dormait, ses cheveux noirs encadrant son petit visage. Elle ressemblait à une princesse. Paisible dans son sommeil, elle ignorait le monde qui l'entourait.

Et ceux qui utilisaient l'amour de sa mère contre elle.

Mara se pencha pour poser un baiser sur la joue d'Alexa avant de sortir du lit avec précaution. Elle traversa la chambre de Billy pour gagner la salle de bains.

Elle se demanda soudain si, depuis qu'elle était partie, depuis qu'elle l'avait quitté, d'autres femmes avaient partagé sa chambre, son lit. Sûrement.

Billy était un homme très séduisant et toutes les filles d'Ève tombaient forcément sous son charme. Pourquoi n'aurait-il pas eu une amoureuse ?

Le ventre noué, Mara se rendit compte que cette éventualité était plus que probable. Peut-être que les voir apparaître, elle et sa fille, avait bouleversé Billy au point d'oublier de lui dire qu'il était en couple.

Avec un soupir, Mara refusa de s'appesantir sur le sujet. À quoi bon se torturer ?

La veille au soir, Suzy avait été récupérer leurs affaires dans la maison d'hôte, toutes deux ayant convenu qu'il serait plus facile pour tout le monde d'être sous un même toit. Tant pis si la proximité de Billy Reed constituait une tentation presque irrésistible.

Suzy avait partagé un morceau avec elles avant que Mara donne le bain à Alexa. Ensuite, elle avait joué avec sa fille jusqu'à ce qu'elle s'endorme. Et elle-même n'avait pas dû tarder à en faire autant... Mais, à présent, Mara devinait qu'elle ne retrouverait pas les bras de Morphée tant qu'elle n'aurait pas eu des nouvelles de Billy.

Sachant qu'elle ne réussirait pas à s'assoupir, elle décida de profiter du sommeil d'Alexa pour prendre une douche. Elle se déshabilla rapidement et se glissa dans la cabine. De là, elle pouvait surveiller la petite fille endormie dans la pièce voisine. Et Mara avait hâte de laisser l'eau chaude la détendre et emporter les souvenirs de cette terrible journée.

Dès que le jet d'eau cascada sur ses épaules, elle poussa un soupir de bien-être. Pour se rassurer, elle déplaça légèrement le rideau de douche sur le côté, assez pour pouvoir régulièrement jeter un coup d'œil sur Alexa. La petite fille dormait toujours.

Satisfaite, Mara laissa la chaleur l'envelopper tout entière. Elle tentait de recouvrer ses esprits mais elle ne cessait de repenser aux événements de la journée.

Et à Billy.

Le simple fait de songer à lui réveillait au creux de son ventre des sentiments, des désirs et des plaisirs qu'elle pensait avoir définitivement oubliés.

Il ne s'agissait pas de sentiments, de désirs ou de plaisirs compliqués mais, comme ils étaient liés à leur passé, ils devenaient forcément compliqués.

Comme si le fait de penser à lui suffisait à le faire apparaître, Mara entendit Billy l'appeler par son nom. La culpabilité s'empara d'elle tandis qu'elle essayait d'effacer de son esprit les images qui l'avaient traversée. Elle s'essuya rapidement les yeux.

— Je suis dans la salle de bains, répondit-elle en reculant d'un pas pour ne pas être vue à travers le rideau de douche.

Elle entendit les lourdes chaussures de Billy s'approcher de la porte.

— Je suis désolée d'envahir ton espace personnel, reprit-elle plus fort pour couvrir le bruit de l'eau. J'aurais dû te demander l'autorisation, mais tu étais occupé et la maison d'hôte ne paraissait pas aussi sûre.

Elle se sentait tendue. Et comme Billy ne répondait rien, sa nervosité grimpa encore d'un cran.

— Es-tu toujours là ? demanda-t-elle.

Le bruit du rideau de douche qui s'ouvrait la fit se retourner d'un bond.

Elle se pétrifia en voyant surgir le shérif entièrement habillé dans la cabine de douche, devant elle, totalement nue. Billy l'avait vue des dizaines de fois en tenue d'Ève lorsqu'ils sortaient ensemble. Il n'ignorait rien de ce qui se cachait sous ses vêtements. Cependant, elle aurait cru qu'il l'aurait avertie avant de se présenter ainsi devant elle.

Mais les yeux de Billy ne quittaient pas les siens.

Il se rapprocha. Saisissant son visage entre ses mains, il captura ses lèvres et il se plaqua contre elle. Il pressa son front contre le sien et dit d'une voix teintée d'un intense soulagement :

— Je suis heureux que tu ailles bien.

# 10

La première fois que Billy avait embrassé Mara, ils étaient chez lui, dans sa salle à manger. Ils avaient passé la nuit à chercher un dealer qui serait d'accord pour dénoncer Bryan. Au petit matin, Billy avait vu la fatigue menacer de submerger Mara. Alors qu'il apportait du café, il l'avait surprise à un moment où elle se croyait seule et se laissait aller.

La tête entre les mains, les épaules basses, elle lui avait paru incarner l'épuisement total. Il ne s'agissait pas seulement d'une fatigue extrême. Elle semblait accablée, brisée.

Avant cet instant, Billy n'avait pas eu conscience de nourrir des sentiments romantiques pour elle, de l'aimer. Bien sûr, il était probable qu'il était tombé amoureux d'elle au premier regard. Mais en mesurant l'intensité de sa souffrance, il avait eu envie de la réconforter, de l'aider. D'apaiser ses blessures. De lui assurer que, même si sa vie était actuellement sombre et compliquée, elle ne le serait pas éternellement. De lui promettre que l'essentiel était de tenir bon dans la tempête parce que, au bout de la nuit, elle verrait le soleil se lever.

Il l'avait alors attirée à lui pour l'embrasser à pleine bouche. Il avait ensuite posé son front contre le sien et lui avait juré que tout irait bien.

C'était plutôt drôle que, deux ans plus tard, et un étage

au-dessus, il fasse presque la même chose. Pourtant, cette fois, c'était lui qui avait besoin de force. Bien sûr, il n'avait pas prévu d'entrer tout habillé dans la cabine de douche.

Lorsqu'il était arrivé chez lui, il n'avait pas en tête d'embrasser Mara Copeland. Mais quand elle lui avait parlé à travers le rideau de douche, comme au bon vieux temps, tout avait changé. Des questions angoissantes l'avaient soudain traversé.

Et si Caleb avait réussi à l'enlever dans le parc ? Et si elle avait été abattue d'une balle en tentant de protéger Alexa ?

Il avait alors regardé la fillette dans le lit. Elle dormait profondément, enveloppée dans une couverture rose à l'effigie d'un personnage de Disney.

Quand Mara lui avait demandé s'il était là, Billy n'avait pas fait très attention à la question. Mais uniquement à la voix qui la posait. Et soudain, une certitude s'était imposée à lui, impérieuse.

Il lui fallait toucher Mara, l'étreindre contre lui. Pour s'assurer qu'elle était réelle, vivante et simplement là.

À présent, pourtant, Billy commençait à douter.

Certes, quelques instants plus tôt, il avait tout oublié pour l'embrasser. Mais maintenant, il recouvrait ses esprits et il se demandait quelle mouche l'avait piqué.

Il recula et laissa retomber ses bras.

— Je suis désolé, dit-il, plus conscient que jamais qu'il était complètement habillé devant une Mara totalement nue. J'ai eu tort, je n'aurais...

Sans le laisser terminer sa phrase, Mara noua les bras autour de son cou pour se coller à lui.

Toutes ses hésitations envolées, Billy captura une nouvelle fois ses lèvres. Quand leurs langues entamèrent une danse sensuelle, ils retrouvèrent le chemin vers le septième ciel qu'ils avaient si souvent parcouru ensemble. Leurs baisers devinrent brûlants.

Et tandis que ses mains se promenaient sur la peau douce et humide de Mara, Billy, incapable de s'en empêcher, la poussa contre le mur carrelé et l'étreignit avec force. L'eau tombait en cascade sur leurs têtes, sur leurs dos. Il regretta soudain de ne pas s'être débarrassé de ses vêtements avant d'entrer dans la cabine de douche.

Apparemment, la même pensée traversa Mara. Car elle s'empara du bas de sa chemise pour tirer dessus mais elle ne parvint pas à la sortir de son pantalon. Le tissu trempé collait à sa peau. Finalement, Billy s'écarta d'elle pour le faire lui-même.

Mara réclamait déjà sa bouche pour un nouveau baiser passionné. Ses doigts s'activèrent sur la boucle de son ceinturon. Bientôt, avec l'aide de Mara, Billy se retrouva nu.

Alors il la souleva et la plaqua contre le mur. Aussitôt, elle enroula ses jambes autour de sa taille.

Ils avaient peut-être vécu des vies séparées durant ces deux dernières années mais, à cet instant, rien n'avait changé. Ils se retrouvaient comme s'ils s'étaient quittés la veille.

La maison ressemblait beaucoup à celle qu'elle était, deux ans plus tôt. Elle gémissait sous les assauts du vent, même si elle avait toujours résisté aux tempêtes. Des branches de l'arbre planté sous les fenêtres de la chambre d'amis grattaient le mur extérieur sous les bourrasques. Une chouette qui vivait dans le bois tout proche hululait de temps en temps comme pour faire écho aux sérénades des crapauds qui tenaient conseil dans la mare.

L'intérieur de la belle demeure était loin d'être silencieux. Le ronronnement du réfrigérateur et celui du climatiseur emplissaient la nuit. Billy était habitué à tous ces bruits. Il n'y faisait plus attention.

Alors qu'il somnolait sur son lit, il tourna la tête pour regarder Mara.

Grâce au rai de lumière qui filtrait sous la porte de la salle de bains, Billy pouvait voir son ravissant visage, détendu dans le sommeil, ses cheveux étalés sur l'oreiller, sa bouche entrouverte.

Il promena les yeux sur ses lèvres, pendant un moment.

Il n'avait pas voulu qu'il se passe quelque chose entre eux. Mais dès que Mara l'avait embrassé, il avait su qu'il ne pourrait pas lui résister. Ils avaient peut-être eu un passé compliqué mais, indéniablement, ils étaient liés l'un à l'autre par quelque chose de plus fort qu'une simple attirance physique.

Leurs relations avaient démarré au cours d'une enquête difficile et très prenante. À l'époque, ils passaient tant de temps ensemble qu'ils avaient fini par vouloir *être* ensemble. Peau contre peau, cœur contre cœur. Ils avaient besoin l'un de l'autre. Mais jamais il n'avait imaginé à quoi leur amour donnerait naissance.

Il reporta son attention sur la petite fille qui dormait entre eux. Mara avait enroulé son bras autour d'Alexa, la protégeant même pendant son sommeil, tandis que Billy montait la garde de l'autre côté.

Quand ils étaient sortis de la douche, Billy avait pensé dormir dans la chambre d'amis ou même sur le canapé. Ils savaient l'un et l'autre que rien n'était réglé entre eux. Mara ne lui avait toujours pas expliqué pourquoi elle lui avait caché si longtemps l'existence de leur fille.

Pourtant, Mara lui avait tout de suite demandé de rester.

« Uniquement pour qu'Alexa ne risque pas de rouler et de tomber du lit », avait-elle dit avec un petit rire.

Billy ne savait pas si elle plaisantait ou non, mais il avait pris cette nouvelle responsabilité au sérieux.

C'était la première fois de sa vie qu'il avait la possibilité de faire quelque chose pour sa fille.

Pour la énième fois depuis qu'ils avaient fait l'amour dans la douche, Billy ressassa les questions qui le hantaient. Il voulait entendre les réponses de la bouche de Mara. Elle était la mère de son enfant. De l'enfant qu'elle lui avait cachée. Pourquoi ?

Et pourquoi ne l'avait-il pas interrogée à ce sujet ? Pourquoi ne l'avait-il pas priée de s'expliquer *avant* de l'embrasser, *avant* d'aller plus loin avec elle ?

Billy savait pertinemment pourquoi.

Son corps se moquait bien des raisons pour lesquelles elle lui avait tu sa paternité, Alexa, il n'avait que faire des raisons pour lesquelles elle était partie du jour au lendemain sans explications, deux ans auparavant. Dès son retour, le désir qu'elle avait toujours suscité en lui était revenu le tourmenter.

Pourtant, maintenant, Billy regrettait de ne pas lui avoir posé la question. Parce que, même s'il n'aimait pas la réponse qu'elle lui donnerait — comment l'aurait-il pu ? —, il avait besoin de savoir. Au moins autant qu'il avait besoin d'arrêter Beck.

Pour protéger Mara et leur fille.

Son téléphone portable se mit à vibrer, et Mara et Alexa commencèrent à bouger dans leur sommeil. Aussi vite qu'il le put, Billy sortit du lit pour gagner le couloir, son téléphone à la main.

— Reed, dit-il à mi-voix.

— Nous avons retrouvé la petite amie de Bernie Lutz, déclara l'inspecteur Walker, sans perdre de temps avec les politesses d'usage. L'autre soir, lorsque nous l'avons laissée repartir, elle a manifestement choisi de quitter le comté de Riker au plus vite. Mais dans sa hâte à prendre le large, elle n'a pas respecté les limitations de vitesse. Le policier qui l'a arrêtée savait que nous la cherchions et il nous a passé un coup de fil. Nous leur avons faxé les portraits de Beck et de Caleb. Jessica a confirmé que Beck était l'un des deux hommes qui avaient menacé Bernie avant sa mort, mais elle dit n'avoir jamais vu Caleb.

— Au moins, voilà un demi-mystère résolu, répondit Billy.

— Elle n'a reconnu aucun des hommes figurant dans les banques de données. Alors nous avons demandé à Walden de se rendre dans ce bureau de police afin de dresser un portrait-robot du complice de Beck à partir des informations que lui donnera Jessica. Il ne pourra pas y aller avant cet après-midi, mais nos collègues vont la verbaliser en attendant pour excès de vitesse.

Billy félicita Matt pour son travail et lui ordonna d'aller prendre un peu de repos.

— Tout va bien ? chuchota Mara à sa grande surprise quand il revint se recoucher.

Il s'allongea sur le dos mais tourna le visage vers elle. Les yeux de Mara étaient clos et il devina qu'elle n'était pas totalement réveillée. Pourtant, il répondit :

— Nous avons trouvé une autre connexion à Beck.

— Formidable, répondit-elle en souriant.

Billy sourit aussi. Voilà longtemps qu'il n'avait pas eu d'échanges avec une Mara à moitié endormie.

Visiblement, elle flottait entre sommeil et réalité et elle ne tenait pas des propos très cohérents. Aussi décida-t-il d'essayer de dormir au lieu de continuer à discuter dans le vide avec elle. Il ne voulait pas risquer de réveiller Alexa.

— Tu m'as manqué, Billy.

Billy se figea, attendant que Mara continue.

Mais elle ne le fit pas.

Au lieu de quoi, elle tendit la main vers lui pour mêler leurs doigts, son bras toujours par-dessus Alexa.

Billy resta immobile, les yeux écarquillés, regardant dans la semi-pénombre la main de Mara dans la sienne.

Sa peau était chaude et douce.

Ce n'est que lorsque la respiration de Mara redevint régulière et profonde qu'il répondit enfin.

— Une fois que vous deux ne serez plus en danger, tu m'expliqueras tout, Mara, murmura-t-il.

Cependant, il ne pouvait plus nier un fait poignant.

— Toi aussi, tu m'as manqué, ajouta-t-il en baissant encore la voix.

Les rayons du soleil matinal qui filtraient entre les rideaux la tirèrent du sommeil. Comme Alexa dormait encore, Mara se dit qu'il ne devait pas être déjà 7 heures et elle tenta de se rendormir, mais elle comprit très vite qu'elle n'y arriverait pas, pour deux raisons.

En premier lieu, dès qu'elle battit les paupières et vit les poutres du plafond, elle se souvint de l'endroit où elle se trouvait. Et de ce qui s'était passé la veille. Elle ressentit la douce langueur qu'elle éprouvait toujours après avoir fait l'amour avec Billy. Le simple souvenir de leur corps à corps sous le jet de la douche l'embrasa.

Deuxièmement, lorsqu'elle se retourna et vit Billy dans le lit, un trouble différent commença à l'envahir. Le shérif était couché sur le dos, les yeux clos et le visage détendu. Il lui offrait une image que Mara avait vue plusieurs fois quand ils étaient ensemble.

Cependant, et cela était nouveau, Alexa dormait blottie contre lui et Billy avait posé son bras au-dessus d'elle dans un geste protecteur.

Ensemble, tous trois formaient une famille.

Ou plutôt en auraient-ils formé une, si Mara ne s'était pas enfuie.

*Tu avais une bonne raison de partir,* se remémora-t-elle, amère. *Tu voulais le protéger, qu'il soit heureux.*

Mara serra les draps entre ses doigts. Des larmes lui brûlaient les paupières.

*Tu avais fait un choix.*

Dans son sommeil, Alexa donna un petit coup de genou à Billy. Le shérif réagit d'instinct. Sans se réveiller, il réajusta son bras autour de la petite fille de façon que tous deux retrouvent une position confortable.

*Tu avais fait un choix,* se répéta Mara. *Mais maintenant, il ne s'agit plus seulement de toi.*

Son cœur s'accéléra en imaginant la petite famille qu'ils auraient pu être. Était-il trop tard ? Billy en avait-il seulement envie ? Bien sûr, ils avaient partagé un bon moment sous la douche la veille, mais une nuit ne pouvait compenser deux ans de silence et de secrets.

Des bruits dans la maison la tirèrent de ses pensées.

— Billy, murmura-t-elle.

Elle lui secoua le bras, mais n'attendit pas qu'il se réveille pour bondir du lit et courir jusqu'à la porte de la chambre. Ouf, elle était fermée à clé.

Quand elle se retourna, Billy était non seulement debout mais il se détachait doucement d'Alexa pour sortir du lit sans la réveiller.

— Il y a quelqu'un dans la maison, murmura Mara, venant de son côté.

Au son de sa voix, Alexa battit des paupières, puis les dévisagea tour à tour.

— Attends-tu quelqu'un ? demanda Mara, en prenant

conscience, le ventre noué, que Billy avait peut-être une petite amie qui venait lui rendre visite.

— Personne n'est censé être ici, à part vous deux.

Le soulagement de Mara fut de courte durée. Un autre bruit se fit entendre à l'arrière de la maison.

Billy fronça les sourcils.

— Prends Alexa et enferme-toi avec elle dans la salle de bains, ordonna-t-il. Et appelle Suzy.

Il attrapa son téléphone portable sur la table de chevet et le lui tendit. Puis ouvrant un tiroir, il sortit son arme.

Mara prit Alexa dans ses bras, essayant de ne pas paraître trop alarmée. Heureusement, quand la petite fille se réveillait le matin, elle était plus calme.

— Maman, murmura-t-elle tout simplement en bâillant.

Billy était sur le point de dire quelque chose quand il entendit le plancher craquer dans le couloir, de l'autre côté de la porte de la chambre.

Lorsque la poignée commença à tourner, il les poussa toutes deux derrière lui et leva son arme.

Mara sentit son cœur s'accélérer dans sa poitrine. Beck avait-il assez de cran pour s'introduire dans la maison du shérif ou avait-il envoyé quelqu'un d'autre pour le faire ?

— J'ai une arme à la main et je n'hésiterai pas à m'en servir, annonça Billy.

Un autre grincement de plancher se fit entendre.

— Billy Marlow Reed, si tu me tires dessus et ruines mon chemisier préféré, mon fantôme reviendra te hanter ta vie durant, crois-moi.

Instantanément, Billy poussa un gros soupir et alla ouvrir la porte.

Une femme d'un certain âge que Mara ne connaissait pas se tenait sur le seuil.

— Désolé, maman, dit Billy. Mais la prochaine fois, passe-moi un coup de fil avant de débarquer.

# 11

Quel spectacle ils durent offrir à Claire Ann Reed !

Vêtu d'un bas de pyjama et d'un T-shirt, les cheveux en bataille, Billy avait sans doute l'air d'un fou furieux à pointer un pistolet sur sa propre mère. Dans sa petite chemise de nuit en coton, Alexa avait les cheveux dans le même état que ceux de son père. Et elle-même ? Mara s'inspecta de la tête aux pieds. Affublée d'une vieille chemise de Billy, bien trop grande pour elle, et d'un short, elle ne pouvait espérer faire bonne impression. Enfin, au moins n'était-elle pas nue...

— Je t'ai appelé, figure-toi, rétorqua Claire en plantant un regard sévère sur son fils. Trois fois de suite. Mais comme tu ne répondais pas, j'ai décidé de venir. Et si tu veux tout savoir, je suis ta mère, Noël approche et tu aurais quand même pu te douter que je viendrais comme d'habitude passer les fêtes de fin d'année avec toi.

Pour la première fois depuis qu'elle était apparue sur le seuil de la pièce, elle fit mine de découvrir que son fils n'était pas seul. Retrouvant sa politesse, elle sourit.

— J'ai fait du café. Il vous attend dans la cuisine si vous en voulez un bol.

— Tu as fait du café ? répéta Billy, abasourdi. Mais depuis combien de temps es-tu arrivée ?

Claire se mit à rire.

— Assez longtemps pour avoir préparé aussi des pancakes et du jus d'orange afin de te permettre de prendre un petit déjeuner digne de ce nom.

Mara vit Claire se tourner vers elle.

— Votre fille sera peut-être contente d'en boire un verre.

— Alexa, dit Mara. Elle s'appelle Alexa et elle adore les jus de fruits.

Le sourire de Claire s'élargit. Mais elle retrouva son air renfrogné pour ajouter, à l'intention de son fils :

— Je t'attends en bas, tu m'expliqueras pourquoi tu as failli me loger une balle en pleine tête… Et pendant que tu y es, tu me diras aussi pourquoi il n'y a toujours pas de sapin dans le salon, ni de couronne de houx sur ta porte.

Et sur ces mots, elle tourna les talons.

Mara et Billy restèrent un instant pétrifiés. Mara se rendit compte qu'elle était écarlate. Même si elle avait souvent entendu parler de Claire, elle ne l'avait encore jamais rencontrée en chair et en os. Si, comme le prétendait le dicton, la première impression était toujours la bonne, elle avait perdu toutes ses chances de plaire à la mère de Billy.

— C'était plutôt inattendu, conclut enfin Billy en refermant la porte de la chambre. C'était ma mère, ajouta-t-il d'un air penaud.

— Ça, je l'avais compris, répondit Mara en reposant Alexa sur le lit.

Elle poussa un long soupir avant de poursuivre :

— J'ai souvent eu envie de rencontrer ta mère, mais j'aurais préféré être dans une autre tenue pour faire sa connaissance. Et ailleurs que dans cette chambre…

Billy lui décocha un sourire tendre.

— Au moins, avions-nous Alexa avec nous, dit-il. Nous aurions pu être dans une situation beaucoup plus… compromettante.

Il essayait d'alléger l'atmosphère en faisant de l'humour, mais peine perdue. Mara se sentit encore plus mal à l'aise.

— Ta mère sait-elle qui je suis ? balbutia-t-elle. Et est-elle au courant… pour nous ?

Billy recouvra aussitôt son sérieux. Il secoua la tête.

— Il y a deux ans, elle avait conscience que nous passions beaucoup de temps ensemble et elle m'avait interrogé à ce sujet, mais je lui avais assuré que tu étais juste une amie. Je voulais rester discret pendant la durée de l'enquête et du procès. Et elle n'a jamais su que tu es la fille de Bryan Copeland.

— Maman, dit Alexa qui commençait à trouver que personne ne s'intéressait à elle.

Mara, consciente que la fillette n'allait plus tarder à réclamer son petit déjeuner, garda les yeux rivés sur Billy.

— Et comment allons-nous lui expliquer ce que nous faisions dans ta chambre ? demanda Mara.

Billy se gratta le menton.

— Nous n'allons rien lui expliquer du tout, finit-il par dire. Pas encore. En tout cas, pas avant que nous ayons déterminé nous-mêmes ce que nous faisons dans cette chambre et ailleurs, pas avant de savoir où nous en sommes. Et pas avant d'avoir réglé la situation avec Beck.

Mara habilla Alexa de son short bleu préféré, d'une chemise fleurie avec les mots « *I am the Boss* » brodés sur le devant, et elle s'efforça de lui natter les cheveux. Mais la petite avait faim et fit rapidement comprendre à sa mère qu'elle ne patienterait pas plus longtemps.

— Si tu veux, je peux la descendre pendant que tu te prépares, proposa Billy.

Mara ne voulait pas que Billy et sa mère soient obligés de s'occuper d'Alexa. D'un autre côté, la petite détestait attendre quand elle avait faim, et Mara tenait à avoir l'air décent pour partager un petit déjeuner avec Claire Reed, même si Billy lui avait affirmé qu'elle était très bien comme elle était.

— Bonne chance, alors, dit Mara.

Il lui sourit et elle sentit un frisson lui parcourir l'échine. Peu importe l'heure ou la situation, Billy Reed était toujours séduisant en diable.

Il se pencha vers la petite fille.

— Alexa, veux-tu descendre déjeuner avec une femme plutôt originale qui aime débarquer chez les gens à l'improviste mais qui confectionne les meilleurs pancakes du monde ? demanda-t-il.

— Oui !

— Alors, allons-y.

Alexa était tellement excitée d'avoir quelqu'un sur la même longueur d'onde qu'elle qu'elle tendit spontanément la main à Billy. Il la prit sans hésiter. Mais Mara le vit se raidir, un bref instant. Elle se rendit compte alors que c'était la première fois qu'il tenait sa fille par la main. Comme ils disparaissaient dans la cage d'escalier, Mara ne put s'empêcher de ressentir une profonde culpabilité.

Billy aidait Alexa à manger ses céréales quand Mara entra dans la salle à manger, le visage sombre. Elle avait noué ses cheveux en queue-de-cheval, enfilé une chemise blanche et un jean qui mettait ses longues jambes fuselées en valeur.

Ces mêmes jambes qui s'étaient enroulées autour de sa taille la veille au soir sous le jet d'eau chaude.

Il s'éclaircit la gorge. Assis entre sa fille et sa mère, il était gêné d'être traversé par de telles pensées. Pour recouvrer son sang-froid, il s'intéressa à la mine soucieuse de Mara.

— Qu'est-ce qui ne va pas ?

— Suzy t'a appelé sur ton portable et j'ai décroché, dit-elle en lui tendant l'appareil. J'espère que tu ne m'en voudras pas.

L'arrivée impromptue de sa mère l'avait déstabilisé au point de lui faire oublier son téléphone. Rapidement, Billy s'essuya les mains et s'en empara.

— Suzy ?

— Billy, j'ai une mauvaise nouvelle à t'annoncer, annonça tout de go la principale adjointe du shérif. Je te suggère de sortir de la pièce où se trouve ta mère afin de pouvoir parler librement.

— Comment sais-tu que ma mère est là ? demanda-t-il tout en remontant vers la chambre dans laquelle il s'enferma.

— Comme tu ne répondais pas à ses appels, elle a téléphoné ici. Je lui ai dit que tu devais être chez toi.

— Merci, dit-il d'un ton sarcastique.

— Pas de problème, patron, répliqua-t-elle avec gravité.

— D'accord, je me suis isolé, maintenant. Dis-moi ce qui se passe.

— La petite amie de Bernie Lutz est morte.

Billy qui sillonnait la pièce en long et en large s'interrompit.

— Attends, je ne comprends pas. Que s'est-il passé ? Comment est-ce possible ? L'inspecteur de police local ne devait-il pas la garder sous prétexte d'excès de vitesse jusqu'à ce que le portraitiste arrive ? L'ont-ils laissée partir ?

— Non.

— Mais alors, comment est-elle morte ?

Billy grimaça.

— Ne me dis pas qu'elle s'est fait descendre alors qu'elle était retenue dans le poste de police.

— Non.

Billy regarda fixement le mur de sa chambre comme si l'explication allait y être révélée.

— D'accord. Raconte-moi tout et je garderai mes questions pour la fin.

— Je dois partir, annonça Billy lorsqu'il revint dans la salle à manger.

Il portait déjà son arme de service à la hanche, son badge à sa ceinture et une chemise boutonnée sous son blazer sombre. Et il avait enfoncé son chapeau de cow-boy sur sa tête.

— Que s'est-il passé ? s'enquit Mara.

— La petite amie de Bernie Lutz était censée rencontrer aujourd'hui un portraitiste afin d'établir avec lui le portrait-robot du type qui était avec Beck pour menacer Bernie.

Billy alla dans la cuisine et revint avec une tasse de café.

— En l'attendant, elle devait passer la nuit au poste. Elle s'était rendue coupable d'excès de vitesse, ce qui donnait un bon prétexte à mes collègues de la police pour la garder quelques heures. Malheureusement, un incendie s'est déclaré dans le bâtiment, les obligeant à l'évacuer. Quand tout s'est enfin calmé, ils se sont rendu compte qu'elle n'était plus là.

— Elle s'était enfuie ? demanda Mara, surprise.

— C'est ce que les flics ont d'abord pensé… Jusqu'au moment où un jogger a retrouvé son cadavre dans un fossé. Elle a été assassinée.

— Quoi ?

Mara sentit un froid terrible commencer à s'infiltrer sous sa peau. Et elle vit Billy lui lancer un regard qu'elle ne parvint pas à décrypter.

— Je vais rejoindre l'inspecteur Walker pour voir si nous pouvons trouver quelque chose pour nous aider à coincer Beck ou son complice.

— Beck est-il le type qui a tiré sur la malheureuse Cassie ? s'enquit Claire.

— Comment diable as-tu entendu parler de Cassie ? demanda Billy. Nous nous sommes arrangés pour que les médias ne soient au courant de rien afin de ne pas gêner l'enquête.

Si la brusquerie de son fils vexa Claire, elle ne le montra pas.

— Betty Mills, tu sais, ma vieille amie qui vit derrière le salon Red Hot Nail de Cherry, m'a appelée après avoir parlé à sa fille qui a un fils qui travaille avec toi...

— Dante, devina Billy.

— Sans doute. Quoi qu'il en soit, ce garçon a eu, lui, la délicatesse d'appeler sa mère pour lui faire savoir qu'il était sain et sauf lorsque la rumeur s'est répandue que deux personnes avaient été prises pour cibles au bureau du shérif. Dont Cassie. J'ai pensé que j'en saurais davantage si je débarquais un jour plus tôt. Si j'avais dû attendre que tu me rappelles pour me tenir au courant, je serais toujours à me ronger les sangs.

Sans donner à son fils la possibilité de s'excuser de ne pas lui avoir téléphoné, Claire ajouta :

— J'étais là le jour où Cassie a été embauchée comme stagiaire. Cette petite m'avait semblé très gentille et pétillante.

Mara, rongée par la culpabilité, se rendit compte qu'elle n'avait pas interrogé Billy sur l'état de santé de la pauvre Cassie quand il était rentré la veille. Quelle ingrate elle faisait !

— Comment va Cassie ? demanda-t-elle aussitôt, inquiète.

— L'opération qu'elle a subie hier a réussi, mais elle est maintenue dans un coma artificiel pour la mise au repos de ses fonctions vitales. Sa sœur m'a dit qu'elle nous donnerait des nouvelles.

— Je suppose que vous n'avez pas le temps de m'expliquer ce qui se passe ? intervint Claire. Ni pourquoi ce Beck tue tous ceux qui croisent son chemin.

Mara se raidit aussitôt. Et Billy fronça davantage les sourcils.

— Je ne veux pas que tu sortes d'ici, Mara, ordonna-t-il. Deux de mes adjoints sont déjà en route, dont Dante Mills. Ils surveilleront l'avant et l'arrière de la maison et ils s'assureront que tu vas bien toutes les demi-heures.

Il regarda sa mère.

— Maman, je ne peux te forcer à rien mais j'apprécierais vraiment que tu restes ici, toi aussi. Si Mara en est d'accord, elle peut te raconter tout ce qui s'est passé à condition que tu n'en parles à personne, pas même à Betty Mills. D'accord ?

Claire se rembrunit, mais elle hocha la tête.

Billy s'approcha et embrassa le haut de la tête d'Alexa. Il hésita avant de quitter la salle. Mara comprit alors que Billy Reed était déjà fou amoureux de sa fille. Et elle se dit que, maintenant, elle ne pourrait plus partir sans laisser d'adresse. Même s'il ne voulait plus d'elle, Billy serait incapable désormais de vivre sans Alexa.

Elle soupira. Dans l'immédiat, il y avait des problèmes plus urgents à régler.

À commencer par Claire, qui la dévisageait avec sévérité.

— Mon fils a peur que quelqu'un vous fasse du mal. Pourquoi ?

Mara regarda Alexa, et la peur lui broya le cœur.

— Parce que, maintenant, je suis la seule personne avec Alexa à avoir été en contact direct avec ce Beck et à être encore en vie.

Claire ressemblait beaucoup à son fils. Ou peut-être était-ce l'inverse. Quoi qu'il en soit, elle l'écouta avec attention lui raconter tout ce qui s'était passé depuis qu'elle avait reçu la visite du dénommé Beck.

Par contre, Mara se garda d'évoquer la relation qu'elle

avait nouée deux ans plus tôt avec Billy. Et elle lui cacha également qu'Alexa était sa petite-fille.

Lorsqu'elle eut fini, Claire hocha la tête.

— Ce Beck vous veut donc vivante parce qu'il a besoin de vous, sinon vous ne pourriez pas l'aider à retrouver un trésor de guerre, résuma-t-elle. C'est déjà ça. Comme il est accompagné d'un complice qui tue manifestement pour un « oui » ou pour un « non », mieux vaut que ce Beck vous préfère en vie.

Mara ne put qu'être d'accord.

— C'est une façon de voir les choses, en effet.

Claire sirotait son café tout en considérant la petite fille attablée en face d'elle qui visionnait une vidéo sur le smartphone de sa mère.

— Vous êtes donc revenue ici pour mettre Billy au courant des menaces dont vous faisiez l'objet, puisque mon fils, alors adjoint au shérif, était responsable de l'enquête visant à faire condamner votre père, reprit Claire.

Mara hocha la tête, impressionnée par sa capacité de synthèse. Et par sa sagacité.

Mais Claire la surprit encore plus quand elle ajouta :

— Et je suppose que, dans la foulée, vous lui avez également appris qu'Alexa était sa fille.

Mara se figea, son bol de café suspendu en l'air.

— Excusez-moi ? dit-elle en essayant de ne pas rougir.

Claire sourit.

— Toute grand-mère digne de ce nom est capable de reconnaître sa petite-fille... Surtout quand cette dernière est assise en face d'elle et que ses yeux sont exactement ceux de son fils. De plus, vous ne me semblez pas le genre de femme à laisser sa fille ou elle-même dormir avec un inconnu. Ai-je tort ?

Mara ne savait pas quoi dire, alors elle répondit de manière indirecte.

— C'est moi qui avais aidé Billy à monter le dossier contre mon père, à l'étayer avec des preuves... pour permettre finalement sa condamnation et son incarcération. À l'époque, par la force des choses, nous passions beaucoup de temps ensemble et nous... sommes devenus proches, reconnut-elle.

Un petit sourire passa sur les lèvres de Claire.

— Écoutez, mon mari était un homme très discret, très réservé, et Billy a hérité de ce trait de caractère, commença-t-elle. J'ai appris à respecter ses silences et ses décisions. Parce que, en fin de compte, il avait toujours une bonne raison d'agir comme il le faisait, même s'il ne me la donnait pas. Je sais que mon fils non plus ne fait rien à la légère, surtout dans le domaine amoureux. Je suppose donc que vous êtes une femme bien. Et forte, compte tenu de ce que vous avez traversé, continua Claire. Mais puisque vous me dites que vous êtes revenue ici, j'en déduis que vous étiez partie. Et si je sais que mon fils ne raconte pas tout à sa mère, je suis sûre qu'il ne m'aurait jamais caché l'existence d'un enfant.

Claire prit une de ses mains dans la sienne.

— Je ne vous demande pas pourquoi vous ne lui en aviez pas parlé plus tôt, mais reconnaissez au moins qu'Alexa est sa fille et ma petite-fille, d'accord ?

Billy lui avait dit qu'il préférait attendre pour mettre sa mère au courant, mais Mara fut incapable de mentir, de nier l'évidence.

Les yeux dans ceux de Claire, elle hocha la tête.

Un grand sourire éclaira aussitôt le visage de Claire. Comme en transe, elle lui serra la main avec force.

— Maintenant, ne vous faites pas d'illusion : si je n'étais pas sûre que vous aimez mon fils, je ne serais pas si gentille avec vous, assena-t-elle.

Stupéfiée par cette déclaration, Mara devint écarlate.

— Si j'aime votre fils ? bégaya-t-elle, rouge comme une pivoine. Mais je... je...

— N'essayez pas de le nier, s'esclaffa Claire. Le prénom que vous avez donné à votre fille est la preuve que vous aimez mon fils. Ou en tout cas, que vous l'aimiez quand cette petite est née. Et sans doute aussi qu'au fond vous avez toujours eu l'intention de lui parler d'elle.

Elle haussa les épaules.

— Du moins, je le pense.

Mara sentit la chaleur de ses joues s'intensifier. Mais, cette fois, elle aussi sourit.

— Son prénom ?

Claire Reed semblait avoir l'esprit plus vif que son fils. Elle aurait fait un shérif extraordinaire.

— Alexa est le féminin d'Alexander, le prénom du père de Billy. Un homme qu'il adorait.

Le sourire de Claire s'élargit.

— Vous l'avez appelée Alexa en mémoire de son grand-père paternel, n'est-ce pas ?

Incapable de s'en empêcher, Mara éclata de rire.

— Savez-vous que Billy ne l'a pas encore compris ? Je pensais que ce serait l'une des premières choses qu'il me demanderait, mais non, il n'en a pas dit un mot !

— Mon Billy a beaucoup de qualités, dit Claire. Mais parfois, il ne voit pas ce qui lui crève les yeux.

# 12

— Comment diable a-t-elle pu quitter le poste de police en douce ? Comment se fait-il que personne n'ait remarqué sa disparition ?

En secouant la tête, Billy se tourna vers l'inspecteur de police Matt Walker, assis sur le siège passager à côté de lui. Ils avaient passé la matinée à interroger les policiers, les pompiers et différents témoins de l'incendie pour tenter de comprendre ce qui s'était réellement passé. Jusqu'à présent, ils n'avaient pas beaucoup avancé : personne n'était capable d'expliquer quand ni comment Jessica avait réussi à s'éclipser.

Matt Walker, tout aussi perplexe, répondit :

— Les policiers ont-ils fait preuve d'incompétence ou, du moins, de légèreté ? On est en droit de se le demander. L'incendie n'était pas très violent. Il a d'ailleurs été vite maîtrisé, d'autant que la caserne des pompiers est à deux pas et que les soldats du feu sont intervenus sans délai. Par ailleurs, les policiers n'avaient que Jessica en détention provisoire. Personne d'autre. Et pourtant, ils ont réussi à la perdre de vue. C'est incompréhensible.

Billy ne parvenait pas à croire que la faute soit à chercher parmi les membres des forces de l'ordre. Il connaissait bien les policiers, il les considérait tous comme des hommes expérimentés et responsables.

— Ne leur jetons pas trop vite la pierre, répliqua-t-il. Hier, un suspect a été tué à l'intérieur du bureau du shérif alors qu'il était en garde à vue. Il faut faire preuve d'un certain culot pour tirer sur un type entouré d'adjoints. Et le pire est qu'après son forfait le tueur est parvenu à disparaître dans la nature. L'assassin, que ce soit Beck ou son ami, semble être très doué pour se rendre invisible.

— L'histoire de l'hôtel en est un bon exemple, renchérit Matt.

Billy hocha la tête. Il n'avait pas encore eu l'occasion de le raconter à Mara, mais ils avaient trouvé l'hôtel où était descendu le mystérieux Beck, et sa chambre avait été fouillée de fond en comble par ses adjoints.

Ils n'y avaient rien trouvé. L'homme l'avait réservée pour six jours sous le nom de John Smith — difficile de trouver patronyme plus bidon — et il l'avait réglée en espèces. Billy avait demandé au directeur de l'hôtel et aux membres du personnel de le prévenir immédiatement s'ils recevaient de nouveau la visite de Beck ou de quiconque payant en liquide. Mais il se doutait que Beck et son complice ne feraient pas l'erreur d'y revenir.

— J'aurais dû apporter plus de café, déclara Billy. Cette affaire me donne une migraine épouvantable. J'ai vécu toute ma vie dans le comté de Riker et tu y es toi-même installé depuis des années. Comment est-il possible que deux personnes qui ne sont pas du coin parviennent à circuler à notre nez et à notre barbe sans jamais se faire remarquer ? Cela dépasse mon entendement.

— L'ami de Beck pourrait être de la région.

Billy avait déjà discuté de cette éventualité avec Suzy. Et il détestait l'envisager. Il éprouvait un tel amour pour sa ville et pour ses environs qu'il avait du mal à imaginer que certains des habitants du comté de Riker puissent être des criminels. Pourtant, il aurait été irresponsable de sa part d'exclure cette hypothèse.

— Si le prétendu trésor de guerre de Bryan existe bel et bien, savoir où il l'a caché nous donnerait plus de chances d'arrêter ce gars, poursuivit Matt. Nous pourrions utiliser cette information comme appât pour attirer Beck dans un piège et mettre un point final à cette histoire.

Billy tressaillit. Il savait que, pour tendre un piège à Beck et à son complice, il leur faudrait forcément utiliser Mara d'une manière ou d'une autre. Voilà pourquoi, jusqu'à maintenant, il n'avait pas voulu trop réfléchir à cette option. L'idée d'exposer Mara, et Alexa, au danger lui répugnait au plus haut point. Il espérait encore trouver un moyen de les tenir toutes deux à l'écart.

— Je dois parler à Bryan Copeland, dit-il. Pour lui demander où il a planqué son trésor... Si ce dernier a une quelconque réalité... Ce qui n'est pas démontré.

— Vous imaginez qu'il vous le dirait ? répliqua Matt d'un air dubitatif. Sauf votre respect, vous me semblez bien naïf. Vous êtes l'une des raisons pour lesquelles il croupit en prison... À mon avis, vous êtes la dernière personne à qui il se confierait, non ?

Billy haussa les épaules.

— À moi de me montrer persuasif...

— Pensez-vous qu'il le dirait à Mara ? risqua Matt avec une remarquable prudence dans le ton.

Billy ne lui avait jamais soufflé mot de sa relation avec Mara, mais Matt était un fin limier. Billy ne fut donc pas vraiment surpris que l'inspecteur ait tout compris. Par contre, il priait pour que personne d'autre ne soupçonne un lien personnel entre Mara et lui. Parce que cela signifiait que Beck aussi pourrait s'en douter. Beck avait peut-être suivi Mara jusque chez lui, la nuit où elle était apparue dans son poncho ruisselant de pluie.

Billy serra les poings. Envisager cette hypothèse le rendait encore plus nerveux. Son angoisse grimpa de plusieurs crans. Pour ne rien arranger, son téléphone sonna et le nom « MARA » s'afficha sur l'écran.

— Reed.

— Billy, c'est Mara.

— Tout va bien ?

— Oui, mais... Billy, ajouta-t-elle dans un murmure. Pourrais-tu venir me chercher ?

Il jeta un coup d'œil à Matt, se demandant s'il pouvait parler librement devant lui.

— Pourquoi ? Que se passe-t-il ?

Il entendit Mara fermer une porte avant de répondre en baissant la voix :

— Parce que je crois savoir où est caché le trésor de guerre de papa.

Dans la salle de conférences, Matt et Suzy avaient pris place en face de Mara autour de l'immense table tandis que Billy arpentait la pièce dans l'espoir de tromper sa nervosité. Tous les yeux étaient braqués sur elle, tous écoutaient avec attention ce qu'elle avait à dire.

— Il y a presque dix ans, un certain Calvin Jackson qui vivait dans l'État de Washington a décidé d'utiliser le sous-sol du lycée de sa petite ville pour y installer un laboratoire secret, commença-t-elle. Des années durant, il y a fabriqué des amphétamines. Personne ne l'aurait probablement jamais découvert si, suite à une mauvaise manœuvre, le laboratoire n'avait explosé, tuant d'ailleurs Calvin Jackson au passage. Sans cette erreur fatale, ce type aurait pu continuer très longtemps ses petits trafics. Parce que personne n'aurait pu imaginer la présence d'un laboratoire clandestin dans l'enceinte d'un établissement scolaire. Voilà en tout cas ce que mon père m'avait dit pour commenter cette histoire lorsque nous en avions entendu parler aux informations, poursuivit-elle. Il m'avait expliqué que la meilleure cachette n'était pas forcément un endroit discret, mais un endroit auquel personne ne penserait, que personne n'associerait avec ce qu'on voulait y dissimuler. Pour lui, Calvin Jackson était un génie. Son idée de confectionner des amphétamines au cœur d'un lycée était excellente.

Elle se tordit les mains.

— J'aurais dû comprendre à ce moment-là que mon père menait des activités secrètes, illégales, mais j'étais alors à mille lieues de l'imaginer.

Elle semblait si désespérée par son aveuglement d'alors que Billy eut du mal à résister à l'envie de la prendre dans ses bras pour la réconforter. Il y parvint pourtant, conscient que depuis que Mara l'avait appelé un peu plus tôt, ils étaient repassés en mode strictement professionnel. De plus, il y a deux ans, Mara l'avait quitté au moment précis où il pensait que tout allait bien entre eux.

Travailler ensemble maintenant, comme ils l'avaient si souvent fait dans le passé, leur donnerait peut-être une chance d'envisager un avenir commun.

Peut-être parviendraient-ils à devenir amis.

Peut-être réussirait-il à l'empêcher de partir à nouveau en emmenant cette fois leur fille avec elle.

L'éventualité de ne jamais revoir Mara ou Alexa le mettait au supplice.

S'obligeant à se concentrer sur la situation présente, il comprit soudain ce qui avait pu amener Mara à se souvenir de cette histoire de laboratoire clandestin dans un lycée.

— Ma mère ne t'aurait-elle pas montré mon album du lycée ? dit-il en s'éclaircissant la gorge.

Il remarqua le sourire qui passa sur les lèvres de Mara

et le fait qu'elle ne cherche ni à nier ni à minimiser le rôle de Claire.

— Exactement.

— Alors vous pensez que Bryan Copeland aurait pu cacher de l'argent et un stock de moxy dans un établissement scolaire du comté de Riker ? demanda Suzy.

— Ça fait un paquet d'établissements possibles, commenta Matt.

— Oui..., renchérit Billy. Je...

Il fronça soudain les sourcils comme il se souvenait que le collège de Carpenter avait dû être entièrement rénové après qu'un orage particulièrement violent l'avait dévasté. Quand était-ce ? Il y avait trois ans ?

Comme il faisait part de cette information à son équipe, Mara, tout excitée, s'écria :

— Mais oui ! D'ailleurs mon père a assisté à l'inauguration du nouveau collège !

Et de préciser qu'elle se rappelait ce détail parce que, à l'époque, elle avait été fière de voir son père au journal télévisé, même s'il apparaissait en arrière-plan au milieu de la foule.

Billy hocha la tête. Cette piste était incontestablement à creuser. Même si rien ne garantissait que le trésor soit bien dans ce collège.

— Mais où et comment aurait-il pu cacher quoi que ce soit sans que personne le remarque ? lança Matt, perplexe.

— Pour autant que je le sache, il n'y a pas de sous-sol dans ce collège, répondit Billy en tentant de se remémorer la disposition des lieux. Cela dit, le collège ne ressemble plus beaucoup à celui que je fréquentais à l'adolescence. En tout cas, si Bryan avait voulu y planquer quelque chose, dissimuler son magot et protéger son avenir personnel, il aurait pu profiter des travaux pour le faire. L'hypothèse est tout à fait plausible. L'enquête visant ses activités a commencé à peu près à ce moment-là.

Suzy confirma d'un signe de tête.

— Je suppose que tu vas vouloir que nous nous rendions au collège ? dit-elle.

Billy lui décocha un bref sourire.

— Cette visite paraît indispensable.

Après avoir passé quelques coups de fil, Billy revint s'asseoir à la table.

— Voici ce que nous allons faire, dit-il au groupe. Matt, je veux que tu te concentres sur Beck et sur son ou ses complices. Parce que même si nous découvrons la cache, le trésor de guerre, de Bryan, nos problèmes ne seront pas tous résolus pour autant. Intéresse-toi à la piste locale. Si quelqu'un que nous connaissons renseigne Beck, il nous faut le démasquer au plus vite.

— Compris, dit Matt. Je crois savoir par où commencer mes recherches.

— Bien.

Billy reporta alors son attention sur Suzy.

— Suzy, je veux que tu viennes avec nous, parce que trois paires d'yeux valent mieux que deux.

Suzy croisa les bras sur sa poitrine.

— Et ?

Billy laissa échapper un gros soupir.

— Et aussi parce que la perspective de discuter en tête à tête avec Robert est au-dessus de mes forces.

— Robert ? répéta Mara, intriguée. Qui est Robert ?

— Le proviseur du collège, répondit Suzy. C'est un vrai moulin à paroles.

— Ce qui ne serait pas si grave s'il ne débitait pas tant de bêtises à la minute, ajouta Matt.

— Mais nous avons besoin de le mettre dans notre poche pour ne pas avoir à attendre qu'un juge nous délivre un mandat nous autorisant à fouiller le collège, ajouta Billy. Cela m'ennuierait que les journalistes comprennent qu'il y a anguille sous roche si nous nous intéressons de près à ce bâtiment. De toute façon, si nous entreprenons des recherches au sein du collège dans l'espoir de découvrir de la drogue et de l'argent, il paraît normal que le proviseur soit au moins présent dans les locaux.

Carpenter High ne ressemblait pas au collège dont Billy avait gardé le souvenir. Le vieux bâtiment d'autrefois, décrépi et couvert de graffitis, avait laissé la place à une structure presque immaculée.

L'un des derniers endroits où quelqu'un aurait eu l'idée de chercher une cache de drogue et d'argent sale, songea-t-il.

Avec Mara à ses côtés, il suivit Suzy à travers le parking au bout duquel se tenait un homme adossé à une voiture de sport japonaise.

— S'agit-il du fameux Robert ? demanda Mara à mi-voix.

Billy hocha la tête.

— Et nous allons laisser Suzy l'occuper pendant que nous mènerons nos investigations de notre côté. Je supporte beaucoup de choses mais Robert fait partie de ces gens qui m'exaspèrent au plus haut point.

Mara, qui s'était mise à rire, tenta de retrouver son sérieux comme ils s'approchaient du proviseur pour le saluer. Petit et trapu, l'homme était ventripotent, mais Billy le trouva plus mince que la dernière fois qu'il l'avait vu.

Comme s'il avait lu dans ses pensées, Robert annonça d'entrée de jeu, en se tapotant l'estomac :

— J'ai commencé un nouveau régime. Maman m'a fait remarquer que je ne rajeunissais pas et qu'il était temps de prendre soin de ma santé pour ne pas perdre la maîtrise de ma vie.

Billy le vit adresser un clin d'œil à Mara, qui se tenait toujours à ses côtés.

— En réalité, elle aimerait surtout que je trouve une femme qui lui donnera des petits-enfants. Mais je lui ai dit : une chose à la fois !

Mara émit un petit rire poli.

Suzy s'éclaircit la gorge.

— Nous sommes très pressés, Robert, dit-elle en posant la main sur son bras. Vous comprenez ce que nous sommes venus faire ici, n'est-ce pas ? Et pourquoi vous seul pouvez nous aider ?

Conscient de son importance et du poids des responsabilités qui pesaient sur ses épaules, Robert se redressa. Son sourire se mua en un rictus déterminé.

— Oui, madame.

D'un geste, il les invita à le suivre vers l'entrée principale.

— Je suis prêt quand vous l'êtes.

Billy comprit que Suzy mourait d'envie de lever les yeux au ciel et Mara d'éclater de rire, mais elles se ressaisirent et bientôt tous quatre pénétrèrent à l'intérieur de l'établissement.

— Lui as-tu dit précisément ce que nous recherchions ? chuchota Mara à son oreille quand Robert sortit son trousseau de clés.

Comme il s'agissait d'un samedi, personne d'autre n'était censé être dans les lieux ce jour-là.

— Je lui ai expliqué que nous avions des raisons de croire que des substances dangereuses pouvaient être cachées au collège et que nous aimerions jeter un œil dans les locaux par sécurité.

— Et il t'a cru ?

Billy haussa les épaules.

— Il ne veut pas prendre le risque d'être taxé d'irresponsable.

— Et qui pourrait le lui reprocher ? ajouta Mara.

Robert ouvrit la porte et tous pénétrèrent dans le hall. Comme l'extérieur, l'intérieur du collège avait l'air beaucoup plus pimpant que lorsque Billy fréquentait l'endroit.

Pourtant, il ressentit une touche de nostalgie. L'envie de raconter à Mara l'histoire de Suzy, alors âgée de quinze ans, balançant son poing sur Kasey Donaldson quand ce dernier lui avait dit qu'elle n'avait aucune chance de le battre au saut à la perche parce qu'elle était une fille le démangea. Mais il résista à la tentation.

Le bureau du proviseur se trouvait toujours au pied de l'escalier qui montait aux étages. Suzy s'apprêtait à y suivre le proviseur.

— Pourquoi ne pas nous séparer pour aller plus vite ? proposa Billy. Suzy et Robert, vous fouillerez la salle de gym et les salles annexes pendant que, de notre côté, Mara et moi inspecterons le bâtiment principal.

Suzy ne protesta pas à l'idée de faire équipe avec Robert. Quand elle était en mode travail, elle pouvait faire abstraction de beaucoup de choses, songea Billy, désolé tout de même de lui imposer ce binôme infernal.

— Tu sais, dans les films, se séparer est généralement une mauvaise idée, dit Mara en lui emboîtant le pas une fois qu'ils se retrouvèrent tous les deux.

— Reste avec moi et tout ira bien.

Billy vit un petit sourire diabolique passer sur les lèvres de Mara, provoquant une vive réaction au creux de ses reins. Peut-être qu'il aurait mieux fait de faire équipe avec le proviseur, songea-t-il, agacé par sa réaction.

Ce n'est qu'en arrivant dans l'une des salles de classe du deuxième étage que le travail en équipe avec Billy se révéla une erreur.

Mara remarqua que certaines dalles du plafond n'étaient pas exactement de la même couleur que les autres. Comme il n'était pas question de passer à côté de quelque chose, elle décida de creuser le sujet.

Sans être petite, elle n'était pas la femme la plus grande de la terre non plus. Voilà pourquoi, quand elle se hissa sur la pointe des pieds, elle parvint à écarter les dalles dépareillées mais pas à voir à l'intérieur du faux plafond. Pour y réussir, elle avait besoin de quelques centimètres supplémentaires.

— Billy, vas-y, toi, regarde.

— Je ne suis pas assez grand non plus pour passer la tête à l'intérieur.

— Mais alors, comment y arriver ? Je sais ! Je vais grimper sur tes épaules.

Comme il hésitait, elle fronça les sourcils.

— À moins que tu me trouves trop grosse et que tu aies peur de ne pas pouvoir me soulever… ?

Sans répondre, il la saisit par la taille et la souleva pour l'installer sur ses épaules. Mara tenta de faire abstraction du trouble qui s'empara d'elle quand Billy posa les mains sur ses cuisses pour la stabiliser.

Ainsi perchée, Mara put facilement glisser la tête dans le faux plafond pour en inspecter l'intérieur. Elle l'éclaira à l'aide de la torche de son téléphone portable.

— Il n'y a rien, conclut-elle, un peu déçue.

Au moment où Billy la reposait lentement à terre, Mara s'aperçut que son corsage était tout tire-bouchonné, dévoilant son soutien-gorge. Elle voulut tirer sur son vêtement pour le remettre en place, mais Billy lui saisit le poignet pour l'en empêcher.

Mara retint son souffle. La chaleur de sa main brûlait sa peau, mais ce fut son regard qui l'enflamma. Il l'excitait et lui faisait peur en même temps.

Billy captura ses lèvres. Pendant que sa langue s'engouffrait dans sa bouche, il lâcha son poignet pour coller sa main sur son soutien-gorge. Comme il lui caressait le sein jusqu'à ce qu'il durcisse, elle ne put réprimer un gémissement. Lorsqu'il la plaqua contre lui, elle sentit son érection.

Incapable de retenir plus longtemps le feu ardent dont elle était la proie, Mara saisit Billy par la ceinture et l'attira à elle, essayant de lui montrer qu'elle désirait autant que lui aller plus loin. Là, maintenant.

Cependant, il la surprit en mettant fin à leur baiser et en s'écartant d'elle. Un frisson glacé la parcourut.

Elle tira rapidement sur son chemisier pour le réajuster.

— Je vais jeter un œil dans les salles à l'autre bout du couloir, balbutia-t-elle pour donner le change.

Mara se précipita vers le couloir avant que Billy ne puisse l'arrêter. Mais, le cœur lourd, elle se rendit compte qu'il n'avait même pas essayé de le faire.

# 13

Mara fouillait une salle visiblement réservée au personnel chargé du ménage et de l'entretien des locaux quand elle entendit quelqu'un y entrer à sa suite. Certaine qu'il s'agissait de Billy, elle poursuivit son inspection.

Mais, tout à coup, elle sentit quelque chose de lourd dégringoler sur elle. Projetée en arrière, elle tomba par terre avec un cri de surprise. Sa tête heurta violemment le sol, et un voile noir tomba sur ses yeux.

Lorsque, quelques instants plus tard, elle reprit conscience, elle découvrit qu'elle était allongée sur le dos. Elle battit des paupières, s'efforçant de comprendre ce qui lui était arrivé.

Une épouvantable migraine irradiait dans son crâne, et le simple fait de respirer lui était douloureux. Comme elle tentait de se redresser, elle se rendit compte, paniquée, qu'elle ne le pouvait pas. Elle finit par comprendre qu'un ensemble de casiers en métal pesait sur sa poitrine, la clouant au sol.

Mais comment avaient-ils atterri sur elle ? Et où se trouvait-elle ?

Puis la mémoire lui revint.

Mara promena les yeux autour d'elle. La pièce où elle se trouvait était vide, exception faite des casiers et des produits d'entretien.

Péniblement, elle s'efforça de bouger, de se libérer. Elle

faillit crier de douleur mais, après deux ou trois tentatives, elle réussit à dégager son bras gauche. Comme elle posait alors les mains sur le casier qui l'écrasait afin de l'écarter, elle entendit des bruits de pas dans le couloir. Quelqu'un s'approchait.

Pétrifiée, elle regarda la porte s'ouvrir.

— Billy ! s'exclama-t-elle, intensément soulagée, en le reconnaissant.

Les yeux du shérif s'écarquillèrent de surprise. Il se précipita près d'elle.

— Que s'est-il passé ?

Billy poussa de toutes ses forces les vestiaires métalliques. Dès qu'elle eut assez d'espace pour se faufiler dessous, Mara roula sur le ventre et rampa pour sortir de cette prison de métal, ignorant la douleur qui lui cisaillait les côtes.

Elle se retourna à temps pour voir les casiers retomber avec fracas sur le sol. Le bruit retentit dans la pièce et dans le couloir.

— Sors ton arme, Billy, dit-elle, un peu essoufflée. Nous ne sommes pas seuls à cet étage.

Bien que stupéfait, il obtempéra immédiatement et s'accroupit près d'elle, le dos au mur.

— Ces armoires métalliques ne sont-elles donc pas tombées sur toi accidentellement ? demanda-t-il.

Mara secoua la tête.

— J'étais en train de fouiller cette salle lorsque j'ai entendu quelqu'un entrer. Au début, j'ai pensé que c'était toi, mais non... Quelqu'un a fait basculer ces casiers sur moi. Assommée, je me suis écroulée. Quand j'ai repris connaissance, j'étais coincée dessous.

Tout en grommelant une myriade de jurons, Billy tira son téléphone portable de sa poche. Il avait dû composer le numéro de Suzy, car Mara reconnut aussitôt la voix de l'adjointe en chef.

Cette dernière commença à déclarer qu'elle et le proviseur n'avaient encore rien trouvé de leur côté. Billy l'interrompit rapidement :

— Suzy, quelqu'un s'est introduit dans l'établissement. Dis à Robert de se mettre à l'abri, de s'enfermer quelque part, et toi, viens nous rejoindre le plus vite possible dans le bâtiment principal. Nous sommes au deuxième étage.

— Veux-tu que j'appelle...

Des coups de feu interrompirent alors leur échange. Mara eut l'impression de les entendre à l'intérieur et à l'extérieur du téléphone.

Billy bondit aussitôt.

— Suzy ? Suzy ? hurla-t-il. Que se passe-t-il ?

Son adjointe ne répondit pas mais d'autres déflagrations retentirent.

Avec un juron, Billy s'empara de la radio accrochée à sa ceinture pour contacter ses hommes. Il demanda des renforts, donna des ordres aux uns et aux autres d'un ton autoritaire. Mesurant la gravité de la situation, Mara se mit debout à son tour comme pour se préparer à la bagarre.

Une douleur aiguë lui traversa la poitrine. Elle comprit que si elle n'avait pas quelques côtes cassées, elles étaient au moins fêlées. Le reste de son corps semblait avoir été épargné. Même l'arrière de sa tête qui avait pourtant violemment heurté le sol quand elle était tombée la faisait moins souffrir que ses côtes.

Comme Billy, terminant sa conversation téléphonique, se tournait vers elle, il sembla franchement surpris de la voir debout.

— Je vais bien, allons-y, déclara-t-elle en se dirigeant vers la porte.

Sans discuter, il courut à sa suite, l'arme au poing.

— Reste derrière moi, aboya-t-il.

Dès que Billy se fut assuré que la voie était libre, ils remontèrent le couloir, en direction de l'escalier.

Le deuxième étage de l'école était en forme de L avec des salles de classe alignées tout du long des deux côtés. La cage d'escalier se trouvait à l'intersection des deux couloirs.

Mara en avait parcouru un seul, un quart d'heure plus tôt. En proie à la honte, à la culpabilité et à tant d'autres émotions négatives, elle avait voulu aller se cacher dans la salle la plus éloignée. Elle aurait sans doute dû se montrer plus prudente, mais comment aurait-elle pu imaginer que Beck ou son comparse les avaient suivis dans ce collège ?

En principe, personne n'était au courant de leurs recherches dans cet établissement.

Normalement, ils auraient dû être seuls dans l'école.

D'autres coups de feu claquèrent. Mara sentit l'angoisse lui nouer le ventre en songeant au sort réservé à Suzy et au proviseur du collège.

Billy accéléra le pas, déterminé à prêter main-forte au plus vite à sa première adjointe. Mara s'élança à sa suite mais il s'immobilisa si brusquement qu'elle faillit se fracasser contre lui.

— Qu'y a-t-il ? commença-t-elle.

— Écoute, murmura-t-il.

Mara se figea.

Elle reconnut des bruits de pas dans l'escalier qui montait aux étages. Quelqu'un gravissait les marches quatre à quatre. Et à la façon dont Billy se raidit, Mara comprit qu'il ne s'agissait pas d'une visite amicale.

Sans quitter des yeux la cage d'escalier, le shérif se mit à reculer. Mara avait du mal à respirer et pas uniquement parce que ses côtes la faisaient souffrir.

— Va te cacher, ordonna-t-il à voix basse.

D'un mouvement de menton, il lui désigna une partie du deuxième étage qu'ils n'avaient pas encore explorée.

— Fais attention à toi, chuchota-t-elle.

En silence, elle courut vers le couloir encore inexploré. Elle choisit la salle de classe du milieu et, avant d'en franchir le seuil, elle se retourna vers Billy.

Il la regardait. D'un bref signe de tête, il lui fit signe d'entrer dans la pièce. Elle obtempéra, le laissant seul.

Une balle l'atteignit au bras. Bien que blessé, Billy continua d'avancer mais son ennemi le surprit en se jetant sur lui.

Beck ! Bien que ne l'ayant encore jamais vu, Billy était certain qu'il s'agissait de lui… De qui d'autre aurait-il pu s'agir ? Il l'obligea à lâcher son arme. Le colt tomba sur le sol avec fracas avant de glisser jusqu'au mur.

Comme Billy tentait de le récupérer, Beck le frappa au ventre.

— Où est-il ? gronda-t-il. Où est le trésor caché de Bryan ?

Redressant la tête, Billy repoussa son agresseur. Puisque Beck n'avait pas vidé son chargeur sur lui à la première occasion, il était peu probable qu'il le descende maintenant. S'il le tuait, il ne pourrait pas l'interroger. Et tous deux le savaient.

Le visage mince, les cheveux blonds, le regard haineux, le dénommé Beck avait sans doute une trentaine d'années. Habillé d'un pantalon kaki et d'une chemise blanche, il ressemblait à monsieur-tout-le-monde. En tout cas, il n'avait pas l'air très menaçant. Billy ne pouvait imaginer un type aussi falot espérer prendre la succession de Bryan Copeland et relancer les trafics de drogue au sein du comté de Riker.

Cela dit, à une époque, Bryan Copeland lui avait, lui aussi, paru inoffensif.

En réalité, les malfaiteurs n'avaient pas toujours le physique de l'emploi. D'ailleurs, il n'y avait pas vraiment de « physique de l'emploi ». Les criminels étaient des hommes ordinaires qui commettaient des crimes. Certains se promenaient en costume trois-pièces, d'autres en bleu de travail, d'autres encore en haillons. Mais il était impossible de distinguer un bandit d'un honnête homme en se basant uniquement sur sa tenue vestimentaire.

Tandis que Beck s'efforçait de recouvrer son équilibre, Billy, qui avait repris des forces, lui assena plusieurs coups de poing dans le ventre.

Mais Beck riposta, l'envoyant valser contre le mur.

— Où est-il ? rugit-il de nouveau. Où est planqué le trésor de Bryan ?

Submergé de colère, Beck en perdait ses moyens. Il prit son élan, visiblement décidé à frapper fort.

Billy eut le temps de parer le coup et le cogna à son tour. Beck vacilla avec un bruit étranglé et porta les mains à son visage pour tenter de se protéger.

Billy en profita pour se retourner et chercher son arme des yeux.

Il la vit près du mur, à quelques pas de là.

Billy s'élançait pour la récupérer, bien décidé à s'en servir contre Beck, quand il entendit derrière lui de nouveaux bruits de pas. Quelqu'un s'approchait rapidement de lui.

Mara avait-elle voulu lui venir en aide ?

Avant d'avoir pu comprendre ce qui lui arrivait, il reçut un coup sur la tête.

Un voile noir tomba sur ses yeux.

Il perdit connaissance.

— Où est Billy ? demanda Mara à Matt Walker.

Ce dernier se tenait dans l'embrasure de la porte, les sourcils froncés. Au loin, ils entendaient le hurlement de sirènes.

— Il va bien, mais...

Elle passa devant lui, oubliant ses côtes brisées.

— Mais quoi ?

— Mara, je vous en prie, restez en arrière, on ne sait jamais !

Mais elle cherchait le shérif, et personne n'aurait pu l'en empêcher.

— Billy !

Il était étendu sur le sol. Son visage était livide, ses lèvres pincées. Manifestement, il souffrait.

— Ça va, ne t'inquiète pas, lui dit-il aussitôt. Il m'a eu par surprise. Apparemment, l'ami de Beck était ici, avec lui.

Il la scruta du regard. Il semblait inquiet.

— Et toi ? Comment vas-tu ?

— Je m'en tire avec quelques contusions, ce n'est rien, dit-elle. J'ai peut-être une côte ou deux de fêlées. Que s'est-il passé ?

Billy regarda Matt.

— Je me battais avec Beck et j'étais en train de prendre le dessus quand j'ai reçu un coup sur le crâne. J'ai perdu connaissance. Beck et son copain ont évidemment dû en profiter pour s'enfuir. Lorsque j'ai recouvré mes esprits, j'entendais des sirènes.

Mara posa la main sur la tête de Billy, dans ses cheveux, elle blêmit en voyant qu'il saignait.

— Ne bouge pas, lui dit-elle comme il tentait de se redresser.

— Matt, reprit Billy en grimaçant, Suzy est quelque part dans les bâtiments annexes. Robert, le proviseur, était avec elle. Tout à l'heure, quelqu'un les prenait pour cibles... Il faut...

Matt hocha la tête et saisit sa radio. Il ordonna à tous ceux qui écoutaient de chercher deux suspects et de retrouver Suzy. Mara fut soulagée que Matt reste à leurs côtés. Billy n'avait pas l'air bien. Elle craignait une fracture du crâne.

— Ne bouge pas, dit-elle à nouveau comme il faisait mine de se lever.

Bien sûr, Billy refusa de l'écouter.

— Ça va aller, tout va bien. Je le promets, dit-il en l'embrassant.

Mais dès qu'il essaya de se mettre debout, il vacilla.

— Billy ! s'écria Mara.

Elle saisit son bras, s'efforçant d'oublier la douleur de ses côtes.

— Vous avez tous deux besoin de voir un médecin, déclara Matt.

— Je vais bien, répéta Billy.

Il était blême. Il passa la main à l'arrière de son crâne. Elle revint rouge de sang.

— J'ai juste besoin de m'asseoir…

Mais il ne put en dire plus, car il s'effondra.

— Matt ! cria Mara en essayant de le retenir.

Matt bondit. À eux deux, ils réussirent à empêcher sa chute brutale. Ils l'allongèrent aussi doucement que possible.

— Il a perdu connaissance ! déclara Matt en reprenant sa radio. Une ambulance ! Nous avons besoin d'une ambulance ! Tout de suite !

# 14

Lorsque Billy reprit connaissance aux urgences de l'hôpital et voulut s'en aller, l'infirmière du service lui expliqua qu'il souffrait d'une commotion cérébrale et qu'il devait rester tranquille. Idéalement plusieurs jours.

— Je regrette mais j'ai du travail, répliqua-t-il en exhibant son insigne.

— Moi aussi, j'ai du travail, rétorqua-t-elle, les sourcils froncés. Et il consiste à vous dire que vous devez vous reposer. Shérif ou pas, vous êtes d'abord un être humain et si vous tirez trop sur la corde, vous ne serez plus en état de faire quoi que ce soit.

Billy se préparait à riposter lorsque Matt, tirant le rideau qui le séparait des autres personnes admises aux urgences, apparut. L'inspecteur de police adressa un sourire poli à l'infirmière qui semblait exaspérée.

— Maintenant, je vais m'occuper de mes autres patients. La plupart sont heureusement moins têtus que vous, déclara-t-elle avant de lui jeter un regard courroucé.

Puis elle se tourna vers Matt.

— Je vous répète ce que je viens de lui dire. Il a besoin de repos.

— Bien, madame, répondit Matt d'un ton respectueux.

Billy leva les yeux au ciel.

Dès qu'elle fut partie, Matt lança avec un petit sourire narquois :

— Tout le monde n'est-il pas censé filer doux devant le shérif du comté ? fit-il.

— Apparemment, tout le monde n'a pas reçu la consigne, répondit Billy en haussant les épaules.

Et d'ajouter :

— Alors, où en est l'enquête ?

Prenant place sur le tabouret du médecin, Matt sortit son calepin pour y lire les notes qu'il avait écrites.

— Après avoir entendu parler de ce qui s'était passé, le chef de police Hawser a mis à notre disposition plusieurs de ses hommes pour passer une fois de plus l'école au peigne fin, au cas où. Il m'a dit de vous dire qu'il ne voulait surtout pas marcher sur nos plates-bandes et qu'il était prêt à tout arrêter si vous preniez mal son intervention. Mais, à mon avis, toutes les bonnes volontés sont bienvenues.

— Je pense qu'en réalité il se moque de marcher ou non sur nos plates-bandes mais, quoi qu'il en soit, son désir de nous aider nous arrange, en effet, dit Billy.

— Et son conseiller en communication vous suggère de tenir une conférence de presse afin que la population ouvre l'œil et nous prévienne si elle aperçoit Beck ou son complice dans les rues... ou si elle remarque des activités qui lui semblent suspectes.

Matt lui décocha un sourire avant d'ajouter :

— Je lui ai dit que vous aviez déjà contacté la chaîne d'information en continu dès que vous aviez réussi à faire taire les sirènes des ambulances.

Billy savait qu'il avait dépassé les bornes en imposant le silence aux véhicules chargés de transporter les blessés à l'hôpital sous prétexte que le bruit l'empêchait de réfléchir. Mais quand il avait repris connaissance dans l'ambulance, allongé sur une civière avec Mara à ses côtés qui le dévisageait comme s'il était en train de mourir, la situation ne lui avait pas donné envie de rire.

Quelque part, il savait qu'il devait se reposer mais, d'un autre côté, ses responsabilités de shérif lui ordonnaient de se remettre au travail sans tarder. Beck et son complice n'allaient pas l'attendre parce qu'il avait besoin de repos.

— Hawser est-il le seul chef de police du comté à avoir appelé jusqu'à présent ?

Matt hocha la tête. Billy se doutait qu'Alexandria Calloway, responsable de la police de Kipsy, se manifesterait bientôt. Elle n'était pas du genre à rester assise, les bras croisés, lorsqu'il se passait quelque chose de grave.

Prendre les devants leur permettrait de gagner du temps, pensa Billy.

— Je vais demander à Dane de l'appeler et de voir avec elle comment faire pour que tous ses hommes soient mis au courant heure par heure de l'évolution de la situation.

Billy souffrait de vertiges, de nausées. Il avait l'impression que quelqu'un frappait son crâne à l'aide d'un marteau. Le médecin lui avait proposé de puissants antalgiques mais il les avait refusés, craignant de plonger dans un état semi-comateux. Il avait du travail, une enquête à mener. Il préférait garder les idées claires et l'esprit vif.

— Matt, pendant que tout le monde s'agite de son côté, j'ai besoin que tu essaies de comprendre qui est ce Beck et qui l'aide, poursuivit Billy. Pars de Caleb puisqu'il est le seul dont nous connaissions avec certitude l'identité. Dès que je sortirai d'ici, j'appellerai quelques adjoints réservistes pour qu'ils nous aident à découvrir où se cachent nos amis.

Matt hocha la tête tout en griffonnant quelque chose sur son calepin. Il eut l'air un peu paniqué lorsque Billy bascula ses jambes hors du lit pour se lever.

Billy lui lança d'un air menaçant :

— Si tu me conseilles de me reposer, je te vire sur-le-champ.

Le sourire de Matt revint sur ses lèvres.

— Jamais je ne me permettrais de vous dire ce que vous avez à faire.

— Bien, maintenant, file travailler. De mon côté, je dois faire un saut à l'étage du dessus puis je retournerai au bureau.

Ce n'est qu'une fois installé dans l'ambulance avec Mara que Billy avait appris que Suzy avait été blessée au cours de la fusillade. Heureusement, elle portait son gilet pare-balles sous son uniforme. Malgré tout, l'impact l'avait fait tomber. Témoin de la scène, Robert avait paniqué et s'était enfui en courant. Suzy avait perdu un temps précieux à le chercher dans le gymnase où il s'était réfugié. Malade de peur, il avait en effet perdu connaissance. Cela dit, personne ne pouvait le lui reprocher. Le proviseur pensait leur montrer l'école, peut-être y trouver quelque chose d'intéressant. Jamais il n'aurait imaginé être pris pour cible par un inconnu et manquer de peu de se faire tuer.

Suzy arpentait les couloirs du deuxième étage de l'hôpital. Le visage sombre, elle tenait son gilet pare-balles à la main. Au lieu de la chemise d'uniforme des adjoints du shérif du comté de Riker, elle portait un T-shirt blanc.

À sa vue, elle fronça davantage les sourcils.

— Il m'a bousillé ma chemise d'uniforme, lui dit-elle sans préambule. La balle l'a déchirée. J'espère que tu pourras m'en obtenir une neuve.

Billy devinait qu'avec sa tentative de plaisanterie elle s'efforçait de réprimer les émotions dont elle était la proie. Suzy était ainsi. Toujours sous contrôle. Elle détestait se laisser submerger par ses affects, même en compagnie du shérif qui était pourtant son meilleur ami.

— Et à part ta chemise ? demanda-t-il.

Suzy leva les yeux vers lui, les lèvres serrées. Visiblement sur la défensive. Elle poussa un profond soupir.

— Je suis contente que ce fou furieux n'ait pas vidé son chargeur sur moi. Mon gilet pare-balles n'aurait pas résisté.

— Personne n'y aurait résisté, répondit Billy.

Suzy lui décocha un petit sourire en coin et montra du doigt la chambre derrière elle. La porte était fermée mais Billy savait qui était derrière.

— Comment va Cassie ? demanda-t-il.

— Pour être honnête, je n'en sais rien. Elle est toujours plongée dans le coma.

Billy hocha la tête. Il se sentait nerveux. Pour plusieurs raisons. L'une d'elles était qu'il n'avait pas revu Mara depuis qu'elle avait été examinée par un urgentiste et qu'il l'avait laissée monter avec Suzy pour prendre des nouvelles de la jeune stagiaire. Suzy ne l'aurait tout de même pas laissée s'en aller ?

— Où est Mara ? ne put-il s'empêcher de demander.

Un sourire moqueur passa sur les lèvres de son adjointe.

— Ne t'inquiète pas. Elle n'est pas loin, dit-elle en montrant le bout du couloir.

En se déplaçant un peu, Billy l'aperçut qui discutait avec un couple de quinquagénaires. Il les reconnut immédiatement, il s'agissait de M. et Mme Gates, les parents de Cassie. Ils étaient venus probablement pour relayer leur autre fille qui avait des jeunes enfants à la maison. Depuis l'attaque dont Cassie avait été victime, Billy avait l'intention de les rencontrer mais maintenant que l'enquête partait en vrille, il ne savait plus s'il le fallait. Il avait l'impression qu'il ne maîtrisait plus rien.

Billy se frotta le visage et soupira. Un gros poids tomba sur sa poitrine.

Suzy lui donna une bourrade d'encouragement.

— Du nerf, shérif. Tu ne peux plus y échapper. Ils viennent vers nous.

— Bonsoir, monsieur et madame Gates, je suis heureux

de vous voir mais je regrette que cela soit dans de si pénibles circonstances.

Mme Gates tenta en vain de lui sourire. Elle avait l'air épuisée. Elle n'était plus que l'ombre de la femme pleine d'entrain que Billy avait rencontrée à l'anniversaire de Cassie, quelques mois plus tôt.

M. Gates lui broya la main.

— Je suis d'accord avec vous sur ce dernier point, dit-il.

Remarquant soudain le gilet pare-balles abîmé de Suzy, M. Gates blêmit.

— L'homme qui a tiré sur Cassie vous a-t-il également prise pour cible ? demanda-t-il.

— À ce stade, nous ne pouvons pas l'affirmer avec certitude, répondit Suzy. Mais il y a de grandes chances que ce soit le cas.

— Le bureau du shérif s'est associé toutes les polices du comté, l'enquête sera vite bouclée, conclut Billy.

Si ces mots rassurèrent manifestement son mari, ils ne parurent pas procurer à Mme Gates un véritable soulagement. Mara dut le sentir. Elle lui caressa légèrement le bras.

— Les criminels qui ont tiré sur votre fille seront capturés et jugés, murmura-t-elle. Ne vous inquiétez pas à ce sujet.

Mme Gates hocha la tête.

— Quel est le pronostic pour Cassie ? s'enquit Suzy. Nous n'avons pas trouvé le médecin et l'infirmière nous a simplement dit qu'elle dormait.

Mme Gates pouvait répondre à la question. Elle le fit d'une voix tremblante.

— Le chirurgien qui l'a opérée nous a assuré qu'elle allait se remettre de ses blessures… Mais peut-être gardera-t-elle des cicatrices, ajouta-t-elle en fondant en larmes.

M. Gates la prit dans ses bras et la serra contre lui.

— Les cicatrices ne sont rien. L'essentiel est qu'elle vive et reprenne bientôt une vie normale.

— Tu as raison.

Elle sourit à son mari.

Tendrement enlacés, ils s'embrassèrent. Le simple fait d'être dans les bras l'un de l'autre les réconfortait mutuellement. Ils s'aimaient. Cela sautait aux yeux.

Billy se retint de regarder Mara.

Tout à l'heure dans l'ambulance, il avait eu envie de se rapprocher de Mara. Mais elle l'avait repoussé. Et il souffrait davantage de ce rejet que de sa commotion cérébrale.

— Ils m'ont donné des antalgiques et ils m'ont bandé le torse, expliqua Mara quand elle se retrouva dans la voiture de Billy. Ce ne sont que quelques contusions. Je n'ai pas de côtes cassées. Tout va bien.

Il lui jeta un bref regard de biais mais détourna rapidement les yeux.

— Billy, je suis désolée, dit-elle. Je pensais que mon père avait caché de l'argent et du moxy dans l'école et non seulement je me trompais mais, à cause de moi, Suzy et toi avez été blessés. Je suis vraiment navrée.

— Tu n'y es pour rien, répondit-il avec force. C'était une bonne piste. Une piste qu'il fallait creuser, de toute façon.

Il frappa son volant de la main.

— Une piste que *je* devais creuser. Je n'aurais pas dû t'impliquer dans cette histoire. Je m'en veux de t'avoir exposée au danger. Tu as également été blessée.

Mara voulut écarter d'un geste son inquiétude, mais elle se rendit compte qu'il avait raison. En partie. Sa présence pourrait expliquer pourquoi Beck et son complice s'étaient introduits dans le collège. Pensant qu'elle savait où était la cache, ils l'avaient suivie dans l'école. Si elle était restée chez Billy, le shérif et son adjointe en chef n'auraient sans doute pas été victimes de cette attaque.

Par association d'idées, elle pensa soudain à Alexa. La petite fille se trouvait toujours chez Billy avec la mère de ce dernier, sans savoir qu'elle avait été à deux doigts de perdre son papa.

— Je suis désolée, Billy, répéta Mara.

Les calmants qui lui avaient été administrés la plongeaient dans un état semi-comateux. Du coup, le passé et le présent se mélangeaient dans son esprit. Le danger actuel auquel ils étaient confrontés ravivait des plaies provoquées par ses choix, deux ans auparavant.

Lorsqu'elle reprit la parole, elle ne faisait plus allusion à ce qui s'était passé à l'école mais à sa fuite, deux ans plus tôt.

— Tu dois me haïr.

Billy resta silencieux un moment, il cherchait probablement une manière polie de le lui confirmer, songea Mara.

C'est alors qu'un camion les heurta violemment en les croisant. Tout se déroula si vite que Mara n'eut même pas le temps de crier. Sous l'impact, leur véhicule fut projeté dans le décor, hors de la route, et glissa droit dans le fossé.

Wham-bam-bam !

Lorsqu'ils s'immobilisèrent enfin, Mara s'aperçut avec soulagement qu'ils n'avaient pas fait de tonneau. Mais comme elle se tournait vers Billy, elle s'aperçut que ses yeux étaient fermés.

— Billy ? s'écria-t-elle, paniquée.

Quand il battit des paupières, elle faillit hurler de joie.

Il secoua un peu la tête, manifestement étourdi.

— Ça va ? demanda-t-il.

— Oui, je pense que oui. Que s'est-il passé ? Qui nous est rentré dedans ?

Billy se retourna pour inspecter la route. Il se mit à jurer sans qu'elle comprenne pourquoi.

Mais il prononça alors un nom qui la glaça.

— Beck.

# 15

Ce Beck ne les lâcherait-il donc jamais ?

Mara sentit son cœur s'accélérer dans sa poitrine lorsqu'elle vit Billy dégainer son arme de service.

— Appelle Suzy ! lança-t-il avant d'ouvrir la portière et de lui tendre son téléphone. Et tapis-toi au sol.

Mara décrocha sa ceinture de sécurité et composa le numéro de Suzy, essayant de maîtriser sa panique.

— Beck vient de nous envoyer dans le décor, dit-elle.

Aussi vite qu'elle le put, elle résuma les événements à Suzy. Elle venait de lui donner leur localisation quand elle entendit Billy crier :

— Sortez, les mains en l'air ou je tire !

Mara ne put entendre la réponse de Beck.

— Je suis tout près, répondit Suzy dans l'appareil. Gardez-moi en ligne.

Mara hocha la tête et mit le téléphone sur haut-parleur.

Billy tentait toujours de parlementer avec Beck.

— Tirer sur un shérif n'est pas une bonne idée, poursuivait-il. La justice est deux fois plus sévère dans ce cas.

Mara se releva à demi pour voir ce qui se passait.

Billy avait le torse à moitié sorti afin de s'adresser plus facilement à Beck. Ce faisant, il s'exposait trop, jugeait Mara.

Et si Beck essayait de l'abattre ?

Elle n'eut pas à s'interroger longtemps.

Un coup de feu claqua et elle étouffa un cri.

— Que se passe-t-il ? cria Suzy dans l'appareil.

Billy riposta et, très vite, la fusillade fit rage.

Mara, paniquée, s'allongea sous la banquette, se protégeant la tête des mains, en priant pour que Billy ne soit pas touché.

Quand la vitre côté conducteur explosa sous l'impact d'une balle, à quelques centimètres de Billy, elle faillit fondre en larmes.

Mais lorsque le pare-brise arrière éclata et qu'une pluie de verre remplit l'habitacle, elle ne put réprimer un grand cri. Terrifiée, elle ferma les paupières et se recroquevilla davantage. Son cœur battait à tout rompre.

Les échanges de coups de feu se prolongèrent pendant ce qui lui parut une éternité puis, soudain, ce fut le silence.

— Beck s'est réfugié dans l'habitacle de sa voiture, lui apprit Billy comme elle se redressait. Les vitres sont teintées, je ne les vois plus maintenant.

Au « les », elle comprit que Beck était accompagné de son complice.

Billy reprit sa place sur le siège du conducteur et referma sa portière. Il ne quittait pas le camion des yeux.

— Ils s'en vont ! hurla-t-il soudain avec colère.

— Donnons-leur la chasse !

Mara n'avait aucun goût pour le danger mais elle savait que, s'ils ne les arrêtaient pas, les deux hommes continueraient à semer la mort.

Il fallait à tout prix les en empêcher.

— Ils ont tiré sur l'un de nos pneus. J'ai essayé de faire la même chose mais leur véhicule n'était pas dans ma ligne de mire, grogna-t-il. Suzy, aboya-t-il dans son téléphone, ils descendent Meadows Street, en direction du sud. Ils sont au volant du camion que Mara t'a décrit. Il leur manque certaines vitres. Essaie de les rattraper.

Suzy confirma qu'elle avait bien reçu ces informations. Billy récupéra sa radio et s'en servit pour demander à tous les adjoints de la région de venir aider Suzy. Il leur indiqua qu'ils avaient également besoin d'une dépanneuse. Et peut-être aussi d'une ambulance.

Se tournant vers Mara, il lui demanda si elle n'était pas blessée. Pour poser cette question, il sortit du mode « shérif » et adopta un ton plus humain, plus chaleureux. Son regard était teinté d'inquiétude. Et Mara eut soudain envie de se blottir contre lui. De le réconforter. De se réconforter auprès de lui.

— Je vais bien, lui assura-t-elle à la place. Et toi ?

Billy hocha la tête mais Mara continuait de promener les yeux sur lui pour s'en assurer. Il pria le *dispatcher* d'annuler l'envoi d'une ambulance. Lorsqu'il raccrocha, il se frotta le visage avec un gros soupir.

Mara se redressa lentement pour se remettre en position assise. Antalgiques ou pas, elle ne put retenir un gémissement. Ses côtes la faisaient terriblement souffrir.

La main de Billy couvrit les siennes.

Mara s'attendait à ce que son regard soit aussi tendre qu'un instant plus tôt, quand il lui avait demandé si elle allait bien. Aussi fut-elle surprise de voir ses yeux émeraude lancer des éclairs. Il semblait prêt à tuer quelqu'un.

— Nous devons mettre un terme aux agissements de ces deux types, déclara-t-il d'un ton dur.

Mara s'apprêtait à l'approuver lorsqu'il ajouta quelque chose qui la pétrifia.

— Mara, nous devons parler à ton père.

Il leur fallut plus d'une heure de route pour rejoindre Walter Correctional Facility, l'établissement pénitentiaire où était incarcéré Bryan Copeland, et pendant tout le trajet, Mara ne desserra pas les dents.

Billy comprenait que Mara ait besoin de se recueillir à l'idée d'affronter son père. Il savait que la situation n'était pas simple pour elle et qu'il lui demandait beaucoup. Mais le danger que représentait Beck ne cessait de croître. Ce misérable leur avait tendu une embuscade au collège avant de les emboutir, quelques heures plus tard, afin de les envoyer dans le décor.

Tout cela sentait le désespoir, le type qui n'avait plus rien à perdre et qui tentait le tout pour le tout.

Si Mara n'avait pas crié, permettant ainsi à Beck et à son complice de se rappeler qu'ils avaient besoin d'elle en vie, tout aurait sans doute pris un tour différent. Mais elle avait crié et ils avaient pris la fuite, disparaissant avant que Suzy ou les autres adjoints ne puissent les rattraper.

Maintenant, Billy se trouvait dans une salle d'interrogatoire de la prison du comté, face à un type qu'il aurait préféré ne jamais revoir. Il nourrissait encore le faible espoir que Mara ne soit pas obligée de rencontrer son père si ce dernier lui disait tout ce qu'il avait besoin de savoir.

Avec les années, Bryan Copeland avait peut-être perdu ses cheveux mais il n'avait rien perdu de sa superbe. Il n'avait jamais laissé sa calvitie ni quoi que ce soit d'autre modifier son image d'homme sûr de lui. Toute sa vie, il avait porté des costumes bien coupés et une eau de toilette raffinée. Il avait l'esprit vif et le sens de la repartie, il faisait rire les gens. Déterminé et imbu de sa petite personne, il avait la personnalité d'un chef, d'un meneur.

Bryan Copeland avait toujours su se montrer gentil, généreux, attentionné dans ses relations personnelles mais, en affaires, il était impitoyable. Pour ses subalternes, il avait été un tyran, un démon.

Sa vie durant, Bryan avait su jouer de cette dichotomie.

Quand il avait besoin de gagner de l'argent, il se dépouillait de son masque d'homme généreux et charismatique pour montrer son vrai visage de bandit. Son esprit vif devenait alors une arme, son charme un outil de travail. Quelle que soit la compassion dont il pouvait faire preuve avec ses proches, il l'oubliait pour devenir menaçant et cupide si ses intérêts l'exigeaient.

Un gardien le menotta à la table métallique. Vêtu de la combinaison orange des prisonniers, Bryan Copeland dévisagea longuement Billy, assis en face de lui, avec les yeux d'un serpent prêt à frapper.

— Joyeux Noël, shérif. Il ne vous était donc pas possible de laisser tranquille l'homme à qui vous devez votre carrière ?

Billy n'avait rien à prouver. Rien à défendre non plus. À l'époque où il l'avait attrapé, il ignorait que l'arrestation de Bryan l'aiderait à devenir shérif. Il voulait simplement stopper le type qui semait la mort dans le comté et démanteler ses réseaux.

Ce qu'il n'avait pas regretté et ne regretterait jamais.

— J'ai quelques questions à vous poser.

Bryan se mit à ricaner.

— Si vous n'êtes pas capable de faire votre travail, shérif, ne comptez pas sur moi pour le faire à votre place.

Sans relever son commentaire, Billy posa le portrait-robot de Beck sur la table. Retourné. Les yeux de Bryan se rivèrent dessus.

— Où est votre trésor de guerre ? Où l'avez-vous caché ?

Bryan leva les yeux au ciel.

— Primo, la question pourrait émaner d'un adolescent en mal de sensations fortes tant elle est ridicule, déclara-t-il. Deuzio, je n'ai pas de trésor caché.

— Et tertio ? demanda Billy avec un léger soupir.

Bryan pinça les lèvres.

— Si j'avais un trésor quelque part, pourquoi vous

dirais-je où il est planqué ? fit-il d'un ton méprisant. Vous êtes le dernier à qui je confierais un tel secret.

Bryan ne cherchait pas à dissimuler son aversion totale pour lui.

Billy savait donc que lui demander quoi que ce soit était voué à l'échec.

Aussi décida-t-il de lui parler plutôt de ce qui faisait la fierté de cet homme.

— Parce que si vous ne me dites pas où il est, ce type finira par le trouver.

Billy retourna le portrait et le poussa vers Bryan.

— Et il s'en servira pour reprendre vos activités là où vous les aviez laissées. Grâce à vous, que vous le vouliez ou non. Et cette fois, il développera le marché plus intelligemment. Il s'appropriera votre héritage, vos réseaux, vos affaires, pour devenir leader dans sa partie. En fait, il a déjà commencé.

Bryan resta silencieux. Cependant, ses yeux étaient toujours rivés au portrait-robot. S'il reconnaissait Beck, rien dans son expression ou sa gestuelle ne le laissait paraître.

Quand, enfin, il répondit, il semblait aussi tendu que lorsqu'il était entré dans la pièce, escorté par un gardien.

— Je ne sais pas ce que vous espériez en venant ici, mais vous avez perdu votre temps.

Bryan posa un doigt sur la photo et il ajouta :

— Je ne connais pas cet homme et je ne sais rien de ses affaires. Je pense que si j'avais un trésor de guerre caché quelque part, vous l'auriez découvert au cours de l'enquête. À moins d'admettre que vous n'êtes pas si fort que ça. Ce que j'ai toujours su.

Les yeux de Bryan se plissèrent.

— Si vous étiez un shérif digne de ce nom, vous n'auriez pas eu besoin de l'aide de ma fille pour me serrer, non ?

Billy comprit que la seule façon d'obtenir une réponse

de ce type était d'utiliser Mara. Bryan Copeland semblait peut-être indifférent à tout mais en réalité il avait un point faible.

Sa fille.

Il l'aimait tant qu'il n'avait jamais imaginé qu'elle puisse le trahir, le dénoncer. C'est pourquoi il était maintenant enfermé dans ce pénitencier, menotté à la table d'une salle d'interrogatoire avec un garde armé derrière lui.

Mais Billy voulait la garder hors de la salle le plus longtemps possible.

— Cet homme s'appelle Beck, commença Billy. Pour autant que nous le sachions, il a un complice qui tue sans état d'âme ceux qui se mettent en travers de son chemin. Tous deux ont été impliqués dans le meurtre de trois personnes, dont deux étaient en garde à vue lorsqu'elles ont été abattues. Ils ont également envoyé trois autres innocents à l'hôpital et si ces derniers ne sont pas morts, ce n'est pas que Beck et son compagnon ont fait preuve de mansuétude. Mais qu'ils ont eu beaucoup de chance.

Billy ne nomma pas ceux et celles qui avaient été tués ou blessés. Il savait que Bryan s'en moquait. Sa réponse le lui confirma.

— Et alors ? Je n'ai rien à voir avec ce Beck ou son complice. Je suis prisonnier, l'avez-vous oublié ? J'ai un alibi en béton. Vous ne pouvez pas m'incriminer sur ce coup-là, shérif.

— Nous avons appris l'existence de Beck, insista Billy, parce qu'il s'est présenté chez votre fille et l'a menacée.

Un changement presque imperceptible se produisit chez Bryan. Billy ne savait pas si Bryan connaissait ou non Beck, mais, visiblement, le fait que Beck ait rendu visite à sa fille était une nouvelle pour lui.

— Depuis, lui et son complice ont tenté de l'enlever et ont même tiré sur elle. Tout ça parce qu'ils pensent qu'elle sait où se trouve cette cache, votre trésor de guerre.

Bryan se mit à rire. Cette fois, Billy en fut surpris.

— Ils pensent qu'elle pourrait être de mèche avec son papa ? répéta-t-il. Vous et moi savons à quel point cette hypothèse est absurde. Ma fille n'a jamais voulu s'impliquer dans mes affaires.

Il baissa la voix.

— Elle préfère être dans votre lit que faire partie de ma vie.

Billy essayait de ne pas montrer à Bryan à quel point son intuition était juste et à quel point il avait raison, mais son commentaire déclencha chez lui une réaction presque sauvage. Il ressentit le besoin de protéger Mara.

Le fait que Bryan ait deviné les liens amoureux qui l'unissaient à Mara était on ne peut plus inquiétant parce que Billy n'en avait parlé qu'à Suzy. Alors soit Bryan était très intuitif ou connaissait vraiment bien sa fille, soit il l'avait appris de quelqu'un d'autre.

Il se leva et se dirigea vers le garde à côté de la porte.

— Amenez-la, dit-il, assez bas pour que Bryan ne puisse pas entendre.

Le garde hocha la tête et partit.

Billy retourna à la table mais ne s'assit pas. Au lieu de cela, il gagna un coin de la pièce.

— À quel jeu jouez-vous ? demanda Bryan, amusé. Essayez-vous de m'intimider en écartant le garde ? Il y a des hommes beaucoup plus impressionnants que vous dans cette prison, shérif. Qui n'hésitent pas à tuer. Alors vos petits…

L'ex-narcotrafiquant se tut comme la porte se rouvrait et que Mara entrait, le dos raide, le regard méfiant.

Elle contourna la table et s'assit face à son père.

L'ironie, l'amusement que Bryan avait montrés devant le shérif s'envolèrent.

À les voir tous deux en face l'un de l'autre, Billy fut soudain frappé par leur ressemblance.

Mara fut la première à parler.

— Bonjour, papa.

# 16

— Tu ne manques pas d'air, Mara. Venir me voir en prison… où je suis enfermé à cause de toi…

Si la remarque de son père ne la surprit pas, elle la blessa malgré tout, ravivant sa culpabilité. Mara s'efforça pourtant de garder un visage impassible et de se rappeler pourquoi ils étaient là. Pourquoi elle se soumettait à cette torture, pourquoi elle se présentait devant son père qu'elle n'avait pas revu depuis deux ans.

*Fais-le pour Alexa,* pensa-t-elle. *Pour arrêter cette folie une bonne fois pour toutes.*

— Un tueur me menace, papa, commença-t-elle. Je…

Bryan frappa la table du poing, la faisant sursauter.

— Personne ne te menacerait si tu ne m'avais pas trahi ! cria-t-il. En dénonçant ton propre père, en t'acoquinant avec un shérif pour me planter un poignard dans le dos, tu as attiré sur toi les foudres du destin ! Tu as choisi ce type contre moi alors assumes-en les conséquences, maintenant !

Billy s'avança. Il était prêt à la défendre, Mara en était sûre, mais elle tenait à dire à son père ce qu'elle avait sur le cœur.

— Tu as voulu créer un empire, un cartel de la drogue dans ce comté, papa. Un comté composé de deux villes, chacune peuplée de nombreuses personnes innocentes.

Que devais-je faire quand je l'ai découvert ? M'asseoir et te regarder faire ?

— Tu aurais dû me soutenir, répondit-il. Au lieu de te tourner vers lui, ajouta-t-il en glissant un regard méprisant vers le shérif. Je suis ton père, ta chair et ton sang. Je t'ai élevée, nourrie et logée. Aimée. J'ai veillé à ce que tu ne manques jamais de rien. Et comment m'as-tu remercié ? En me faisant jeter en prison ! Je vis dans une cellule, Mara ! Une putain de cellule ! Comme un animal !

Cette fois, la colère la submergea, balayant sa culpabilité.

— Te souviens-tu de ce que tu m'avais dit lorsque tu as décidé d'emménager à Kipsy ? Tu prétendais alors avoir « besoin de lever le pied, de changer de rythme, de prendre le temps de vivre », « de te détendre ». Et tu m'avais demandé de te suivre. As-tu oublié ce que je t'avais répondu ?

Mara hurlait maintenant. La digue qui retenait ses émotions avait cédé dès que son père avait commencé à la culpabiliser.

Comme il restait muet, ce fut elle qui frappa la table du poing.

— Je t'avais dit que je ne voulais pas y aller, papa. Je n'avais aucune envie de partir. Là où j'étais, j'avais un bon travail, des amis, une maison… Une belle vie. Mais tu t'en moquais bien. Quand je suis venue te rendre visite, tu m'as dit que je te manquais, que tu te sentais seul, que Kipsy était une charmante petite ville peuplée de gens sympathiques. Tu m'as dépeint un tableau idyllique, une existence comme celle dont je rêvais depuis toujours. Tu m'avais promis que nous serions heureux, que je pourrais rencontrer quelqu'un, élever une famille, et toi, jouer avec tes petits-enfants. Tu m'avais assuré que je pourrais créer ma propre entreprise et devenir designer. Bref, tu as tout fait pour me convaincre de te rejoindre à Kipsy et cela a fonctionné. Je suis vite tombée amoureuse de cette petite ville. Mais lorsque tu as commencé à détruire ce rêve, comment imaginais-tu que j'allais réagir ?

— Tu aurais pu avoir toutes ces choses, répondit-il, plus tranquillement. Je t'ai toujours protégée. Tu n'as jamais été exposée au danger. Tu aurais pu avoir tout ce dont tu rêvais... Au lieu de quoi, tu as préféré te liguer avec lui contre moi.

Son père fusilla Billy du regard avec un tel dégoût que Mara serra les poings et, pour la première fois depuis des années, elle cria sur son père si fort qu'elle devint toute rouge.

— Ne t'avise pas de reprocher à Billy ou à moi tes propres erreurs. Tout est ta faute et tu dois assumer.

Mara sortit une photo de la poche arrière de son jean. Elle n'avait pas prévu de s'en servir mais elle comprit qu'elle le devait.

Elle claqua le cliché sur la table, à côté du portrait de Beck.

— Tu me détestes peut-être, papa. Tu te réjouis sans doute du fait que Beck et son complice me menacent. Et s'il m'arrivait quelque chose, tu t'en moquerais comme de l'an quarante. Mais elle ?

Le simple fait de voir le visage souriant d'Alexa la calma. Elle baissa d'un ton tandis que son père regardait fixement le portrait de la fillette.

— Voici Alexa, ta petite-fille. Elle ne t'a rien fait, elle n'y est pour rien si tu es en prison. Alors reconnais qu'il serait injuste qu'elle paie nos erreurs de sa vie.

Mara avait dit ce qu'elle avait à dire. Elle n'avait rien à ajouter pour tenter de convaincre son père de leur confier s'il avait un trésor caché et si oui, où. Elle se sentait épuisée, vidée.

Les yeux de Bryan restèrent rivés sur la photo, mais il ne fit aucun commentaire.

Billy profita du silence pour glisser :

— Beck et son complice sont persuadés que vous avez un trésor caché quelque part et que Mara sait où il se trouve.

Ils n'hésiteront pas à se servir d'Alexa pour faire parler Mara. Ils la tueront, et ils tueront également votre fille.

Mara devinait que prononcer ces mots donnait la nausée à Billy.

— Il n'y a pas d'alliance à ton doigt, dit son père après un moment. Mais la petite est de lui, n'est-ce pas ? dit-il, ses yeux lançant des éclairs.

Billy répondit à sa place :

— Nous ne sommes pas ensemble, mais oui, Alexa est ma fille.

Que Billy reconnaisse qu'il était le père d'Alexa aurait dû la rendre folle de bonheur, mais la première partie de la phrase lui fit si mal que la suite n'avait, du coup, plus d'importance.

Elle s'efforça pourtant de garder une expression aussi neutre que possible. Leur rapprochement de ces derniers jours s'expliquait sans doute par la folie des événements qui se succédaient. Ils avaient eu besoin de se réconforter l'un l'autre mais lorsque toute cette histoire serait finie, ils retourneraient à leur vie. Leur seul lien serait désormais Alexa. Le désir et non l'amour les avait jetés dans les bras l'un de l'autre, elle n'en doutait plus.

Son père la regardait attentivement. Elle n'avait pas besoin de penser à l'avenir alors que le présent était si menaçant.

— Vous êtes venus tous les deux comme si je vous devais quelque chose, assena Bryan Copeland. Mais je ne vous dois rien. Et vous servir d'une petite fille dont j'ignorais jusqu'à maintenant l'existence est méprisable et ne me donne pas envie de vous dire quoi que ce soit. Je ne peux rien pour vous.

Il se retourna vers le gardien.

— Ramenez-moi dans ma cellule.

Avant de sortir de la pièce, il dévisagea Billy.

— Méfiez-vous de vos filles, shérif. Elles vous frappent par-derrière quand vous ne vous y attendez pas.

— Shérif, attendez un instant !

Billy qui traversait le parking vers sa voiture s'immobilisa. Mais pas Mara. Elle n'avait pas prononcé un mot depuis que Bryan avait quitté le parloir. Ses yeux noirs étaient vides tandis qu'ils remontaient les couloirs pour quitter la prison.

En se retournant pour voir qui l'avait apostrophé, Billy eut la surprise de constater que c'était le gardien du parloir, un dénommé Ned.

Avait-il oublié d'effectuer une formalité ? s'interrogea Billy.

— Je sais que je ne suis pas censé écouter ce qui se dit en salle d'interrogatoire, déclara le gardien dès qu'il l'eut rejoint, mais je n'ai pas pu m'en empêcher et... Tout ce que je voulais vous dire, c'est que vous n'avez sûrement pas bien compris à quoi M. Copeland faisait allusion quand il a répété qu'il ne pouvait pas vous aider.

Billy fronça les sourcils, interloqué.

— Parce que vous, vous le savez ? Vous, vous l'avez compris ?

— Je ne puis pas vous affirmer que ce que j'avance est vrai à cent pour cent mais la prison est un monde à part, différent. Derrière ces barreaux se trouvent des hommes qui ont été condamnés pour des crimes infiniment plus graves que des trafics de drogue. Des hommes qui tuent sans état d'âme, qui tuent pour rien. Certains d'entre eux continuent à le faire, même s'ils sont en cellule.

— J'imagine, oui.

Billy se sentait frustré. Il n'avait pas envie de discuter des politiques carcérales sous cette chaleur.

— Ce que j'essaie de vous dire, c'est qu'à l'extérieur un

homme comme Bryan Copeland peut sembler intimidant aux yeux de beaucoup de gens avec ses beaux discours et ses costumes bien coupés. Mais ici, en prison, il n'est rien, personne. Il n'impressionne aucun de ses codétenus. Pourtant, il n'a jamais eu de problèmes. Depuis son incarcération, les autres ne s'en sont jamais pris à lui.

— Et comment expliquez-vous cette contradiction apparente ?

— À mon avis, si cette planque existe, si Bryan Copeland a un trésor caché quelque part, il l'utilise pour rester en sécurité ici. Je peux me tromper, mais ce ne serait pas le premier à assurer ainsi ses arrières.

— Vous voulez dire que ça lui sert de sauf-conduit ?

Ned hocha la tête.

— Oui, il pourrait utiliser ce trésor pour acheter une protection contre certains détenus.

— S'il a besoin de se protéger, c'est qu'il se sent menacé. À votre avis, qui pourrait avoir envie de le tuer ?

L'expression de Ned se durcit.

— Je ne sais pas mais le milieu carcéral n'est pas le monde des bisounours. On y tue pour des broutilles, ou même sans raison.

— D'accord, merci, dit Billy. Au moins savons-nous maintenant pourquoi il ne nous dira rien.

Billy se tourna vers Mara. Appuyée contre la voiture, non loin d'eux, elle scrutait la route. Mais sans doute était-elle, par l'esprit, à des années-lumière, songea Billy.

Il reporta son attention sur le gardien.

— Mais ce n'est pas une bonne chose, poursuivit-il.

— Pourquoi ça ? s'enquit Ned.

— Parce que cela signifie que Bryan préfère se protéger, lui, que protéger sa fille et sa petite-fille.

Comme à l'aller, Mara ne desserra pas les dents durant la majorité du trajet en voiture. Mais pas pour les mêmes raisons.

Elle garda les yeux sur le paysage qui défilait sous ses yeux. Billy lui avait répété les propos de Ned mais, pour elle, ces révélations n'étaient que la cerise sur le gâteau. Elle regrettait d'avoir accepté de se rendre dans cette prison, de revoir son père. Le soulagement qu'elle avait ressenti en osant enfin l'affronter, en lui parlant de sa petite-fille et en reconnaissant ouvertement que Billy en était le père, ne parvenait pas à contrer le froid qui glaçait à présent ses veines.

Non seulement Bryan Copeland ne les avait pas aidés et ne le ferait pas, mais il avait clairement indiqué qu'elle ne faisait plus partie de sa vie. Et que la haine qu'il nourrissait à son encontre était toujours aussi tenace. Certes, elle s'y était attendue, mais elle n'en souffrait pas moins.

Mara ferma les paupières, accablée.

Et ce n'était pas tout…

Elle se revit dans cette salle d'interrogatoire avec Billy disant à Bryan qu'ils n'étaient pas ensemble. Ses mots n'auraient pas dû la bouleverser à ce point, vu qu'elle le savait déjà, et pourtant… La déclaration de Billy énoncée d'une voix forte et claire avait brisé quelque chose en elle. Avec une intensité qu'elle n'aurait jamais imaginée.

Mara laissa échapper un gros soupir, et Billy lança :

— Nous devons parler de ce qui s'est passé.

Elle se tourna vers lui. Il fronçait les sourcils, il avait le regard féroce. Elle referma les yeux.

— Je n'en ai pas envie, répondit-elle. Pas tout de suite, en tout cas.

— Mara…

— Billy, s'il te plaît, non. Je n'en peux plus. Je veux juste rentrer voir ma fille. D'accord ?

À en croire un panneau routier qu'ils venaient de croiser, ils étaient revenus dans le comté de Riker, mais Mara ne reconnut pas l'Église presbytérienne devant laquelle ils passèrent ni le parking jouxtant l'édifice sur lequel Billy s'engageait.

— Que fais-tu ? demanda Mara qui avait de plus en plus de mal à maîtriser sa colère.

— Nous avons besoin de parler, répéta Billy en se garant.

— Nous n'avons pas cessé de parler à la prison ! Nous en avons assez dit, non ?

Billy coupa le moteur, décrocha sa ceinture de sécurité et se tourna vers elle. Son expression était dure. Il ne cherchait plus à être gentil. Avant qu'il n'ouvre la bouche, Mara comprit où cette conversation les mènerait.

— Ce que tu viens de subir n'a pas été facile, dit-il en prenant une profonde inspiration. Et maintenant tu ne veux pas en discuter... Même avec moi. Pourquoi ? Ce n'est pas normal.

Mara vit rouge.

— *Même avec toi ?* répéta-t-elle, hors d'elle. Mais tu ne comprends donc pas que tu es la dernière personne avec qui j'aie envie d'en parler ? Personne ne sait mieux que toi le rôle que j'ai joué dans cette affaire. Tu as entendu mon père. Je l'ai trahi pour toi, il est en prison à cause de moi.

Après avoir marqué un temps d'arrêt, elle reprit d'un ton amer :

— Tu ne peux rien faire pour m'aider, Billy. Maintenant, ce que j'éprouve, ce que je ressens, n'est plus de ton ressort. Nous ne sommes plus *ensemble*, Billy. Plus maintenant. C'est bien ce que tu as dit, non ?

Débouclant sa ceinture de sécurité, Mara chercha la poignée. Les larmes brouillaient sa vision.

— Je... J'ai besoin d'être seule, déclara-t-elle avant que Billy n'ait eu la possibilité de répondre.

Ouvrant la portière, elle sortit de la voiture. Elle ne supportait plus la présence du shérif du comté de Riker.

# 17

Mara avait besoin de marcher afin de se calmer et de tenter d'apaiser les souffrances dont elle était la proie. Il lui fallait recouvrer son sang-froid pour être capable de réfléchir sereinement. Mais les paroles de son père et celles de Billy tournaient en boucle dans sa tête et la torturaient.

Pourquoi la vie était-elle si compliquée ? Pourquoi son père avait-il mal tourné ? Pourquoi avait-il fallu qu'elle tombe amoureuse du shérif du comté de Riker ? Le problème n'étant pas que Billy soit shérif mais que la population qu'il avait à protéger ne l'accepte pas, elle...

Mara traversait le parking pour gagner le petit parc qui jouxtait l'église quand elle entendit des pas derrière elle. Avec l'énergie du désespoir, elle s'efforçait de ne pas exploser en sanglots. La situation mettait ses nerfs à rude épreuve.

Bien sûr, il n'était pas surprenant qu'elle soit dans cet état-là. Son père venait de lui prouver que son propre sort comptait plus pour lui que sa fille ou sa petite-fille.

Mais en réalité, les mots terribles que Billy avait prononcés étaient plus douloureux encore. Sans doute avait-elle espéré au plus profond d'elle-même qu'il l'aimait toujours, qu'il aurait envie de renouer avec elle. L'entendre dire à son père qu'ils n'étaient plus ensemble avait ruiné cette espérance. Elle en était anéantie.

— Mara, arrête !

Quand Billy l'attrapa par le bras, elle tenta de refouler les larmes qui lui brûlaient les paupières. Mais lorsqu'elle se retrouva face à lui, elle éprouva soudain l'envie de se serrer contre lui.

Prendre conscience qu'elle n'avait jamais cessé d'aimer Billy Reed et qu'elle ne cesserait jamais de le faire ne fit qu'aggraver sa douleur.

Il planta les yeux dans les siens.

— Parle-moi, Mara, dit-il avec insistance.

— Pourquoi ne m'as-tu jamais posé la question ? lança-t-elle sans réfléchir. Pourquoi ne m'as-tu jamais demandé pourquoi je t'avais quitté ou pourquoi je t'avais caché l'existence d'Alexa ?

À ces mots, Billy la lâcha.

— Demande-le-moi, Billy, répéta-t-elle, le cœur serré. S'il te plaît.

De nouveau, les larmes menaçaient de déborder, de couler sur ses joues, mais elle redressa les épaules, décidée à ne pas craquer.

Mais au lieu de répondre, Billy lui posa une question à laquelle elle ne s'attendait pas :

— Si tu avais eu le choix, m'aurais-tu parlé d'elle, un jour ?

Son visage était ouvert, son ton posé, mais elle le connaissait assez pour comprendre qu'il se préparait à encaisser un coup.

Mara prit alors conscience qu'elle ne pouvait plus lui taire ce qui s'était passé. Elle l'avait déjà blessé avec ses silences, avec ses secrets.

Il était temps de lui dire la vérité.

Toute la vérité.

— Tu ne me croiras sans doute pas et je ne pourrai pas te le reprocher, mais je n'ai jamais eu l'intention de te cacher ma grossesse ni l'existence de ta fille, commença-t-elle. J'ai découvert que j'étais enceinte deux jours avant que tu ne deviennes shérif. Te rappelles-tu à quel point j'étais silencieuse, alors ? Tu ne cessais de me demander si tout allait bien.

Elle le vit replonger dans ses propres souvenirs.

— Je pensais que c'était à cause de ton père, reconnut-il. Il venait d'être condamné. Pourquoi tu ne me l'as pas dit à l'époque ?

— J'avais prévu de t'en parler au dîner, ce soir-là, dit-elle. Je voulais préparer un bon petit repas pour l'occasion... Confectionner un gâteau... Mais à la dernière minute, je me suis aperçue que j'avais oublié d'acheter des œufs et j'ai donc dû ressortir.

Billy leva un sourcil interrogateur. Il se demandait certainement en quoi ce détail avait de l'importance.

— Tu te souviens sûrement de Donna Ramsey, reprit Mara. La femme que nous avons vue au café, l'autre jour. Eh bien, alors que je courais vers la supérette, je suis tombée par hasard sur elle. Manifestement, elle n'était pas contente de croiser mon chemin.

Elle se remémora la haine qu'elle avait vue briller dans les yeux de Donna, une haine qu'elle n'oublierait jamais.

— Savais-tu que son mari était mort à l'étranger ? poursuivit-elle. Et que Kennedy, sa fille unique, était la seule famille qui lui restait après ce drame ?

Mara n'attendit pas que Billy réponde.

— Kennedy s'est suicidée quand son petit ami est mort d'une overdose de moxy, dit-elle dans un souffle tandis que les larmes troublaient sa vision.

Le cœur déchiré entre colère et tristesse, elle ne parvenait plus à retenir ses pleurs.

Billy hocha la tête.

— Je l'ignorais, reconnut-il. Mais il est difficile de mesurer toutes les répercussions, l'étendue des dégâts provoqués par la drogue.

— Eh bien, pour ma part, j'ai mesuré et très bien mesuré la haine de Donna pour moi.

— Tu n'y étais pour rien. Ce qui s'est passé n'était en rien ta faute, déclara Billy.

— Si j'étais venue te trouver plus tôt, si j'avais dénoncé les agissements de mon père plus tôt…

— Ça n'aurait peut-être rien changé. Ton père est un homme très intelligent. Peut-être qu'en intervenant trop tôt on aurait mis plus de temps à le piéger…

Mara haussa les épaules.

— De toute façon, Donna m'a dit ce soir-là que pour elle et sans aucune ambiguïté, j'étais aussi responsable que mon père de la mort de sa fille. Et qu'elle n'accepterait jamais que je vive à Carpenter ou à Kipsy, que personne dans le comté ne tolérerait ma présence. D'ailleurs, comme pour confirmer ses propos, la gérante de la supérette qui avait surpris notre échange a refusé de me servir. Je suis repartie sans mes œufs. Voilà pourquoi il n'y avait pas de gâteau au dîner, ajouta-t-elle avec un sourire amer.

— Mais…

— Je n'ai pas pu t'annoncer ma grossesse ce soir-là parce que je ne pouvais penser qu'à Donna, à ce qu'elle m'avait dit. Et j'ai décidé d'attendre le lendemain pour t'en parler. Mais le lendemain, tu as été convoqué par le shérif Rockwell et en rentrant, tu étais tellement excité, si heureux, de m'apprendre que c'était toi qui prenais sa suite, que j'ai préféré patienter encore un peu. Je voulais que tu fêtes cette promotion professionnelle comme il le fallait et que rien ne vienne te déconcentrer. Tu attendais depuis si longtemps l'occasion de devenir shérif.

Mara arrivait à la partie qu'elle avait cru ne jamais être capable d'avouer à Billy.

— Je pensais te le dire après la cérémonie d'investiture parce que je ne pouvais pas garder la nouvelle pour moi plus longtemps. J'avais peur de t'en parler et, en même temps, j'étais tout excitée, continua-t-elle.

Elle sentit la migraine la gagner, comme si évoquer ses blessures avait des répercussions physiques.

— Au moment de la passation des pouvoirs, au moment où tu allais officiellement devenir shérif, j'étais dans la salle municipale, au milieu de la foule mais un peu à l'écart, là où j'espérais que personne ne me remarquerait. Pourtant quelqu'un m'a vue et reconnue. Il m'a demandé si j'étais heureuse pour toi, et je l'étais, Billy. J'étais tellement fière de toi ! Cet homme m'a dit alors que tant que nous serions ensemble, tout ce que tu avais fait, tout ce que tu faisais et ferais pour le comté, perdrait toute valeur. Pour les gens, tu ne serais jamais le shérif qui les avait protégés et qui les défendrait toujours, tu ne serais jamais le héros de leur petite communauté. Mais celui qui aimait la fille du narcotrafiquant qui avait causé tant de ravages dans la région. Ma seule présence ruinerait ton travail, tes combats, tes réussites. Je me suis tournée vers toi... Tu éclatais de joie, Billy. Tu étais si content et je pensais à Donna...

Mara explosa en sanglots. Les vannes étaient rompues. Toutes les émotions qu'elle s'était efforcée de refouler depuis deux ans la submergeaient à présent comme un tsunami.

— Et j'ai compris qu'il avait raison, Billy, poursuivit-elle. Si je restais, les gens finiraient par te détester à cause de moi et je ne pouvais pas le supporter. Vivre avec la culpabilité d'être la fille de Bryan Copeland était déjà douloureux, mais l'idée que tu perdes ta raison de vivre à cause de moi était insupportable.

Billy resta silencieux un long moment. Son visage était impénétrable. Alors que Mara, elle, se sentait totalement exposée, à nue, vulnérable. Quitter Billy Reed avait été la décision la plus difficile de son existence, se rappela-t-elle en s'efforçant de réprimer ses sanglots.

Puis, de façon totalement inattendue, Billy sourit.

— Mais Mara, tu oublies quelque chose, dit-il en se rapprochant d'elle.

Il prit son visage entre ses mains et planta les yeux dans les siens. Il soutint son regard, y voyant tous les espoirs qu'elle avait nourris pour l'avenir, tous les regrets qu'elle avait laissés derrière elle.

— Et quoi ? murmura-t-elle, les larmes roulant sur ses joues.

Billy les caressa du bout des doigts.

— Tu oublies que c'est toi ma raison de vivre, Mara.

Et il captura ses lèvres pour l'embrasser à pleine bouche.

Alors Mara sentit une grande paix l'envahir.

Contrairement à celui qu'ils avaient partagé plus tôt dans la journée, ce baiser fut doux, profond. Il venait du cœur, de leur cœur.

Terrassée par une joie sans mélange, Mara s'abandonna dans les bras de Billy, les jambes flageolantes. Sans doute serait-elle tombée s'il ne l'avait pas enlacée aussi étroitement.

Soudain Billy s'écarta.

— Attends, qui t'a fait ce commentaire au cours de la cérémonie d'investiture ? demanda-t-il comme s'il n'enregistrait pleinement ses paroles que maintenant. J'avais respecté ton souhait de garder notre histoire secrète jusqu'à la fin du procès. Je n'ai parlé de nous qu'à ceux qui avaient absolument besoin de le savoir. À Suzy, en l'occurrence, et je lui fais totalement confiance. Elle n'en aurait jamais parlé, ajouta-t-il.

Mara lâcha un petit soupir. Elle ne voulait pas créer de conflits entre le shérif et l'un de ses anciens adjoints, mais elle lui devait la vérité.

— L'adjoint Marsden.

Et voyant Billy se tendre, elle ajouta :

— Il semblait vraiment préoccupé, soucieux de ta réputation. Tu ne peux pas lui reprocher sa loyauté.

Billy ne semblait pas l'écouter. Ses yeux fixaient les siens, mais il ne la voyait pas.

— Qu'y a-t-il ? demanda Mara, saisissant sa main. Billy ?

Le contact le sortit de sa torpeur.

— Marsden n'a jamais éprouvé la moindre loyauté à mon égard, encore moins d'amitié, grogna-t-il. Le shérif Rockwell avait de bonnes raisons de vouloir le licencier. Il m'en avait parlé avant la cérémonie d'investiture afin que j'aille au bout du processus qu'il avait enclenché. Jamais je n'aurais dit à Marsden que nous étions ensemble, toi et moi.

— Vraiment ? s'exclama Mara stupéfaite.

— Je l'avais complètement oublié, mais Marsden était avec nous lorsque nous avons arrêté Bryan, poursuivit Billy, les sourcils froncés. Il a dû entendre ton père te reprocher de l'avoir trahi par amour pour moi. Il...

— Désolé de vous interrompre...

Pris par leur conversation, tous deux virent trop tard que quelqu'un avait surgi derrière eux.

Beck !

Ce dernier avait pour lui l'effet de surprise. Il pointa son fusil sur Billy.

— Trois fois dans la même journée... On peut dire que nous ne cessons de nous croiser, shérif !

Billy se trouvait du mauvais côté du fusil. Et le sourire narquois de Beck n'avait rien de rassurant. Pourtant, à la vue de la plaie sur sa joue, il éprouva une petite satisfaction personnelle, conscient que c'était lui qui l'avait frappé, quelques heures plus tôt.

Mais sa joie fut de courte durée.

— Alors, shérif, reprit Beck d'une voix calme. Comment allez-vous par cette belle journée ?

Dès qu'il s'était retourné pour voir qui les apostrophait, Billy avait fait passer Mara derrière lui. Mais si elle n'était plus dans la ligne de mire, il savait qu'il lui serait difficile de la protéger si Beck se mettait à tirer.

— Je ne pensais pas vous revoir de sitôt, reconnut Billy. Lorsque vous avez disparu à bord de votre camion, j'espérais que vous seriez partis pour de bon, vous et votre ami. Où est-il, d'ailleurs ? Je voudrais lui rendre le coup qu'il m'a donné sur la tête.

Billy regarda autour de lui pour voir si parmi les gens qui allaient et venaient devant l'église, quelqu'un avait remarqué qu'un homme pointait un fusil sur eux. Mais personne ne semblait faire attention à eux.

Beck ricana.

— Il n'y a personne pour vous défendre, shérif. Vous devez vous sentir un peu bête, non ?

Billy se reprochait, en effet, sa légèreté. Il s'était comporté comme si Beck n'était plus une menace alors qu'il aurait dû s'attendre à le voir réapparaître à tout moment. Aucun de ses adjoints n'avait retrouvé la trace du camion. Le danger était donc toujours là. Bon sang, comment avait-il pu l'oublier ?

Mais, dès lors que Mara était concernée, il perdait souvent son sang-froid, son bon sens.

Derrière lui, Mara le surprit en lançant à Beck :

— Vous n'êtes pas aussi intelligent que vous le pensez.

Sa voix ne tremblait pas, constata-t-il avec fierté.

Cette femme était fantastique.

— Pourquoi ne me croyez-vous pas intelligent ? demanda Beck. Parce que je ne vous ai pas encore tués tous les deux ?

Billy se tendit. Le scélérat dut s'en rendre compte car il reprit d'une voix conciliante :

— Calmez-vous, shérif. Je n'ai pas l'intention de vous tuer, vous ou Mlle Copeland. Pas maintenant, en tout cas. Plus tard peut-être, si vous devenez un problème. Mais pas maintenant.

— Alors, donnez-moi cette arme, dit Billy.

Sa demande fit rire Beck.

— Ne prenez pas ma grandeur d'âme pour de la bêtise. Je ne vous ai pas suivis uniquement pour bavarder avec vous.

— Que voulez-vous alors ? lança Mara.

— C'est drôle que vous posiez la question, mademoiselle Copeland. Parce que ce que je veux, c'est vous. Vous allez venir avec moi.

— Il n'en est pas question, déclara Billy.

— Oh ! mais si, shérif, il en est question. Et non seulement je vais l'emmener, mais vous allez me laisser faire.

# 18

L'extrême assurance dont faisait preuve Beck en braquant un shérif et une femme, dans un lieu public, au vu et au su de tous, était on ne peut plus inquiétante. Il tenait son arme d'un geste sûr, d'une main qui ne tremblait pas. Il ne transpirait pas. Il s'exprimait d'une voix ferme.

Alors qu'il aurait eu de nombreuses raisons de montrer des signes de nervosité, il n'en présentait aucun.

Ce qui pouvait s'expliquer de deux façons, songea Billy.

Soit ce Beck était totalement stupide, soit il avait un atout maître dans son jeu.

— Et comment espérez-vous me convaincre de laisser Mara partir avec vous ? demanda Billy. Parce que, là, je préfère vous dire tout de suite qu'il ne faut pas y compter.

— Je connais votre secret, répondit Beck avec simplicité. Et je vais m'en servir pour vous obliger à faire ce que je veux.

Billy n'avait pas besoin de regarder Mara pour deviner qu'elle avait blêmi. Lui-même s'était tendu, même s'il s'efforçait de paraître impassible.

— Notre secret ? Quel secret ?

Billy n'avait aucune envie de rentrer dans le petit jeu de Beck mais, en même temps, il n'avait pas vraiment le choix.

— Si je n'avais pas su que vous étiez en couple, je l'aurais compris rien qu'en vous voyant vous embrasser, répondit

Beck. Vous êtes vraiment nuls pour cacher ce genre de choses, ajouta-t-il en secouant la tête.

— Et alors ? répliqua Mara. Nous nous sommes embrassés, la belle affaire ! Je ne vois pas en quoi ça va vous permettre de m'obliger à vous suivre.

— Vous embrasser sur la bouche n'est pas le seul secret que vous avez, tous les deux... J'en ai découvert un autre. En fait, à l'heure où nous parlons, mon associé est en compagnie de votre autre secret. Elle est très mignonne, m'a-t-il dit.

Billy serra les poings. Une rage folle et une peur terrible s'étaient emparées de lui. Et lorsque Mara posa sa main sur son dos, il sentit qu'elle en était également la proie.

Un sourire triomphant passa sur les lèvres de Beck. Manifestement, il s'attendait à ce que tous deux se jettent à ses pieds pour le supplier d'épargner leur enfant. Il se sentait tout-puissant, il en faisait un peu trop, tout à coup.

— Dois-je vous mettre les points sur les *i*, shérif ?

Billy refusait de croire que ce type avait réellement réussi à kidnapper leur fille.

— Oui, mettez-les, répondit-il sans se démonter. Nous sommes las de jouer aux devinettes avec vous.

Le sourire suffisant de Beck se mua en rictus. Il promena les yeux autour de lui dans le parc, comme s'il guettait quelque chose ou quelqu'un.

— Vous avez sans doute raison, dit Beck. Qui a du temps à perdre avec des jeux débiles ? Alors, arrêtons de tourner autour du pot, il fait trop chaud. J'ai hâte d'aller me mettre au frais. Voici ce que nous allons faire. Mara va me dire où est caché le trésor de guerre de son père. Et au cas où elle serait tentée de m'induire en erreur, elle restera avec moi jusqu'au moment où j'aurai récupéré le magot. Je la laisserai alors partir.

Devant leurs visages méfiants, il ajouta :

— Vous vous demandez peut-être pourquoi vous devriez me faire confiance à ce sujet ? Eh bien...

Cessant de ricaner, Beck reprit avec gravité :

— Je serais vraiment stupide de buter la copine du shérif. J'imagine que si je la tuais, vous me poursuivriez avec tant d'énergie que vous finiriez par m'avoir, shérif. Je n'ai aucune envie de finir en prison ou pire. En doutez-vous ?

— Non, j'en suis sûr, cracha Billy.

— Seul un imbécile ou un fou commettrait une erreur pareille et je n'appartiens à aucune de ces catégories, assura Beck. Par ailleurs, il faudrait être cinglé pour tuer un shérif. Ce serait une forme de suicide.

Beck brandit son arme comme pour leur rappeler qu'il était le plus fort.

— Mais ne vous méprenez pas, je n'hésiterai pas à vous descendre si nécessaire, shérif. Et si vous êtes mort, comment pourriez-vous venir en aide à Alexa et à Mara ? Comment pourriez-vous les sortir de ce mauvais pas ?

Le visage de Mara n'exprimait rien, ses yeux étaient vides mais Billy savait qu'elle bouillait intérieurement.

— Maintenant, Mara va venir avec moi et vous allez la laisser me suivre... ou vous ne reverrez jamais votre fille, conclut Beck.

— Fils de..., commença Billy avec un dégoût absolu.

— Où est Alexa ? intervint Mara. Que lui avez-vous fait ?

— Rien. Encore rien, répondit Beck. Et si vous venez gentiment avec moi, il ne lui arrivera rien.

— Alexa est en sécurité avec ma mère, répliqua Billy. Votre complice n'a pas pu l'enlever. Vous bluffez.

— Et si je ne bluffais pas ? répliqua Beck. Et si la petite se trouvait vraiment entre les mains de mon associé ? Allez-vous lui faire courir un risque pareil, shérif ?

Il retourna son attention sur Mara.

— Et allez-vous le laisser prendre un tel risque ?

Billy s'avança.

— Mara...

— Je veux des preuves, l'interrompit-elle. Ou je ne vous suis pas.

Beck laissa échapper un petit soupir frustré. Mais il répondit à sa requête. Et ce qu'il expliqua n'était pas du tout ce que Billy avait envie d'entendre.

— Je vais vous répéter ce que mon associé m'a raconté. Claire Reed, la mère de notre shérif ici présent, a défendu sa petite-fille avec deux fois plus d'énergie que l'adjoint Mills. Mon associé n'a eu besoin que de quelques instants pour le neutraliser, lui, mais il a eu plus de mal avec Mme Reed.

Billy se raidit. Un froid polaire glaçait ses veines La colère et la peur se disputaient au creux de son ventre. Sans ce fusil entre eux, il aurait pu tuer ce type à mains nues.

— Pour sa défense, l'adjoint a été surpris, il n'a rien vu venir. Alors que Mme Reed regardait par la fenêtre de la cuisine quand mon collègue est arrivé. Elle avait eu le temps de s'armer d'un fusil et d'essayer de cacher la gamine. Heureusement pour tout le monde, Claire Reed est une très mauvaise tireuse et mon ami s'interdit de buter les personnes d'un certain âge. Il a été élevé par sa grand-mère, ce qui explique sans doute ce zeste d'humanité.

Mara porta les mains à sa bouche et Billy serra si fort les poings qu'il eut mal aux jointures.

Beck continua son laïus comme s'il jouait dans une mauvaise série télévisée alors qu'ils se trouvaient dans l'une des situations les plus terrifiantes à vivre pour des parents.

— Alexa était cachée au fond d'un placard, une couverture jetée sur sa tête. Elle pleurait si fort que mon associé a embarqué son sac de jouets. Je ne sais pas encore si cela a suffi à la calmer.

— Espèce d'ordure ! hurla Billy.

— Ce n'est qu'un bébé, ajouta Mara d'une voix tremblante.

— Et moi, je ne suis qu'un homme d'affaires avec quelques ambitions, répliqua Beck. Et j'ai hâte de reprendre le flambeau, de développer les activités de votre famille, Mara. Alors maintenant, soit vous venez avec moi sans discuter, soit je vous ferai regretter d'avoir voulu contrarier mes plans.

Le ventre noué, Billy regarda Mara. Ses yeux noirs écarquillés trahissaient sa panique. Elle cherchait un moyen de sauver Alexa. De le sauver, lui.

Et Beck avait gagné. Mara irait avec lui. Et Billy la laisserait faire.

Beck se tourna vers elle.

— Maintenant, dites au revoir à votre cher shérif et allons-y, ordonna-t-il.

Billy s'avança.

— Je...

— Ne dis rien, j'y vais, l'interrompit Mara.

Billy prit son ravissant visage entre ses mains et caressa ses lèvres des siennes. Il espérait que ce baiser lui disait tout ce qu'il ne pouvait pas dire.

Il sauverait Alexa.

Il la sauverait, elle, Mara.

Il détruirait Beck.

Dans cet ordre.

— Maintenant, Billy, vous connaissez les termes de notre accord, reprit Beck. Si vous tentez quoi que ce soit pour m'empêcher de faire ce que je veux, je les tue toutes les deux. Si vous avez envie de jouer les héros, elles le paieront de leur vie. Compris ?

Billy acquiesça d'un petit signe de tête. La colère le consumait. Il n'avait jamais voulu faire du mal à quelqu'un autant qu'il rêvait d'en faire à ce type.

— Je n'abandonne pas la partie, lui promit-il. Et je vous aurai à la fin.

Beck sourit.

— Je me doute que vous essayerez, en tout cas.

Le canon de son arme contre sa tête, Beck entraîna Mara. Le misérable se retourna plusieurs fois pour s'assurer que le shérif n'avait pas bougé d'un pouce.

Non, surtout pas, songea Billy. Il ne voulait pas pousser ce malade à bout.

Quelques personnes qui se promenaient autour de l'église avaient sans doute repéré le manège de Beck et, du moins Billy l'espérait-il, appelé les secours. Mais personne ne s'avança pour venir en aide à Mara.

Cela le mit en colère et le soulagea en même temps. Il regarda avec une terreur silencieuse Beck faire monter Mara dans une voiture qu'il n'avait jamais vue auparavant, garée juste à côté de la sienne.

Et il fut le témoin impuissant de l'enlèvement de la mère de son enfant.

Dès que la voiture de Beck s'éloigna, Billy grimpa dans la sienne et roula jusqu'à Carpenter, jusque chez lui. Il n'avait aucun moyen de contacter ses hommes. Sa portière avait été forcée, et son téléphone portable et sa radio avaient disparu. Dieu merci, il avait eu assez de bon sens pour au moins garder ses clés de voiture dans sa poche.

Il avait essayé, en vain, de suivre des yeux la direction qu'avait prise Beck alors qu'ils quittaient le parking, mais il n'y avait pas réussi. Il les avait perdus de vue très rapidement.

Il ne lui restait donc qu'un seul endroit où se rendre.

# 19

Billy prit le carrefour sur des chapeaux de roue et remonta sa rue à vive allure.

La voiture de patrouille de l'adjoint Mills était toujours garée devant chez lui. À l'endroit exact où elle se trouvait quand il était parti avec Mara, ce matin.

Alors qu'il s'attendait à débarquer dans une zone de guerre, Billy ne remarquait rien d'inhabituel. Tout semblait en ordre, calme.

Normal.

Loin de le rassurer, cette tranquillité apparente attisa son angoisse.

Parvenu devant chez lui, il écrasa la pédale de frein pour bondir de l'habitacle et courir vers son domicile.

— Shérif ! cria quelqu'un derrière lui.

Billy se retourna si vite qu'il faillit trébucher. Il reconnut l'adjoint Mills qui sortait de sa voiture de patrouille.

Billy ne comprit pas l'expression peinte sur les traits de son adjoint. Ce dernier aurait dû avoir l'air bouleversé, anéanti par les événements et furieux de s'être laissé surprendre.

Mais il semblait simplement un peu perdu et sur le qui-vive.

— Que se passe-t-il ? fit-il.

— C'est plutôt à moi de le demander, non ? répliqua Billy.

Son adjoint parut plus perplexe encore.

— Que voulez-vous dire ?

Billy entendit comme un… glapissement dans la maison. Sans perdre de temps à interroger Mills, il se précipita, gravit quatre à quatre les marches du perron, ouvrit la porte et se rua à l'intérieur, se guidant à ce cri terrifiant.

— Ne bougez pas ! lança alors Suzy derrière lui, l'arme au poing. Billy ? ajouta-t-elle avec surprise. Que fais-tu ici ?

— Où est Alexa ? demanda-t-il, conscient qu'il devait passer pour un fou furieux aux yeux de ses adjoints.

— Ici, bien sûr, répondit Suzy en désignant le salon d'un mouvement de menton.

Comme Billy entrait en trombe dans la pièce, il découvrit tout d'abord sa mère, assise par terre. Elle se tourna vers lui d'un air un peu étonné. Des cubes en plastique jonchaient le sol. Et à côté d'elle, au milieu d'une ribambelle de jouets, il vit…

— Alexa !

Il crut que son cœur allait exploser de joie et de bonheur.

Sans mesurer l'amour fou dont Billy brûlait pour elle, la petite fille le dévisagea de ses grands yeux verts. Elle serrait contre elle son chien en peluche. Elle le lui tendit.

— Chien, chien, dit-elle.

En deux enjambées, Billy s'approcha de l'enfant, la souleva de terre pour l'étreindre contre son cœur. Il n'avait peut-être pas été dans sa vie jusqu'à ces derniers jours mais, à présent, il était sûr d'une chose : il aimait sa fille.

Il la berça un moment contre lui, les yeux clos, le visage enfoui dans ses cheveux.

Alexa se mit à rire de son rire cristallin.

Déchiré, Billy ne savait plus où il en était.

Malgré ses pires craintes, Alexa était saine et sauve, en sécurité. Dieu merci. Mais qu'en était-il de Mara ?

Billy embrassa le front d'Alexa avant de la reposer au

milieu de ses jouets. Mentalement, il échafaudait déjà un plan d'action.

— Empaquette quelques affaires pour toi et pour la petite, ordonna-t-il à sa mère.

Puis il se tourna vers Suzy, l'adjoint Mills et Dante qui franchissait à son tour la porte d'entrée.

— Vous, suivez-moi.

Il attendit que tous trois s'enferment avec lui dans la bibliothèque pour leur parler. Là, il leur résuma brièvement la situation.

— Billy ! entendirent-ils alors sa mère s'écrier.

Suzy étant la plus proche de la porte, elle s'y précipita, l'arme au poing.

Mais Claire voulait seulement parler à son fils.

— Que s'est-il passé ? Et où est Mara ? demanda-t-elle.

— Beck m'a fait croire qu'il avait kidnappé la petite, lui apprit Billy.

— Mais pourquoi ?

— Pour m'enlever Mara.

Billy vit sa mère blêmir mais il n'avait pas le temps de gérer les émotions des uns et des autres.

— Et je l'ai laissé faire, ajouta-t-il, accablé.

Dès qu'il s'était retrouvé seul avec elle, Beck l'avait menottée et lui avait bandé les yeux de sorte qu'elle n'avait pu voir qui se trouvait au volant de la voiture. Après l'avoir poussée à l'arrière de l'habitacle et avoir pris place à ses côtés, Beck avait passé le trajet à lui répéter qu'il était le meilleur, d'une intelligence exceptionnelle. Un vrai génie.

Il était manifestement fier d'avoir réussi son coup, de l'avoir prise en otage. Et il ne cessait de lui répéter que, plus fort encore, il avait réussi à l'emmener au nez et à la barbe du shérif, sans que ce dernier ne puisse lever un petit doigt pour l'en empêcher.

Mara n'était pas vraiment étonnée de découvrir qu'il était si vantard, mais l'écouter fanfaronner lui était pénible.

Pour parvenir à rester le plus calme possible, elle pensa à Alexa. Même si elle n'avait aucune idée du sort réservé à sa petite fille, l'amour qu'elle ressentait pour l'enfant renforçait sa volonté de vivre, de s'en sortir.

Mara resta silencieuse pendant la durée du trajet. Trop de questions la hantaient et elle n'avait aucun moyen de répondre à la majorité d'entre elles. Elle était surtout condamnée à l'inaction. Menottée, impuissante, à côté d'un type manifestement fou à lier, qu'aurait-elle pu faire ?

Cependant, elle essaya de calculer combien de temps roula la voiture. Elle ne connaissait pas Carpenter aussi bien que Billy, mais tenter de déterminer où Beck et son complice la conduisaient pouvait se révéler utile.

Après un quart d'heure de route, ils s'engagèrent sur une voie cahoteuse, parsemée d'ornières. Ils roulaient manifestement sur un chemin de terre.

Ce qui pouvait signifier deux choses : soit ils se trouvaient sur une petite route du réseau secondaire du comté de Riker, une route qu'elle ne connaissait pas, soit ils avaient quitté le comté et ils étaient maintenant dans une autre région.

Quant à savoir quelle option était la moins mauvaise, Mara n'en avait aucune idée.

— Gare-toi sur le côté, ordonna Beck au conducteur, suscitant en elle d'autres questions sans réponses.

Le conducteur était-il l'« associé » qui avait enlevé sa fille ? Était-ce lui qui avait tué Caleb et Jessica ? Était-ce lui qui avait blessé Cassie ?

Mara se tendit alors que la voiture ralentissait puis s'arrêtait. Le moteur continuait à tourner.

— Terminus, dit Beck. Tout le monde descend.

Mara se redressa, luttant contre l'envie de frapper ce sale type. Mais elle ne voulait pas compromettre la sécurité d'Alexa en se montrant irresponsable, aussi attendit-elle sagement que l'on ouvre sa portière.

— Continuez à faire preuve d'intelligence, lui chuchota Beck à l'oreille.

Il la saisit par les menottes pour la tirer à l'extérieur. Elle sentit de l'herbe sous ses pieds.

— Toi, reste dans la voiture, ordonna Beck à son complice.

Qui que soit ce dernier, il ne répondit pas. Beck la prit par le bras pour l'entraîner.

Il faisait plus frais, maintenant. L'approche de Noël commençait à se faire sentir. Mais ce détail ne l'aida en rien à déterminer l'endroit où ils se trouvaient.

Par contre, elle prit rapidement conscience d'un détail qui lui parut inquiétant.

Elle n'entendait aucune voiture.

Ils étaient sans doute en pleine campagne, loin de toutes les routes habituellement fréquentées, et donc loin de toute aide extérieure éventuelle.

— Nous allons entrer quelque part et je retirerai alors votre bandeau, annonça Beck. Si vous essayez de faire quelque chose de stupide, je ne vous tuerai pas, mais je vous blesserai salement. D'accord ?

Mara ne répondit pas.

Il dut prendre son silence pour un acquiescement. Elle identifia le bruit d'une porte frottant contre le sol, puis Beck la poussa à l'intérieur d'un bâtiment. Une odeur flottait dans l'air, une odeur qui ressemblait à celle d'un chien mouillé. À moins que ce ne soit celle du foin ?

— Ne bougez pas, lui ordonna Beck.

Il la lâcha et, bientôt, elle l'entendit déplacer quelque chose, un meuble peut-être, un meuble manifestement lourd.

Une sourde terreur s'empara d'elle. De multiples questions angoissantes se succédaient à un rythme effréné dans sa tête.

Que se passait-il ? Où étaient-ils ? Qu'allait-il lui arriver ? Beck allait-il vraiment lui laisser la vie sauve ? Et où était Alexa ? L'enfant avait-elle peur ? Était-elle blessée ?

Mara sursauta tandis que des mains dénouaient le bandeau qui l'aveuglait. Elle battit des paupières à plusieurs reprises, essayant de se repérer. Et d'accommoder sa vision. L'endroit où il l'avait conduite était en effet fort sombre.

— Il y a un escalier derrière vous, dit Beck en lui faisant signe de se retourner. Descendez-le.

Mara pivota sur elle-même. Elle comprit que le bruit qu'elle avait entendu ne provenait pas d'un déplacement de meuble. Mais de celui d'un grand réservoir qui avait été poussé de côté pour permettre l'ouverture d'une trappe.

La vue de cette trappe ne fit qu'accroître ses craintes.

Une faible lumière émanait du sous-sol mais elle aurait été incapable de deviner où menait cet escalier souterrain.

— Où est Alexa ? demanda-t-elle.

Beck eut un sourire qui la fit frissonner de peur.

— Elle est en sécurité avec son père, répondit-il.

Certaine qu'il mentait, elle chercha ses yeux. Et elle fut surprise d'y lire la sincérité. Il disait la vérité. D'ailleurs, s'il avait fait quelque chose à Alexa, il s'en serait vanté, Mara en était sûre.

Et elle l'aurait déjà tué à mains nues.

Même si elle se sentait infiniment soulagée qu'Alexa et son père soient ensemble, la perspective de ne plus jamais les revoir la désespérait. Elle prenait surtout conscience que le danger incarné par Beck était faible. Elle avait beaucoup plus à craindre de son « associé », un homme qui n'avait pas hésité à tuer plusieurs personnes pour parvenir à ses fins.

— Vous savez que j'ignore où sont les stocks de moxy et d'argent sale, n'est-ce pas ? demanda Mara.

Elle le regarda en face pour lui montrer qu'elle était sincère. Pourquoi aurait-elle perdu du temps à mentir ?

Pendant un moment, Mara crut qu'elle avait pris le dessus, qu'elle l'avait décontenancé et qu'il ne savait plus quoi faire.

Mais elle se trompait.

— Je vous crois, dit-il avec un sourire amusé. En réalité, voilà un moment que j'ai compris que vous n'aviez aucune idée de l'endroit où est caché ce trésor, ajouta-t-il avec un petit rire.

Mara en fut stupéfaite.

— Alors pourquoi vous en prendre à moi ? demanda-t-elle. Pourquoi avoir monté toute cette histoire et m'avoir enlevée si vous saviez que je ne vous serais d'aucune aide ?

Le sourire de Beck se mua en ricanement, comme s'il attendait cette question depuis un certain temps et qu'il était enfin temps pour lui d'y répondre.

— Parce que, maintenant, j'ai entre les mains le seul effet de levier qui poussera votre père à me dire enfin où il se trouve.

Mara se mit à rire. Nerveusement.

— Je ne voudrais pas vous faire perdre vos illusions mais mon père a refusé de m'aider quand je le lui ai demandé. Croyez-vous qu'il va davantage le faire maintenant que vous m'avez enlevée ?

— Parce que l'enjeu n'est pas uniquement votre libération. Mais d'abord et avant tout votre vie, déclara Beck sans détour. Vous ne quitterez cette maison en vie que si votre père parle, s'il révèle où il a planqué son magot. S'il continue à nier, vous paierez son silence de votre vie. Mais ne vous inquiétez pas. Votre shérif est séduisant. Il trouvera sans difficulté une autre femme pour élever la petite, si vous n'êtes plus là.

Un frisson de peur lui parcourut l'échine. La force qui l'avait habitée jusqu'ici la quitta et elle répondit d'une voix faible :

— Mon père ne vous aidera pas.

— Vous seriez surprise de ce qu'un père est capable de faire pour sa fille.

Il pointa son fusil sur elle.

— Maintenant, descendez, mademoiselle Copeland, ordonna-t-il.

Mara n'avait pas le choix et elle avait perdu la force de lutter. Elle ne pouvait rien contre le destin.

Sans un regard pour son ravisseur, elle commença à descendre les marches de l'escalier. Elle n'était pas arrivée en bas que la trappe au-dessus d'elle se referma. Et elle entendit Beck pousser un objet lourd dessus pour en bloquer l'ouverture.

Tête basse, Mara poursuivit sa descente... aux enfers.

Bientôt, elle se retrouva dans une immense salle éclairée par deux ampoules suspendues au plafond.

À en juger par les nombreux meubles recouverts de tissus et poussés contre les murs, Mara songea qu'il devait s'agir d'un entrepôt. Sans être rassurant, l'endroit n'avait rien d'inquiétant non plus.

Par contre, la vue d'une femme bâillonnée et attachée sur une chaise lui déclencha aussitôt une décharge d'adrénaline.

— Leigh ? lança Mara, complètement déconcertée.

Leigh Cullen avait du sang sur le visage. Mara lut dans ses yeux que la surprise de la trouver là était réciproque.

Mara n'était cependant pas au bout de sa surprise. Car elle aperçut ensuite un jeune garçon ligoté sur un vieux fauteuil à bascule. Sa bouche était également fermée par du ruban adhésif, il avait les yeux écarquillés. Il ne devait pas avoir plus d'une dizaine d'années.

*Pourquoi sont-ils ici ?* se demanda-t-elle. *Que se passe-t-il ?*

# 20

Mara se contorsionna pour faire passer devant elle les mains que Beck lui avait menottées dans le dos. Il y a encore trois ans, elle n'aurait eu aucune difficulté à le faire. Mais depuis qu'elle avait donné naissance à sa fille et qu'elle l'élevait seule, elle n'avait plus le temps de faire du sport. Du coup, elle avait perdu beaucoup de sa souplesse.

Voilà pourquoi elle dut s'y reprendre à plusieurs fois pour réussir à mettre ses mains devant elle. Elles étaient toujours attachées mais, à présent, elle pouvait s'en servir.

Son instinct maternel avait grimpé en flèche dès qu'elle avait aperçu le garçonnet. Elle se précipita vers lui et lui parla d'une voix apaisante.

— Bonjour, je m'appelle Mara. Je vais commencer par te retirer ce bâillon de ta bouche. D'accord ?

L'enfant, aux cheveux coupés court et au visage parsemé de taches de rousseur, la regarda de ses grands yeux bleus brillants de larmes avant de se tourner vers Leigh.

— Je ne suis pas avec eux, Leigh, lui expliqua aussitôt Mara. Un dénommé Beck m'a enlevée et conduite ici.

Leigh fit un signe au garçon qui, à son tour, hocha la tête.

— J'espère ne pas te faire trop mal, poursuivit Mara. Je te promets d'y aller tout doucement.

Il ferma les yeux tandis qu'elle décollait le sparadrap

avec précaution. À peine eut-elle fini qu'il poussa un petit cri de soulagement.

— Tu as été très courageux, dit-elle, la voix altérée par l'émotion. Maintenant, je vais te délivrer de tes liens et ensuite, tu m'aideras à libérer Leigh, d'accord ?

Il opina en reniflant.

Mara se posta derrière le fauteuil à bascule et se mit au travail. Heureusement, les nœuds n'étaient pas trop serrés et elle parvint rapidement à en défaire quelques-uns.

— Comment t'appelles-tu ? demanda-t-elle.

— Éric. Éric Cullen.

— Oh ! Leigh est ta maman ?

— Oui, madame.

*Ça alors !* Mara réalisa soudain qu'elle savait depuis le début que Leigh avait un enfant. Sans doute avait-elle occulté cette information parce que la tragédie dont son mari avait été victime avait fortement marqué son esprit. Une vague de culpabilité la souleva en se rendant compte qu'elle n'avait jamais demandé de nouvelles du petit garçon.

Mais elle se ressaisit. Elle avait besoin de se concentrer. Pour commencer, elle devait tenter de rassurer Éric. Accroupie derrière lui, elle voyait qu'il tremblait.

— Alors, Éric, dans quelle classe es-tu ? demanda-t-elle, tout en s'activant sur ses liens.

— En CM1.

— C'est une classe passionnante. As-tu des matières préférées ?

— J'aime beaucoup le sport, surtout le foot, déclara-t-il. Mais maman ne me laisse pas jouer au ballon si je n'ai pas de bonnes notes dans les autres matières.

Mara sourit.

— Je partage tout à fait son avis sur ce point, renchérit-elle.

Elle avait envie d'apprendre comment la mère et le fils s'étaient retrouvés dans ce sous-sol, ce qui leur était arrivé, mais elle ne voulait pas pousser le garçon à revivre ce qu'ils avaient traversé. Elle attendrait que Leigh soit en mesure de le lui dire.

— Nous y sommes presque, reprit-elle d'un ton qu'elle essaya de faire paraître enjoué.

Elle se leva, grognant quand ses côtes se rappelèrent à son bon souvenir, et termina de libérer le garçon.

— Ça va ? demanda Mara.

Il hocha la tête et elle remarqua alors, le cœur serré, qu'un gros hématome ornait son visage. Comme s'il avait été frappé.

— Maintenant, veux-tu m'aider à détacher ta maman ?

Les yeux de Leigh brillaient de larmes mais elle ne pleura pas quand Mara retira le ruban adhésif de sa bouche.

— Éric, mon chéri, ça va ? demanda-t-elle aussitôt.

Les lèvres du garçonnet se mirent à trembler mais il réussit, lui aussi, à refouler ses sanglots.

Mara s'activa pour défaire les nœuds qui emprisonnaient Leigh. Il y en avait beaucoup, Beck lui ayant attaché aussi les chevilles. À en juger par les marques de coups sur le corps de la malheureuse, Leigh s'était défendue et avait livré bataille avant d'être clouée sur cette chaise.

Tout en travaillant sur les liens qui la retenaient prisonnière, Mara demanda :

— Savez-vous pourquoi nous sommes ici ? Et pour commencer, où sommes-nous ?

— Chez nous, répondit Éric sur le ton de l'évidence.

— Chez vous ? répéta Mara.

— Oui, expliqua Leigh. Cette dépendance se trouve sur la propriété familiale. Notre maison est située un peu plus loin. Mon arrière-grand-père avait bâti cette remise pour pouvoir s'y réfugier en cas de forte tempête. J'ai toujours détesté cet endroit et nous n'y venons jamais. Jusqu'à aujourd'hui…

Elle poussa alors un gros soupir.

— Je voulais récupérer une vieille photo de la maison que mon père avait prise quand il était enfant, une photo qui est sans doute rangée dans l'une de ces boîtes, au milieu d'autres clichés. Je pensais la faire agrandir, l'encadrer et la lui offrir pour Noël. Malheureusement, deux inconnus avaient manifestement décidé de camper dans la grange sans autorisation. Ils m'ont surprise alors que j'essayais d'ouvrir la trappe.

De nouveau, Mara sentit la culpabilité la ronger. Mais, cette fois, elle décida de la verbaliser.

— C'est sans doute ma faute s'ils sont entrés chez vous. Ils cherchaient un lieu où m'enfermer. Ils essaient de m'utiliser pour obtenir quelque chose qui est caché quelque part dans le comté de Riker.

Leigh se tourna aussitôt vers son fils.

— Éric, pourquoi n'essaierais-tu pas de remettre la main sur cette photo ? dit-elle tranquillement. Elle est certainement dans l'une de ces boîtes, là-bas.

Éric devait connaître les différentes intonations de sa mère et savoir quand il fallait obéir sans discuter. Hochant la tête, il traversa la pièce pour ouvrir les tiroirs d'une commode poussée dans un coin.

Dès que son fils fut hors de portée de voix, Leigh poursuivit dans un murmure :

— C'est en rapport avec votre bon à rien de père, n'est-ce pas ?

Mara hocha la tête. Elle se positionna pour mieux travailler sur les liens qui maintenaient les chevilles de Leigh sur la chaise. Ses côtes lui faisaient de nouveau mal.

Leigh vit sa grimace et demanda :

— Ils vous ont tabassée, vous aussi ?

— On peut dire ça...

Une fois Leigh libérée, Mara alla s'asseoir contre le mur.

L'adrénaline avait quitté ses veines. Elle ne ressentait plus qu'une grande douleur et une immense fatigue.

Elle regarda Leigh courir prendre son fils dans ses bras pour l'étreindre.

Mara sourit. Côtes fêlées ou pas, elle embrasserait Alexa de la même façon.

Si elle la revoyait un jour...

Billy serra sa mère contre lui et posa un petit baiser sur la joue de sa fille.

Mais Claire, Alexa sur la hanche, le sac de couches à son bras, semblait contrariée.

— Es-tu sûr qu'il n'y a pas d'autre moyen ? demanda-t-elle. Nous pourrions verrouiller toutes les portes, fermer volets et fenêtres, et peut-être...

— Maman...

Claire comprit qu'elle devait cesser d'argumenter.

— Fais attention à toi, dit-elle, le visage soucieux. Et ramène-la.

— J'y compte bien.

Elle lui pressa le bras avant de s'écarter pour le laisser s'entretenir avec Suzy. Et Billy, ému, vit Alexa lui dire au revoir d'un geste de la main. La petite était étonnamment calme depuis son arrivée. Elle regardait tous les adultes qui allaient et venaient dans la maison comme si elle cherchait sa mère parmi eux.

Quel bonheur et quel soulagement qu'Alexa ait noué une telle complicité avec Claire, songeait Billy. La première étape de son plan se présentait bien.

— La situation ne me plaît pas, dit Suzy.

— Je sais mais nous n'avons pas le choix.

— Et j'espère que tu ne m'as pas confié cette mission simplement parce que je suis une femme...

— Ce n'est pas la question.

Il s'efforça de rassurer son adjointe en chef.

— Beck m'a roulé dans la farine en me parlant d'Alexa. Pour ne pas retomber dans le panneau, je dois avoir en permanence la certitude qu'elle va bien. Ce qui signifie que j'ai besoin d'une personne en qui j'ai entièrement confiance. Non seulement pour protéger mes arrières, mais aussi pour protéger la vie de ma mère et celle de ma fille. Que cela te plaise ou non, il n'y a que toi pour ce rôle-là, Suzy. Mon plan ne fonctionnera que si c'est toi qui les conduis loin de la ville pour les cacher quelque part.

Il lui décocha un petit sourire.

— C'est l'ami qui te le demande. Pas le shérif.

Avec un petit soupir, Suzy redressa les épaules d'un air déterminé.

— D'accord, fit-elle simplement.

À son arrivée dans les locaux du bureau du shérif, Billy croisa Dane dans le hall. Ce dernier lui expliqua que la conférence de presse venait de se terminer.

— La population est donc à présent alertée et devrait être à l'affût pour repérer Beck, son complice, la voiture et le camion au volant desquels ils ont été aperçus. La photo de Mara a également été divulguée. Dante est en train d'expliquer la situation aux réservistes qui viennent renforcer l'équipe, pendant que certains des adjoints gèrent les appels téléphoniques et les réseaux sociaux. Et le gros de la troupe sillonne le comté dans tous les sens. On avance !

— Mais personne n'a encore signalé quoi que ce soit ? demanda Billy.

Dane secoua la tête.

— Rien de nouveau, non. Mais Matt va maintenant nous parler de ce qu'il a découvert sur l'ami de Beck.

Billy opina.

— Espérons que nous aurons enfin une piste ! dit-il en entrant dans la salle de conférences.

Il regarda ses adjoints réunis devant lui. À l'exception de ceux qui étaient en patrouille, tous les agents, y compris les réservistes, avaient été invités à venir l'écouter.

— Gene Marsden a travaillé au bureau du shérif du comté de Riker pendant près de douze ans avant d'être remercié par le shérif Rockwell, commença Billy. Il aurait dû être viré plus tôt, mille raisons auraient justifié sa mise à pied, mais Rockwell aimait donner une deuxième chance à ses hommes, connaissant les difficultés de leur métier. À l'époque où nous enquêtions sur l'affaire Bryan Copeland, Rockwell avait remarqué à plusieurs reprises que des scènes de crime avaient été polluées et que des preuves avaient été falsifiées par Marsden. Malheureusement, il n'avait pas pu en apporter la preuve concrète. Mais après une soirée bien arrosée dans un bar local, Marsden s'était vanté de posséder une réserve personnelle de moxy. Quoi qu'il en soit, il a été renvoyé il y a deux ans, son licenciement aura été la dernière décision prise par Rockwell en tant que shérif, et quand, peu après mon élection, Gene Marsden était venu me trouver dans l'espoir de se faire réembaucher, j'avais refusé.

Billy croisa les bras sur sa poitrine.

— Pour le dire brutalement, lors de cet épisode, il a pété les plombs.

Deux adjoints renchérirent en utilisant un langage encore plus coloré.

— Je vous épargne les détails mais il a fallu le sortir de force de mon bureau. Par la suite, Marsden est allé s'installer en Géorgie, où vivent ses sœurs.

Billy fit un signe de tête à Matt, qui poursuivit :

— Il y est resté jusqu'à il y a deux mois… Date à laquelle, d'après nos renseignements, il est revenu dans le comté.

Matt épingla la photo de Marsden, ils avaient pu extraire ce cliché des images prises par la caméra de surveillance au bar local, l'Eagle.

— Le propriétaire de l'Eagle nous a dit que Marsden payait exclusivement en espèces. Une nuit, il avait tellement bu qu'ils ont dû appeler un taxi pour le reconduire à son hôtel… Il avait une chambre dans le même établissement que celui où Caleb Richards avait rencontré Beck…

Billy promena les yeux dans la salle avant de reprendre :

— Nous pensons que Marsden a en sa possession une radio de la police et voilà pourquoi, depuis le début de cette affaire, Beck et Marsden ont toujours eu un coup d'avance. Voilà pourquoi ils étaient avec nous à chaque étape de l'enquête. Nous avons vérifié, depuis que Marsden a été licencié, cette radio est introuvable.

Un des adjoints réservistes leva la main.

— Est-ce la seule chose que nous avons contre Marsden ? Résumons-nous : nonobstant son interdiction de séjour, il est revenu dans le comté. Par ailleurs, il a résidé dans le même hôtel qu'un truand et il a peut-être oublié de rendre sa radio en quittant ses fonctions. Et surtout, il vous déteste. Tout cela est certes regrettable mais ne fait pas de lui un tueur…

Billy savait que les adjoints avaient toujours du mal à considérer l'un des leurs comme un ripou.

Ils avaient besoin de preuves avant de s'autoriser à soupçonner un collègue.

Billy comprit qu'il avait un choix délicat à faire.

Soit il demandait à ses hommes de lui faire confiance sans leur donner d'autres éléments d'information, et la plupart le suivraient sans doute aveuglément. Sans doute.

Soit il pouvait se comporter comme Mara l'avait fait dans le parc.

Et leur dire toute la vérité.

— Il y a trois ans, Mara Copeland était venue me trouver pour m'aider à faire emprisonner son père. Nous avons travaillé ensemble pendant des mois dans ce but et nous sommes finalement tombés amoureux l'un de l'autre. Nous préférions attendre la fin du procès, la condamnation de Bryan pour rendre publique notre relation. Mais à l'époque où je suis devenu shérif, Mara a été approchée par Marsden, qui avait découvert que nous étions ensemble. Il a affirmé à Mara qu'elle allait ruiner ma carrière. Alors elle a préféré partir sans crier gare.

Les mots avaient un goût amer dans sa bouche, mais Billy poursuivit.

— Seule une poignée de gens savaient que Mara et moi étions ensemble et je sais qu'ils n'en auraient jamais parlé. Or, Beck était au courant de tout. J'ai fini par comprendre que Marsden avait découvert notre histoire en entendant Bryan Copeland m'insulter à ce sujet, le jour où nous l'avons arrêté.

Billy se redressa. Il entendait l'émotion qui teintait sa voix.

— Bien qu'il ne soit pas très professionnel de le dire, j'aime Mara Copeland. Et Alexa, notre fille.

Il y eut quelques regards surpris, mais personne ne dit mot.

— Ce n'est peut-être pas une raison suffisante pour accuser un ancien adjoint, vous avez raison, et jusqu'ici, nous n'avons pas encore pu prouver qu'il était bien le complice de Beck. Il ne s'agit que de soupçons mais ils sont sérieux. Pour tout dire, c'est la meilleure piste que nous ayons à l'heure actuelle. Nous suivons Marsden dans l'espoir de trouver Beck. Et si nous trouvons Beck, nous retrouverons Mara. Et si certains d'entre vous sont gênés de pister un ancien adjoint, eh bien...

Billy marqua un temps d'arrêt.

— ... Eh bien, je le regrette pour eux. Parce que, en tant que shérif, je vous en donne l'ordre.

Il s'attendait à affronter une certaine opposition, aussi fut-il étonné de constater l'approbation de toute l'assistance. Beaucoup même applaudirent.

Billy sourit.

— D'accord, alors maintenant, au travail ! Et n'oubliez pas de changer de fréquence avant d'utiliser votre radio...

# 21

Pour la énième fois, Mara contempla la photo d'Alexa avant de la remettre dans sa poche. D'après la montre de Leigh, voilà plus de trois heures qu'elle se trouvait dans ce sous-sol.

Pendant ce laps de temps, elle avait tout raconté à Leigh, y compris le rôle qu'elle avait joué dans l'enquête destinée à faire tomber son père. Sa collaboration d'alors avait paru surprendre Leigh, à défaut de changer la manière dont elle la jugeait.

Il en faudrait davantage pour qu'elle lui pardonne, pensa Mara. Quoi qu'elle fasse ou ait pu faire, Leigh se souviendrait toujours que son mari était mort à cause des Copeland.

En être consciente attisait sa culpabilité chaque fois qu'elle regardait Éric, qui s'était finalement assoupi dans un coin. Si Mara n'était enfermée dans ce sous-sol que depuis quelques heures, Leigh et Éric, eux, s'y trouvaient depuis le matin. Le stress avait eu raison de la résistance du petit garçon.

Mara se sentait épuisée, elle aussi. Et si le désir de s'échapper n'avait pas été si ancré en elle, peut-être aurait-elle cédé au sommeil, elle aussi.

— Que faisiez-vous au bureau du shérif, l'autre jour ? demanda-t-elle à Leigh après qu'un long silence s'était installé entre elles.

Celle-ci cessa de fouiller dans la boîte posée sur ses genoux. Mara la vit pincer les lèvres. Sans doute sa compagnie lui était-elle toujours difficilement supportable… Elle répondit néanmoins à sa question.

— Alors que j'étais en ville pour faire des courses, un inconnu s'est présenté à la maison et a posé toutes sortes de questions bizarres à mon fils. Plus curieux encore, quand Éric lui a demandé son nom, l'homme a refusé de répondre. Éric m'a appelée dès qu'il est parti. J'étais alors tout près du bureau du shérif et voilà pourquoi j'ai décidé d'y entrer pour signaler cette visite pour le moins étrange.

Mara frémit. Une pensée glaçante l'avait traversée.

— À quoi ressemblait ce type ?

— Éric m'a dit qu'il était très grand, qu'il avait les cheveux bruns coupés à ras comme les militaires. D'après lui, il avait environ l'âge de son oncle Daniel, c'est-à-dire une quarantaine d'années, mais contrairement à son oncle il était maigre. Pourquoi ?

Mara poussa un soupir de soulagement. Ce n'était pas Beck.

— Quelles questions lui a-t-il posées ? demanda-t-elle comme une hypothèse se faisait jour dans son esprit.

La description de cet étrange visiteur ne correspondait pas à Beck mais peut-être à quelqu'un d'autre qu'elle connaissait.

— Il lui a demandé si nous avions fait des travaux à la ferme il y a deux ou trois ans, ou si nous avions fait construire des bâtiments et si oui, où se trouvaient-ils ?

Mara blêmit et son cœur battit plus vite dans sa poitrine. Leigh, sans s'apercevoir de son trouble, poursuivit :

— Éric a répondu non… de bonne foi, il ne s'en souvenait pas. L'homme a alors voulu savoir s'il était seul à la maison et Dieu merci, mon fils, sentant que le comportement de ce visiteur était louche, a préféré mentir.

— Leigh, permettez-moi de vous poser à mon tour la même question : avez-vous effectué des travaux au cours des trois dernières années ?

Leigh leva un sourcil surpris mais elle hocha la tête.

— Juste après la mort de mon mari, nous avons été victimes d'une violente tempête. Un arbre est tombé sur le toit de la grange. Les dégâts étaient importants. L'entreprise qui est intervenue, sachant que j'étais veuve depuis peu, m'avait fait un prix. Les ouvriers étaient très gentils. En partant, ils ont même replanté un arbre près de la grange en m'expliquant que l'arbre et Éric grandiraient ensemble. Mais qu'y a-t-il, Mara ? On dirait que vous avez vu un fantôme.

Mara se sentait dans le même état que si elle en avait vu un, en effet.

— Quand il a senti le vent tourner et compris qu'il allait être attrapé par la police, mon père a eu l'idée de cacher un stock de drogues et d'argent sale quelque part, pour assurer ses arrières ou sa retraite, expliqua-t-elle. Quoi qu'il en soit, nous avons vite compris qu'il avait dû profiter de la construction ou de travaux au sein d'un bâtiment pour y dissimuler son trésor mais, jusqu'ici, nous n'avons fouillé qu'un seul endroit : le collège qui a été rénové il y a trois ans, comme vous le savez certainement. Je n'aurais jamais pensé à venir chercher son trésor sur votre propriété, j'avoue. Tout ce que votre famille a déjà subi à cause des Copeland m'aurait interdit d'envisager votre domaine comme une possibilité. Et il en est certainement de même pour Bi... le shérif. Mon père le savait. Et voilà pourquoi il a jeté son dévolu sur votre exploitation, j'en suis certaine.

— Mais vous venez de dire que Beck était toujours à sa recherche.

— Je pense que Beck ignore qu'il se trouve ici. Il a sans doute choisi votre propriété parce qu'elle est loin de tout et que vous y vivez seule avec votre fils. Vous n'auriez probablement jamais remarqué leur présence si vous n'aviez pas eu besoin de récupérer cette photo.

Avant que Leigh ne puisse répondre, un bruit les pétrifia. Quelqu'un poussait quelque chose sur le sol au-dessus de leurs têtes pour permettre l'ouverture de la trappe.

— L'homme qui a parlé à Éric l'autre jour était certainement Gene Marsden, ajouta très vite Mara. Un ancien adjoint du shérif. Et s'il a découvert, lui, que le trésor de mon père est caché ici, il n'a plus besoin de moi, de nous... Et il va certainement nous tuer.

— Alors, préparons-nous à le recevoir...

Hochant la tête, Mara attrapa une vieille lampe à huile tandis que Leigh s'emparait d'une batte de base-ball, et toutes deux prirent position au pied de l'escalier.

Billy regardait la pluie tomber par la fenêtre de son bureau. Quel déluge ! songea-t-il.

La sonnerie du téléphone sur son bureau le tira de sa rêverie. Il s'agissait d'un appel masqué, aussi ne savait-il pas très bien à quoi s'attendre en décrochant.

Quand son correspondant annonça qu'il était Bryan Copeland, il se tendit.

— J'ai dit à Beck où était caché mon trésor, commença-t-il.

— Vous avez fait quoi ? cria Billy avec colère en bondissant sur ses pieds.

Bryan semblait lui-même furieux.

— Ce salaud m'a fait chanter. Pour sauver la vie de Mara, j'ai dû lui révéler l'endroit où j'avais planqué mon trésor de guerre. Maintenant, mes chances de survie au pénitencier sont minces. Pour lui avoir fait un cadeau pareil, il faut croire que j'aime toujours ma fille... Mais je ne vous ai pas appelé pour pleurnicher sur mon sort, seulement pour vous dire à vous aussi où se trouve ma cache... Peut-être parviendrez-vous à stopper ce Beck avant qu'il ne soit trop tard... Avez-vous un crayon à portée de main ?

Billy nota les indications que lui donna Bryan. S'il fut surpris que ce dernier ait eu l'idée de planquer son trésor de guerre à cet endroit-là, Billy ne fit aucun commentaire. L'urgence n'était pas non plus de demander à l'ex-narcotrafiquant comment Beck avait pu le contacter. Il reviendrait sur ces questions plus tard.

— Maintenant, dépêchez-vous, shérif, si vous voulez sauver ma fille, reprit Bryan sans chercher à dissimuler son inquiétude. À mon avis, Beck la tuera une fois qu'il aura mis la main sur le magot. Et Alexa ? Est-elle en sécurité, au moins ?

— Oui, ne vous en faites pas, dit Billy. Elle ne risque rien.

— C'est déjà ça.

Bryan raccrocha et Billy se précipita dehors.

À peine Beck eut-il posé le pied sur la dernière marche de l'escalier que Mara abattit la lampe à huile sur sa tête. Il poussa un hurlement de bête mais, impitoyable, Leigh lui balança alors la batte de base-ball dans l'entrejambe.

Beck comprit trop tard qu'il avait sous-estimé ses prisonnières. Il s'écroula sur le sol, sans bouger.

Leigh s'empara aussitôt de l'arme qu'il avait laissée tomber. Pendant ce temps, Mara se préparait à l'arrivée du complice de Beck. Elle espérait parvenir à le neutraliser, même si elle avait toujours les mains menottées.

Mais personne d'autre ne descendit l'escalier.

Les deux femmes s'immobilisèrent et tendirent l'oreille.

— Je n'entends rien, murmura Mara.

— Marsden n'est peut-être pas là, suggéra Leigh.

— Montons, nous verrons bien.

Leigh semblait hésiter.

— Éric, reste derrière nous.

Obéissant à sa mère, le garçon les rejoignit en contournant Beck, les yeux écarquillés.

— Il a un téléphone sur lui ! cria-t-il soudain.

Mara entendit en effet l'appareil vibrer dans sa poche. Elle s'en empara. Sur l'écran s'affichait un M.

— Marsden, devina Leigh.

— Ce qui signifie que Marsden n'est pas dans les parages, conclut Mara. S'il était là-haut, il ne téléphonerait pas. Il descendrait. Nous pouvons donc sortir sans crainte.

Le soulagement la submergea tandis que Leigh gravissait lentement les marches, pointant l'arme devant elle. Bientôt tous trois seraient en sécurité. Bientôt, elle allait revoir sa fille.

Et Billy.

Rester des heures prisonnière dans ce sous-sol lui avait donné le temps de réfléchir à sa situation avec le shérif. Même si elle savait qu'il continuerait à s'occuper d'Alexa maintenant qu'il connaissait l'existence de sa fille, Mara ignorait l'avenir de leur couple.

Allaient-ils élever l'enfant de façon alternée ? En vivant dans deux maisons différentes, dans deux villes différentes ?

S'imaginer loin de Billy lui déchirait le cœur avec une férocité surprenante. Pourtant, pendant deux ans, elle avait vécu seule avec Alexa.

Mais maintenant qu'elle avait de nouveau goûté à la vie avec Billy, comment pourrait-elle continuer à vivre sans lui ?

Elle ne le pouvait pas. Elle ne voulait pas retourner dans une existence où il n'aurait pas sa place. Elle ne voulait plus éloigner Alexa de son père, sous aucun prétexte.

Pour la première fois depuis des années, Mara comprenait quelque chose de si poignant qu'elle en avait presque pleuré.

Il y a deux ans, au lieu de fuir, elle aurait dû se battre pour garder Billy.

Elle ne commettrait pas deux fois la même erreur.

— Il n'y a personne, annonça Leigh une fois qu'elle fut en haut de l'escalier.

Rassurée, Mara encouragea Éric à grimper plus vite. Une fois à l'air libre, elle découvrit qu'il faisait nuit noire.

— La maison se trouve un peu plus loin, par là, murmura Leigh en indiquant une direction. Appelez votre shérif et dites-lui que nous nous rendons chez moi. J'ai beaucoup plus d'armes là-bas que Marsden n'en a avec lui, je vous le garantis.

Et malgré leurs relations tendues, Mara se félicita que, parmi toutes les femmes avec lesquelles elle aurait pu être retenue prisonnière, Beck ait été assez stupide pour choisir Leigh Cullen.

Malhabile avec ses mains menottées, Mara commença à composer le numéro des secours. Comme la propriété des Cullen se trouvait hors des limites de la ville de Carpenter, l'appel serait directement transmis au bureau du shérif du comté de Riker et non à la police locale. Ce qui signifiait que Billy l'aurait plus rapidement, songea-t-elle.

Mara n'eut cependant pas l'occasion de découvrir à quelle vitesse son appel serait transmis au shérif car, avant même d'avoir pu mener l'opération à terme, elle vit une silhouette menaçante surgir sur le seuil d'une des portes latérales de la grange. Tant fut grande sa frayeur que le téléphone lui échappa des mains.

Elle reconnut aussitôt l'ex-adjoint au shérif, Gene Marsden. Il n'avait pas changé en deux ans, mais l'arme qu'il portait au poing ne faisait pas partie des modèles employés dans la police.

Et il la pointa sur Leigh avec une rapidité incroyable.

— Je vous tuerai la première, dit-il.

Sa voix posée, calme, rendait plus crédible encore sa menace. Tant et si bien que Leigh, tétanisée, ne tira pas. Ce qui valait mieux… Car, si elle l'avait manqué…

— Lancez le pistolet ici, ordonna-t-il à Leigh. Et vous, ajouta-t-il en se tournant vers elle, ne vous avisez pas de ramasser le téléphone. Si vous appelez qui que ce soit, j'abats ce gosse d'une balle en pleine tête.

Toutes deux obtempérèrent. Le risque était trop grand de désobéir.

— Maintenant, vous allez retourner au sous-sol, dit-il en utilisant son pistolet pour mimer le mouvement.

Comme Mara échangeait un bref regard avec Leigh, il répéta, menaçant :

— Tout de suite, sinon je tue le môme.

— Nous descendons, nous descendons, dit aussitôt Mara.

Leigh et son fils devant elle, Mara, la peur au ventre, s'engouffra dans ce lieu qu'elle espérait pourtant ne plus jamais revoir.

Beck était toujours allongé au bas des marches et, pendant un moment, Mara se demanda s'il n'était pas mort. Mais comme ils passaient devant lui, il laissa échapper un petit gémissement.

Marsden lui jeta d'un air dégoûté :

— Tu as laissé deux femmes et un gamin te maîtriser. Tu es vraiment un minus, un pauvre type. Tu n'es pas digne de vivre. Certains hommes ont le sens de l'honneur et préfèrent se loger une balle dans le crâne plutôt que vivre dans la honte et le déshonneur. Je sais que tu n'auras jamais ce courage alors je vais le faire pour toi.

Et il joignit aussitôt le geste à la parole.

# 22

Éric explosa en sanglots. Mara n'était pas loin de l'imiter. Voir quelqu'un, fût-il un être malfaisant, se faire descendre de sang-froid était horrible.

— Ne vous inquiétez pas, je l'aurais buté de toute façon, déclara Marsden. Beck aimait beaucoup se vanter mais il n'était qu'un pauvre type. Il n'aurait jamais servi mes intérêts. J'ai de grandes ambitions et j'ai besoin d'hommes à ma hauteur.

— Vous comptez répandre le moxy dans toutes les rues des villes du comté de Riker, c'est ça ? lança Mara.

Marsden se mit à rire.

— Et dans celles des comtés voisins. Je vois grand, contrairement à ce minable.

Et de désigner avec mépris le cadavre de Beck qui baignait à présent dans une mare de sang.

Relevant la tête, Marsden les regarda tous trois tour à tour. La cruauté qui brillait dans ses prunelles poussa Leigh à cacher Éric derrière elle.

— Moi, je ne vais pas vous soûler pendant des heures dans le seul but de me faire mousser, reprit-il. Je vais vous dire ce que vous avez à faire. Et vous le ferez sans discuter.

Mara le vit pointer le doigt dans sa direction.

— Vous, vous venez avec moi.

La panique s'empara d'elle, la pétrifiant sur place.

— Pourquoi ? ne put-elle s'empêcher de demander. Où voulez-vous m'emmener ?

Même si elle en était venue à détester ce sous-sol, l'idée d'aller avec ce monstre, où que ce soit, était bien pire.

— Nous avons un trésor à chercher, je vous rappelle, répondit-il, sarcastique. Il va falloir creuser. Et comme disait Clint Eastwood dans *Le Bon, la Brute et le Truand* : « Le monde se divise en deux catégories : ceux qui ont un pistolet chargé et ceux qui creusent... »

Marsden dirigea alors son arme vers la tête de Leigh, sans se soucier des cris affolés d'Éric.

— Si vous ne m'obéissez pas, dit-il à Mara, si vous refusez de coopérer, ces deux-là le paieront de leur vie. Compris ?

— Pourquoi faites-vous cela ? ne put-elle s'empêcher de demander.

La question sembla l'amuser. Il s'esclaffa.

— Pour l'argent, évidemment.

Cessant de rire, il fronça les sourcils. Il perdait visiblement patience.

— Maintenant, avancez ou je bute le garçon en premier.

Mara obtempéra. Elle n'avait jamais voulu faire du mal aux Cullen. Il n'était pas question de faire quoi que ce soit qui provoquerait la mort de Leigh ou de son fils.

Redressant les épaules, elle se mit à gravir les marches de l'escalier. Ce n'est qu'une fois dehors, à la vue de la zone remplie de mauvaises herbes qui s'étendait entre la grange et les bois, que son assurance vacilla.

Elle pensa à sa fille, espérant qu'elle était en sécurité, et à Billy.

Son cœur se serra.

Elle aurait dû lui dire qu'elle l'aimait encore.

Et qu'elle l'aimerait toujours.

Billy traversa la propriété de Leigh Cullen au pas de course, entraînant à sa suite une dizaine d'adjoints. Initialement, il avait été prévu que ce soit le SWAT qui mène l'intervention. Mais l'équipe locale de cette unité d'élite de la police américaine était en retard.

Et Billy n'avait pas le temps d'attendre. Maintenant que Bryan lui avait donné l'emplacement de son trésor, Beck n'allait-il pas vouloir se débarrasser de Mara ?

Beck n'irait peut-être pas jusqu'à la supprimer, mais Marsden n'aurait, lui, aucun état d'âme à le faire, Billy en était certain.

Marsden était en effet prêt à tout pour atteindre ses ambitions, il n'avait pas de scrupule à éliminer ceux qui se mettaient en travers de son chemin ou risquaient de compromettre ses objectifs. Et surtout, il avait été policier. Marsden savait que les témoins pouvaient réduire à néant les plans mis au point par l'homme le plus intelligent de la terre et qu'il valait mieux s'en débarrasser pour que la justice ne puisse jamais rien prouver.

Assis sur le siège du passager, son fusil à la main, prêt au combat, Matt avait dû se tenir le même raisonnement car il déclara :

— Marsden ne se laissera pas prendre facilement. Beck, je ne sais pas, je ne le connais pas.

— Beck aime parler, se vanter, commenta Billy. Si tu as besoin de gagner du temps, pose-lui une question sur l'avenir de l'humanité ou sur l'origine du bien et du mal. Je suis sûr qu'il te répondra en profondeur. Mais tu as raison à propos de Marsden. S'il n'a pas prévu un plan B et s'il se retrouve coincé sans échappatoire, il est capable de…

Billy ne réussit pas à terminer sa phrase, Matt avait compris de toute façon…

Dès que Bryan leur avait dit où son trésor de guerre était enterré — à côté de la grange des Cullen, au pied d'un arbre planté là pour l'occasion —, le bureau du shérif avait essayé de contacter les Cullen. Mais Leigh et son fils manquaient à l'appel.

Billy espérait qu'ils étaient vivants et que Beck et Marsden les avaient emprisonnés quelque part avec Mara.

Et il priait pour qu'elle soit, elle aussi, toujours en vie.

Le simple fait d'imaginer qu'il puisse en être autrement le rendait fou d'angoisse, et il accéléra encore. Au loin, il apercevait la grange. Elle était faiblement éclairée de l'intérieur. Billy connaissait bien le comté de Riker et il avait rendu plusieurs fois visite aux Cullen, mais il ne connaissait pas cette partie de leur propriété. Il était conscient que cette lacune le désavantageait.

Près de lui, Matt poussa un soupir.

— Quelle nuit pour une telle confrontation ! dit-il, se penchant en avant pour regarder le ciel.

La lune et les étoiles avaient disparu derrière d'épais nuages. Peut-être que l'obscurité servirait son plan, espéra Billy.

Il ralentit et se gara. Matt ordonna par radio à la dizaine d'adjoints et policiers derrière eux de faire de même.

Attaquer de front Beck et Marsden serait peut-être plus facile mais, avec un jusqu'au-boutiste tel que Marsden, cette attaque finirait dans un bain de sang. Non, il fallait faire preuve de plus de subtilité.

— Prêt ? demanda Matt après avoir vérifié à nouveau que son arme était bien chargée.

Billy fit de même. Il n'était pas question de commettre la moindre erreur.

— Allons-y. Mettons fin à cette histoire.

Une étendue d'herbe, grande comme un terrain de football, les séparait de la grange. Une lumière extérieure au-dessus d'une des portes leur permit de distinguer le contour d'un véhicule garé derrière cette remise.

Billy était prêt à parier des centaines de dollars qu'il s'agissait de la voiture à bord de laquelle Mara avait été enlevée. Il avait la certitude que Beck et Marsden étaient là. Par contre, il ne savait pas s'ils étaient à l'intérieur de la grange ou à l'extérieur.

Et il ignorait aussi où se trouvait Mara.

Billy et Matt s'approchèrent du véhicule, en inspectèrent rapidement l'intérieur. Il était vide.

Ils restèrent alors silencieux, tendant l'oreille.

Les grenouilles avaient entamé leurs sérénades habituelles. Elles faisaient partie du paysage comme l'humidité, la chaleur ou le goût des habitants du Sud pour le football. En temps normal, Billy n'aurait même pas fait attention à leurs chants. Mais quand un bruit inhabituel se produisit, il pencha la tête pour tenter de l'identifier.

Matt l'avait entendu, lui aussi.

— Il se passe quelque chose de l'autre côté de la grange, chuchota-t-il.

Billy opina, il était d'accord avec lui.

Ils longèrent le bâtiment, s'éloignant du côté éclairé. Billy retint son souffle en promenant les yeux autour de lui. Une porte toute vermoulue s'offrit bientôt à leur vue.

Le bruit étrange que Billy ne parvenait pas à identifier s'interrompit dès qu'ils poussèrent cette porte. Tous deux se figèrent l'arme au poing.

— Si je vous ai retiré vos menottes, vous imaginez bien que ce n'est pas pour que vous vous tourniez les pouces, lançait un homme d'un ton furieux.

Billy reconnut immédiatement Gene Marsden. Comme des ongles crissant sur un tableau, le seul son de sa voix suffit à lui mettre les nerfs à vif.

— J'ai deux côtes cassées à cause de vous, répondit une voix féminine. Si vous vouliez que je joue les terrassiers, il ne fallait pas me maltraiter.

Billy faillit hurler de joie. Mara était en vie.

— Vous parlez beaucoup pour quelqu'un qui se trouve dans une fosse qui pourrait devenir sa tombe.

Billy serra les poings en écoutant ce salopard de Marsden.

— Couvre-moi, murmura-t-il à Matt.

Il s'accroupit et, levant son arme, s'approcha du coin de la grange. D'un coup d'œil circulaire, il enregistra la scène : un vieux tracteur avec un pneu crevé, trois gros projecteurs posés sur le sol éclairant deux personnes debout au fond d'un trou. L'une d'elles était Marsden. Il pointait un pistolet sur Mara qui tenait une pelle. À côté de Marsden se trouvait le camion de Beck.

Ni Marsden ni Mara ne lui faisant face, Billy en profita pour chercher du regard Beck, Leigh ou Éric. Ne voyant aucun d'eux, il commença à ramper vers l'arrière du tracteur.

Malheureusement, les projecteurs n'éclairaient que la fosse, et Billy vit trop tard les bouteilles de bière alignées sur le sol. Elles tombèrent les unes sur les autres comme des dominos, déclenchant un bruit de cymbales.

Marsden ne perdit pas de temps à s'interroger sur l'origine de ce vacarme. Il se retourna et commença à tirer.

Billy se jeta derrière le tracteur pour se protéger.

— Lâche ton arme, Marsden ! hurla-t-il.

Pour toute réponse, Marsden fit feu de nouveau. Bientôt, la fusillade fit rage.

— Mara ! cria Billy qui craignait qu'elle ne prenne une balle perdue.

C'est alors que, comme par magie, elle apparut devant le tracteur, apparemment indemne.

— Billy !

Billy avait tant de choses à lui dire, mais ce n'était pas le moment ni le lieu.

— Où est Beck ? lança-t-il.

— Il est mort. Marsden l'a abattu dans le sous-sol de la grange. Éric et sa mère s'y trouvent toujours.

L'échange de balles s'interrompit... le temps que les combattants rechargent leurs armes.

— Retourne dans le sous-sol de la grange avec Leigh et son fils et reste avec eux, Mara, ordonna Billy. Les renforts arrivent.

Elle hocha la tête et se retourna, prête à s'élancer mais, au dernier moment, elle hésita. Elle chercha son regard.

— Je n'ai jamais cessé de t'aimer, Billy Reed, dit-elle. Je promets que je ne t'abandonnerai plus jamais.

Les tirs avaient repris et Billy n'avait plus le temps de répondre à Mara. Il la suivit un instant du regard comme elle battait en retraite, puis il hurla à Marsden :

— Tu es cerné, nous sommes deux fois plus nombreux et des hommes du SWAP arrivent. Pose ton arme, Marsden. C'est fini !

De nouveau, la fusillade cessa. Billy attendit un moment avant de lever la tête.

Marsden l'avait-il entendu ? Allait-il accepter de se rendre si facilement ?

— Grenade ! hurla soudain Matt. Il vient de lancer une grenade !

Traversé par une décharge d'adrénaline, Billy tenta de s'écarter mais trop tard. Il vit l'arc électrique, une épaisse fumée tandis qu'une explosion assourdissante agressait ses oreilles.

Sonné par la force de la déflagration, il resta un moment pétrifié.

Mara mit plus de temps qu'elle ne l'aurait souhaité pour déplacer le poids qui bloquait la trappe, mais elle finit par y arriver.

— C'est moi ! annonça-t-elle dans la descente de l'escalier pour éviter que Leigh la prenne pour Marsden et la frappe de sa batte de base-ball.

Mara enjamba le cadavre de Beck tandis que Leigh et Éric sortaient de leur cachette.

— Que se passe-t-il là-haut ? demanda Leigh, la batte toujours à la main.

Mara ne put s'empêcher de sourire.

— Le shérif est arrivé. Il nous demande de rester ici le temps que tout danger soit écarté. Les renforts ne devraient plus tarder.

Le soulagement qui se peignit sur le visage de Leigh fut de courte durée.

— Notre ami n'a pas l'air de vouloir se rendre, dit-elle comme la fusillade faisait rage à l'extérieur de la grange.

Mara secoua la tête.

— Il n'est certainement pas...

« Grenade ! Il lance une grenade ! », entendit-elle alors crier. Tout de suite après, un bruit énorme secoua la grange au-dessus d'eux. Mara échangea un regard affolé avec Leigh.

Puis un lourd silence tomba.

*Non,* pria Mara en secouant la tête, *ça ne peut pas être Marsden qui a lancé cette grenade. Mon Dieu, faites que ce soit Billy.*

Mais, au fond d'elle-même, elle savait que Billy n'aurait jamais utilisé une telle arme.

— Est-ce fini ? demanda Éric.

Tant qu'elle n'aurait pas vu Billy sain et sauf, Mara était incapable de lui dire que tout allait bien.

— Ne devrions-nous pas..., commença Leigh.

Des bruits de pas se firent alors entendre dans l'escalier. Mara joignit les mains, espérant de tout son cœur que c'était Billy qui allait surgir dans le sous-sol.

Leigh eut-elle également une hésitation sur l'identité de

leur visiteur ? Toujours est-il qu'elle n'eut pas la présence d'esprit de frapper Marsden de sa batte de base-ball quand il apparut.

Ce dernier la frappa avec violence. Et Éric hurla en voyant sa mère s'écrouler sur le sol. La malheureuse vit Marsden pointer son arme sur l'enfant.

— Je vais le buter avant de vous tuer, dit-il en ricanant.

Avec l'image d'Alexa à l'esprit, Mara bondit devant Éric, au moment précis où Marsden faisait feu, afin de protéger le petit garçon de son propre corps.

À toute vitesse, Billy dégringola les marches de l'escalier jusqu'au sous-sol et abattit Gene Marsden d'une balle en pleine tête.

Après l'explosion de la grenade, ses oreilles sifflaient, ses mouvements étaient encore faibles et il avait du mal à voir, mais rien ne pouvait l'empêcher de mesurer l'horreur de la situation.

Marsden avait fait ce que Billy craignait depuis le début.

Il avait tiré sur Mara.

— Mara a été touchée, cria-t-il à Matt.

Elle gisait sur le sol et, derrière elle, Éric sanglotait.

— Tu vas bien, petit ? lança Billy, même s'il savait que le garçon était indemne.

Il avait compris au premier regard que Mara s'était sacrifiée. Elle avait pris la balle destinée à l'enfant.

Billy tomba à genoux près de Mara.

— Mara, dit-il, atterré.

Aussi doucement qu'il le put, il la roula sur le dos. Et mesura la gravité de sa blessure. Elle avait été touchée en pleine poitrine.

— Tout ira bien, dit-il, surpris de la voir ouvrir les yeux. Tu vas t'en sortir. Matt a appelé les secours.

Mara lui adressa un sourire absent.

La terreur le submergea.

— Mara, Mara, regarde-moi !

La vue du sang l'anéantit. Il fit pression sur la blessure.

— Tu m'avais promis de ne plus jamais me quitter, gémit-il. Tu n'as pas le droit, tu ne peux plus me quitter. Tu as promis !

Mais Mara resta silencieuse.

# 23

En regardant la coiffure d'Alexa, Billy fit la grimace. Pourtant, il s'était donné du mal pour qu'elle soit encore plus jolie que d'habitude. Mais il fallait bien l'avouer, le résultat était décevant.

Désormais, l'enfant acceptait qu'il lui brosse les cheveux après le bain et au réveil, alors il avait voulu essayer une nouveauté. Il avait cherché sur Internet des vidéos montrant comment faire des nattes.

Mais tout en berçant la petite fille, Billy devait reconnaître que cette natte ressemblait plutôt à une queue-de-rat.

Il soupira. Peut-être un jour parviendrait-il à lui tresser les cheveux correctement.

Cela dit, pour l'instant, personne ne lui avait reproché d'être un père indigne de ce nom. Pas même sa mère, pourtant assez critique à son égard.

Il tourna les yeux vers la chaise que Claire occupait un peu plus tôt. Elle avait dû sortir prendre un café pendant qu'Alexa et lui dormaient. À l'hôpital, les bips et les ronronnements des machines avaient un effet soporifique.

Billy reporta son regard devant lui.

Il avait placé sa chaise au pied du lit pour pouvoir être face à Mara. Il ne voulait pas manquer l'instant précis où elle se réveillerait. Il voulait être là pour elle. Sans Alexa, il n'aurait pas bougé d'ici.

Billy referma les paupières et posa son menton sur la tête de sa fille. C'était si bon de la sentir contre lui après tout ce qui s'était passé.

Les cadavres de Beck et Marsden avaient été rendus à leurs familles. Ses adjoints avaient découvert grâce à ses empreintes que Beck s'appelait en réalité Kevin Rickman. C'était un marginal qui avait tenté de poursuivre la carrière criminelle de son père. Mais, comme ce dernier, il n'y avait gagné qu'une mort prématurée.

Beck avait entendu parler du trésor de guerre de Bryan Copeland par son père, au moment où celui-ci avait aidé le narcotrafiquant à mettre en place son réseau de dealers. Beck n'avait jamais rencontré Bryan, il était passé par un vieil ami de son père pour contacter Bryan en prison et le faire chanter.

Bryan avait écrit à Mara et avait envoyé sa missive au bureau du shérif. Même s'il se sentait coupable d'avoir lu cette lettre, Billy était content de l'avoir fait. Bryan ne s'y montrait pas agressif avec sa fille. S'il n'allait pas jusqu'à s'excuser de sa conduite, il ne lui reprochait rien. Il lui écrivait qu'il était heureux qu'elle aille bien et il lui demandait des photos d'Alexa.

Billy n'apprécierait jamais Bryan, mais il se réjouissait que ce dernier ait finalement fait passer la vie de sa fille avant la sienne.

Du coup, Billy avait donné plusieurs coups de fil pour faire en sorte que personne ne sache que le trésor de Bryan Copeland avait été découvert par la police et remis à la justice. Et ce jusqu'à ce que Bryan soit transféré dans une prison hors de l'État.

Par la suite, il annoncerait officiellement que ce trésor avait été retrouvé et mis en lieu sûr pour que personne ne vienne creuser la propriété de Leigh Cullen. Sinon, les mêmes causes pourraient reproduire les mêmes effets, songea-t-il.

Le trésor de guerre avait été découvert à l'endroit exact indiqué par Bryan. Le conteneur en métal découvert renfermait plus d'argent que Billy n'en gagnerait au cours de sa vie. Et suffisamment de moxy et d'autres drogues pour relancer un marché en sommeil.

Billy commençait à réfléchir à toutes les formalités qu'il devait remplir pour en finir avec cette enquête quand un léger bruit lui fit ouvrir les yeux.

— Mara ! murmura-t-il.

Mara, la tête posée sur un oreiller, le regardait, un sourire aux lèvres.

— Ne bouge pas, commença-t-elle comme il faisait mine de se lever.

Elle se mit à tousser. Billy posa avec douceur Alexa dans le petit lit installé de l'autre côté de la pièce, soulagé de ne pas l'avoir réveillée ce faisant. Puis il saisit un verre d'eau et aida Mara à boire quelques gorgées.

— Merci, dit-elle. Ma bouche était vraiment sèche.

Billy s'assit sur le bord du lit pour lui faire face. Il ne pouvait s'empêcher de sourire. Même dans un lit d'hôpital, Mara était la plus belle femme du monde.

— Je ne voulais pas que tu bouges, dit Mara. Vous étiez tellement mignons tous les deux.

Billy se tourna vers le petit lit en faisant la moue.

— J'ai essayé de lui tresser les cheveux, expliqua-t-il. Mais ce n'est pas très réussi.

Mara promena les yeux dans la pièce et avisa, d'un air circonspect, la machinerie complexe qui l'entourait.

— Ai-je été gravement blessée ? demanda-t-elle.

Billy sentit son sourire vaciller.

— D'après les médecins, tu vas récupérer complètement. Mais tu garderas une cicatrice sur la poitrine.

Billy se remémora la douleur, la peur et l'angoisse qu'il avait éprouvées lorsque Mara avait été emportée inconsciente dans l'ambulance. Pendant qu'elle se faisait opérer, il avait cru devenir fou d'inquiétude.

— Tout va bien alors, dit-elle doucement.

Elle tendit la main et tapota la sienne. Quelle femme exceptionnelle, songea Billy. Alors qu'elle avait tout lieu de se plaindre, elle essayait encore et toujours de le réconforter.

Il lui rendit son sourire et fit ce qu'il aurait dû faire deux ans auparavant. Il sortit un écrin de sa poche.

— J'ai toujours pensé que je te ferais ma demande de façon romantique et raffinée mais, bon sang, Mara, je ne peux plus attendre.

Il ouvrit la petite boîte. Il lui dirait plus tard qu'il avait acheté cette bague deux ans plus tôt. Dans l'immédiat, il voulait lui parler d'avenir.

— Tu n'es pas obligée de m'épouser maintenant ni même l'année prochaine mais, dès que tu te sentiras prête, je veux que tu deviennes ma femme, Mara Copeland.

Mara lui sourit.

— Ce programme me va très bien, shérif. Pourquoi attendre pour le concrétiser ?

L'arbre de Noël croulait sous le poids des boules, des guirlandes. La plupart venaient du grenier. Billy ne se lassait pas de les admirer depuis l'enfance, mais ils en avaient acheté d'autres pour Alexa.

Lorsqu'ils avaient décoré le sapin devant les yeux ébahis de la petite fille, Mara s'était félicitée qu'il soit si beau mais, maintenant, elle craignait qu'il ne s'écroule.

— Personnellement, je le trouve magnifique, déclara Billy, radieux. Je suis sûr que tous nos invités seront jaloux parce que leurs sapins ne sont pas aussi beaux que le nôtre.

Comme il tendait la main vers l'arbre, Mara vit briller à son doigt l'alliance qu'elle y avait glissée. Elle regarda aussitôt la sienne. Chaque fois qu'elle le faisait, une joie indicible lui gonflait le cœur.

— Tu sais, fin février, plus personne n'a de sapin de Noël dans son salon, dit-elle. Ils ne vont pas comprendre…

Billy secoua la tête.

— Tant pis. Il n'était pas question d'attendre dix mois pour fêter mon premier Noël avec mes femmes.

Et se dirigeant vers elle, il enroula un bras autour de sa taille.

Mara sentit son sourire s'élargir.

Deux mois plutôt, elle s'était réveillée à l'hôpital. Noël était venu et passé pendant qu'elle était inconsciente. Billy avait dit à tous qu'il attendrait qu'elle rentre à la maison pour fêter Noël avec elle et Alexa. Comme une famille.

L'idée de leur premier Noël ensemble l'avait fait pleurer, ce qui avait alarmé Billy, mais elle lui avait affirmé qu'il s'agissait de larmes de bonheur.

Suzy les avait mariés, sur la galerie de la maison de Billy. Une cérémonie sobre et belle. Claire avait pleuré, Alexa dans les bras. L'inspecteur Walker et le capitaine Jones avaient été leurs témoins officiels.

Depuis lors, le temps avait filé vite. Mara avait quitté son emploi, résilié son bail et emménagé dans la maison familiale des Reed.

Si elle aimait Billy plus que la vie, elle craignait toujours que les habitants de Carpenter ne l'acceptent pas à cause des crimes de son père. La nouvelle que le shérif avait eu un enfant avec elle s'était répandue dans le comté comme une traînée de poudre, et, Mara avait peur qu'Alexa ne soit rejetée à son tour à cause de son grand-père.

Cependant, jusqu'à présent, personne ne l'avait prise à partie. Et si certains y songeaient, Leigh Cullen était là pour rappeler à tous que Mara s'était sacrifiée pour sauver son fils et que son courage avait failli lui coûter la vie. Leigh avait fait savoir qu'elle prendrait pour une attaque personnelle toute critique visant Mara.

En tout cas, Mara était soulagée que Leigh ne nourrisse plus d'animosité à son égard. Elle lui avait même rendu visite presque tous les jours, à l'hôpital.

Elles avaient parlé de choses sérieuses d'abord — les regrets et remerciements pour tout ce qui s'était passé — et ensuite, elles avaient abordé des sujets plus personnels. Il s'était avéré que Leigh avait toujours rêvé de créer sa propre entreprise.

En découvrant que Mara rêvait d'ouvrir une agence de design d'intérieur, Leigh avait décidé qu'elles pouvaient être non seulement amies, mais aussi associées.

Et elle avait tenu parole. À peine Mara était-elle sortie de l'hôpital qu'elles commençaient à chercher un local de bureaux en centre-ville.

Mara avait lu la lettre de son père et elle lui avait répondu. Elle ne savait pas ce que serait leur avenir, surtout en ce qui concerne Alexa, mais elle ne pouvait pas nier que son père lui manquait. Ils avaient convenu de continuer à s'écrire. Ce serait là aussi un nouveau départ.

Claire Reed avait également pris une décision radicale qui les avait surpris. Au lieu de rentrer chez elle, elle avait décidé de vendre sa maison et de s'installer dans la maison d'hôte de Billy, en attendant de trouver à acheter un appartement dans le coin.

— Je m'ennuie depuis que je suis à la retraite, leur avait-elle dit, un soir au souper. De plus, maintenant que j'ai une petite-fille, vous ne pourrez pas m'empêcher de chercher à la voir le plus souvent possible.

Et Mara devait admettre qu'il était agréable d'avoir

quelqu'un pour s'occuper d'Alexa quand elle et Billy voulaient sortir en amoureux.

Ce qui était encore meilleur que dans ses souvenirs.

Mara soupira de bonheur.

— Qui aurait cru que nous allions vraiment finir par nous retrouver, tous les deux ? dit elle.

— Moi, je le savais, répliqua Billy avec sérieux.

— Reconnais que nous avons traversé moult épreuves, des hauts et des bas, des fusillades pour y arriver...

Billy captura ses lèvres pour un baiser inoubliable. Puis ils restèrent tendrement enlacés.

— Joyeux Noël, madame Reed, murmura-t-il.

— Joyeux Noël, shérif.

JENNIFER MOREY

# L'héritage piégé

*Traduction française de*
CAROLE PAUWELS

BLACK ROSE

HARLEQUIN

*Titre original :*
TAMING DEPUTY HARLOW

*Ce roman a déjà été publié en 2018.*

# 1

— Comment m'avez-vous trouvé ? lança Jamie Knox à l'homme coiffé d'un chapeau de cow-boy.

Il s'enorgueillissait de ne pas être facile à localiser, et le fait que son visiteur y soit parvenu en disait long sur l'étendue de ses ressources.

Kadin Tandy traversa le studio new-yorkais de Jamie.

— C'est l'un de mes détectives qui a retrouvé votre trace. Il paraît que vous l'avez aidé à conclure une affaire sur laquelle il travaillait en Alaska.

Il marqua une pause le temps d'étudier l'immense télévision à écran plat et le lit *queen-size* placée dans une alcôve du salon.

— En créant une diversion avec un hélicoptère, vous auriez permis à son client d'échapper à un tueur ?

Malgré l'attitude détachée et l'intonation incertaine de son visiteur, Jamie ne fut pas dupe. L'homme savait très précisément ce qui s'était passé ce jour-là.

— Brycen Cage et Drury Decoteau ? reprit Tandy, avec une moue hésitante.

Jamie porta sa bouteille d'eau à ses lèvres et s'assit sur le canapé.

— Ça doit être ça.

Kadin revint vers lui et s'arrêta au comptoir qui séparait le salon de la kitchenette.

— Vous êtes venu me parler du rôle que j'ai joué dans cette affaire ? demanda Jamie, en étendant son bras sur le dossier du canapé.

— Non. Je suis là pour vous offrir la rédemption.

Cette réponse eut le mérite de retenir l'attention de Jamie.

— Qui vous dit que j'en ai besoin ?

Kadin observa ostensiblement le studio.

— Qu'est-ce qui vous a décidé à vivre ici ?

Jamie haussa les épaules.

— C'est proche de Central Park, des commerces et des transports.

Il grimaça un sourire ironique.

— Mais, ce qui a vraiment emporté ma décision, c'est l'ascenseur.

— Les grandes villes vous plaisent tant que ça ? Elles sont pourtant bruyantes et surpeuplées.

Jamie commençait à regretter d'avoir laissé entrer cet homme.

Que voulait-il ? Il fallait que ce soit quelque chose d'important pour qu'il se donne autant de mal pour organiser cette rencontre.

— Mais cela comble peut-être un vide, maintenant que vous avez cessé de sauver les victimes d'insurgés dans des pays du tiers-monde.

— Je vois que vous avez révisé votre sujet.

— C'est toujours ce que je fais quand je veux recruter quelqu'un.

Jamie s'efforça de ne pas laisser paraître sa surprise.

Il s'attendait à quelque chose de significatif, mais pas ça.

— Dans quel domaine ?

— Mon entreprise est en pleine croissance. J'ai besoin de quelqu'un pour développer un programme de sécurité. Gestion de risque, négociation... Ce genre de choses.

*Gestion de risque, négociation ?*

De belles formules qui signifiaient tout autre chose pour cet homme. Jamie connaissait tout du passé de Kadin, de la façon dont il était devenu le personnage qui se tenait devant lui. Il savait aussi quel genre de programme de sécurité il avait en tête.

— Ce n'est pas mon métier.

— Non, mais votre expérience m'intéresse.

Admettre qu'il avait un certain talent dans son domaine d'activité n'était pas de la vanité. Mais Jamie ne comprenait toujours pas en quoi cela faisait la différence aux yeux de Tandy. Certes, il avait aidé un des enquêteurs de l'agence Dark Alley, mais son geste était loin d'être désintéressé puisqu'il lui avait permis de se libérer des griffes de deux individus très dangereux.

— Qu'en dites-vous ? demanda Kadin.

— Vous m'avez choisi parce que j'ai été chaudement recommandé ?

Il lui fallait quelques éclaircissements.

— Une partie de ma décision s'appuie en effet sur vos recommandations, mais j'ai également pris en compte votre passé militaire.

— Bien. Et en quoi serait-ce une rédemption pour moi si je travaillais avec vous ?

— Vous seriez du bon côté de la loi.

Visiblement, l'homme savait combien il était important pour lui de toujours rester dans un cadre légal.

— Je pensais l'être quand j'ai rejoint Aesir international.

— Si vous êtes resté aussi longtemps avec Valdemar Stankovich, c'est qu'il devait avoir un moyen de pression sur vous, en particulier pour vous obliger à travailler avec Dexter Watts.

— En acceptant l'offre d'emploi d'Aesir, je pensais avoir l'opportunité de lutter contre le terrorisme. Lorsque j'ai découvert la vraie nature des activités de Stankovich, j'ai voulu démissionner. Disons qu'il ne l'a pas très bien pris, et qu'il a fourni un témoin et de fausses preuves de ma culpabilité dans une affaire criminelle. Je ne pouvais pas le laisser détruire ma réputation. J'ai donc attendu le bon moment. Une fois les preuves détruites et le témoin neutralisé, j'ai pu retirer mon épingle du jeu. J'en ai profité pour faire tomber Watts.

Maintenant qu'il était débarrassé de Stankovich, Jamie ne savait pas dans quelle direction il voulait évoluer. Dans l'immédiat, il avait envie de retourner dans le New Hampshire, là où étaient ses racines.

Et pourquoi ne prendrait-il pas quelques mois de repos ? Il pourrait se trouver une femme, se poser...

D'un autre côté, il était assez tenté de rejoindre Dark Alley Investigations...

— Réfléchissez à ma proposition, conclut Kadin.

Tandis qu'autour d'elle la maison vibrait sous les coups de marteau et de burin, Reese Harlow sortit de l'imprimante l'article de presse qu'elle venait de trouver sur Internet. La photo qui l'accompagnait montrait un homme portant un chapeau de cow-boy et une arme sous chaque aisselle, appuyé contre l'aile d'un pick-up. Sous son chapeau, le regard gris acier semblait la fixer, et elle ne put retenir un frisson devant l'incroyable sensation de pouvoir qui s'en dégageait.

Sa mère biologique lui avait envoyé par mail le lien vers un article intitulé « Le héros des affaires non résolues se développe ». À partir de là, elle avait effectué d'autres recherches et trouvé davantage d'articles.

Du bout des doigts, elle effleura le nom inscrit sous la photo.

Kadin Tandy. Ancien inspecteur à la brigade criminelle

de New York, fondateur de Dark Alley Investigations, également connu sous le sigle DAI. Père. Mari…

*Son père.*

Et il ignorait tout de son existence.

Elle savait depuis toute petite qu'elle avait été adoptée. Ses parents adoptifs, des notables de la ville, l'aimaient, et son enfance avait été très heureuse. Mais, en grandissant, elle avait commencé à se poser des questions sur l'identité de ses parents biologiques.

La semaine précédente, elle avait rencontré sa vraie mère pour la première fois. Ce fut bien sûr étrange, bizarre, fascinant, et totalement perturbant, mais elle n'en avait pas appris beaucoup sur son père, sa mère ayant perdu tout contact avec l'adolescent qui l'avait mise enceinte à seize ans.

Malgré l'envie que Reese avait de prendre contact avec Kadin, elle ne savait pas comment faire pour l'approcher. Elle avait lu que sa fille était décédée et compatissait à une telle tragédie. Lui révéler de but en blanc qu'il avait un autre enfant risquait de lui faire un choc. Néanmoins, elle devait le lui dire. D'ailleurs, il aurait dû le savoir depuis longtemps.

Comment faire les choses avec tact ? Le mieux était peut-être d'apprendre à le connaître d'abord.

Mais en avait-elle réellement envie ?

Elle avait retrouvé ses parents biologiques. Elle connaissait leur nom et savait où ils vivaient. Cela ne signifiait pas pour autant que ces derniers devaient désormais faire partie de sa vie.

Le bruit autour d'elle cessa brusquement, et des exclamations masculines ramenèrent ses pensées vers les travaux en cours. Occupés à la rénovation de sa future chambre, les ouvriers démontaient le vieux plancher pour le remplacer par un parquet en chêne massif. Qu'est-ce qui pouvait bien avoir provoqué une telle réaction de surprise ?

Reese se leva, suivit le couloir fraîchement repeint et s'arrêta sur le seuil de la chambre.

Les hommes étaient accroupis autour des lambourdes mises à nues. Dans le vide laissé entre deux d'entre elles se trouvait une vieille boîte en métal.

Lorsque l'un des ouvriers ouvrit le fermoir, une liasse de billets de cent dollars apparut.

Reese poussa un petit cri de surprise.

Un trésor caché ? Dans sa maison ?

Rien d'aussi exaltant ne lui était jamais arrivé. Elle n'était qu'une petite provinciale, qui avait quitté la région pour aller à l'université et qui travaillait désormais au bureau du shérif.

Elle s'avança et récupéra la boîte.

— Comment c'est arrivé là ? demanda-t-elle, bien qu'elle ne s'attende pas vraiment à ce que quelqu'un ait la réponse.

— Avant vous, la maison appartenait à Jeffrey Neville, dit l'un des ouvriers.

Reese l'avait découvert quand elle avait acheté la maison. Jeffrey était mort sans héritier et la maison était revenue à l'État, qui l'avait finalement vendue.

— Quelqu'un l'a peut-être utilisée pour y cacher ses économies à l'insu de Jeffrey, suggéra l'un des ouvriers.

Jeffrey avait habité là pendant plus de quarante ans. Si l'argent était à lui, pourquoi ne l'avait-il pas utilisé ? Il n'avait pas de famille à qui le transmettre. Il avait toujours vécu modestement…

L'argent avait été bien caché pour ne pas être retrouvé. Peut-être était-il arrivé quelque chose à son propriétaire. Avait-il été volé, ou obtenu de façon illégale ? Jeffrey connaissait-il la personne en question ?

Tandis que les questions se bousculaient dans son esprit, Reese réalisa avec surprise qu'elle ne savait pas grand-chose des habitants de cette ville où elle avait résidé presque toute sa vie.

— Qu'est-ce que vous allez en faire ? s'enquit un des ouvriers.

Elle regarda l'homme et réalisa qu'il s'attendait à ce qu'elle ne se montre pas ingrate.

— Je ne sais pas encore, mais je vais déjà commencer par vous remercier.

Elle leur distribua à chacun un généreux pourboire et leur proposa de rentrer chez eux. Vu leur énervement, rien de constructif ne serait fait ce soir et, de toute façon, il ne restait plus que deux heures avant l'heure à laquelle ils quittaient normalement le chantier. En outre, elle avait besoin de rester seule pour réfléchir.

Le lendemain matin, Reese s'arrêta à la banque, avant de prendre la direction de l'aéroport de Durango, situé dans le comté voisin. Elle avait pris une réservation pour Rock Springs, dans le Wyoming, après avoir longuement réfléchi au bien-fondé d'une rencontre avec Kadin Tandy.

— Bonjour, Candace.

Reese posa la boîte métallique sur le comptoir en face de la guichetière aux cheveux roux.

— Je voudrais un coffre-fort.

— Reese ! Félicitations pour votre découverte.

Les yeux verts de Candace pétillaient d'enthousiasme.

Reese laissa échapper un petit rire ravi.

— Merci. Je n'ose pas vous demander comment vous l'avez su.

— Toute la ville ne parle que de ça.

La guichetière lui tendit un formulaire à remplir, observant la boîte comme s'il s'agissait d'une précieuse relique.

— C'est l'un de vos ouvriers qui me l'a dit hier, en venant

faire un dépôt. C'est vraiment gentil de votre part de leur avoir donné de l'argent.

— C'est bien normal, répondit Reese, en rendant le formulaire à Candace. Mais je ne m'habituerai jamais à la vitesse à laquelle les nouvelles circulent ici.

— Comment voulez-vous qu'on ne parle pas d'un événement aussi intéressant que celui-ci ?

Candace lui tendit une clé et glissa une mèche de cheveux derrière son oreille ornée d'un bijou en forme de plume.

— La boîte était cachée sous le plancher, c'est bien ça ?

— Oui.

Reese prit la clé.

— Je reconnais que c'est assez mystérieux.

— Et comment ! C'est peut-être la femme de Jeffrey qui l'a cachée.

Reese se figea.

— Sa femme ? J'ignorais qu'il était marié.

— Elle a été assassinée il y a une bonne quarantaine d'années. Ce qui expliquerait pourquoi Jeffrey n'était pas au courant pour l'argent. Je me demande pourquoi elle l'a caché. Tout le monde en ville se pose la question.

La guichetière gloussa d'aise.

— Nous n'avons rien connu d'aussi excitant depuis des années.

*Un assassinat...*

Reese essayait encore d'assimiler la nouvelle lorsque Candace reprit :

— Cela fait si longtemps que beaucoup ont oublié. Elle a été étranglée et jetée le long de l'Autoroute 149, en direction de Durango.

Cette révélation fit tiquer Reese. Cet argent pouvait signifier bien autre chose que des économies oubliées.

— C'est curieux que le shérif Robinson ne m'en ait pas parlé.

Candace se pencha sur le comptoir, en appui sur les coudes.

— Le crime n'a jamais été résolu. J'avais oublié cette histoire jusqu'à ce que vous achetiez cette vieille maison et que mon père y fasse allusion.

— Pourquoi plus personne n'essaie-t-il d'élucider ce mystère ?

— Tous les shérifs qui se sont succédé ont essayé, ainsi que quelques adjoints.

— Il est peut-être temps que quelqu'un de nouveau s'y intéresse de près.

Il s'était écoulé tellement de temps depuis la mort de cette femme que les gens avaient cessé d'en parler et que plus personne ne s'en souciait. Mais Reese avait bien l'intention de relever le défi.

— Que s'est-il passé ? demanda-t-elle. Comment a-t-elle été assassinée ? Vous me dites qu'elle a été étranglée, mais que faisait-elle la dernière fois qu'elle a été vue ?

— Elle s'appelait Ella et travaillait à la bibliothèque. Elle avait emménagé l'année précédente et avait épousé Jeffrey six mois après leur rencontre. Elle travaillait la nuit où elle a été tuée. La dernière personne à avoir quitté la bibliothèque est aussi la dernière à l'avoir vue vivante. Le témoin a été interrogé et disculpé. Ella a tout fermé et s'est évanouie dans la nature. Personne n'a rien vu. Le shérif a bien sûr interrogé Jeffrey, mais il avait un alibi. Il avait un dîner professionnel ce soir-là. Sa femme était supposée l'y rejoindre, mais elle ne s'est jamais montrée.

— Où sa voiture a-t-elle été retrouvée ?

— Elle allait au travail à pied tous les jours.

Ella avait donc été enlevée sur le trajet entre la bibliothèque et son domicile.

— C'est affreux.

— Oui. J'aimerais tellement que son assassin soit arrêté, même si ça fait longtemps.

Et Reese aimerait quant à elle être celle qui exaucerait ce vœu.

Remerciant Candace, elle se rendit dans la salle des coffres, l'esprit entièrement occupé par le meurtre d'Ella Neville.

Kadin Tandy était spécialisé dans les enquêtes non résolues. Et si elle allait le voir pour lui parler du cas d'Ella ?

Elle n'était pas obligée de lui dire qu'il avait une autre fille. Du moins pas tout de suite. Elle pouvait commencer par apprendre à le connaître.

D'une certaine façon, cela lui rendait le voyage plus facile à envisager. Quel que soit le nom qu'on lui donne, procrastination, diplomatie, elle se sentait plus à l'aise avec cette approche.

Reese quitta la banque d'humeur plus guillerette qu'en entrant et fit un arrêt au bureau du shérif pour y prendre le dossier Neville, avant de gagner l'aéroport.

Prenant à peine le temps d'admirer le superbe immeuble de pierre blonde qui abritait les bureaux de Dark Alley Investigations, ainsi que l'appartement avec toit-terrasse de Kadin Tandy, Jamie franchit la double porte, prêt pour son premier jour de travail.

Longeant le salon d'attente décoré de plantes vertes et de tableaux, il traversa le hall dallé de marbre blanc et se dirigea vers le comptoir recouvert du même marbre, derrière lequel se tenait une jeune et ravissante femme brune.

— Jamie Knox, s'annonça-t-il.

— M. Tandy vous attend, dit-elle avec un grand sourire révélant des dents aussi blanches et bien alignées qu'une rangée de perles. Son bureau se trouve au fond du couloir à droite.

Elle appuya sur un bouton pour déverrouiller la porte intérieure, et Jamie s'engagea dans la zone de bureaux.

Deux salles de conférences s'alignaient de part et d'autre du couloir. Un peu plus loin, une vaste zone accueillait des espaces de travail à demi cloisonnés. Tout le monde était habillé de façon décontractée, et la plupart des hommes ne portaient pas de cravate.

Kadin l'accueillit chaleureusement et le guida vers son bureau, une vaste et luxueuse pièce, dont le mur du fond se composait d'une rangée de baies vitrées offrant une vue époustouflante sur White Mountain et Pilot Butte.

Jamie s'avança vers les fenêtres.

— Voilà qui me donne une idée précise de vos attentes.

— Vous allez jouer un rôle primordial dans l'entreprise. La sécurité et la protection de mes détectives et des familles de victimes est de la plus grande importance. Plus j'acquiers de notoriété, plus nous représentons une menace, et plus une affaire comporte de risques, plus nous attirons le danger.

Ce nouveau poste ne serait pas de tout repos, mais Jamie en était ravi. Grâce à lui, il allait pouvoir remettre sa vie sur les rails pour de bon.

— Monsieur Tandy.

Jamie et Kadin tournèrent la tête en même temps, découvrant la réceptionniste dans l'embrasure de la porte.

— Excusez-moi de vous interrompre. Une certaine Mme Reese Harlow demande à vous voir. Elle dit être adjointe du shérif de Ute County, dans le Colorado, et souhaite parler avec vous d'une affaire non résolue remontant à quarante ans.

— Donnez ça à Roesch.

— Elle insiste pour ne parler qu'à vous, monsieur. Elle dit que c'est personnel.

Kadin hésita quelques instants.

— Faites-la venir.

# 2

La réceptionniste guida Reese à travers un *open space*, puis s'effaça devant la porte d'un bureau pour la laisser entrer.

Le nom sur la porte la surprit, jusqu'à ce qu'elle remarque deux hommes qui l'attendaient, debout dans le coin salon. Ils étaient tous les deux grands, mais le séduisant trentenaire aux yeux bleus et aux cheveux noirs fut le seul à retenir son attention.

Il se tenait les bras le long du corps, immobile et impassible, sa puissante musculature se dessinant sous un polo bleu ciel glissé dans un jean noir. Apparemment, il se moquait des codes vestimentaires en entreprise. Et d'ailleurs il ne semblait pas tout à fait à sa place dans un environnement aussi sophistiqué.

Dire qu'il était séduisant était un euphémisme. Rarement elle avait vu un homme aussi beau et dégageant un tel magnétisme.

La réceptionniste ferma la porte, ce qui eut pour effet de faire sortir Reese de son hébétude.

Se tournant vers l'homme qui se tenait à côté d'elle, elle le reconnut aussitôt.

Kadin. Son père.

Son cœur se mit à battre si vite qu'une boule se forma dans sa gorge, et elle dut s'armer de tout son courage.

*Tu es là pour parler de l'affaire*, s'encouragea-t-elle.

— Euh… Bonjour, marmonna-t-elle.

Elle fit un pas en avant, trébucha et faillit laisser tomber le dossier qu'elle tenait à la main. Aujourd'hui, elle portait le seul tailleur-jupe qu'elle possédait, gris, avec un chemisier blanc sous sa veste à la coupe ajustée, et se sentait endimanchée.

Elle tendit la main à Kadin.

— Je suis Reese Harlow.

— L'adjointe du shérif de… Où déjà ? dit Kadin, en prenant sa paume dans la sienne.

Observant attentivement son père, elle chercha une ressemblance entre eux et n'en trouva aucune.

— Never Summer, dans le Colorado.

Kadin eut un sourire poli.

— Jamais entendu parler.

— Peu de gens connaissent. C'est une petite ville montagnarde dans le sud-ouest du Colorado.

— Ah, il me semble qu'un de mes détectives vient de cette région.

Il se tourna vers l'autre homme.

— Voici Jamie Knox, mon nouveau responsable de la sécurité. C'est son premier jour aujourd'hui.

Reese tourna les yeux vers lui et ressentit aussitôt une ardente attirance.

— Monsieur Knox, parvint-elle à articuler, d'une voix essoufflée.

— Appelez-moi Jamie, je vous en prie. Qu'est-ce qui vous amène chez DAI ? Vous avez dit que c'était personnel ?

Elle avait dit cela pour attirer l'attention de Kadin, mais il ne s'agissait pas d'un mensonge. Après tout, elle avait une sacrée raison personnelle d'être là, non ?

— Un meurtre. N'est-ce pas ce qui, généralement, amène les gens ici ?

Elle rit de sa tentative de plaisanterie, en se demandant si elle paraissait aussi nerveuse qu'elle le pensait.

Tandis que Kadin la dévisageait d'un air soupçonneux, le sourire de Jamie s'élargit.

— Et si nous nous asseyions ? suggéra-t-il.

Elle dut passer devant lui pour s'asseoir et sentit un frisson courir le long de la colonne vertébrale tandis qu'elle prenait place sur le canapé.

— En quoi ce meurtre est-il important pour que vous ayez fait tout ce chemin, mademoiselle Harlow ? s'enquit Kadin.

— Vous pouvez m'appeler Reese, dit-elle. J'ai entendu parler de votre agence et, compte tenu de l'ancienneté de mon affaire, j'ai pensé que vous seriez le plus à même de m'aider.

Elle déposa le dossier Neville sur la table basse.

Kadin le prit et commença à le feuilleter.

Le rapport du coroner précisait l'heure à laquelle l'inspecteur était arrivé sur les lieux, la température du jour, le degré d'humidité, la position et l'état du corps.

Reese le connaissait quasiment par cœur.

*Femme dans la vingtaine. Vêtue d'une robe-chemisier à manches longues, bleu saphir avec des boutons blancs. Marques de ligatures autour du cou indiquant une mort par strangulation. Heure du décès estimée dans les douze à quatorze heures avant l'examen.*

Des empreintes de pneus pouvant appartenir à une Volkswagen Passat de 1973 avaient été relevées sur le bas-côté de la route. Des photos avaient été prises du cadavre et des environs immédiats.

Le rapport du premier shérif disait qu'il n'avait pas fait d'analyse approfondie des indices. Son successeur avait davantage étudié l'affaire et interrogé de nombreuses personnes, notamment les employés de l'hôtel et du motel.

Un des témoins avait dit avoir vu une Passat bleue, mais n'avait pu identifier le conducteur, ni même préciser s'il s'agissait d'un homme ou d'une femme. Le troisième shérif avait rouvert l'enquête au début des années 1990, et c'était la dernière fois que quelqu'un s'était intéressé au meurtre d'Ella Neville.

Tandis que Kadin lisait, Reese glissa un regard vers Jamie et le surprit en train de contempler ses jambes, avant de remonter lentement vers sa poitrine, et de s'arrêter sur son visage.

Il esquissa un sourire, et elle sentit de délicieux picotements envahir son estomac.

Lorsqu'elle reporta son attention sur Kadin, elle vit que celui-ci avait terminé de lire et les observait.

— Que sont devenus les vêtements de la victime ? demanda-t-il.

— Ils sont toujours aux archives, dans leur emballage d'origine, étiquetés séparément.

— Faites-les-moi envoyer. Je travaille avec un laboratoire de tout premier ordre. S'il y a quelque chose à trouver, ils le trouveront.

— Très bien.

Reese se sentait soudain vaguement prise au piège. Ce pouvait être le début d'une connexion avec Kadin, et elle n'était pas certaine d'y être prête.

Certes, ce serait bénéfique pour l'enquête. Mais pour elle ?

— Cette affaire est vraiment ancienne, dit Kadin, en percevant sans doute son hésitation. Vous avez besoin des meilleurs experts si vous voulez l'élucider.

Kadin se remit à tourner les pages du dossier, s'arrêtant plus longuement sur les photos.

— Avez-vous parlé aux voisins, aux amis, à la famille s'il en reste ?

— Il n'y avait pas de famille.

— Intéressez-vous de près au mari. Neuf fois sur dix, c'est lui l'assassin.

— Pas Jeffrey. Il était l'homme le plus inoffensif qui soit.

— C'est souvent l'impression que donnent les psychopathes, dit Jamie. Ils sont doués pour se fondre dans la société, jusqu'au point de se rendre sympathiques.

— Si j'ai bien compris, sa femme était supposée le retrouver à un dîner ? demanda Kadin.

— Oui.

— Ça ressemble à l'alibi parfait.

Reese fut frappée par cette remarque. Personne n'avait jamais imaginé que Jeffrey était allé exprès à ce dîner, sachant que sa femme fermerait seule la bibliothèque et qu'elle ne le rejoindrait jamais.

— Oubliez combien Jeffrey semblait être un homme gentil, et cherchez une raison qu'il aurait pu avoir de tuer sa femme.

Reese songea à l'argent caché.

— Oh ! non !

— Vous pensez à quelque chose ?

— Les ouvriers qui s'occupent de la rénovation de ma maison ont trouvé de l'argent caché sous le plancher de ma chambre. C'est comme ça que j'ai eu connaissance du meurtre. C'était la maison de Jeffrey et Ella. Jeffrey a continué à y vivre, jusqu'à sa mort, il y a deux ans. S'il a tué sa femme pour l'argent, pourquoi ne s'en est-il jamais servi ?

— Il ne savait peut-être pas où il se trouvait, suggéra Jamie

— C'est ce que je pense aussi. Mais dans ce cas pourquoi la tuer avant de savoir ?

Kadin haussa les épaules.

— Allez savoir ce qui se passe dans la tête d'un criminel.

Reese décroisa et recroisa les jambes, un mouvement que Jamie suivit d'un regard d'appréciation typiquement masculin.

— J'aimerais étudier plus longuement ces documents, dit Kadin. Combien de temps restez-vous en ville ?

— Uniquement cette nuit. J'ai un vol demain en fin d'après-midi.

— Très bien. Voyons-nous demain matin. Vous avez une voiture ?

— J'ai pris un taxi.

— Je vais mettre un de mes chauffeurs à votre disposition.

— Merci.

Reese se sentait traitée comme une princesse.

Son père avait des voitures, des chauffeurs… Son entreprise était beaucoup plus sophistiquée qu'elle ne l'avait pensé. Quant à son nouveau responsable de la sécurité…

Elle glissa un discret coup d'œil en direction de Jamie. Si on se fiait aux apparences, il avait l'air d'un homme plus intelligent et plus compétent que la moyenne.

Se tournant vers Kadin, elle vit qu'il avait à nouveau remarqué son petit manège, et rougit légèrement.

— Eh bien, je vais y aller, dit-elle en se levant.

Jamie l'imita, la surplombant de son immense silhouette.

— Je vous laisse tous les deux à… vos occupations, quelles qu'elles soient, déclara Kadin, avec une lueur moqueuse dans le regard.

Reese lui fit face, lissant sa jupe qui n'en avait nul besoin.

— À quelle heure, demain ?

— Quand vous voudrez. Je vais annuler tous mes rendez-vous. Ce n'est pas tous les jours que je me retrouve avec un meurtre vieux de quarante ans. Ravi de vous avoir rencontrée, Reese.

Elle serra la main qu'il lui tendait.

— Moi aussi.

Elle le regarda sortir, puis l'atmosphère du bureau changea. Elle était seule avec cet homme incroyablement sexy. Sa présence mettait ses sens en émoi. S'il la touchait, elle était certaine que cela lui ferait l'effet d'une brûlure.

À quoi était due cette incroyable attirance ?

Cela tenait-il à la ligne de son nez, à la découpe de sa mâchoire ? À sa puissante musculature ? Ou bien était-ce quelque chose qu'elle avait vu dans ses yeux ? Le regard de Jamie exprimait l'intelligence, certes, mais aussi une indéfectible confiance en soi.

Sans doute était-ce un tout. Il la stimulait physiquement et l'intriguait mentalement.

— Voulez-vous dîner avec moi ce soir ? proposa-t-il.

L'invitation était irrésistible. La légèreté de son flirt avec elle contrastait avec les ombres qui se devinaient au plus profond de son regard magnétique. Le mystère qui émanait de lui l'attirait autant que sa perfection physique.

Comment pourrait-elle refuser ?

Elle ne le ferait pas. La perspective de dîner avec lui était par trop enthousiasmante.

À ce stade de sa vie, elle n'avait aucune envie de s'engager, et la distance géographique entre Jamie et elle lui assurait qu'il ne serait rien d'autre qu'un plaisant intermède.

— Retrouvez-moi dans le hall du Butte Hotel à 18 heures, proposa-t-elle.

Jamie ne s'attendait pas à voir Reese en robe. Elle était sortie de l'ascenseur en portant une veste drapée sur son bras. Ses cheveux blonds, qu'elle portait un peu plus tôt en queue-de-cheval, étaient relevés en un chignon sophistiqué, tandis qu'un léger maquillage rehaussait ses yeux noisette pailletés d'or. Sa robe de crêpe noir, évasée à partir de la taille, dansait autour de ses genoux tandis qu'elle marchait vers lui sur des bottines noires à talon aiguille.

Un simple bracelet d'argent et des créoles du même métal complétaient la tenue.

Elle s'arrêta devant lui avec une moue coquette.

— Vous êtes très belle, dit-il.

Il fallait qu'il le dise. C'était vrai. Et il était ravi d'avoir mis un costume et une cravate.

La bouche pulpeuse de Reese s'étira en un sourire.

— J'ai fait des courses. Je n'avais pas prévu de tenue pour sortir quand j'ai fait mon sac.

Il lui offrit son bras, incapable de détacher ses yeux d'elle.

Elle enfila sa veste, glissa la main sous son coude et la posa sur son avant-bras.

Le sang de Jamie se mit à bouillir tandis qu'il traversait la rue avec elle jusqu'au restaurant. Il ne savait pas ce qui entre son envie de prendre un nouveau départ et son attirance pour elle était le plus fort.

Dès le premier regard échangé, une indéniable alchimie avait surgi entre eux. Elle l'avait senti aussi. Il l'avait vu dans ses yeux. Mais il commettrait une erreur en se ruant sur la première femme séduisante à croiser son chemin, s'il s'avérait qu'elle n'était pas *L'Élue*.

La mort de Dexter Watts l'avait libéré de ses obligations envers Stankovich, qui n'avait plus désormais aucun moyen de pression sur lui. Cette partie de sa vie était terminée. Il attendait avec impatience la suite. Mais il n'avait pas intérêt à se tromper cette fois.

Il en avait fini de se fourvoyer et de collaborer avec les mauvaises personnes. Il avait redonné un cours normal à sa vie en travaillant pour Kadin, un homme qui œuvrait pour la bonne cause.

Il ne lui restait plus qu'à fonder une famille. Et Reese lui semblait la personne idéale pour cela.

— Comment une ville se retrouve-t-elle affublée d'un

nom tel que « Never Summer » ? demanda-t-il, en ouvrant la porte du restaurant. Il n'y a vraiment jamais d'étés ?

— Elle est cernée par de hautes montagnes et ne voit jamais le soleil, expliqua Reese, en entrant. Si bien qu'il y fait froid même en plein été.

— Qui voudrait vivre dans une telle glacière ? demanda Jamie, tandis qu'ils patientaient dans le hall du restaurant en attendant l'hôtesse de salle.

— Il y a la beauté des lieux, le silence... L'odeur de la neige tombant à travers une forêt de conifères, celle des fleurs sauvages...

Fermant les yeux, elle prit une profonde inspiration, comme si elle inhalait l'atmosphère de la montagne.

— L'air est si frais, si craquant après une forte neige.

En la voyant ainsi, les yeux fermés, il ne put contrôler la vision érotique qui se formait dans son esprit.

Pour finir, elle posa les yeux sur lui.

— Les villes sont une telle source de stress.

Il grommela car il pensait exactement le contraire. Les villes lui apportaient un réconfort qu'il ne retrouvait nulle part ailleurs.

Ils furent interrompus par l'hôtesse qui venait les chercher pour les guider jusqu'à leur table.

Jamie tira la chaise pour Reese, sans parvenir à se rappeler la dernière fois qu'il avait fait cela pour une femme.

Reese lui sourit, semblant prendre autant de plaisir que lui à ce premier rendez-vous.

Certes, leur histoire ne serait pas facile. Elle vivait dans le Colorado, et son bureau à lui se trouvait dans le Wyoming. Mais, si elle était vraiment telle qu'il l'imaginait, alors ça valait la peine de s'engager dans une relation à distance.

Il se préoccuperait de la logistique plus tard.

Il s'assit en face d'elle, et ils passèrent les premières

minutes à parler de tout et de rien, lisant le menu, passant leur commande au serveur.

On leur servit le vin et, tandis qu'ils le dégustaient à petites gorgées, l'air se chargea peu à peu d'électricité.

L'attirance physique était si forte qu'elle lui en devenait presque insupportable, et il soupçonnait que Reese ressentait la même chose.

Cependant, même s'il savait quel avenir il voulait donner à cette connexion presque magique, il n'était pas sûr que Reese soit prête aussi vite. Et puis, il allait lui falloir du temps pour mettre en place sa nouvelle vie. Il ne se lancerait pas tête baissée comme il l'avait fait en acceptant le poste offert par Aesir.

— Alors, comme ça, vous êtes adjointe du shérif ? dit-il, rompant le silence.

Les coudes en appui sur la table, elle se passa distraitement la main sur l'avant-bras, faisant regretter à Jamie de ne pas pouvoir caresser lui-même sa peau.

— Il n'y a pas beaucoup de crimes à Never Summer, répondit-elle. Rien de comparable à ce que voit votre compagnie.

Sauf le cas Neville, songea fugacement Jamie. Là, il y avait matière à comparaison.

— Comment êtes-vous entrée dans les forces de l'ordre ?

Elle tourna la tête, le temps de la réflexion. Personne ne lui avait donc jamais posé la question avant ?

Finalement, elle croisa à nouveau son regard.

— Je me suis toujours intéressée aux forces de l'ordre. Petite, j'adorais les voitures de police et les uniformes. Aujourd'hui, je suis diplômée en droit criminel et je suis sortie major de ma promotion à l'académie de police.

Elle eut un grand sourire.

— J'adore ça. Je ne peux pas vous expliquer pourquoi.

Ça va faire quatre ans maintenant que je suis adjointe du shérif d'Ute County.

— Vous avez l'intention de rester là-bas ?

— Pourquoi partirais-je ? Ma famille y vit.

Il n'aimait pas son ton catégorique, mais son attachement à sa famille constituait un plus.

— Seriez-vous prête à déménager si une opportunité se présentait ?

— Je n'y ai jamais réfléchi. À part pour mes études, j'ai toujours vécu là. Never Summer est une communauté très unie. Je m'y sens vraiment chez moi.

Elle s'accorda un temps de réflexion.

— Et puis, je me verrais bien devenir shérif à mon tour.

Cette réflexion plut à Jamie. Il aimait les femmes ambitieuses.

D'un autre côté, ce genre de femmes étaient souvent peu disposées à se marier. Envisageait-elle de s'établir ? Elle semblait jeune. Sans doute vingt-cinq ou vingt-six ans.

Il avait déjà rencontré des femmes comme elle, centrées sur leur carrière, tenaces, indépendantes… Elles n'aimaient pas les hommes trop autoritaires.

Quant à lui, il ne cherchait pas une femme sur qui exercer un contrôle. Il voulait une amie, une amante, quelqu'un avec qui passer le reste de sa vie. À trente et un ans, il se sentait prêt à se marier, mais il avait conscience qu'il ne fallait pas brûler les étapes.

Ils échangèrent un long regard, et il eut l'impression qu'elle lisait dans ses pensées. Puis elle se ressaisit, se redressant sur sa chaise et posant les mains à plat sur la table.

— Racontez-moi votre histoire. Comment vous êtes-vous retrouvé à travailler pour Kadin ?

— Après l'armée, j'ai rejoint une compagnie privée, mais ça s'est très mal passé.

— Qui était votre employeur ? Que s'est-il passé ?

— Je n'ai pas envie d'en parler maintenant. Ce qui compte, c'est que je travaille aujourd'hui pour Kadin.

— D'accord, dit-elle avec un sourire compréhensif.

Au lieu de la rebuter, ses manières mystérieuses semblaient plaire à Reese. Il ne put s'empêcher de trouver cela quelque peu étrange. Avait-elle l'habitude d'éviter les sujets sérieux ? Ne voulait-elle pas partager sa propre histoire pour rester sur un plan informel ?

Sa beauté et son énergie vitale lui firent négliger l'impression fugace que cette femme n'était peut-être pas sur la même longueur d'onde que lui.

Ce qui plaisait à Reese, c'est que Jamie évitait les discussions trop sérieuses. Il ne voulait pas évoquer son passé, expliquer ce qui l'avait conduit à travailler avec Kadin, parce que c'était trop personnel.

Elle se sentait à l'aise avec lui, libre d'explorer le désir que cet homme — cet inconnu — éveillait en elle. Il semblait dangereux et pourtant il la traitait avec un romantisme extrême.

Pendant le dîner, ils parlèrent de leurs goûts et de leurs idées : les films, la nourriture, la politique... Il aimait l'action, la viande. Elle avait un faible pour les comédies romantiques et préférait le poisson. D'une certaine façon, ils se complétaient.

Le repas terminé, elle n'eut pas envie que la nuit se termine tout de suite. Il représentait pour elle la tentation, mais... oserait-elle ?

— Il y a quelque chose que j'aimerais vous montrer, dit-il. Êtes-vous prête à faire un tour en voiture ?

*En voiture ? Seule avec lui ?*

— Où ça ?

— Je voudrais vous faire la surprise. C'est quelque chose

d'incroyable. Quelque chose qu'une provinciale comme vous adorerait voir.

Elle n'était pas certaine qu'il soit bien prudent de suivre aveuglément un homme qu'elle venait juste de rencontrer. Mais, d'une part, il travaillait pour Kadin, dont la réputation d'intégrité n'était plus à faire et, d'autre part, elle était parfaitement capable de se défendre. Dès lors, elle ne risquait pas grand-chose à accepter.

Quelques minutes plus tard, Jamie s'arrêtait au bout d'un chemin de terre battue surplombant une vallée qu'éclairait le clair de lune.

— Qu'y a-t-il à voir ? demanda Reese d'un ton impatient.

— Attendez. C'est généralement vers cette heure-ci qu'ils se montrent.

Elle devina son enthousiasme et s'en émut. Elle avait rarement rencontré des personnes qui avaient cet appétit de vivre, cette fougue, et cet intérêt passionné pour les choses simples de la vie.

— Là, dit-il en tendant l'index.

Elle regarda mais ne vit rien.

— Vous venez ici toutes les nuits ?

— En effet. Ça me guérit de mon addiction à la vie citadine.

— Vous préférez les grandes villes ?

— Je le pensais, jusqu'à ce que Kadin m'offre un emploi.

Reese songea que quelque chose de plus profond se dissimulait derrière cette réponse, mais ne voulut pas creuser le sujet maintenant.

— Venez, je vais vous réchauffer.

Il sortit du 4x4 et en fit le tour pour la rejoindre.

Elle accepta avec reconnaissance son aide pour sortir du haut véhicule dépourvu de marchepied, les talons aiguilles de ses bottes risquant de s'enfoncer dans le sol.

Le simple contact de sa main la fit vibrer jusqu'au plus profond de son être et, une fois debout, elle se dégagea, avec un détachement feint.

— Par là, regardez !

Lui prenant le coude, il la fit pivoter et se tint derrière elle, la chaleur de son corps se communiquait au sien, et elle en fut si troublée qu'elle faillit ne pas voir le troupeau de chevaux sauvages. Ils se dirigeaient vers le sommet de la colline, trottant en rang serré, menés par un fier étalon qui avançait crinière au vent et oreilles dressées.

Quelques instants après, ils avaient disparu sur l'autre versant de la colline, et Reese eut presque l'impression d'avoir rêvé. Jamais elle n'avait rien vu de tel à Never Summer.

Médusée, elle se tourna vers Jamie.

— C'était incroyable.

— Oui.

Il lui fit face, la fixant avec une telle intensité que Reese se mit à frissonner sous son regard soudain assombri.

— Aussi incroyable que toi, dit-il, d'une voix enrouée.

Sans qu'elle s'y attende, il passa un bras autour de sa taille et l'attira à lui.

— Dis-moi que tu ressens la même chose.

— Oui, répondit-elle simplement.

Les lèvres de Jamie se posèrent alors sur les siennes.

Ni violent ni impatient, son baiser était au contraire délicat, presque pudique. Et, tandis qu'elle se demandait si les choses n'allaient pas un peu trop vite, ce furent justement cette douceur et ce respect qui eurent raison de ses dernières réticences.

# 3

Durant le trajet de retour vers son hôtel, Reese eut le sentiment de flotter sur un nuage de félicité.

Cette proximité dans l'habitacle de la voiture, saturé de la fragrance subtilement boisée de son eau de toilette, ne faisait qu'accentuer la sensation de vulnérabilité que lui inspirait Jamie.

Fascinée, elle observa les cuisses puissantes, les bras musculeux tendus vers le volant, le profil énergique, la bouche sensuelle.

Les yeux bleus de Jamie se posèrent sur elle, et elle eut la sensation qu'un courant électrique l'envahissait.

Le corps vibrant de désir, elle crispa la main sur la poignée de sa portière.

Qu'est-ce qui l'attirait autant chez lui ? La distance géographique entre eux ? Il est vrai qu'il ne risquait pas de la coincer dans un engagement dont elle ne voulait pas. Après l'université, elle s'était fait la promesse de rester libre afin de poursuivre ses objectifs professionnels, et aucun homme ne l'en avait jamais empêchée.

Il arrêta la voiture, coupa le contact, sortit et fit le tour jusqu'à elle.

Même sa façon de marcher la troublait. Il possédait une grâce féline, une souple décontraction qui le rendaient plus sexy encore.

Il ouvrit la portière, lui tendit la main et, voyant qu'elle hésitait, s'étonna.

— Tu ne m'as pas donné l'impression d'être une vieille fille pudibonde.

Elle posa sa main dans celle de Jamie.

— Je ne le suis pas. J'étais en train de réaliser que je n'avais jamais autant désiré un homme que toi et je ne savais pas quoi en penser.

— Ne pense pas. Jouis de l'instant présent.

— J'en ai bien l'intention. Encore, et encore.

Sa propre audace fit sourire Reese. Certes, elle était directe, mais ils n'allaient pas passer toute la nuit à tourner autour du pot.

— Tu n'es pas coincée du tout, finalement.

— Mais je ne collectionne pas non plus les aventures d'un soir.

Il ferma la portière d'un geste sec et télécommanda la fermeture, sans jamais quitter Reese des yeux. Puis ils marchèrent enlacés jusqu'à la double porte de l'hôtel.

De style victorien, l'immeuble en briques blanches, dont les huisseries avaient récemment été repeintes en noir, s'élevait sur trois étages.

Le réceptionniste les salua tandis qu'ils se dirigeaient vers l'antique ascenseur.

L'odeur du vieux bois et les protestations hydrauliques des câbles se joignirent à l'alchimie qui électrifiait l'atmosphère. Jamie posa la main dans le creux de son dos, embrasant un peu plus son désir. Tandis que la cabine s'élevait, il inclina son visage vers elle pour l'embrasser.

Elle se tourna, noua les bras autour de son cou et se laissa aller contre lui. L'adossant contre le miroir qui occupait la paroi du fond, Jamie se pressa contre elle en explorant sa bouche avec audace et volupté.

Jamais encore on ne l'avait embrassée de cette façon.

Jamais un homme ne lui avait communiqué son désir aussi violemment.

Au beau milieu de cette étreinte fiévreuse, l'ascenseur s'arrêta.

Jamie s'écarta tandis que les portes commençaient à s'ouvrir, livrant le passage à un couple d'une soixantaine d'années.

Tandis que Reese rougissait sous le regard inquisiteur de la femme, Jamie resta de marbre. Il n'avait apparemment aucun mal à dissimuler l'intense désir qui les brûlait un instant plus tôt, et elle se demanda d'où lui venait cette habileté.

L'ascenseur monta jusqu'au troisième étage et s'arrêta.

Ils laissèrent d'abord sortir le couple, qui s'en alla d'un côté du couloir, tandis qu'ils prenaient la direction opposée.

Devant sa chambre, elle déverrouilla sa porte et la poussa. Jamie la lui tint tandis qu'elle entrait et la suivit à l'intérieur.

À présent qu'ils étaient seuls dans l'intimité feutrée de sa chambre, l'énergie entre eux prenait une tout autre intensité.

Elle retira sa veste et la déposa sur le dossier d'une des deux chaises encadrant la table devant la fenêtre. Les rideaux étaient encore ouverts et, durant la journée, elle avait vue sur la rue.

Jamie vint vers elle, contournant la commode d'acajou surplombée d'un téléviseur, et déposa sa veste de costume sur la sienne. Puis il prit son visage entre ses mains.

Enivrée par le souffle de Jamie sur sa joue, elle ferma les yeux et lâcha prise, refusant de se demander plus longuement si elle en avait envie.

Oh oui, elle en avait envie.

Nouant les bras autour de son cou, elle s'abandonna aux mains expertes qui caressaient son dos, la plaquait contre ce corps viril, tandis qu'il lui donnait ce qu'elle désirait et plus encore.

Au contact de ses lèvres et de sa langue, tout s'effaça autour d'elle, et il lui sembla que le temps s'arrêtait.

Tandis que Jamie ôtait les épingles qui retenaient son chignon et plongeait les doigts dans sa chevelure, elle tira avec impatience sur le bas de sa chemise pour la libérer de la ceinture du pantalon.

Il s'écarta alors pour desserrer son nœud de cravate, la fit passer au-dessus de sa tête et regarda Reese défaire un à un les boutons de sa chemise, avant de la faire glisser sur ses épaules. Puis, alors qu'elle faisait courir les mains sur son torse, il descendit la fermeture à glissière de sa robe, qui atterrit à ses pieds dans un bruissement d'étoffe.

Elle l'enjamba, tandis qu'il détaillait d'un regard appréciateur ses sous-vêtements de dentelle noire.

— Ça aussi, c'est quelque chose que tu as acheté aujourd'hui ?

— Oui.

Avant même qu'il l'ait déposée à son hôtel, elle y avait réfléchi, s'imaginant avec délice ce qui pourrait ensuite se passer entre eux. À présent, elle savourait cet instant, toujours flatteur pour une femme, de savoir que sa lingerie la mettait en valeur.

Il défit ses chaussures et enleva son pantalon, laissant apparaître sous son caleçon un renflement prometteur, puis il la guida vers le lit.

— Mes bottes..., protesta Reese.

— Garde-les.

Basculant sur le lit, elle ouvrit les jambes tandis qu'il venait au-dessus d'elle et sentit son érection presser contre la dentelle de sa culotte.

Un feu violent traversa tout son corps. Elle se cambra tandis qu'il prenait un sein dans sa main et faisait courir son pouce sur le mamelon à travers le soutien-gorge.

Bientôt libérés de leur prison de dentelle, ses seins se

dressèrent, durcis de désir, la pointe érigée comme un bourgeon prêt à éclore.

Les doigts de Jamie jouèrent longuement avec le mamelon tendu, puis il le taquina du bout de la langue, le mordilla doucement.

Gémissante, elle se tordit sous ses doigts, désespérant qu'il mette fin à sa torture et la possède de toute la force de sa virilité.

Comme s'il devinait son impatience, Jamie fit descendre la culotte de dentelle le long de ses cuisses. Elle souleva les genoux, enfonçant les talons aiguilles de ses bottes dans le matelas, et mit les mains au-dessus de sa tête, totalement offerte.

Jamie laissa échapper un grognement en la voyant ainsi et s'empressa d'ôter son caleçon.

La vue de son sexe dressé arracha à Reese un frémissement de joie à l'idée qu'il l'emplirait bientôt tout entière.

Leurs yeux ne se quittèrent pas tandis qu'il se perdait jusqu'au plus profond de sa moiteur palpitante, et la sensation de plénitude que Reese en éprouva fut au-delà de tout ce qu'elle avait pu imaginer.

Exprimant son plaisir par des gémissements rauques, tandis qu'il l'entraînait dans une danse sauvage, Reese ne tarda pas à chavirer et, tandis qu'elle se contractait autour de lui en criant, elle sentit qu'il la rejoignait dans l'extase.

Quelques secondes après, il roula sur le dos à côté d'elle, cherchant son souffle. Puis il tourna la tête dans sa direction et, sans un mot, l'attira à lui.

La joue pressée contre son torse, Reese écouta les battements de son cœur reprendre un rythme normal et sa respiration décroître.

Elle ne savait pas ce qu'elle devait penser de ce qui venait de se passer.

Quand elle l'avait invité dans sa chambre, elle se figurait

qu'elle ne risquait rien à faire preuve d'un peu d'audace. À présent, elle n'en était plus aussi sûre.

Après réflexion, peut-être aurait-elle dû prêter attention à la puissance de son attirance pour cet homme. Elle avait des projets auxquels elle tenait plus que tout. Elle devait rester fidèle à elle-même et ne pas laisser ses sentiments tout bouleverser.

Mais de quels sentiments s'agissait-il, exactement ?

Elle venait de vivre une étreinte passionnée dans les bras un homme d'une beauté renversante. Quelle femme n'apprécierait pas une nuit comme celle-ci ?

Demain, elle serait partie, et ce délicieux intermède se dissiperait en un agréable souvenir.

Jamie s'éveilla le sourire aux lèvres et le cœur léger. Il n'aurait pu rêver de femme plus parfaite que Reese. Ce qui venait de lui arriver cadrait pleinement avec la vision qu'il se faisait de sa nouvelle vie.

Se redressant sur un coude pour voir Reese sortir de la salle de bains, il fut surpris de découvrir qu'elle s'était déjà rhabillée.

— Tu aurais dû attendre, dit-il d'un ton déçu. J'aurais pris une douche avec toi.

Elle le regarda bizarrement, comme si elle était gênée.

— Je ne voulais pas te réveiller.

Le sourire de Jamie s'évanouit.

Il repoussa le drap et se leva, nu. Elle évita son regard tandis qu'il approchait.

— Si tu te sens mal à l'aise à cause de la nuit dernière, il ne faut pas.

Il glissa la main derrière sa nuque et déposa un chaste baiser sur ses lèvres.

Elle s'écarta, l'air morose.

— Quelque chose ne va pas ?
— Il faut que je parle à Kadin.
— Très bien. Je m'habille et je t'emmène.
— Il vaudrait mieux que tu rentres chez toi te changer. Je m'arrêterai à l'agence avant de repartir cet après-midi.

Elle semblait terriblement impatiente de se débarrasser de lui. Comment pouvait-elle si aisément tourner la page ?

Ce n'était pas du tout ce qu'il espérait. Pas après ces instants magiques qu'ils avaient partagés. Il parvint néanmoins à dissimuler sa déception.

Peut-être l'intensité de leur passion lui faisait-elle peur ? Après tout, ils ne s'étaient rencontrés que la veille. Il ne devait rien précipiter. Ce n'était pas parce qu'il était prêt qu'elle l'était aussi.

— Très bien, dit-il.
— Parfait.

L'ombre d'un sourire se dessina sur les lèvres de Reese.

— On se revoit donc là-bas.

Et elle le laissa là, nu dans la chambre, le lit défait sur sa gauche, et l'odeur de sa douche qui flottait depuis la salle de bains.

Elle prenait peut-être la fuite parce qu'elle avait peur, mais il n'avait pas l'intention de la laisser partir aussi vite.

Une nuit ne suffisait pas.

Assise dans le hall violemment éclairé de DAI, Reese regardait par la baie vitrée, en se repassant le film des événements de la nuit précédente, depuis la fabuleuse découverte des chevaux sauvages, jusqu'au moment où elle s'était assoupie dans les bras de Jamie.

Si elle continuait dans cette voie, elle serait perdue. Elle appartiendrait à un homme qui la priverait de tout ce pour quoi elle avait travaillé si dur.

Il valait mieux qu'elle mette fin à cette histoire le plus vite possible. Cela leur éviterait, à l'un comme à l'autre, d'en souffrir.

La porte d'entrée s'ouvrit, et la vision de Jamie, en pantalon beige, polo bleu ciel et veste de cuir fauve lui fit battre le cœur plus vite. Son regard bleu électrique la transperçait depuis l'autre bout du hall. Elle commença à avoir chaud tandis qu'il marchait vers elle d'un pas assuré. Même la rebuffade qu'elle lui avait opposée ce matin n'avait pas remis en question l'incroyable confiance qu'il avait en lui.

Il s'arrêta devant elle. La réceptionniste s'était absentée et n'était pas revenue. Ils étaient seuls.

— Je me rends compte, dit-il, que nous aurions dû parler davantage de nos attentes respectives, de nos projets d'avenir.

— Il est beaucoup trop tôt pour parler d'avenir.

— J'étais dans l'armée, avant de rejoindre un organisme paramilitaire. Je n'avais pas le temps d'avoir des relations sérieuses. Mais, après ce qui s'est passé entre nous...

— Jamie..., protesta-t-elle.

— Et toi ? Tu es jeune. Je suppose que tu n'as pas eu non plus de relations sérieuses.

— J'ai eu deux histoires qui ont compté. L'une a duré un an, et l'autre deux. Je ne cherche rien de sérieux pour le moment. Comme tu viens de le dire, je suis jeune. Je ne suis pas prête pour ça.

Il laissa passer un silence.

— Bien sûr, dit-il enfin. Nous venons juste de nous rencontrer. Il est beaucoup trop tôt pour parler d'engagement.

Reese se demanda s'ils étaient parvenus à un accord. Il lui semblait plutôt que Jamie avait stratégiquement changé son plan d'action.

— Mademoiselle Harlow ?

Soulagée par cette interruption, Reese s'adressa rapidement à Jamie.

— Je passe par ton bureau en repartant.

— M. Tandy va vous recevoir, annonça la réceptionniste. Vous pouvez y aller

Ignorant la présence de Jamie sur ses talons, Reese s'engagea dans la partie réservée aux bureaux, longeant les salles de conférences, avant de traverser l'*open space*.

À mesure qu'elle approchait du bureau de Kadin, son cœur battait de plus en plus fort.

Comment allait-il prendre la nouvelle qu'elle s'apprêtait à lui révéler ?

Kadin l'attendait dans l'embrasure de la porte et, voyant Jamie qui bifurquait vers le bureau opposé, il le héla.

— Jamie, vous feriez aussi bien de vous joindre à nous.

Reese retint un petit cri de protestation.

— Non, je préférerais vous parler en privé.

— Mais Jamie est déjà au courant de l'affaire. Il peut bien assister à notre entretien.

Il pivota sur ses talons et entra dans son bureau.

— Comment s'est passée votre soirée ?

Ainsi, c'était pour cela qu'il avait invité Jamie. Il ne savait pas à quel point ça la gênait, surtout avec ce qu'elle avait à dire.

Jamie passa devant elle en lui adressant un clin d'œil et, tandis que son rythme cardiaque s'accélérait, elle fit le constat quelque peu désespéré qu'elle ne pouvait pas lui résister.

Morose, elle se dirigea vers le coin salon, où Kadin les attendait. Jamie s'assit à côté d'elle sur le canapé, et elle regretta de ne pas avoir choisi plutôt un fauteuil.

— Votre affaire est assez intéressante, commença Kadin. Le compte rendu fait très provincial, mais le shérif a fait du bon travail dans la collecte d'indices.

— Provincial ? répéta Reese, en se sentant vaguement insultée.

Kadin esquissa un sourire.

— J'ai eu l'impression de lire un roman policier et j'ai trouvé plutôt amusants ses commentaires sur les habitants de Never Summer.

Reese n'y avait pas prêté attention en lisant le rapport de police, mais il est vrai qu'elle vivait là-bas.

Il se leva, se dirigea vers le tableau blanc fixé au mur, prit un marqueur et inscrivit : « Ella, Tourisme, Autoroute 149. » Puis, il se tourna pour les regarder.

— Ella était originaire de Californie. Personne n'y a recherché de famille, car elle avait dit qu'elle n'en avait pas.

Il tira une ligne à partir du mot « Ella » et inscrivit en face « famille ? »

— Pourquoi Ella s'est-elle installée à Never Summer ? À quelle époque ? D'où venait-elle ? Ces questions n'ont jamais été posées au moment de son assassinat.

Il tira une ligne depuis le mot « Tourisme ».

— Never Summer vit essentiellement du tourisme. Puisque aucun habitant n'a pu être incriminé, le crime a dû être commis par un étranger de passage. Je n'ai vu nulle part qu'aucun touriste avait été interrogé.

Il inscrivit : « Localiser et interroger les touristes. »

— Et l'autoroute ? reprit-il. Pourquoi abandonner le cadavre sur cette route ? Ce n'est pas loin de la ville, et aucun effort n'a été fait pour dissimuler le corps de la victime.

Il écrivit : « Pourquoi cette route, et dans cette direction ? »

Reese suivait avec admiration cette brillante démonstration, consciente qu'il lui offrait sur un plateau la marche à suivre pour mener son enquête.

Elle pourrait apprendre beaucoup de cet homme... *Son père.*

— Je peux vous aider davantage, si vous le souhaitez.

Cette proposition la fit sortir de sa rêverie. Si Kadin

l'aidait dans son enquête, elle allait devoir le rencontrer fréquemment.

Avant d'aller plus loin, elle devait absolument lui dire qu'elle était sa fille.

— Eh bien, c'est-à-dire...

Elle s'éclaircit la gorge et changea de position sur le canapé, croisant les mains sur son estomac.

C'était beaucoup plus difficile qu'elle ne l'avait imaginé. Pas seulement pour elle, mais compte tenu des répercussions que cela aurait sur la vie de Kadin.

— Je dois vous dire quelque chose.

Kadin haussa les sourcils, tandis que Jamie se mettait à l'observer avec le plus grand intérêt.

— Je ne suis pas venue ici pour vous parler de l'affaire. Enfin... Je veux dire... si, mais il y a une autre raison.

Kadin échangea un regard perplexe avec Jamie, avant de reporter son attention sur elle.

— De quoi s'agit-il ? Parlez.

— C'est personnel.

— Mais encore ?

— Entre vous et moi.

— Je m'en souviendrais si j'avais eu une liaison avec vous. De toute façon, vous êtes beaucoup trop jeune pour moi.

Elle baissa la tête, observant du coin de l'œil l'expression hagarde de Jamie.

— Il ne s'agit pas de ça.

Elle entendit Jamie relâcher son souffle de soulagement et fit appel à tout son courage pour regarder Kadin dans les yeux.

— Je suis votre fille.

Kadin resta impassible.

— Ma mère biologique n'avait que seize ans quand elle m'a eue. Elle ne vous a jamais parlé de sa grossesse.

— C'est impossible, dit finalement Kadin.

Puis il désigna le tableau derrière lui.

— Cette affaire est-elle réelle, ou l'avez-vous inventée pour venir ici ?

— Elle est bien réelle. Je m'en suis servie comme prétexte, mais je ne savais pas comment vous aborder.

— Quel est votre but ?

— Je me suis simplement dit que vous aviez le droit de connaître mon existence. Ma mère s'appelle Giselle Yates et elle a quitté le Massachusetts pour accoucher à New York, où j'ai été adoptée par Mya et Nelson Harlow. Elle ne vous a rien dit car ses parents l'ont obligée à abandonner l'enfant, c'est-à-dire moi. Je viens seulement de la rencontrer et d'apprendre ce qui s'est passé.

— Non...

Kadin passa une main tremblante dans ses cheveux et tituba jusqu'à son bureau, sur lequel il se pencha, les paumes en appui sur le plateau.

— Je sais que ça doit être difficile pour vous, dit Reese, en se levant pour le rejoindre.

— Je vais vous laisser, annonça Jamie, en se dirigeant précipitamment vers la porte, qu'il referma derrière lui.

Après l'avoir regardé sortir, Reese s'approcha du bureau.

— Je suis au courant pour le décès de votre fille. Je suis désolée.

— Pourquoi ne m'a-t-elle rien dit ? marmonna Kadin, toujours penché sur son bureau.

— Elle avait peur que vous l'obligiez à garder le bébé et, à cette époque, il était plus important pour elle de restaurer sa relation avec ses parents. Puis le temps a passé, et elle a pensé que c'était trop tard.

— Trop tard ?

Il se redressa, de la colère dans les yeux.

— Elle aurait dû me le dire.

Reese hocha la tête.

— Je suis d'accord. C'est pour ça que je suis venue. Il fallait que quelqu'un vous le dise.

— Depuis combien de temps le savez-vous ?

— Je sais que j'ai été adoptée depuis toute petite. J'ai été élevée dans un bon foyer. Nous avons vécu à New York pendant un moment, puis mon père a voulu revenir dans sa ville natale, Never Summer. Ce n'est qu'une fois à l'université que j'ai voulu en savoir plus sur mes parents biologiques. J'ai d'abord retrouvé ma mère. Elle est venue à Never Summer le mois dernier pour me rencontrer et elle m'a parlé de vous.

Kadin se passa la main sur le visage.

— Il va me falloir du temps pour assimiler tout ça.

— Bien sûr.

— Ne le prenez pas mal, mais c'est un sacré choc pour moi.

— Je comprends très bien. Je ne suis pas venue pour vous imposer une relation père fille. Je ne vais pas m'immiscer dans votre vie. Nous pouvons rester en contact si vous le voulez, mais il n'y aura aucune pression de ma part.

Kadin ne parut pas enregistrer ce qu'elle avait dit. Comprenant qu'il avait besoin de rester seul, elle tourna les talons et quitta la pièce sans faire de bruit.

Elle faillit oublier de s'arrêter dans le bureau de Jamie, mais elle le vit bondir de son fauteuil et la héler depuis le seuil de sa porte.

Elle se dirigea vers lui, et il ferma la porte dès qu'elle fut entrée.

— Eh bien, tu parles d'une bombe !

Il siffla entre ses dents.

— La fille de Kadin Tandy, hein ? C'est incroyable. Les médias vont être fous.

— Ils ne sont pas obligés de le savoir.

— En tout cas, ils ne l'apprendront pas par moi. Mais, un jour ou l'autre, ça finira par sortir.

— Merci pour la mise en garde. Et pour ta discrétion.

Il hocha la tête et fit un pas en avant.

Le moment était venu de se dire au revoir.

Elle ne chercha pas à lui échapper quand il posa la main au creux de son dos, l'attira à lui, et se pencha pour l'embrasser.

Son baiser d'abord tendre s'embrasa tout à coup, et elle ne tarda pas à lui répondre avec une égale ardeur.

— Ce n'était donc pas un rêve, dit Jamie, en s'écartant le temps de reprendre son souffle.

Puis il la plaqua contre la porte et l'embrassa à nouveau.

Dans un sursaut de volonté, Reese finit par s'arracher aux lèvres de Jamie et parvint à le repousser.

— Il faut que j'y aille. Je vais rater mon vol.

Il la libéra et recula de quelques pas.

— On se revoit bientôt ?

Elle se détourna et commença à ouvrir la porte.

— Tu vis dans le Wyoming, et moi dans le Colorado.

— Si tu crois que ça va m'arrêter ! Et puis, Kadin ne te laissera pas sortir de sa vie comme ça.

Elle tourna la tête et le dévisagea avec angoisse, prenant conscience de ce que cela impliquait.

Elle n'allait pas pouvoir l'éviter.

Si ses phéromones exultaient, son esprit était loin de s'en réjouir.

# 4

Jamie ne parvenait pas à se concentrer sur le dossier posé devant lui sur son bureau.

Reese était retournée à Never Summer deux jours plus tôt. Au début, il avait l'intention de lui laisser un peu de temps avant de commencer sa campagne pour regagner son cœur, mais il n'était plus très sûr de pouvoir tenir cette résolution.

Deux coups secs frappés à sa porte l'arrachèrent à ses pensées.

— Vous avez une minute ? demanda Kadin, en poussant le battant.

— C'est vous le chef.

L'air morose, Kadin s'avança dans la pièce et prit place dans l'un des fauteuils qui faisaient face à la table de travail.

— Reese a dit quelque chose d'étrange avant de quitter mon bureau, l'autre jour.

Pourquoi Kadin éprouvait-il le besoin de lui en parler ? Il y avait sûrement d'autres personnes plus proches à qui il pouvait se confier, comme sa femme par exemple.

— Elle a dit qu'elle n'était pas venue pour m'imposer une relation père fille, ou s'immiscer dans ma vie, mais que nous pouvions rester en contact si je le voulais.

Oui, cela ressemblait bien à Reese, songea Jamie. La façon dont elle s'était enfuie l'autre matin lui avait ouvert les yeux.

— Je comprends que cette révélation vous ait choqué. Moi-même, je l'ai été.

— Elle m'a semblé… distante. Vous voyez ce que je veux dire ?

— Comme si elle refusait de s'attacher à quiconque ?

— Oui, c'est exactement ça. Je vois que vous l'avez remarqué aussi. Elle s'est confiée à vous pendant votre dîner ?

— Elle ne m'a pas dit qu'elle était votre fille. Je l'ai découvert en même temps que vous. Mais c'est une femme très indépendante. Je pense qu'elle ne supporte pas le changement.

— Ça peut se comprendre, quand on a été adopté.

— Et puis, elle veut devenir shérif de Never Summer.

Pendant quelques secondes, Kadin parut découragé, ce qui était rare chez lui. Puis son visage s'éclaira.

— Elle pourrait travailler avec nous.

À l'évidence, il voulait que sa fille fasse partie de sa vie. Allait-il se servir de son agence comme motivation ? Reese changerait-elle ses projets en travaillant comme enquêtrice chez DAI ?

Pour Jamie, il n'y avait pas à hésiter. L'agence représenterait une bien plus belle promotion de carrière que de devenir shérif d'une petite ville perdue dans les montagnes. Mais Reese verrait les choses différemment. Elle les accuserait de vouloir la forcer à vivre une autre vie que celle qu'elle s'était choisie.

— Que pense votre femme de la situation ?

— Elle est enchantée. C'est elle qui a suggéré de partir en vacances à Never Summer.

— Vous êtes sûr que c'est une bonne idée ?

— C'est une façon de me rapprocher d'elle sans l'étouffer.

— Je doute qu'elle vous chasse de la ville, mais vous pourriez la faire fuir si vous insistez trop.

— Vous semblez bien la connaître.

— Une simple intuition.

Kadin n'avait pas besoin de savoir comment il en savait autant sur Reese.

— Pourquoi me parlez-vous de tout ça ?

— Je veux que vous veniez avec nous.

— Vous... avec votre famille ?

— Nous nous retrouverons sur place, et vous séjournerez à l'hôtel. Je veux me servir de vous comme une sorte d'intermédiaire, en proposant vos services pour l'aider à résoudre son enquête.

— Ce n'est pas mon métier.

— Ce n'est qu'un prétexte, je viens de vous le dire. En réalité, vous assurerez sa sécurité tandis qu'elle essaie de résoudre un meurtre vieux de quarante ans. N'oublions pas que l'assassin court toujours.

— S'il est toujours en vie.

— Il vaudrait mieux qu'il ne le soit plus.

Jamie se demanda jusqu'où il pouvait se confier à Kadin sur la nature de sa relation avec Jamie. Son employeur s'en rendrait vite compte en les voyant ensemble, mais il n'avait pas besoin de savoir qu'ils avaient déjà été intimes.

— En fait, j'avais l'intention de vous demander quelques jours de congé pour aller la voir, avoua-t-il.

Kadin ne parut pas surpris.

— Elle est partie sans proposer de vous revoir ?

— Oui.

Kadin eut un petit rire.

— Elle n'est pas du genre à s'attacher, hein ?

— Non. Et en plus c'est une vraie tête de mule.

Kadin rit à nouveau.

— Je viens juste de découvrir que j'ai une fille, et vous lui faites déjà des avances ? Inutile de vous dire que vous aurez affaire à moi si vous la faite souffrir.

— Compris, monsieur.

Bizarrement, Jamie avait l'impression que, si quelqu'un devait souffrir, ce serait lui.

— Allez faire vos bagages.

Kadin se leva et fit le tour du bureau.

— Emportez votre travail avec vous. Penny et moi partons cet après-midi. Lucas Curran va se charger des affaires courantes pendant mon absence.

Tandis qu'il raccompagnait Jamie à la porte, Kadin ajouta :

— N'en parlez pas à Reese. Je prendrais contact avec elle quand je le jugerai opportun.

Depuis qu'elle avait emménagé dans sa maison en ville, Reese pouvait aller à pied au travail tous les matins, et il lui arrivait souvent de croiser ses concitoyens en chemin.

Alors qu'elle s'engageait dans la rue principale, elle vit Sawyer Bennington qui ouvrait la porte de son nouveau restaurant. Elle faillit traverser la rue pour l'éviter, mais il l'aperçut et lui sourit.

Avec moins de cinq cents habitants, tout le monde à Never Summer connaissait tout le monde et savait qui couchait avec qui. Sawyer se montrait un peu trop amical ces derniers temps, et la façon dont il la regardait la mettait mal à l'aise.

Non que ce soit un mauvais parti. Il était plutôt séduisant et en forme. Il venait de revenir au pays après des études de commerce et une formation de cuisinier, et avait ouvert un pub appelé The Ore House.

Mais sortir avec un local ne la tentait pas. En cas d'échec, ça risquait d'être ingérable.

Sortir avec quelqu'un d'autre ne la tentait pas non plus.

*Même pas Jamie ?*

Elle pensait souvent à lui et, aussi bizarre que ça puisse paraître, il lui manquait.

À contrecœur, elle s'arrêta devant le bâtiment de briques brunes, dont les fenêtres à petits carreaux reflétaient le soleil matinal.

— Salut, Reese, dit-il d'une voix enjôleuse.

— Bonjour, Sawyer.

— Ravi de te voir.

Il la détailla de la tête aux pieds, de cette façon détestable qu'avaient certains hommes de montrer leur intérêt pour une femme. C'était vulgaire et irrespectueux.

— Il paraît que tu as touché le gros lot ?

Beaucoup de gens avaient commenté sa découverte, et elle fit celle qui n'avait pas entendu.

— Comment vont les affaires ?

Le visage de Sawyer s'illumina de fierté.

— Très bien. La saison touristique a marché du tonnerre.

Il lui fit un clin d'œil.

— Je pourrais gâter ma petite amie avec tout l'argent que j'ai gagné.

Le sous-entendu la fit tiquer. Décidément, ce n'était qu'un rustaud.

Et il était loin d'arriver à la hauteur de Jamie…

Elle sourit par politesse et commença à s'éloigner.

— Tu ne voudrais pas dîner avec moi ?

Elle agita la main sans s'arrêter, ni regarder en arrière. Un jour, il finirait bien par comprendre qu'elle n'était pas intéressée.

Plus loin, elle remarqua un homme devant le *coffee shop* local, son smartphone à la main. Il leva les yeux à son passage. Elle ne le reconnut pas, et pourtant elle connaissait tout le monde en ville. Ce devait être un touriste.

Soudain, son portable sonna et, voyant qu'il s'agissait du shérif Robinson, elle répondit aussitôt.

— Lavinia Church vient d'appeler, dit son supérieur. Virgil a remis ça. Vous pouvez y passer ?

— Bien sûr.

Elle avait besoin d'une voiture pour cela et elle fit demi-tour. En arrivant au carrefour, elle repéra un 4x4 qui ne lui était pas inconnu garé devant l'hôtel, de l'autre côté de la rue.

Elle ralentit le pas. Ça ne pouvait pas être...

Elle s'immobilisa tandis qu'un homme ouvrait la porte du hall. Deux bottes de combat frappèrent le perron, puis un homme de haute taille, portant un jean noir, un pull gris, et un chapeau de cow-boy émergea. Il prit une veste dans la voiture et l'enfila, puis il regarda droit dans sa direction.

Elle était trop loin pour voir la couleur de ses yeux, mais elle aurait reconnu cette silhouette entre cent.

— Jamie ?

Il lui adressa un sourire incroyablement sexy, commença à traverser, se figeant pour laisser passer une voiture, et la rejoignit.

— Bonjour, Reese.

— Qu'est-ce que tu fais là ?

— Nous n'avons pas eu le temps d'apprendre à nous connaître.

Il était donc venu pour elle.

Avait-il l'intention d'entamer une relation ? Qu'en attendait-il ? En tout cas, elle n'avait pas l'intention de déménager. Le ferait-il ? Elle en doutait.

— Tu aurais dû appeler avant.

— Pour que tu me dises non au téléphone ?

Elle lui tourna le dos.

— J'ai du travail.

— Le bureau du shérif n'est pas de l'autre côté ?

— Si, mais j'ai besoin de ma jeep.

Il lui prit la main pour la retenir.

— Je peux te conduire où tu veux.

— Ça va, je peux me débrouiller.

— Je t'emmène. On pourra parler en chemin.

— Non merci.

Elle reprit sa marche.

— Tu as peur.

Elle stoppa net et lui fit face.

— De quoi ?

Il se rapprocha.

— De moi.

Il se pencha, une lueur narquoise dans les yeux, ombragés par le rebord de son chapeau.

— De ce que je te fais ressentir.

Elle haussa les épaules.

— Allez, insista-t-il, ma voiture est juste là. Tu as encore trois cents mètres à faire avant d'arriver chez toi.

Il savait où elle habitait ? En plus, trois cents mètres, ce n'était vraiment pas loin. Elle trouva amusant qu'il se soit servi de ce prétexte fallacieux pour lui faire accepter sa proposition.

Elle ne put s'empêcher de sourire. Quel mal y avait-il à faire un trajet en voiture ? Il voulait parler ? Très bien. Peut-être s'en irait-il après.

— Puisque tu insistes. Il faut que je réponde à un appel. Tu as le temps ?

— Bien sûr.

Il l'accompagna jusqu'au côté passager et lui ouvrit la portière. Avant de monter, elle remarqua quelques badauds qui avaient noté ce détail.

— Au fait, tu es très sexy en uniforme, dit-il, en refermant la portière.

En se mettant au volant, il ajouta :

— Je crois que j'apprécie même la queue-de-cheval.

Se moquait-il ? Elle ne le croyait pas.

— Tu fais partie de ces hommes des cavernes qui aiment les femmes avec les cheveux lâchés ?

— Ça dépend des moments. Mais il me semble que ça t'est déjà arrivé avec moi.

Elle soupira.

— Et si tu me demandais ce que tu veux savoir, au lieu de tourner autour du pot ?

— Très bien. Qu'est-ce qui t'a fait décider que tu ne voulais pas t'engager dans une relation sérieuse ?

— Je tiens à ma liberté, c'est tout. Et j'aime bien mettre les choses au clair dès le début pour éviter que quiconque en souffre.

Il garda le silence un moment.

Cherchait-il plus qu'elle ne pouvait lui donner ? Comment ses sentiments pouvaient-ils prendre une telle ampleur aussi vite ?

Et ses sentiments à elle ?

Une vague de panique la traversa. Et si elle tombait amoureuse de lui ?

— Est-ce que tu veux que je m'en aille ? finit-il par lancer.

Elle devrait dire oui, mais elle ne le pouvait pas.

Reportant son attention sur la route, elle guetta la bifurcation.

— Prends le chemin à droite, dit-elle, en désignant une étroite voie gravillonnée, à peine visible dans la végétation.

Il tourna et roula lentement sur le long chemin sinueux qui s'enfonçait dans la forêt. Au pied des pins sombres, le sol était tapissé de fougères, et une brise parfumée de résine entrait par la vitre entrouverte du 4x4.

Après un tournant en épingle à cheveux, un chalet apparut et Jamie se gara devant.

— Pour ton information, dit-il en coupant le contact. Je n'ai pas l'intention de m'attarder suffisamment pour souffrir.

Et il étaya cette déclaration d'un baiser appuyé, qui ne manqua pas de la faire fondre délicieusement.

Des cris provenant du chalet les rappelèrent à la réalité. Jamie la libéra, et ils se précipitèrent vers la porte.

Reese frappa vigoureusement.

— Adjoint Harlow. Ouvrez !

Virgil Church ouvrit la porte, affichant un regard apathique sous ses sourcils broussailleux.

— Ce n'est pas trop tôt !

Lavinia bouscula son mari pour prendre sa place sur le seuil. Elle dépassait à peine le mètre cinquante-cinq, et ses cheveux courts et bouclés d'un blanc neigeux semblaient comme amidonnés.

— Il a cassé le vase de ma grand-mère. Ce vase était dans ma famille depuis trois générations, et il l'a cassé !

— Lavinia souffre de démence sénile et elle est insupportable déclara Virgil d'un ton geignard. Nous nous sommes disputés, et j'ai jeté le vase par terre dans un moment de colère.

Il se tourna vers sa femme.

— Je suis désolé de m'être emporté, mais tu n'es pas facile à vivre, surtout quand tu oublies les choses.

Les yeux bleus de Lavinia, qui avaient dû être splendides quand elle était jeune, lancèrent des éclairs.

— Cet homme est un monstre ! Je veux divorcer !

— Nous pouvons entrer ? demanda Reese.

Elle allait devoir faire preuve de finesse pour dénouer la situation.

Ce n'était pas la première fois que le bureau du shérif répondait à un des appels de Lavinia, et tout le monde en ville savait qu'elle souffrait de démence sénile. Parfois, quelqu'un devait la raccompagner chez elle quand elle se perdait. Elle se défoulait souvent sur son pauvre mari, l'accusant d'avoir mauvais caractère, mais c'était toujours Lavinia qui était hors d'elle quand le shérif dépêchait un officier sur les lieux. Ce ne devait pas être facile de vivre avec une personne atteinte de ce trouble, mais ce ne devait pas être facile non plus d'être malade.

C'était un cercle vicieux.

Reese entra la première. Lavinia et Virgil vivaient dans un chalet de taille modeste, avec un garage à l'écart. Les grandes baies vitrées offraient une vue magnifique sur la forêt, mais Lavinia avait décoré son intérieur dans un style cottage qui avait mal vieilli.

— Expliquez-moi ce qui s'est passé, demanda Reese.

— Je cherchais quelque chose à regarder à la télévision, quand Virgil m'a pris la télécommande et m'a dit de me taire.

— Je regardais quelque chose quand elle a changé de chaîne, protesta Virgil, en lançant un regard irrité à sa femme. Elle a commencé à crier, et je lui ai dit de se taire.

— On s'est disputés un moment, reprit Lavinia, puis il a soulevé mon vase et a menacé de le casser si je ne me taisais pas.

— Elle ne s'est pas tue.

Reese se gratta le dessus de la lèvre, en essayant de ne pas rire, et réfléchit à la meilleure approche.

À côté d'elle, Jamie serrait les poings, comme s'il était en butte au même dilemme.

— Je reconnais que je n'aurais pas dû casser le vase, dit Virgil. Je ne pouvais tout simplement plus supporter ses provocations.

— Je t'ai provoqué ? Alors, ça, c'est la meilleure. C'est toi qui m'as provoquée.

— Allons, allons, fit Reese d'un ton apaisant. Calmez-vous, ou bien je vais devoir vous emmener en ville tous les deux.

— Elle ne se rappelle pas ce qu'elle dit, expliqua Virgil. Je suis épuisé à force de répéter toujours les mêmes choses. Et, quoi qu'il arrive, ça se termine toujours en dispute. Cette fois, c'était à cause de la télécommande.

Il soupira.

— J'aurais dû la laisser changer de chaîne.

Il s'avança vers sa femme en lui tendant les bras.

— Je suis désolé d'avoir cassé ton vase. Pour me faire pardonner, je te laisserai regarder tout ce que tu veux à la télévision.

Cela se terminait toujours ainsi. Lavinia déclarait qu'elle voulait divorcer, à soixante-dix ans, et puis ils se réconciliaient devant quelqu'un du bureau du shérif.

— Depuis combien de temps êtes-vous mariés ? s'enquit Reese.

Elle se sentit sur elle le regard curieux de Jamie.

La question parut troubler Lavinia. Elle ne s'en souvenait visiblement pas.

— Nous avons fêté notre vingt-cinquième anniversaire en août dernier, dit Virgil, avec fierté.

— Vous avez toujours vécu à Never Summer ?

Lavinia sourit et posa la main sur le bras de Reese.

— Vous êtes toute pardonnée de ne pas le savoir. Jeune comme vous êtes, c'est normal.

— C'est donc le cas ?

— Mais oui.

Lavinia laissa retomber son bras et regarda amoureusement Virgil, qui lui caressa le dos.

— Il est arrivé ici en... En quelle année était-ce déjà, chéri ?

— Dans les années 1980. En 1985 ?

Le vieil homme regarda Reese d'un air incertain.

— Vous souvenez-vous d'Ella Neville ? demanda-t-elle à Lavinia, tout en pensant qu'il n'en ressortirait rien.

— Oh ! oui, dit la vieille dame. La fille assassinée.

— Est-ce que vous rouvrez l'enquête ? s'enquit Virgil.

— Elle n'a jamais été close. Je l'étudie à nouveau, dans l'espoir de découvrir un indice qui aurait échappé aux précédents enquêteurs.

— Nous connaissions Jeffrey, confia Virgil. Nous organisions souvent des barbecues les uns chez les autres.

Lavinia acquiesça.

— La mort de sa pauvre femme a fait parler en ville, ajouta-t-elle.

Puis, elle se mit à hocher la tête, tandis que ses yeux se perdaient au loin.

Comprenant qu'elle n'en obtiendrait pas davantage, Reese essaya de terminer sur une note un peu plus gaie.

— Eh bien, Lavinia, allez-vous rester mariée à Virgil ?

Elle sourit, de fines rides creusant les contours de ses yeux et de sa bouche.

— Oui.

— Virgil, pensez-vous que vous pourrez contrôler un peu vos mouvements d'humeur ?

Il acquiesça d'un air déterminé.

— Formidable ! Eh bien, je vais vous laisser, maintenant.

Jamie, qui était resté silencieux durant toute l'intervention, prit la parole tandis qu'ils regagnaient la voiture.

— Kadin m'a donné une liste des personnes qui vivaient à Never Summer à l'époque où Ella Neville a été assassinée.

Au moment de tendre la main vers la poignée de la portière, Reese suspendit son geste et le dévisagea avec stupeur.

— Déjà ?

Jamie haussa les épaules, comme s'il s'agissait d'un détail négligeable.

— Il pense peut-être que c'est important d'aider sa fille.

— Tu l'as avec toi ?

— Elle est dans mon ordinateur, et mon ordinateur est dans ma chambre d'hôtel.

— Eh bien… Peut-être pourrais-tu l'apporter à mon bureau demain matin ?

— C'est un rendez-vous ?

— Non, ce n'est pas un rendez-vous, répliqua-t-elle, en ouvrant la portière d'un geste décidé.

— Dans ce cas, je t'en propose un totalement sans danger. Que dirais-tu d'aller déjeuner après ?

Elle monta dans la voiture et tendit le bras pour refermer la portière, mais Jamie la retint par l'encadrement.

Elle devrait refuser le déjeuner. C'était peut-être sans danger pour lui, mais elle ne répondait pas de ses réactions. Il suffisait qu'elle se retrouve seule avec lui dans une situation plus ou moins romantique pour qu'elle perde la tête.

Pour finir, elle capitula, vaincue par la lueur narquoise qui dansait dans les prunelles bleues de Jamie.

— Très bien. Je déjeune avec toi. Mais ensuite tu quittes la ville.

Il rit, avec une assurance infernale.

— Il va me falloir bien plus que ça pour partir.

# 5

— Vous êtes nouveau en ville ?

Jamie tendit sa carte bancaire à la fleuriste, une rousse d'une quarantaine d'années, avec de grosses lunettes rondes qui lui mangeaient le visage.

— En visite pour quelque temps.

— Chez qui, si ce n'est pas indiscret ? demanda-t-elle, le regard pétillant de curiosité.

— Reese Harlow.

Elle eut un sourire compatissant

— Ah, l'adjointe Harlow. J'en ai vendu des fleurs à des hommes qui essayaient de gagner son cœur.

Ainsi, elle avait une réputation ? Ce n'était pas bon signe.

— Tous des locaux ?

— Sawyer Bennington lui envoie des fleurs pour son anniversaire et pour la Saint-Valentin. Il possède The Ore House. S'il ne parvient pas à la conquérir, aucun homme ne le pourra. Il a bien réussi dans la vie, et c'est un homme honnête.

— Elle n'a jamais accepté un seul rendez-vous ?

— Pas un seul.

— Pourquoi ?

— Sa mère dit qu'elle est concentrée sur sa carrière pour le moment. Mais beaucoup de gens pensent qu'elle a peur de s'engager.

— C'est aussi ce que je crois.

La fleuriste lui rendit sa carte bancaire et son reçu.

— D'où êtes-vous ?

— Du Wyoming. Je travaille pour son père. Son père biologique.

— Ah oui, j'ai entendu dire qu'elle avait récemment retrouvé ses vrais parents.

Elle l'observa avec un intérêt redoublé.

— Et vous avez fait tout ce chemin pour la voir ?

— Ça devrait jouer en ma faveur, non ?

— Si c'était moi, oui.

Jamie prit le bouquet de roses rouges qu'elle lui tendait, en songeant qu'on ne se trompait jamais en restant traditionnel.

— Bonne chance, dit la fleuriste, tandis qu'il parvenait à la porte. Vous allez en avoir besoin.

Jamie sortit de sa voiture avec les fleurs et se dirigea vers le poste de police.

À l'intérieur, le vieux plancher craqua sous ses pas tandis qu'il traversait une petite salle équipée de trois bureaux.

Reese était assise à sa table de travail, la seule à être occupée. Des dossiers s'empilaient à sa droite, et elle était plongée dans celui qui était ouvert devant elle.

Dans son dos, un petit bureau vitré pourvu de stores, et dont la porte était ouverte, était occupé par le shérif. Tourné vers une desserte informatique placée perpendiculairement à la porte, il ne détourna pas les yeux de son écran pour voir qui venait d'entrer.

Jamie s'avança vers Reese, un grand sourire aux lèvres.

— Qu'est-ce que c'est que ça ? demanda-t-elle, en écarquillant les yeux.

— À ton avis ?

— Reprends-les

— Non, dit-il avec un sourire déterminé.

Jamie se sentait sûr de lui. Elle n'avait pas envie qu'il les reprenne. Elle se sentait peut-être menacée par la signification de son geste, mais elle aimait les fleurs. Ça se voyait bien. Il l'avait ébahie. Elle ne s'attendait pas à ça.

— Je n'en veux pas dit-elle, en élevant la voix.

Le shérif pivota sur son siège pour regarder par la porte ouverte de son bureau, situé tout au fond de la pièce. Il observa Jamie quelques secondes, vit les fleurs, eut un sourire entendu et se remit à son ordinateur.

— Calme-toi, dit Jamie. Ce n'est pas une demande en mariage.

Il laissa passer un bref silence et ajouta, avec un petit clin d'œil.

— Pas encore.

Elle se recroquevilla sur son siège, tel un animal effrayé reculant au fond de sa cage pour échapper aux agaceries d'un garnement avec un bâton.

— Tu as peur du rejet, ou quelque chose ?

Il ne croyait pas totalement à son explication selon laquelle Reese ne voulait pas faire souffrir les hommes qui s'intéressaient à elle.

— Non, dit-elle, tout en regardant les fleurs comme si elle avait envie de les sentir.

— Tu es fille unique ?

— En quoi c'est important ?

— Comment sont tes parents adoptifs ?

Elle le regarda avec incrédulité.

— Pourquoi tu me poses cette question ? Ils ne sont pour rien dans ma décision de privilégier ma carrière.

— Est-ce qu'un homme t'a brisé le cœur ?

— Non.

Elle pinça les lèvres, se cala contre le dossier de son fauteuil et croisa les bras.

— Ah oui, j'oubliais que c'est toi, la briseuse de cœurs.

Tandis qu'elle détournait le regard, le téléphone sonna dans le bureau du shérif. Ce dernier répondit, et ils se trouvèrent aux premières loges pour suivre sa conversation.

— Tiens, bonjour, Tad. Ça fait un moment que je n'ai pas eu de tes nouvelles. Tout va bien à San Francisco ?

Il écouta un moment, puis s'installa plus confortablement dans son fauteuil, comme s'il pressentait que la communication allait durer.

— Tu lui as parlé ? Si vous vous êtes disputés hier soir, et qu'il est parti fâché, je pense qu'il est allé quelque part se calmer.

Reese leva les yeux vers Jamie.

— Je suis fille unique.

Jamie reporta son attention sur elle, surpris qu'elle livre enfin une information personnelle.

— Tu dis ça comme si c'était une malédiction.

Dans la pièce d'à côté, il entendit le shérif Robinson dire :

— Ne tire pas de conclusions hâtives. Eddie essaie probablement de te faire souffrir. C'est de la manipulation. Ta mère fait la même chose quand nous nous disputons.

— Ce n'est pas une malédiction, répondit Reese, indifférente à la conversation qui se tenait dans son dos. Mes parents étaient adorables avec moi.

— Vraiment ? On dirait que tu essaies de te convaincre.

— Attends de lui avoir parlé, dit le shérif. Rappelle-moi si tu en ressens le besoin. Et si ça ne va pas mieux prends un avion et viens nous voir, ta mère et moi.

Le shérif conclut en disant à son fils qu'il l'aimait et raccrocha.

Reese tourna la tête vers son supérieur et lui adressa un sourire de sympathie, puis elle reporta son attention sur Jamie.

— Peut-être pas aussi communicatifs qu'ils auraient pu l'être, mais bons et aimants.

— Communicatifs ?

— Ma mère ne pouvait pas avoir d'enfants. C'est pour cela qu'ils m'ont adoptée. Mais je crois qu'ils l'ont surtout fait par sens du devoir. Les gens font des études, se marient, ont des enfants... Je pense qu'ils se seraient sentis marginalisés s'ils n'avaient pas fait comme tout le monde.

— Tu n'es pas proche d'eux ?

— Si. Mais ils sont un peu... Je ne sais pas comment l'expliquer... Ils sont très secrets, repliés sur eux-mêmes.

Elle ne semblait pas dire toute la vérité.

— Tu as dû te battre toute seule en grandissant ?

— Ils se sont occupés de moi, mais j'ai fait beaucoup de choses par moi-même. Pourquoi tu me questionnes comme ça ? Ah oui, tu essaies de remonter aux racines de mon refus de m'engager.

Jamie retira une seule rose du bouquet et la balaya sous le nez de Reese.

— Tu te vois un jour faire ça ? Le grand tralala... Le mariage, les enfants ?

Elle inhala l'odeur fraîche et suave de la rose, puis la lui prit des mains.

— Je reconnais que je n'y ai jamais réfléchi.

— Essaie d'y penser maintenant.

— Je n'ai pas envie de prendre la mauvaise décision.

Elle respira à nouveau la rose et la posa sur le bureau.

— Pourquoi es-tu aussi déterminé à t'engager ?

— Je me sens prêt, c'est tout.

— Et tu ne l'étais pas jusqu'à présent ? Est-ce que ça a un rapport avec la compagnie privée pour laquelle tu travaillais avant ? Durant le dîner, tu m'as dit que tu ne t'y sentais pas bien.

En effet, et il n'avait toujours pas envie d'en parler. Mais il n'avait plus vraiment le choix.

— J'étais dans une compagnie militaire privée. Aesir international. L'homme qui la dirigeait avait sa propre interprétation du bien et du mal.

Elle le dévisagea avec stupeur.

— Tu étais un mercenaire ?

— Un contractuel de la sécurité.

Il détestait le terme « mercenaire ».

— Il y a une différence ?

Il fit un effort pour garder son calme.

— Une très grande différence.

— Ce n'est pas parce que tu es un mercenaire que tu es un mauvais homme.

— Je ne le suis pas et je ne l'ai jamais été, répliqua-t-il d'un ton agacé.

— Désolée, je ne voulais pas...

Valdemar Stankovich l'avait contraint à devenir mercenaire, et il lui en resterait toujours une profonde amertume.

— Que s'est-il passé ?

Tout ce qu'elle pourrait imaginer serait encore en dessous de la vérité.

— Ils ont fait des choses répréhensibles. Je me suis sorti de ce guêpier dès que j'ai pu.

— Comment cela, dès que tu as pu ? Tu n'as pas simplement démissionné ?

— Je préfère ne pas en parler.

— Et moi, je n'ai pas envie de parler de mon refus de m'engager, rétorqua-t-elle, avec un léger sourire pour tempérer la dureté de son propos.

— Je sais déjà pourquoi.

Gagner son cœur serait un énorme défi. À lui de savoir doser ses efforts, en veillant à ne pas aller trop loin pour ne pas la brusquer.

— Je peux voir cette liste d'habitants, maintenant ? demanda-t-elle.

— Je te l'ai envoyée par e-mail.

Il désigna le dossier Neville posé sur son bureau.

— Pourquoi tu as ressorti ça ?

Elle relança son ordinateur en veille et se connecta à sa messagerie.

— Je cherchais quelque chose qui pourrait prouver l'implication de Jeffrey.

Elle imprima la page et se leva pour aller prendre le document dans l'imprimante. Jamie en profita pour admirer la courbe de ses hanches.

En se retournant, elle surprit son regard et le détailla à son tour de la tête aux pieds.

Puis elle parut se rappeler qu'elle devait se remettre au travail, tira sa chaise et mit la feuille devant elle tandis qu'elle s'asseyait.

— Je ne crois pas qu'il ait quoi que ce soit à y voir.

Jamie attrapa la chaise en bois qui faisait face à son bureau et vint s'asseoir à côté de Reese, appréciant cette proximité.

— Les amis de Jeffrey ont tous été interrogés, dit-elle. Ella n'en avait pas beaucoup car elle était nouvelle en ville. Un des témoins a déclaré que Jeffrey l'avait emmenée dîner quelques soirs auparavant, et l'a entendu dire qu'il avait acheté des billets d'avion pour Tahiti. Pourquoi Jeffrey aurait-il fait ça s'il s'apprêtait à tuer son épouse ?

— Afin de prouver son innocence devant un jury.

Elle tourna les yeux vers lui, et il y vit son inquiétude. Comme tous les enquêteurs avant elle qui s'étaient penchés sur l'enquête, échouerait-elle à son tour ?

Lorsque Reese arriva chez elle ce soir-là, elle flottait sur un petit nuage. Elle flottait beaucoup depuis qu'elle avait fait la connaissance de Jamie.

Au cours du déjeuner, il n'avait pas abordé de sujets sérieux, tout comme lors de leur première soirée au restaurant. Il lui avait raconté des anecdotes amusantes, comme la fois où, à seize ans, il avait offert un chat à sa mère pour son anniversaire. Elle n'aimait pas les chats et avait tenté de cacher sa déception. Jamie s'était senti mal pendant des jours, jusqu'à ce qu'il remarque que sa mère commençait à s'attacher à l'animal.

Sa façon de raconter l'histoire l'avait fait rire. Il était tellement simple de parler avec lui. Et il lui procurait une telle sensation de bien-être. Elle avait rarement été aussi heureuse.

Revenant à la réalité, elle commença à gravir les marches blanches de son perron, bordées par une balustrade en fer forgé noir. Sa porte d'entrée était vitrée dans la partie supérieure et, tandis qu'elle posait le pied sur la seconde marche, elle vit que le coin inférieur de la vitre était brisé.

Marquant un arrêt, elle sortit son pistolet de son étui et balaya du regard le jardin, puis la rue dans les deux sens. Quelques lampes étaient encore allumées dans les maisons voisines, mais il n'y avait personne dehors.

Elle était restée tard pour étudier le dossier Neville, et il était à présent presque 22 heures. C'était une nuit sans lune, calme et fraîche.

En s'approchant prudemment de la porte, elle vit que celle-ci était légèrement entrebâillée.

Devait-elle appeler du renfort ?

À première vue, il n'y avait personne à l'intérieur. Mais les intrus pouvaient se cacher, attendre... Peut-être l'avaient-ils vue arriver...

Les renforts pouvaient prendre du temps. Elle avait une

arme et elle était entraînée. Autant qu'elle se charge de faire les premières constatations.

Elle prit sa torche et poussa la porte, tout en tenant son arme de l'autre main. Elle éclaira alors le couloir, observant l'escalier qui flanquait le mur de droite. Ne voyant rien, elle déplaça le faisceau lumineux vers l'arche qui ouvrait sur le salon. Son canapé avait été renversé, et les coussins tailladés. La plupart des livres avaient été jetés au sol, et certaines étagères s'étaient effondrées. La lampe qui était normalement posée sur la table basse gisait à terre, brisée. Quelqu'un avait saccagé sa maison.

Dans la cuisine régnait le même chaos, avec des assiettes et des verres cassés partout. Le seul endroit laissé intact était le coin repas, installé dans l'avancée en rotonde de la baie vitrée.

Sa chambre, installée au rez-de-chaussée, n'avait pas été épargnée non plus. Les draps avaient été arrachés du lit, et le matelas tailladé. Les tiroirs de sa commode avaient tous été sortis, et ses sous-vêtements jetés par terre. Le dressing avait subi le même sort.

De retour dans le couloir, elle leva les yeux vers le palier.

Une ombre bougea.

Le cœur de Reese s'accéléra mais, se sachant apte à gérer la situation grâce à l'entraînement qu'elle avait reçu, elle garda son calme.

Fixant la torche à sa ceinture, elle commença à se diriger vers l'étage, où se trouvaient trois pièces qu'elle n'avait pas fini de rénover.

La porte de son futur bureau, la seule pièce à être partiellement meublée, était ouverte. L'endroit n'avait pas été fouillé, mais le vent qui soufflait par la fenêtre ouverte soulevait les rideaux.

Reese se rua à la fenêtre et regarda en bas. Une silhouette s'enfuyait dans la rue. Rabaissant le panneau vitré coulissant de la fenêtre à guillotine, elle ne prit pas la peine de vérifier les deux futures chambres d'amis, totalement vides pour le moment, et se précipita au rez-de-chaussée. Puis elle ouvrit la porte et courut jusqu'au milieu de la rue.

Il n'y avait plus personne.

De retour dans la maison, elle ferma la porte à double tour et décida qu'il lui fallait une alarme. En attendant, elle devait obturer la vitre. Les ouvriers avaient laissé des matériaux et de l'outillage. Après avoir trouvé une planche qui faisait la taille du panneau vitré, elle la cloua sur la porte.

Reculant pour observer le résultat, elle ne se sentit pas pour autant en sécurité.

Qui était entré chez elle et pourquoi ?

Ce devait être pour l'argent. La nouvelle de la découverte du trésor s'était répandue comme une traînée de poudre. Candace, qui était liée par le secret professionnel, n'avait pas dû dire que l'argent avait été déposé dans un coffre. Elle avait la réputation d'être une personne très discrète et consciente de ses responsabilités à la banque. Dès lors, on pouvait croire que l'argent était resté dans la maison.

Et si ce butin avait un lien avec le meurtre d'Ella ? Cela voulait-il dire que le tueur était de la région ? Et toujours en vie ?

Reese prit son téléphone pour appeler Jamie, puis elle se ravisa, en se demandant le pourquoi de cette réaction instinctive.

C'était un expert en sécurité. Il pouvait assurer sa protection le temps qu'elle fasse installer un système d'alarme.

À moins que ce ne soit une excuse pour qu'il passe du temps avec elle…

Elle batailla contre un besoin profond et urgent de se servir de cette excuse, jusqu'à ce qu'une appréhension familière s'empare d'elle. Elle la ressentait chaque fois qu'un homme prenait trop d'importance dans sa vie.

Lorsque le shérif dit à Jamie que Reese n'était pas encore arrivée au bureau, et lui en expliqua la raison, il enragea.

Aussitôt, il se précipita chez elle et carillonna à la porte.

Quelques secondes plus tard, après qu'il eut copieusement sonné et tambouriné, Reese vint ouvrir.

— Pourquoi tu ne m'as pas appelé ? demanda-t-il, en forçant le passage à l'intérieur.

— Pour quelle raison l'aurais-je fait ?

Sa réponse le stupéfia. N'y avait-elle pas au moins pensé ? Était-elle à ce point indépendante ?

— Tu aurais pu être blessée, dit-il d'un ton de reproche.

*Ou pire.*

— Je suis adjointe du shérif.

Elle lui tourna le dos et s'avança dans le couloir.

Il la suivit.

— Tu n'as demandé d'aide à personne ?

— Ce n'était pas la peine. Le voleur s'est enfui.

— Tu l'as vu ?

— J'ai vu une ombre, puis son dos, et il a filé dans la rue.

— Combien de personnes savent que tu as découvert une grosse somme d'argent ?

— Juste les gens du coin.

Elle lui fit face dans le salon, où manquait le canapé. Jamie en déduisit que celui-ci avait été abîmé dans le cambriolage.

— On t'a dérobé quelque chose ?

— Pas à première vue.

— Je vais faire le tour de la maison pour vérifier les accès.

— C'est déjà fait.

L'ignorant, il inspecta rapidement le rez-de-chaussée, avant de se rendre à l'étage. Les deux pièces en façade avaient encore leur sol d'origine et leurs vieux papiers peints. La moquette était partiellement soulevée, et le papier était déchiré par endroits.

— J'ai demandé aux ouvriers de ne pas venir aujourd'hui

afin de pouvoir récolter des indices, dit Reese depuis le palier, dos à la balustrade. Malheureusement, il n'y avait pas d'empreintes.

— Il portait des gants.

Jamie se dirigea vers le bureau, temporairement installé sur le sol en bois aggloméré qui venait d'être fixé. La moquette ne serait posée qu'une fois les murs terminés. Pour le moment, ceux-ci n'avaient pas encore été débarrassés de leur papier peint bleu nuit à fleurettes.

Reese entra dans le bureau et commença à remettre de l'ordre.

Voyant que le papier était également déchiré dans cette pièce, Jamie se demanda pourquoi.

— C'était déjà déchiré avant ?

Reese releva la tête d'un air absent.

— Ce sont sans doute les ouvriers qui ont fait ça.

— Non, ils auraient tout défait.

Il déchira davantage le papier et fit apparaître ce qui ressemblait à un encadrement de porte.

Reese se rapprocha pour regarder le mur.

— C'est quoi ?

Elle l'aida à déchirer davantage de papier, et une porte condamnée apparut, dépourvue de serrure et de poignée.

Après avoir échangé un regard avec elle, Jamie glissa le doigt dans le trou rond où aurait dû se trouver la poignée et tira sur le battant.

— Celui qui est entré ici cherchait quelque chose de caché, dit-il.

— Il a dû découvrir la porte.

— Et tu l'as interrompu avant qu'il ait pu voir ce qu'il y avait là-dedans.

La porte ouvrait sur un étroit placard. Au sol était posé un coffre poussiéreux fermé par un cadenas.

— Tu aurais un marteau ? demanda Jamie. Ce cadenas est vieux et le coffre n'a pas l'air très solide.

Elle alla chercher un marteau et donna un coup dans le cadenas, faisant voler le bois en éclats.

— Tu ne connais pas ta force, dit-il, en lui adressant un petit coup d'œil ironique.

Agenouillée au sol, Reese ouvrit le coffre.

Jamie s'accroupit à côté de lui.

À l'intérieur, quelqu'un avait placé un assortiment de souvenirs : des vieux *Life Magazine*, des livres, une carte routière, un album de timbres et quelques Polaroid.

Ella apparaissait seule sur la plupart des photos, mais il y en avait quelques-unes où elle était en compagnie d'un homme que Reese ne reconnut pas.

— C'est Jeffrey ? s'enquit Jamie.

— Je ne pense pas. Je n'étais pas née quand Ella et lui se sont mariés, et il était âgé quand j'ai fait sa connaissance. Mais je ne vois aucune ressemblance.

Les photos semblaient avoir été prises lors d'un voyage. On y voyait Ella et son compagnon dans une chambre d'hôtel, à Disneyland, et devant un restaurant dont l'enseigne Charlie's brillait au-dessus de leur tête.

L'homme devait être le petit ami d'Ella avant qu'elle ne vienne s'installer à Never Summer. Il y avait également quelques photos d'eux deux avec un autre couple. Des amis à qui ils avaient rendu visite ?

— Tu crois qu'Ella pourrait avoir caché ce coffre pour ne pas que Jeffrey tombe dessus ? demanda Reese.

— Ça me semble assez évident. Si elle n'avait rien à cacher, crois-tu qu'elle aurait oublié de le sortir du placard avant d'avoir la brillante idée de coller du papier peint sur la porte ?

— Ça voudrait dire qu'elle aimait encore cet homme ?

Pourtant toutes les histoires que j'ai entendues sur le couple de Jeffrey et Ella parlaient de conte de fées.

Reese souleva un foulard au fond du coffre.

Ils croyaient qu'il s'agissait du dernier objet, mais ce n'était pas le cas.

Une épaisse couche de billets de cent dollars tapissait le fond du coffre.

# 6

— J'ai l'impression d'être une voleuse de banques.

Jamie jeta un coup d'œil à Reese tandis qu'elle tirait la fermeture à glissière du sac de sport.

Ils avaient compté deux cent cinquante mille dollars. La cachette sous le parquet de la chambre en contenait considérablement moins, mais cela lui faisait près de trois cent mille dollars en tout.

— Je pense que tu devrais rester à l'hôtel jusqu'à ce que ce soit terminé.

Ce ne serait pas facile de la convaincre, mais Jamie avait de sérieuses inquiétudes concernant le cambriolage.

— Ça va aller.

— Je sais que tu peux pendre soin de toi. Mais je suis un expert en sécurité. Deux paires d'yeux et d'oreilles valent mieux qu'une seule.

— J'apprécie que tu t'inquiètes pour moi, mais...

— Reese, s'il te plaît. Je respecterai ton besoin d'espace et de liberté. L'hôtel est un lieu public. Tu y seras plus en sécurité. Restes-y le temps que les travaux chez toi soient finis et que tu aies fait installer ton alarme.

Cela devrait lui laisser assez de temps pour la conquérir. Si toutefois il était possible de conquérir une femme telle que Reese.

Il patienta le temps qu'elle réfléchisse.

— Ça ne me dit rien d'aller à l'hôtel, finit-elle par répondre. Mais tu peux venir t'installer ici.

Même si son invitation n'était motivée que par des raisons de sécurité, il s'en contenterait.

— Allons mettre cet argent en sécurité et chercher mes affaires, déclara-t-il. Ensuite, nous devrions commencer à interroger les personnes qui habitaient déjà ici au moment du meurtre d'Ella.

— Je vais devoir prendre un plus grand coffre-fort, dit Reese en bâillant.

— Tu as réussi à dormir un peu la nuit dernière ?

Il se rapprocha, repoussa une mèche de cheveux derrière son oreille et lui caressa la joue. Elle avait un visage tellement beau...

Le regard de Reese croisa le sien quelques secondes.

— Non.

— Et si tu allais te reposer ? On s'occupera de l'argent plus tard.

Le visage de Reese s'illumina.

— J'adorerais.

— Tu pourrais prendre un bain d'abord. Je vais aller te le faire couler.

— Ce n'est pas nécessaire.

— À quand remonte la dernière fois où tu as laissé quelqu'un prendre soin de toi ? demanda-t-il, en la suivant dans sa chambre.

Elle haussa les épaules.

— Je n'en sais rien.

D'autorité, Jamie se dirigea vers la salle de bains attenante.

— Tu crois me connaître, hein ? lança Reese, en s'arrêtant sur le seuil de la salle de bains.

— Laisse-moi prendre soin de toi. Rien qu'une fois. Maintenant.

Elle baissa les yeux, la tête légèrement inclinée, puis croisa son regard, et il vit la lutte intérieure qu'elle menait entre l'envie d'accepter et le besoin de s'accrocher à ses principes.

— Fais comme si j'étais ton frère.

Elle ricana.

— Impossible.

Tandis qu'il se penchait pour tourner les robinets de la baignoire, elle prit appui contre le lavabo.

En voyant son petit sourire, Jamie sut que son instinct ne l'avait pas trompé.

Elle n'avait peut-être pas envie d'un petit ami à temps plein, mais elle n'était pas aussi indifférente à son charme qu'elle le prétendait.

— Je n'ai pas de frère, dit-elle, le regard pétillant de malice.

— Sers-toi de ton imagination.

Il garda le silence quelques secondes, pendant que la baignoire commençait à se remplir.

— Tu n'as pas répondu à ma question. À quand remonte la dernière fois où tu as laissé quelqu'un prendre soin de toi ?

Il avait vraiment envie de le savoir.

Baissant à nouveau la tête, elle sembla se perdre dans la contemplation du tapis de bain.

— Ça devait être quand j'étais malade, avec ma mère. Et encore, elle se contentait de me dire où étaient les médicaments et elle me laissait me débrouiller.

— C'est tout ? Elle ne te câlinait jamais sans raison ?

Reese secoua la tête.

— Est-ce qu'elle t'aimait ?

Une expression choquée apparut sur son visage.

— Évidemment ! Simplement, elle... Eh bien, elle n'avait pas la même conception du rôle de mère que la plupart des femmes. Elle me coiffait, me faisait du chocolat chaud, m'organisait des fêtes d'anniversaire...

— Elle faisait ce qu'elle était supposée faire, mais les sentiments étaient absents, c'est ça ? Et ton père ?

Reese voulut sortir de la salle de bains, mais Jamie lui barra le passage.

— Il me donnait de l'argent de poche, m'emmenait camper...

— Mais il ne te parlait pas. Tu n'étais pas proche de lui.

— Ils m'aimaient, insista Reese, comme si elle cherchait à s'en convaincre elle-même.

Jamie ne voulait pas se montrer brutal, mais il devait dire la vérité. Reese avait besoin de l'entendre.

Il posa la main sur son bras et chercha son regard.

— Je suis sûr qu'ils étaient bien intentionnés, que leur désir d'enfant était réel, et qu'ils pensaient pouvoir t'aimer. Mais ils n'avaient pas anticipé les répercussions qu'une adoption aurait sur eux.

— Ils m'aimaient, répéta-t-elle, d'un ton moins assuré cette fois.

— Bien sûr. À leur façon. C'est-à-dire à distance.

Il ne voulait pas faire de mal à Reese, mais il comprenait, sans doute beaucoup plus qu'elle-même, pourquoi elle avait ressenti le besoin de retrouver ses vrais parents.

Prenant le visage de Reese entre ses mains, il l'attira doucement à lui. C'était une distraction délibérée, une stratégie qui, l'espérait-il, jouerait en sa faveur.

Son déni opiniâtre perdit de sa force. Lorsqu'elle inclina la tête pour mieux offrir ses lèvres à son baiser, un élan de passion le traversa.

Il l'embrassa délicatement, en effleurant à peine ses lèvres. La façon dont le souffle de Reese s'accéléra, la flexion de ses doigts sur ses épaules lui apprirent qu'elle ressentait la même chose que lui.

Il prolongea son baiser, jusqu'à ce qu'il prenne conscience que cela risquait d'aller trop loin.

Rejetant la tête en arrière, il la regarda ouvrir les yeux.

— Ton bain est prêt.

Reese recula, l'observant avec un rien de confusion.

C'était une bonne chose. Cela voulait dire qu'elle remettait en question ses vieux idéaux, ce qu'elle percevait comme étant bon pour elle.

D'un autre côté, il se demandait s'il ne se fourvoyait pas. Elle pouvait être émue par lui, par ses efforts, mais cela suffirait-il à la faire changer d'avis ?

Il la laissa seule pour prendre son bain, songeant qu'elle resterait sans doute ensuite dans sa chambre. Quand elle apparut dans le salon en chemise de nuit, une vague de satisfaction l'envahit. Elle n'avait pas l'intention de le repousser. Il lui avait ouvert les yeux, et elle avait accepté la mise au point.

— Je n'ai pas envie d'être seule ce soir, dit-elle. Le cambriolage m'a plus secouée que je ne le pensais.

Se reprochait-elle sa vulnérabilité ?

Il se leva du canapé et vint vers elle.

— Mais, je n'ai pas envie de... Enfin, tu vois ce que je veux dire.

— Très bien. Tu n'aurais pas mis cette chemise de nuit de grand-mère si c'était le cas.

Il la suivit dans la chambre, ôta tous ses vêtements à l'exception de son caleçon, tandis qu'elle se glissait dans le lit en remontant le drap jusqu'à son nez, et la rejoignit.

— Viens, dit-il en lui ouvrant les bras.

Il l'entendit soupirer et sentit ses muscles se détendre tandis qu'elle se blottissait contre lui, et fit un effort pour résister à l'envie de la renverser sous lui.

— Je crois que tu as raison à propos de mes parents, dit-elle calmement. Mais ils m'aiment.

— Je sais. Essaie de dormir. Demain, la journée risque d'être fatigante.

Le lendemain matin, Reese ne se sentait toujours pas dans son état normal et avait l'impression d'avancer en pilote automatique. Jamie lui avait fait prendre conscience de choses qu'elle avait du mal à accepter. Elle avait l'impression de ne plus se connaître elle-même.

La présence de Jamie la réconfortait, mais le lien qui commençait à se créer entre eux la rendait également nerveuse. Elle s'était levée avant lui et avait vidé le bureau pour que les ouvriers puissent travailler sur les murs, puis elle était restée avec eux pendant que Jamie allait acheter le petit déjeuner. Cela leur avait valu une petite querelle. Ce n'était pas parce qu'elle avait été cambriolée qu'il devait la surveiller vingt-quatre heures sur vingt-quatre.

À présent, ils se dirigeaient vers la salle des fêtes où se tenait le bingo hebdomadaire.

— Tu es bien silencieuse, remarqua Jamie. Quelque chose ne va pas ?

— Non, tout va bien.

Elle balaya du regard la salle, où des personnes en majorité âgées étaient assises à de longues tables, face à un podium depuis lequel un homme annonçait des lettres et des numéros. Derrière ses platines, un DJ diffusait de la musique en sourdine. Il ne s'agissait pas d'un jeu de bingo ordinaire, mais d'une soirée festive. On faisait des pauses pour danser, et certains buvaient de l'alcool. Deux hommes assis sur des tabourets autour d'une table ronde surélevée accompagnaient probablement leurs femmes venues pour jouer au bingo et semblaient s'ennuyer ferme. La salle voisine avait été transformée en cinéma, et on pouvait entendre le film en cours.

— N-61, annonça l'animateur, un sexagénaire rougeaud boudiné dans un costume de rayonne.

Reese donna un coup de coude à Jamie pour attirer son attention.

— C'est Bert au bar. Il a été marié cinq fois et les a toutes rencontrées dans des bars. Il a fait la connaissance de sa dernière femme durant ses vacances au Texas. Elle l'a quitté voilà quelques mois et elle est retournée dans sa ville natale.

Discrètement, elle indiqua un autre homme assis à l'une des tables rondes avec sa femme.

— C'est Harold. Il a perdu sa première femme d'un cancer juste avant le meurtre d'Ella. Il s'est remarié presque douze ans plus tard.

— Commençons par Bert, décida Jamie, en se levant.

— Tu ne veux pas jouer au bingo ?

— Parce que, toi, tu en as envie ?

— Je plaisantais.

Elle se sentait d'humeur à flirter. Mais comment résister à cet air désinvolte, ce sourire carnassier, ces prunelles brûlantes, ce corps parfait ?

Plus elle côtoyait Jamie, et plus il la fascinait. Quand elle s'était réveillée, un désir brûlant l'avait envahie lorsqu'elle avait réalisé qu'elle était au lit avec lui. Puis, tout le long de la journée, elle avait eu la même réaction chaque fois qu'elle l'avait croisé, une attirance systématique qu'elle ne pouvait pas contrôler. Et puis, bien sûr, il y avait la façon dont Jamie la regardait, ses yeux glissant sur elle comme une caresse. Son regard contenait une telle assurance masculine. Lorsqu'il se posait sur elle, avec une intensité presque insoutenable, elle se sentait mise à nu, percée jusqu'au plus profond de l'âme.

— Bonsoir, Bert, dit-elle, saluant le vieil homme.

Il pivota sur son tabouret, et son sourire n'effaça pas la tristesse de son regard.

— Reese, je ne savais pas que vous aimiez le bingo.

— J'ignorais également que cela vous plaisait.

— En fait, je n'aime pas ça. Je viens ici pour tuer le temps.

Il leva son verre, qui contenait un liquide ambré, sans doute du whisky.

— O-70, annonça l'animateur.

— Dites-moi, Bert, vous étiez ami avec Jeffrey, je crois.

Le vieil homme l'observa d'un air suspicieux.

— Est-ce que ça a quelque chose à voir avec l'argent que vous avez trouvé ?

— Peut-être... J'ai rouvert l'enquête sur le meurtre d'Ella. En fait, elle n'avait jamais été close.

— Oh ! et je suis suspecté ?

Il rit de sa plaisanterie.

— Non, nous essayons simplement de collecter de nouvelles informations.

— Ça remonte à longtemps.

— Est-ce que le shérif vous a interrogé, à l'époque ?

— Non, ce n'était pas nécessaire. Je connaissais Jeffrey, pas sa femme. Je l'ai rencontrée une ou deux fois, c'est tout. Jeffrey ne sortait plus beaucoup après l'avoir rencontrée. Ils étaient très amoureux.

Reese avait entendu cela souvent.

— Connaissez-vous d'autres amis d'Ella et Jeffrey ? Peut-être une personne qu'Ella aurait rencontrée quand elle est arrivée à Never Summer.

Bert réfléchit un moment, avant de donner quelques noms que Reese et Jamie avaient déjà sur leur liste.

— Pratiquement tout le monde connaissait Jeffrey. C'est une petite ville. D'après ce que j'avais entendu à l'époque, ses voisins ont tous été interrogés.

Reese lui posa encore quelques questions avant de le laisser à sa boisson et à sa solitude.

— Je vais demander à Kadin de fouiller le passé d'Ella, dit Jamie. Il est possible qu'une piste ait été négligée.

— Kadin ?

Jamie parut décontenancé par son hésitation.

— Tu lui as demandé de jeter un œil au dossier.

— Oui, mais…

Elle se débattait avec un étrange sentiment de réticence, ignorant encore quel rôle elle voulait que son père nouvellement découvert joue dans sa vie.

— En fait, il est ici.

Elle s'arrêta net et dévisagea Jamie avec stupéfaction.

— Je ne pense pas que j'étais supposé te le dire, mais j'ai pensé que tu devais le savoir. Rassure-toi, il ne veut pas te mettre la pression. Il est venu en vacances avec sa famille et il ne va pas débarquer comme ça dans ton quotidien. Simplement, il aimerait apprendre à connaître la fille dont il vient juste d'apprendre l'existence.

Soit Jamie était très doué pour la manipuler, soit il la comprenait trop bien, et c'était peut-être cette deuxième hypothèse qu'elle redoutait le plus.

— Donc, il n'a pas l'intention d'insister lourdement comme tu le fais et d'envahir mon espace privé ?

— Je n'essaie pas de faire fonctionner à tout prix quelque chose qui n'a aucune chance de fonctionner. J'essaie simplement d'apprendre à te connaître. Je n'ai aucune attente, aucune exigence.

Si elle n'avait pas de doute sur son envie de mieux la connaître, Reese ne pouvait croire qu'il n'attendait rien. Il n'aurait pas fait tout ce chemin si ce n'était pas le cas.

C'était cela qu'elle redoutait, cette possibilité qu'il puisse vouloir d'elle quelque chose qu'elle ne pouvait pas donner. Elle n'avait pas peur de lui, elle avait peur d'elle-même.

Tournant machinalement la tête, elle remarqua un jeune homme dans l'entrée. Il était appuyé contre un mur, sans boisson à la main, et semblait déplacé parmi ce public de personnes âgées.

— Je l'ai vu aussi, dit Jamie à son oreille. Allons voir ce qu'il trafique.

— Je l'ai déjà aperçu en ville, dit Reese, devant le *coffee shop*.

C'était juste avant que le shérif ne l'envoie chez Lavinia. Et elle l'avait pris pour un touriste.

# 7

En sortant de la salle des fêtes, Jamie garda Reese sur sa droite tandis qu'il dépassait l'homme posté dans l'entrée.

Si celui-ci tentait quoi que ce soit, ce dont Jamie doutait dans un lieu public, il serait ainsi capable de parer un mauvais coup destiné à Reese.

Dehors, il la laissa marcher devant lui alors qu'ils regagnaient la voiture garée un peu plus loin en bas de la rue.

Jetant discrètement un regard par-dessus son épaule, il vit que l'inconnu leur avait emboîté le pas.

Pourquoi les suivait-il aussi effrontément ?

L'impression qu'une menace rôdait lui fit courir un frisson dans le dos. Il avait souvent ressenti cela quand il travaillait pour Aesir, et c'était à son instinct qu'il devait d'avoir eu la vie sauve.

Il était presque arrivé à sa voiture, quand il posa la main dans le dos de Reese et s'arrêta avec elle.

Jetant un coup d'œil par-dessus son épaule, il vit que l'homme s'était également arrêté et les regardait.

— Que fait-il ? demanda Reese.

Jamie n'en savait rien. Essayait-il de les intimider ? Attendait-il des complices ?

Observant la rue, Jamie ne vit personne d'autre.

— Attends ici, dit-il, avant de pivoter sur ses talons et de se diriger vers l'homme.

L'inconnu fit demi-tour vers la salle des fêtes, jetant sa cigarette et fourrant les mains dans ses poches tandis qu'il entrait dans le bâtiment.

Jamie y entra à son tour quelques secondes plus tard, vérifiant la rue pour s'assurer que Reese n'avait pas suivi. Elle l'avait fait, mais elle se tenait à bonne distance.

Dans la salle des fêtes, Jamie zigzagua parmi la foule, repérant l'homme tandis qu'il disparaissait au bout d'un couloir. Inquiet à l'idée de perdre sa trace, il pressa le pas et entra dans les toilettes. Un homme se lavait les mains, un autre se tenait devant un urinoir. Il regarda sous les stalles et ne vit pas de pieds.

Retournant dans le couloir, il vit une porte au fond et la poussa. Elle donnait sur une ruelle où s'entassaient des poubelles. Jamie s'élança au pas de course. Au croisement avec la rue, il entendit crisser des pneus et vit filer une voiture.

Il rejoignit Reese, qui l'attendait, l'air anxieux.

— L'oiseau s'est envolé, dit-il.

Ils retournèrent à la voiture, sans que Jamie parvienne à se défaire de son impression de malaise. Pourquoi l'homme s'était-il garé derrière, les observant toute la soirée, avant de les suivre jusqu'à leur véhicule ?

Il actionna la télécommande du 4x4. Reese tendit la main vers la poignée.

— Attends ! dit-il. N'ouvre pas.

Il l'entraîna à l'écart, n'hésitant pas à entrer dans l'allée d'une propriété.

— Qu'y a-t-il ?

— Je ne sais pas. Quelque chose me chiffonne.

Le bruit d'une voiture qui tournait dans la rue attira son attention. Lorsqu'elle s'approcha, il vit que c'était la même que celle qui attendait au bout de la ruelle.

La voiture s'arrêta. Jamie fit reculer Reese derrière une

petite haie. Au même moment, une détonation déchira la nuit. Le souffle les projeta sur la pelouse, tandis qu'une pluie de verre et de débris s'abattait sur eux.

Jamie protégea Reese de son corps du mieux qu'il le pouvait, lui couvrant la tête avec ses bras.

Lorsqu'il n'y eut plus de danger, il s'écarta et contempla avec incrédulité ce qu'il restait de son 4x4. Le type avait posé une bombe à déclenchement télécommandé sur la voiture, puis il les avait suivis pour l'actionner une fois qu'ils seraient à l'intérieur.

Il avait essayé de les tuer tous les deux.

Jamie se tourna vers Reese, qui s'était assise et époussetait ses vêtements.

— Tout va bien ?

— Oui. Je vais peut-être avoir un bleu ou deux, mais ça va.

Elle le dévisagea avec un mélange de surprise et de déférence.

— Comment savais-tu ce qui allait se passer ?

— J'ai appris à suivre mon sixième sens quand je travaillais pour Aesir.

— Et ton sixième sens t'a prévenu du danger ?

— Oui.

Il se leva et lui tendit la main pour l'aider à se remettre debout, puis il lui passa un bras autour de la taille. Il avait besoin de la sentir près de lui et, à sa grande satisfaction, elle ne chercha pas de se dégager.

La porte de la maison, dans le jardin de laquelle ils avaient trouvé refuge, s'ouvrit et une femme se précipita vers eux.

— Oh ! mon Dieu ! Vous allez bien ?

— Oui, ne vous inquiétez pas.

— J'ai appelé les secours.

Un voisin sortit également de chez lui, et les gens rassemblés dans la salle des fêtes commencèrent à se déverser sur le trottoir.

Le son d'une sirène se rapprocha, et une jeep Grand Cherokee arborant *Ute County Sheriff* sur les deux portières avant ne tarda pas à s'arrêter à proximité.

Jamie soupira. La nuit était loin d'être finie, et il n'avait plus de voiture.

— Quel dommage, dit-il, je ne vais pas pouvoir retourner dans le Wyoming.

Reese leva les yeux au ciel.

— Comme si tu en avais l'intention !

Lorsque le shérif les raccompagna au domicile de Reese cette nuit-là, ils virent que la vitre de la porte d'entrée avait de nouveau été brisée.

— Eh bien, il ne manque pas de suite dans les idées, dit-elle d'un ton pincé.

— Je te dirais bien d'attendre ici, mais...

Il baissa les yeux vers le pistolet qu'elle avait déjà dégainé.

— Tu es le genre d'homme qui préfère que sa femme reste à la maison ?

— Seulement si j'y suis aussi.

Son sourire narquois et sa réponse du tac au tac arrachèrent un sourire à Jamie. Elle essayait régulièrement de le coincer avec des questions sur son désir de contrôle, et il s'en sortait toujours avec une pirouette de ce genre. Quoi qu'il en soit, son but était de la garder saine et sauve, et il se souciait comme d'une guigne qu'elle fasse partie des forces de l'ordre.

Ella s'approcha prudemment de la porte, son arme levée. Le shérif avait déjà quitté les lieux. Jamie décida d'entrer le premier, tandis qu'elle assurait ses arrières. Contrairement à la première fois, rien n'avait été détruit ou dérangé au rez-de-chaussée.

Tout était normal également dans le bureau, mais la

porte du placard était ouverte. C'était bizarre. L'homme qui avait cherché à les tuer était-il revenu pour tenter de prendre l'argent ? Il ne pouvait pas savoir qu'ils avaient trouvé le coffre, mais c'était à présent chose faite.

— Il y a du bois dans le garage pour couvrir la vitre, dit Reese.

— Je m'en occupe. Va te mettre à l'aise.

Reese fut obligée de s'avouer que son attirance pour Jamie n'était pas la seule raison pour laquelle sa présence la ravissait.

L'explosion, et à présent cette nouvelle effraction l'avaient épuisée nerveusement. Les deux événements étaient probablement liés, et dans ce cas on pouvait penser que l'assassin d'Ella était à l'œuvre.

S'imaginait-il vraiment que l'enquête s'arrêterait s'il les tuait ? Quant à l'argent, n'avait-il pas au moins envisagé la possibilité qu'elle ait remarqué le papier peint déchiré autour de la porte condamnée ? Il pensait peut-être qu'il avait du temps devant lui.

Après un rapide passage dans la salle de bains, elle enfila une longue et confortable chemise de nuit, tout en se demandant s'il était normal qu'elle se sente aussi sereine en compagnie de Jamie.

Elle le retrouva assis au comptoir de la cuisine, son ordinateur portable ouvert devant lui.

Elle lui proposa une infusion et mit de l'eau à bouillir. Puis elle déposa un mug devant lui, en s'étonnant de voir combien cette apparence de vie de couple lui semblait naturelle.

— Qu'est-ce que tu fais ? demanda-t-elle.

— Kadin m'a envoyé un accès vers certaines bases de

données criminelles. Je cherche des affaires similaires à celle d'Ella.

— L'homme que nous avons vu est trop jeune pour être le meurtrier. Quel lien peut-il avoir avec lui ?

— Il a peut-être tout simplement été engagé par lui. Après tout, l'homme que nous recherchons doit être assez âgé aujourd'hui.

— C'est curieux qu'il en vienne à de telles extrémités après tout ce temps. Je viens juste de ressortir le dossier. Je ne peux pas représenter une telle menace.

— L'argent fait faire n'importe quoi. En apprenant que tu avais trouvé une partie du magot, il a sans doute voulu récupérer le reste.

Tenant sa tasse à deux mains, Reese réfléchit quelques secondes.

— Je pense qu'Ella avait dû le convaincre qu'elle ne l'avait pas. Ou bien, elle a menti sur l'endroit où elle l'avait caché avant qu'il ne la tue.

— Je suis d'accord.

Il posa sa tasse et se pencha, écartant son portable pour mieux se concentrer sur elle.

— Tu ferais une bonne enquêtrice.

Essayait-il de lui faire comprendre qu'elle pourrait travailler avec Kadin ? Était-ce une façon de l'inciter à déménager dans le Wyoming ?

— Il n'y a pas beaucoup d'opportunités de ce genre à Never Summer.

— Juste les appels occasionnels de Lavinia ?

— Oui, ou des adolescents qui volent des bonbons au supermarché.

— Et un meurtre vieux de quarante ans.

— De quoi rompre un peu la monotonie.

Elle comprenait maintenant pourquoi les autres avant elle n'avaient pas été capables de résoudre l'affaire Neville. En dehors du manque d'indices, ils n'avaient pas les ressources ou l'expérience dont bénéficiaient les plus grandes villes.

L'homme qui avait tué Ella avait réussi à échapper à la justice pendant quarante ans. Il avait vécu sa vie et, même s'il mourait aujourd'hui, il aurait eu le luxe de vivre pendant tout ce temps. Il avait volé cela à Ella. Il l'avait empêchée de réaliser ses rêves. Elle avait trouvé l'amour avec Jeffrey. Tous les témoignages qu'elle avait recueillis allaient en ce sens...

— Ohé, dit Jamie, en agitant la main devant elle.

Elle revint à la réalité.

— Désolée, je laissais mes pensées dériver.

Il posa la main sur son avant-bras, la fit remonter jusqu'à son épaule, faisant naître des picotements sous sa peau.

— Et si tu arrêtais de jouer les détectives pour ce soir ? demanda-t-il, en lui caressant la joue.

Son début de résistance fut balayé par une vague de désir inattendue tandis qu'il passait le pouce sur sa lèvre inférieure.

La passion qu'il tentait de lui communiquer semblait différente de la nuit précédente, moins spontanée. En fait, il ne semblait pas agir sur une impulsion. Non, cela paraissait délibéré, comme un choix bien pensé.

Même si une petite voix lui soufflait d'arrêter, sa sensualité ne voulait rien savoir.

Jamie glissa la main derrière sa nuque et attira son visage à lui. Comme elle se penchait, il se leva et réduisit la distance.

C'était peut-être dû à la fatigue, au stress, mais elle en avait envie.

Elle avait envie de lui.

Lorsqu'il mit fin à leur baiser, elle chercha son regard et demanda :

— Tu fais ça exprès ?

— Oui, et non.

Il l'embrassa à nouveau, avec une science consommée, et elle comprit qu'il avait l'intention de la séduire, de tout mettre en œuvre pour qu'elle se laisse entraîner dans une relation torride avec lui.

Tant pis. Elle y penserait plus tard. Pour le moment, seule comptait la magie de l'instant.

Posant les mains sur les épaules de Jamie, elle se hissa sur le comptoir, puis commença à lui caresser les cheveux, le torse. S'avançant entre ses cuisses, il la saisit par les hanches et l'attira jusqu'au bord du comptoir.

Enfin, on passait aux choses sérieuses.

Le lendemain matin, Jamie fut réveillé par des coups frappés à la porte et se leva d'un bond.

Reese commença à bouger dans son sommeil, les bras croisés au-dessus de la tête, une jambe hors du lit.

Il ne put retenir un sourire attendri tandis qu'elle entrouvrait ses yeux couleur de miel.

— Il y a quelqu'un à la porte, dit-il, en enfilant son jean.

— Quelle heure est-il ?

Il consulta la pendulette sur la table de chevet.

— 10 heures passées.

— Zut !

Elle repoussa le drap.

— Il faut que j'aille travailler.

— Mais non, le shérif a dit que tu pouvais prendre une journée de repos. Désolé, je voulais te le dire hier, mais je me suis laissé distraire.

Il quitta la pièce, sous le regard faussement accusateur de Reese.

Lorsqu'il ouvrit la porte, il vit Kadin qui faisait demi-tour.

— Attendez ! cria-t-il.

Kadin se retourna et le dévisagea avec surprise.

— Jamie. J'ai essayé de vous appeler.

— Je suis désolé, je n'ai pas entendu mon téléphone.

Jamie s'écarta pour le laisser entrer.

Au même moment, Reese apparut en robe de chambre, les cheveux en bataille. Elle se figea, sa silhouette se découpant dans la lumière provenant du salon.

Le regard de Kadin passa de l'un à l'autre, clairement perplexe, puis il entra dans le couloir en ôtant son chapeau.

— Le shérif m'a dit que vous aviez eu des frayeurs, hier soir.

Reese se précipita dans la cuisine.

— Qu'est-ce qui vous amène ?

On ne pouvait pas dire qu'elle était vraiment accueillante, constata à regret Jamie.

— Les résultats des tests de l'affaire Neville sont arrivés.

Reese suspendit son geste alors qu'elle tendait la main vers la cafetière.

— Ils ont retrouvé sur les vêtements un follicule de cheveu bien préservé, dit Kadin, en posant les mains sur le dossier d'une des chaises disposées autour du comptoir.

— Incroyable après tout ce temps, dit Jamie.

— Je dirais que nous avons eu de la chance.

— Ils ont réussi à isoler de l'ADN ? demanda Reese, sans parvenir à masquer son excitation.

— Oui. Et j'ai passé l'échantillon dans la base de données CODIS. Malheureusement, il n'y avait pas de correspondance.

Reese s'assombrit en apprenant cette nouvelle.

— Jeffrey avait-il fourni un échantillon d'ADN ? s'enquit Kadin.

— Non.

Cela n'existait pas dans les années 1970, et personne n'avait pensé à faire un prélèvement, par la suite. Tout le monde était persuadé de son innocence.

— Y a-t-il un corps à exhumer ? poursuivit Jamie. À moins qu'il n'ait été incinéré ?

— Non, il a été enterré. Je vais lancer une procédure.

— Le test a révélé autre chose, dit Kadin. Quelque chose de plutôt significatif.

Jamie et Reese retinrent leur souffle.

— Une autre fibre a été trouvée sur la robe de la victime, et elle contient une infime trace de sang qui ne lui appartient pas.

C'était en effet un élément d'importance. La capacité à analyser une microscopique trace de sang n'était devenue possible qu'au début des années 2000. La dernière fois que l'affaire d'Ella avait été étudiée remontait à la fin des années 1990.

— C'est sûrement celui de son meurtrier, dit Reese. Elle a dû se débattre.

— Il ne nous reste plus qu'à trouver le tueur pour comparer son ADN, déclara Kadin.

— Nous ? s'étonna Reese. Je veux dire... Je ne m'attendais pas à ce que vous vous impliquiez autant dans cette enquête.

— J'ai l'intention de t'aider autant que je le peux. Tu es ma fille, après tout.

Jamie regarda Reese enregistrer le ton déterminé de Kadin. Il avait parlé calmement, mais il avait aussi affirmé sa position en tant que père.

Devinant la lutte intérieure qu'elle menait pour garder le contrôle et préserver son indépendance, Jamie décida de réorienter la conversation.

— Si l'ADN appartient vraiment au tueur, ça dit quelque chose sur la nature du crime, dans la mesure où il n'a jamais été arrêté pour autre chose.

— C'est exact, fit Kadin.

Le regard de Reese passa de l'un à l'autre.

— Vous voulez dire qu'il n'est pas un assassin typique ? demanda-t-elle.

— Il était sans doute un type ordinaire, jusqu'à ce que quelque chose le conduise à tuer Ella Neville, répondit Jamie.

— Ou alors, il a eu la chance de ne jamais se faire prendre, contesta Reese. C'est peut-être un tueur en série très doué pour ne pas se faire remarquer.

— Étant donné l'argent impliqué, je pencherais plutôt pour un type ordinaire guidé par l'appât du gain, décréta Kadin.

— Et l'amertume, ajouta Reese. Il détestait Ella parce qu'elle l'avait quitté et avait épousé Jeffrey. C'est peut-être pour cela qu'il l'a tuée avant d'avoir l'argent. Et d'ailleurs, en parlant d'argent...

Elle regarda Jamie, lui demandant s'il en avait parlé à Kadin.

— Nous en avons trouvé davantage, dit-il. Ainsi que des photos.

Ils se rendirent à l'étage, et Reese sortit les Polaroid d'un tiroir du bureau.

Kadin les étudia un moment.

— C'est curieux qu'Ella les ait gardés.

— Et qu'elle les ait cachés avec l'argent, renchérit Reese. À l'évidence, elle ne voulait pas que Jeffrey les trouve.

— Elle devait toujours aimer cet homme, suggéra Jamie.

— Il devait bien y avoir une raison pour qu'elle le quitte, affirma Reese. Et si elle est partie en lui volant de l'argent, ça expliquerait qu'elle n'ait parlé de lui à personne.

— Il n'y a rien dans son dossier à propos d'un ex-petit ami, objecta Kadin.

— Nous allons montrer sa photo en ville, proposa Reese, au cas où quelqu'un se rappellerait l'avoir vu.

— Très bien.

Kadin glissa une des photos dans la poche intérieure de sa veste.

— Je vais vous laisser vous préparer tous les deux pour la journée. Venez donc dîner ce soir. Penny et moi avons loué un chalet à la sortie de la ville.

— Oh ! ne vous donnez pas cette peine, s'exclama Reese. Nous ne voulons pas troubler vos vacances.

— J'insiste, dit Kadin.

Comme elle affichait une moue boudeuse et ne répondait pas, il ajouta :

— Je suis venu pour toi, Reese. Pour toi et ton enquête.

Puis il se tourna vers Jamie.

— Si vous n'étiez pas là, j'insisterais également pour qu'elle s'installe avec nous.

— Une petite minute, protesta Reese, en croisant les bras. Je n'ai pas eu besoin de vous jusqu'à aujourd'hui. Qu'est-ce qui vous fait croire que j'ai besoin de vous maintenant ?

— Il n'est pas seulement question de ce dont toi tu as besoin, ma chère.

Kadin ajusta son chapeau sur sa tête et soutint le regard buté de Reese.

Elle fut la première à baisser les yeux.

— 18 h 30. Les chalets de Pinecliff. Nous sommes au numéro quatre.

Sur ses mots, Kadin se dirigea vers l'escalier. Jamie lui emboîta le pas et le raccompagna jusqu'à la porte, qu'il referma derrière lui. En se retournant, il vit Reese qui l'observait à quelques pas de là, les bras croisés et l'air accusateur.

— Quoi ? dit-il. Je ne pouvais pas refuser.

— Moi, si. Je ne suis pas une de ses employées.

— Tu es bien plus que ça, tu es sa fille.

Il posa la main au creux de son dos et la guida vers la chambre.

Elle n'opposa aucune résistance.

— Ce n'est pas facile pour lui non plus, Reese. Il a perdu sa fille. Que crois-tu qu'il ait ressenti en apprenant qu'il en avait une autre ?

Dans la chambre, elle sembla lui faire face avec une incertitude grandissante. Sa résolution avait perdu de sa force grâce au raisonnement qu'il lui avait opposé. Elle ne pouvait qu'avoir de la sympathie pour un homme ayant souffert autant que Kadin.

— Ses deuils sont ce qui font de lui un grand homme, ajouta-t-il. Pourquoi ne pas apprendre à le connaître un peu ? Il n'y a pas de mal à cela. Il ne va pas t'obliger à vivre avec lui.

Tout en parlant, il avait déboutonné la ceinture de son jean. Et, si son discours semblait apaiser Reese, elle avait aussi remarqué ce qu'il faisait.

Bien. Il était temps de repousser la famille au second plan.

Il ôta son jean et se tint nu devant elle.

— Qu'est-ce que tu fais ?

Elle fit un pas en arrière, mais il vit l'étincelle dans ses yeux, et la façon dont ses lèvres s'entrouvraient.

— Allons prendre une douche.

— Je ne prends pas de douche avec toi.

Il s'avança.

— Ah, non ?

Avant qu'elle ait eu le temps de le repousser, il pressa un doux et tendre baiser sur ses lèvres.

En l'entendant reprendre son souffle, il l'embrassa à nouveau.

— Jamie ! dit-elle à nouveau, mais l'intonation ne contenait plus guère de protestation.

Il dénoua la ceinture de la robe de chambre et fit glisser le vêtement sur ses épaules.

Celui-ci tomba au sol, et elle fut nue devant lui.

# 8

Reese sortit de la nouvelle voiture de location de Jamie et se dirigea avec lui vers le chalet, les nerfs en pelote.

Elle avait réfléchi tout le long du trajet et devait absolument trouver un moyen de se changer les idées. Sinon, elle ne voyait pas comment elle allait pouvoir survivre à cette soirée, avec deux personnes réclamant une place de premier plan dans sa vie.

Un tel degré d'implication était au-dessus de ses forces.

Devant la porte, Jamie tendit la main vers la sonnette, et elle retint son geste.

— Il faut que je te parle.

Il observa son visage, comme s'il pouvait y lire son anxiété.

— Maintenant ?

Elle hocha la tête.

— Je dois mettre les choses au point avant de… avant d'entrer et de passer du temps avec mon… mon père.

Réalisant qu'elle bégayait et agitait les mains, elle se ressaisit.

— Il faut que ça s'arrête. Nous deux. On ne peut pas continuer.

— Je ne te demande pas de vivre avec moi, Reese. On prend juste la température. Une température particulièrement torride, d'ailleurs.

— Arrête de plaisanter avec ça. Tu m'as obligée à faire l'amour avec toi. Deux fois ! En moins de vingt-quatre heures.

— Je t'ai obligée ?

Il leva les sourcils de stupéfaction.

— Tu t'es hissée sur le comptoir de la cuisine. Si ça, ce n'est pas une invitation !

Elle ne parvint pas à déterminer s'il plaisantait.

— Tu m'as embrassée pour que je te suive sous la douche.

— Et tu ne m'as pas repoussé.

Elle en était incapable, et c'était ce qui la gênait.

— S'il te plaît, Jamie.

La sincérité de sa supplique le fit ciller, puis il fit machine arrière.

— Très bien. Calme-toi. Ne t'épuise pas à imaginer des scénarios qui n'ont aucune chance de se réaliser. J'attendrai que tu fasses le prochain pas.

Cela aurait dû la réconforter, et pourtant elle ne se sentait pas plus détendue qu'avant.

— Tout va bien, assura-t-il, en posant les mains sur ses épaules. On va ralentir.

Puis il tendit le doigt vers la sonnette, l'interrogeant du regard pour savoir si elle était prête.

Elle hocha la tête, et il sonna.

Un souriant visage percé de deux yeux vert mousse et encadré d'une masse de boucles auburn leur apparut.

— Bonjour, vous devez être Reese.

La jeune femme à la silhouette de mannequin qui venait d'ouvrir la porte la serra contre elle avec enthousiasme.

— Vous êtes tellement belle !

Elle s'écarta pour leur permettre d'entrer.

— Jamie Knox, dit Jamie, en tendant la main.

— Penny Tandy.

Le chalet était plutôt grand, avec une cuisine ouverte sur le salon. Un canapé de cuir fauve et une table basse en verre et métal faisaient face à une massive cheminée en granit flanquée de grands fauteuils anciens à haut dossier.

Kadin apparut en haut de l'escalier desservant une galerie cernée par une balustrade en bois tourné. Le mur contre lequel s'appuyait l'escalier était en pierre apparente.

— Ça sent bon, déclara Reese.

Non sans humour, elle se demanda si elle parlerait ensuite de la météo.

— Le shérif m'a dit que vous aimiez le poulet aux poivrons de chez Marissa, révéla Penny. Je me suis contentée de le faire livrer et de le réchauffer.

— Vous avez appelé mon chef ?

— C'est Kadin qui l'a fait.

Elle se tourna vers son mari, et Reese lut dans ses yeux tout l'amour qu'elle lui portait.

— J'espère que tu ne m'en veux pas, intervint Kadin, en leur faisant signe de prendre place dans le salon.

Reese choisit l'un des fauteuils à côté de la cheminée. Ainsi, personne ne pourrait s'asseoir à côté d'elle. Jamie lui lança un coup d'œil entendu, avant de prendre place dans l'autre fauteuil.

— Que voulez-vous boire ? demanda Kadin.

— Juste de l'eau, répondit Reese.

— J'ai fait du thé glacé, indiqua Penny.

Est-ce que le shérif avait également signalé à Kadin qu'elle adorait le thé glacé ? se demanda Reese.

— C'est parfait, affirma-t-elle.

— Pour moi aussi, dit Jamie.

Kadin alla chercher les verres et le pichet, déjà tout prêts sur un plateau. Il déposa les verres sur la grande table basse, les remplit, en présenta deux à ses invités et s'installa à côté de sa femme sur le canapé.

— J'ai reçu un retour d'information sur Ella aujourd'hui. Le rapport de police dit qu'elle n'avait pas de famille. À première vue, tout semble normal, mais j'ai passé son nom dans différentes bases de données, et il correspond à celui d'une femme décédée à San Diego en Californie.

Reese se redressa sur son siège. Kadin allait-il leur annoncer qu'Ella avait usurpé l'identité d'une autre personne ?

— J'ai poussé plus avant mes recherches. Son numéro de sécurité sociale est le même que celui de la femme décédée, mais les photos ne correspondent pas.

— Donc, elle utilisait une fausse identité, conclut Jamie. Je me demande qui elle pouvait bien être.

— Ça risque de ne pas être facile à trouver. Nous ne savons rien d'elle, à part ce que nous avons appris de sa vie à Never Summer.

— Cela explique pourquoi elle avait caché ces photos, dit Reese.

— Elle avait un passé secret, ajouta Jamie.

— Sur l'un des clichés on la voit avec un homme devant un restaurant du nom de Charlie's, dit Reese.

Penny se leva pour aller chercher un ordinateur portable sur une console et le tendit à Kadin.

Après quelques minutes de recherche sur Internet, il tourna l'écran vers ses invités pour leur montrer les images qu'il avait trouvées.

Reese se rapprocha, s'accroupit devant l'ordinateur et fit défiler plusieurs photos.

Beaucoup de restaurants s'appelaient Charlie's, mais elle ne tarda pas à découvrir une enseigne qui correspondait en tout point à celle qu'elle avait vue sur la photo. Elle se rappelait parfaitement la grande baie vitrée en façade, avec son encadrement de bois blanc, et sa petite terrasse bordée de plantes en pots.

— C'est celui-ci, annonça-t-elle triomphalement.

Kadin se pencha pour voir, puis il tourna à nouveau l'ordinateur vers lui.

— Le restaurant se trouve à San Diego.

Si on tenait compte qu'Ella avait volé l'identité d'une femme née à San Diego, on pouvait en déduire qu'elle était probablement originaire de cette ville.

— Je vais essayer de savoir si une femme a été portée disparue ou recherchée pour crime, peu de temps avant qu'Ella n'arrive à Never Summer.

Ella devait en effet avoir une raison de fuir San Diego. Avait-elle volé l'argent ?

— Ce qui veut dire qu'il va réserver un vol pour demain, dit Penny. Et je vais devoir l'attendre ici.

Elle paraissait chagrinée par cette perspective, mais s'en plaignait sans acrimonie. Elle acceptait la décision de Kadin parce qu'elle l'aimait.

Reese n'avait jamais rencontré de couple comme celui-ci avant, où l'amour mutuel était aussi évident.

— Comment avez-vous rencontré Kadin ?

La question avait franchi ses lèvres avant même qu'elle ait eu le temps de réfléchir.

Penny échangea un sourire avec son mari.

— C'est une longue histoire.

Kadin passa un bras sur le dossier du canapé, tandis que Penny se blottissait contre lui, la main sur son torse.

— Elle est venue me voir avec une enquête à résoudre.

— Sans lui, un tueur en série de jeunes filles serait toujours en liberté.

— Penny est trop modeste. C'est elle qui m'a mis sur la piste avec ses soupçons.

— Nous avons travaillé ensemble et, dans le même temps, il m'a montré combien je me trompais en misant tout sur ma carrière, au détriment de ma vie sentimentale.

— Et elle m'a appris comment croire de nouveau en l'amour. Elle a changé ma vie.

— Pas tant que ça. Nous avons eu la chance de nous trouver.

— J'ai ressenti la même chose quand j'ai rencontré Reese, dit Jamie. Trouver l'amour n'est pas si rare. Ce qui l'est, c'est la capacité à le reconnaître quand il se présente.

Il regarda Reese d'un air entendu.

Eh bien, on pouvait dire qu'il ne craignait pas de dire ce qu'il ressentait.

Mal à l'aise, Reese détourna les yeux.

Un bébé commença à pleurer doucement.

— J'y vais, fit Penny en se levant.

Puis elle se tourna vers Reese.

— Voulez-vous rencontrer votre demi-frère ?

— Oh ?

Le visage soudain empourpré, Reese resta figée comme une statue sur son siège. Elle savait que Kadin avait eu un fils, mais elle n'avait jamais pensé au bébé en termes de famille.

— Tout va bien, Reese, déclara Jamie. Vas-y.

Bizarrement, ses encouragements apaisèrent sa nervosité.

— Si vous n'êtes pas à l'aise..., dit Penny d'un ton hésitant.

Mais il était évident qu'elle avait envie que Reese la rejoigne.

Kadin garda le silence, observant Reese sans rien laisser paraître de ce qu'il pensait.

Reese se leva, et Penny lui sourit avant de la guider dans le couloir vers la première chambre, où un berceau avait été installé.

Reese s'approcha lentement, à la fois inquiète et dévorée de curiosité.

Penchée au-dessus du berceau, Penny souleva le nourrisson et le cala contre elle.

— Que se passe-t-il, mon petit cœur ? susurra-t-elle tendrement.

Dans les bras de sa mère, le bébé laissa échapper de petits gémissements qui ressemblaient aux miaulements d'un chaton. Puis il se mit à hurler à pleins poumons quand elle le déposa sur la table à langer et commença à le changer.

Fascinée, Reese passa le temps qu'il fallut pour changer le bébé à observer son visage.

Elle n'avait pas l'habitude des nourrissons, n'ayant pas eu l'occasion d'en côtoyer en grandissant. Ses parents n'avaient pas une grande famille, et ils ne se voyaient pas souvent. Le frère de son père et son épouse vivaient au Texas, et elle ne connaissait pas ses cousins. Ses grands-parents étaient âgés, elle leur rendait rarement visite et n'avait pas de lien proche avec eux. C'était un peu comme si tout le monde dans la famille retenait son affection vis-à-vis d'elle, consciemment ou non.

Le bébé cessa de pleurer et regarda sa mère.

— Et voilà ! annonça Penny.

Elle souleva son fils et embrassa sa petite joue rebondie.

— Il y a quelqu'un que je voudrais te présenter.

Le retournant contre elle, elle le cala dans le creux de son bras, de façon à ce qu'il puisse voir Reese.

— Voici Reese, ta grande sœur. Reese, je vous présente Clayton.

Le bébé fixa Reese, son sourire innocent laissant place à une profonde concentration.

La façon dont les bébés enregistraient leur environnement et les personnes qui le composaient avait quelque chose de stupéfiant aux yeux de Reese. Que pouvait-il bien se passer dans leur petite tête ?

— Coucou, Clayton.

Elle approcha son auriculaire de la main du bébé, qui referma aussitôt les doigts dessus, avec une force incroyable.

Un cri de ravissement lui échappa, puis il se mit à battre

des bras et des jambes, avant de s'étirer comme s'il voulait échapper aux bras de sa mère.

— Vous voulez le prendre ? proposa Penny, en lui tendant le bébé.

— Oh ! je...

Sans lui laisser le temps de protester davantage, Penny lui plaça Clayton dans les bras.

Le poids et la chaleur du petit corps médusèrent Reese, éveillant en elle un sentiment qu'elle n'avait encore jamais éprouvé et qu'elle ne parvenait pas à identifier.

L'observant avec le plus grand sérieux, Clayton se mit soudain à produire des sons, comme s'il voulait tenir un discours, et prononça quelque chose qui ressemblait à « papa ».

Penny éclata de rire.

— Son premier mot. Kadin le tenait quand il l'a dit, et nous nous sommes mis à pleurer tous les deux. C'était tellement émouvant. Ne dites pas à Kadin que je vous ai confié ça. Ce petit bébé le mène par le bout du nez.

— Trop tard, j'ai entendu !

Tournant la tête, Reese vit Kadin et Jamie sur le seuil. Puis elle reporta son attention sur le bébé.

— Vous devez être fous de joie de l'avoir.

Kadin traversa la pièce.

— Notre vie ne pourrait pas être meilleure qu'aujourd'hui.

Reese lui tendit son fils, qui se mit à babiller de plus belle, le visage hilare.

Kadin lui embrassa le bout du nez, lui parlant en langage de bébé, ce qui semblait un peu étrange venant d'un homme aussi grand et aussi puissant.

À l'évidence, ce bébé avait changé la vie de Kadin, et Reese commençait à soupçonner qu'il allait changer la sienne.

— Venez, Jamie, vous allez m'aider à mettre la table.

Penny passa son bras sous celui de Jamie et l'entraîna hors de la chambre.

Avant de sortir, il jeta un coup d'œil à Reese par-dessus son épaule, espérant visiblement que Kadin parviennent à changer sa façon de penser.

Mais Reese ne voyait pas les choses ainsi.

Elle avait des buts précis. Elle avait des projets pour son avenir immédiat. Elle n'avait pas envie de se poser.

Pourquoi Jamie ne voulait-il pas le comprendre ?

Même si elle tenait à tout prix à éviter une nouvelle rupture douloureuse, elle n'hésiterait pas à mettre un terme à leur relation si elle sentait que cela risquait de l'entraîner dans une direction qu'elle n'avait pas planifiée.

— Ton frère te ressemble, dit Kadin.

Sur un si petit bébé, c'était difficile d'établir des comparaisons, mais Reese n'osa pas le contrarier.

— Comment était votre fille ? demanda-t-elle.

La question prit Kadin de court. L'espace d'un instant, la joie que lui procurait la vision de son fils s'effaça, laissant place à de douloureux souvenirs.

Mais il se ressaisit très vite.

— Annabelle était pleine de vie, énergique, forte... Elle avait les yeux et les cheveux de sa mère, mais elle tenait de moi sa silhouette sportive et son goût de l'aventure.

— Elle était musclée ?

— Pas comme un garçon, mais disons qu'elle n'avait pas des petits bras maigrichons comme la plupart des filles. En devenant adulte, elle m'en aurait sûrement voulu de lui avoir transmis mes muscles, mais elle aurait été très belle.

— J'ai toujours eu des épaules de nageuse. Pas de bras maigrichons pour moi non plus.

— Tu m'en veux ?

— Non. Ça aide dans mon métier.

— Qu'est-ce qui t'a fait choisir les forces de l'ordre ?

— Je ne sais pas… Ça m'a toujours attirée. J'aimais jouer au Cluedo, lire des romans policiers… Et puis j'étais révoltée par les faits divers.

Kadin hocha la tête, en signe de compréhension.

— Les monstres qui s'en prennent aux innocents… Ça m'a toujours fait réagir aussi.

— Je voulais faire quelque chose pour changer ça.

Reese aimait passionnément son métier et elle comprit soudain que c'était sans doute ce qui l'avait empêchée de chercher un homme avec qui se marier et avoir des enfants.

Regardant son fils qui s'était endormi dans ses bras, Kadin alla le déposer dans son berceau.

— Tu devrais peut-être songer à rejoindre DAI. Tu y serais entourée de gens qui ont la même vision des choses.

Au début, cette suggestion l'enthousiasma, et elle faillit dire qu'elle allait y réfléchir.

Puis elle songea aux sacrifices que cela engendrerait : quitter Never Summer, renoncer à devenir shérif…

Deux jours plus tard, Reese éprouvait toujours une certaine mélancolie après sa soirée avec Kadin. Elle songeait à présent moins à lui comme un détective, et plus comme un père, et c'était précisément cela qui la chiffonnait.

Ce soir-là, elle avait pu compter sur la présence réconfortante de Jamie. Il avait su à la fois trouver les mots justes et lui laisser suffisamment d'espace et de liberté pour réfléchir.

Elle lui en était bien sûr reconnaissante mais, plus encore, elle réalisait qu'il lui devenait indispensable. Ce n'était pas rien…

Revenant à la réalité, elle s'aperçut que Jamie l'avait suivie dans la chambre, se préparant à se coucher comme s'ils faisaient cela depuis des années.

Une fois dans le lit, il attrapa la télécommande et éteignit la télévision.

— Dis donc, tu prends vraiment tes aises, protesta-t-elle, depuis le seuil de la salle de bains. Et si je voulais regarder un programme ?

— Viens te coucher, Reese.

Il n'avait pas tenu compte de sa remarque, et elle était trop fatiguée pour discuter.

Elle se glissa dans le lit et lui tourna le dos, le drap remonté sous son menton, consciente de la présence du corps de Jamie à quelques centimètres du sien.

*Son corps lourd et puissant.*

Elle avait envie d'en ressentir à nouveau le poids sur elle. Plus elle passait de temps sans le toucher, plus elle avait une envie dévorante de lui.

Et si elle voyait cela comme une brève aventure sexuelle, où serait le problème ?

C'était bien ce qu'elle avait en tête quand elle avait couché avec lui dans le Wyoming, non ?

Elle se retourna.

Il lui glissa un regard brûlant de passion. Mais il ne dit rien. Il ne bougea pas.

Il était étendu là, une main posée sur son estomac aux reliefs magnifiquement dessinés, le drap rabattu très bas sur son ventre, presque à la naissance de son sexe.

Elle brûlait de désir pour lui.

Être étendue dans le même lit, le regarder... C'était trop. Elle aurait dû lui demander de dormir sur le canapé.

La tête posée au creux de sa main, elle continua à le regarder, ne pouvant retenir un sourire.

— Quoi ? demanda-t-il.

— Rien, je t'admire.

— Tu te moques de moi ?

— Chut, dit-elle, en posant l'index sur ses lèvres.

En découvrant le feu qui brillait dans les yeux de Jamie, elle ne put résister plus longtemps à la tentation.

Caressant du bout des doigts son torse musclé, elle ne tarda pas y poser les lèvres. Sa peau avait un goût de sel et sentait l'odeur épicée de son gel douche.

Glissant la main sous le drap, elle ressentit un mélange d'exaltation et de fierté en recueillant entre ses doigts la preuve de son désir, et commença à le caresser.

Traversé de frissons, laissant échapper de petits grognements de plaisir, il finit par immobiliser sa main.

La renversant sous lui en un mouvement passionné, il couvrit son cou de petits baisers fous, tandis que ses mains effleuraient ses seins à travers l'étoffe de la chemise de nuit, descendaient vers sa taille, se glissaient sous l'ourlet du vêtement pour le remonter sur ses cuisses et accéder au cœur de sa féminité gorgé de moiteur.

Roulant à nouveau sur le dos, il l'invita à venir sur lui.

En suspens au-dessus de son sexe dressé, le regard rivé au sien, elle savoura le contact électrisant de leurs chairs qui se frôlaient.

Un vide douloureux creusait son ventre, et elle ne pouvait plus attendre. Elle avait besoin de le sentir en elle. Maintenant.

La tête tournée à la pensée de l'union qu'allaient connaître leurs corps, elle se moquait des conséquences.

Seul comptait cet instant. *Lui.* Ce qu'il lui faisait ressentir.

Il semblait envoûté par le même sortilège.

La saisissant à deux mains par les hanches, il l'empala sur lui d'un mouvement profond et vigoureux qui lui coupa le souffle. Puis elle se mit à bouger, et le plaisir l'envahit presque aussitôt. Jamais auparavant elle n'avait senti l'orgasme monter aussi vite.

La tête renversée en arrière, elle cria et s'abattit sur lui, peinant à reprendre son souffle.

De longues secondes s'écoulèrent avant qu'ils ne se détachent l'un de l'autre et qu'elle roule sur le dos à côté de lui.

Comme elle, Jamie ne semblait pas avoir projeté de faire l'amour de cette façon, avec tant d'émotions et d'envie.

Oui, il n'hésitait pas à se servir de cette alchimie qui existait entre eux pour parvenir à ses fins, mais il était aussi vulnérable qu'elle aux répercussions.

Se hissant sur un coude, il la regarda, confirmant ce qu'elle soupçonnait.

Dans son regard, il y avait de l'incertitude, ce qui était rare chez un homme comme lui.

Il lui faisait une cour effrénée et ne s'en cachait pas. Il utilisait tous les arguments, toutes les manœuvres susceptibles de jouer en sa faveur. Mais il ne pouvait pas contrôler ses sentiments pour elle.

Et l'intensité de cette relation représentait un risque pour lui.

Serait-il capable de prendre de la distance pour éviter qu'elle ne le fasse souffrir ?

Et elle ?

Avait-elle vraiment envie qu'il se montre moins empressé ?

# 9

Le lendemain matin, Jamie et Reese étaient assis autour d'une table ronde, installée dans un recoin du minuscule bureau du Never Summer Hotel, et fouillaient dans des boîtes d'archives contenant les registres d'inscription de la clientèle.

Ils avaient vérifié les B & B et les motels. Deux avaient cessé leur activité, et le motel n'avait pas conservé de registres. Un complexe de location de chalets avait fourni deux noms possibles, sur lesquels ils allaient devoir effectuer des recherches.

Ils avaient déjà montré en ville la photo de l'homme mystérieux qui accompagnait Ella, mais personne ne l'avait reconnu. Trop de temps s'était écoulé. S'il était passé en ville, il n'avait laissé aucun souvenir.

Jamie remarqua que Reese avait du mal à se concentrer tandis qu'elle déchiffrait la liste des entrées dans l'un des registres, relevant de temps en temps la tête pour regarder dans le vide.

Était-elle en train de penser à la conversation qu'elle avait eue avec Kadin ?

Les choses qu'ils s'étaient dites entre père et fille avaient-elles changé l'opinion qu'elle avait de lui ?

Ou bien sa distraction était-elle due à ce qui s'était passé entre eux la veille ?

De son côté, il avait évité de trop penser à la nuit dernière. C'est elle qui avait initié leur étreinte, et elle n'avait pas cherché à fuir après.

Était-elle en train de songer à faire machine arrière maintenant ?

Plus ils devenaient proches, plus elle devait se sentir piégée.

Même s'il se réjouissait qu'elle n'ait pas pu lui résister, il devait rester prudent. Le sens aigu que Reese avait de son indépendance finirait un jour ou l'autre par reprendre ses droits.

— J'ai l'impression que Kadin et toi avez bien discuté.

Arrachée à ses pensées, elle tourna la tête vers lui.

— Oui.

— Tout va bien ?

— Évidemment.

Elle baissa la tête vers le registre et parut réfléchir.

— Enfin, je crois.

Elle laissa passer un silence, dans lequel Jamie perçut son embarras.

— En fait, je commence à me demander ce que ça ferait de travailler avec lui dans le Wyoming.

— Ce n'est pas moi qui y verrais un inconvénient.

Elle lui glissa un regard en biais.

— Ça m'angoisse.

— La nuit dernière t'a également procuré de l'anxiété ?

— Non, pas la nuit dernière.

Mais aujourd'hui sa réaction était différente.

Il ne dit pas qu'il s'abstiendrait, ou qu'il lui laisserait prendre l'initiative la prochaine fois que se présenterait une opportunité de faire l'amour. Mais il n'insista pas non plus pour savoir ce qu'elle ressentait à propos de leur couple.

Ils se remirent au travail et ajoutèrent quelques noms à leur liste.

— Tu as toujours été quelqu'un de gentil ? lança soudain Reese.

Comme toujours avec elle, les questions jaillissaient de but en blanc, au fil des réflexions qui semblaient agiter sans relâche son esprit. La curiosité l'avait poussée à parler, mais il voyait bien maintenant à son regard ennuyé qu'elle le regrettait. Apprendre à mieux le connaître était vécu comme stressant, comme si cela devait inéluctablement déboucher sur une relation sérieuse.

Mais, pour en revenir à sa question, il ne savait pas de quelle façon y répondre. Jamais auparavant il n'avait eu envie de s'engager sur le long terme avec une femme. Et son ancien métier l'avait endurci.

— Non, dit-il finalement. Je te ressemblais beaucoup.

Elle le dévisagea avec surprise.

— Tu penses que je ne suis pas gentille ?

— Je pense que, dans ce cas précis, le terme « gentil » doit être envisagé sous l'angle d'une relation homme-femme ? Or, tu refuses d'ouvrir ton cœur aux hommes qui s'intéressent à toi.

Il marqua une brève pause pour renforcer son propos.

— Je pense que c'est ce que tu voulais dire en me posant cette question. Je me trompe ?

Elle baissa les yeux et marmonna :

— Non.

Un silence gêné s'installa entre eux, avant qu'elle ne reprenne, en se risquant à le regarder :

— Tu ne draguais pas les femmes ?

— Uniquement celles qui étaient d'accord pour une aventure d'un soir. J'étais toujours en voyage. Je n'avais pas envie de me poser.

— Et maintenant, oui.

Il étudia son visage pour voir si elle redoutait sa réponse. Il ne pouvait pas répondre par l'affirmative.

— Tu ne m'as jamais dit pourquoi tu avais quitté cette compagnie de sécurité.

Posait-elle la question pour changer de sujet, ou vérifiait-elle s'il avait l'étoffe d'un compagnon pour elle ?

Il n'avait pas vraiment envie d'en parler, mais quelque chose lui disait qu'il ne pourrait pas l'éviter aujourd'hui. Et, si elle était vraiment curieuse, il n'était pas dans son intérêt de conserver des secrets.

S'il voulait une vraie relation avec elle, il devait être honnête.

— L'homme qui dirigeait Aesir international était un mercenaire. Je n'ai pas suffisamment enquêté sur lui avant d'accepter son offre. Il m'a envoyé sur des missions douteuses. J'ai vu ses hommes faire des choses contraires à l'éthique et je lui ai dit que je voulais démissionner. Ça ne lui a pas plu. Il croyait sans doute que je serais plus malléable. Pour m'obliger à rester, il s'est arrangé pour...

Admettre la suite n'allait pas être facile.

— Pour faire croire que j'avais commis des crimes.

— Quel genre de crimes ?

Allait-il la perdre s'il le lui disait ? De toute façon, il n'avait pas vraiment d'autre choix que de dire la vérité.

— Il m'a présenté des preuves qu'il avait forgées de toutes pièces, me mettant en cause dans des assassinats de civils à l'étranger.

Reese blêmit. Il l'avait choquée. Elle ne s'attendait pas à une histoire aussi sombre. Elle n'avait aucune idée de l'homme qu'il avait été, ou plutôt de celui que Stankovich l'avait forcé à être.

Il continua malgré tout. Reese devait tout savoir.

— Stankovich a même produit un témoin. Il a menacé de me dénoncer si je démissionnais.

— Comment t'en es-tu sorti ?

— J'ai dû travailler pour lui quelque temps. Il m'a obligé

à collaborer avec un trafiquant basé en Alaska. J'ai piraté l'ordinateur de l'homme et j'ai aidé un enquêteur de DAI à démanteler son organisation. J'ai également réussi à détruire toutes les fausses preuves que Stankovich détenait contre moi. Sans son prétendu témoin, il ne pouvait plus m'empêcher de partir.

— Comment ça, « sans témoin » ? Qu'est-il devenu ?

Il hésita. Comment allait-elle réagir ?

— Je l'ai tué.

— Pardon ?

— Je n'avais pas le choix. C'était un monstre. Il avait violé et tué des femmes. Il n'hésitait pas non plus à éliminer des enfants s'ils se trouvaient sur son chemin.

— Et donc, tu as pris sur toi de l'exécuter ?

— Pas exactement. Je lui ai demandé de me donner tous les éléments qu'il avait contre moi. Il a refusé et m'a menacé de son arme. C'était lui ou moi.

— Je vois, dit-elle froidement.

— Je ne suis pas un mercenaire. Je ne l'ai jamais été.

— En quittant l'armée, tu as fait preuve d'une forme de rébellion. Tu n'es peut-être pas comme ceux qui t'ont piégé, mais tu aimes les montées d'adrénaline.

Elle eut une moue pensive.

— Je n'aurais jamais pensé ça de toi si tu ne m'avais pas raconté cette histoire.

Il la sentit pensive, en retrait, hésitant encore sur la décision qu'elle devait prendre. Il pouvait le comprendre et il ne la brusquerait pas.

— Sortons d'ici, dit-il.

Une main posée dans le creux de son dos, il la guida vers le hall de l'hôtel.

— Vous avez trouvé ce que vous cherchiez ? s'enquit la réceptionniste.

Reese n'eut pas le temps de répondre. Des coups de feu venaient de retentir.

Jamie plongea, la plaquant au sol, tandis qu'une pluie de balles frappait le mur et le devant du comptoir.

Hurlant d'effroi, la réceptionniste s'accroupit derrière.

Les vitres en façade explosèrent, et des gens se mirent à crier dans la salle de restaurant adjacente.

Sortant son arme, il s'écarta de Reese.

— Je te couvre, dit-il.

Puis il se mit à tirer dans la direction des coups de feu, tandis qu'elle allait trouver refuge derrière le comptoir.

À son tour, elle fit feu, pour permettre à Jamie de la rejoindre.

Dans le restaurant, c'était la panique, les clients se ruant pour essayer de sortir par la cuisine. Heureusement, il n'y avait personne dans le coin salon de la réception.

— Où est-il ? demanda Jamie.

— Juste en face. Derrière le muret de briques, à côté de l'entrée.

Elle rechargea son arme.

— Il faut le faire sortir de sa cachette.

— Couvre-moi à nouveau, ordonna Jamie.

Avant qu'elle ait le temps de protester, il se déplaça vers le bout du comptoir.

Reese tira, et il courut vers l'un des piliers soutenant une arche décorative.

Jetant un coup d'œil, il recula quand il vit le tireur pointer son arme. De la peinture et du ciment volèrent en éclats sur le côté du pilier, là où se trouvait sa tête quelques secondes auparavant.

Reese tira à nouveau et obligea le tireur à reculer.

Jamie courut jusqu'à l'angle du mur de façade. Des balles déchirèrent la garniture d'un fauteuil et brisèrent une lampe au moment où Jamie passait devant.

Il se mit à couvert contre le mur du restaurant, adjacent à l'entrée, et aperçut le tireur, entièrement vêtu de noir et portant une cagoule.

Il tira juste au moment où l'homme le repéra et se mit à courir.

Jamie le poursuivit dans la rue.

Le tireur bouscula un homme qui se trouvait sur son passage. L'homme tomba lourdement sur la hanche en poussant un cri. Relevant son arme, Jamie l'enjamba.

Le tireur jeta un coup d'œil par-dessus son épaule, puis il se dissimula derrière une voiture pour faire feu derechef.

Tandis qu'une file de voitures passaient, il zigzagua entre elles, obligeant les conducteurs à freiner en catastrophe.

Jamie le vit entrer dans une librairie, semant la panique dans la boutique, tandis qu'il renversait les étagères de livres sur son passage.

Longeant le bâtiment, Jamie cueillit l'homme juste au moment où il jaillissait de la porte de derrière, le stoppant dans son élan d'une balle dans le mollet.

L'homme gronda en s'effondrant et tenta de rouler sur le dos pour faire feu aussitôt.

Jamie envoya valser son arme d'un coup de pied. Puis il se pencha pour frapper l'homme au visage et au sternum, le laissant momentanément groggy.

— Qui êtes-vous ? demanda Jamie, en dirigeant son arme sur la tête de l'homme.

Deux yeux bleus le fixaient à travers la cagoule.

Jamie la lui ôta et la jeta sur le côté.

Le tireur avait la trentaine, une cicatrice en travers de la lèvre supérieure, et des cheveux noirs coupés en brosse.

— Vous n'auriez pas dû faire ça, dit-il froidement.

Non loin de là, des sirènes retentirent.

— Levez-vous.

Ne montrant aucune peur, simplement de la frustration d'avoir perdu le contrôle de la bataille, le tireur obéit.

— Pour qui travaillez-vous ?

— Je vais attendre mon avocat, si ça ne vous dérange pas.

Reese apparut dans la ruelle, bientôt suivie du shérif et d'un autre adjoint.

Tandis que Jamie tenait l'homme en joue, Reese le menotta et lui lut ses droits.

Le lendemain après-midi, Christopher Bishop n'avait toujours pas parlé, mais il avait un casier judiciaire long comme le bras. Depuis l'âge de seize ans, il avait fait de nombreux séjours en prison pour agressions, vols, et une tentative de meurtre.

— Pourquoi on n'enferme pas des gens comme ça une bonne fois pour toutes ? grommela Reese d'un ton las.

Elle se tenait devant son bureau, en compagnie de Jamie.

L'adjoint Miller était assis au sien, les yeux rivés sur l'écran de son ordinateur, une main sur la souris et l'autre plongée dans un paquet de chips, dont il se goinfrait sans même sembler prendre le temps de respirer entre deux bouchées.

L'autre bureau, ainsi que celui du shérif, étaient inoccupés.

— Tu crois qu'il a quelque chose à voir avec le meurtre d'Ella ? demanda Reese. Je sais qu'il ne peut pas l'avoir commis lui-même, mais il pourrait avoir été engagé par le véritable meurtrier.

Jamie eut une moue dubitative.

— Je ne crois pas.

— Pourquoi ?

— Si le meurtrier d'Ella est toujours en vie, il pourrait faire le travail lui-même. Et comme il n'a sans doute pas d'argent, étant donné qu'il n'a jamais trouvé le magot, je ne vois pas comment il pourrait s'offrir les services d'un professionnel.

— Tu penses que Bishop est un professionnel ?

Il se passa la main dans les cheveux, d'un geste nerveux.

— Je n'en sais rien.

— Il a commencé à nous poursuivre quand j'ai trouvé l'argent.

— Oui. Je reconnais qu'il nous manque des pièces du puzzle.

— Tu as trouvé l'argent dans ta nouvelle maison, pas vrai ? demanda l'adjoint Miller, en s'essuyant les mains dans une serviette en papier maculée de taches de graisse.

Reese retint un soupir agacé. Son collègue n'avait-il pas, comme tout le monde, entendu les ragots ?

— Oui.

— Il y a eu plusieurs effractions chez Jeffrey après le meurtre de sa femme. J'ai trouvé les procès-verbaux hier, en faisant du classement. Ils n'étaient pas rangés au bon endroit.

Il fouilla dans le capharnaüm qui régnait sur son bureau, cherchant quelque chose.

— Quoi ?

Reese s'approcha de son collègue, qui lui tendit un dossier. Elle le prit et commença à le feuilleter, regagnant son bureau tout en lisant.

— Un mois après le meurtre, et de nouveau cinq mois plus tard, dit-elle.

— Quelque chose me dit que ce n'est pas la maison qui l'intéressait, commenta Miller.

Non, le cambrioleur avait des raisons de soupçonner que l'argent était à l'intérieur. Et maintenant il savait qu'il avait vu juste.

Le bruit de la porte d'entrée qui s'ouvrait leur fit tourner la tête. Kadin entra. La secrétaire administrative, Margaret, le salua depuis le comptoir de la réception.

Arborant son sempiternel chapeau de cow-boy, il s'approcha du bureau de Reese, en faisant résonner les talons de ses bottes sur le plancher.

Miller, lui adressa un bref signe de tête, avant de replonger la main dans son paquet de chips.

— Ma fille !

Elle blêmit. Il l'avait dit si gentiment qu'elle n'aurait pas dû se sentir menacée. Et menacée de quoi, d'ailleurs ? N'était-ce pas une chance d'avoir retrouvé son père ?

Elle vit que Jamie avait remarqué sa réaction et lui lança un regard noir. Comment faisait-il pour toujours savoir ce qu'elle pensait ? Était-elle aussi prévisible ?

— Le vrai nom d'Ella est Eva Sinclair, leur apprit Kadin. Elle a une mère, trois frères, et son père s'est volatilisé. Ses frères m'ont claqué la porte au nez, mais sa mère s'est effondrée quand je lui ai appris pourquoi j'étais là. Quand sa fille a disparu sans jamais plus donner de nouvelles, elle imaginait bien que ça se terminerait par un drame.

— Pourquoi ses frères vous ont-ils mal reçu ? s'enquit Jamie.

Miller froissa bruyamment son paquet de chips, s'attirant un regard agacé de Kadin.

— Eva était une rebelle, expliqua-t-il. Elle a changé quand son père les a abandonnés, alors qu'elle avait quatorze ans. Elle était sa préférée, ou en tout cas c'était ce qui lui faisait croire. Bref, elle a commencé à fréquenter une bande peu recommandable. Ses notes ont chuté. Elle a quitté l'école à seize ans, a commencé à sortir avec un garçon qui vendait de la drogue. Elle a volé de l'argent à ses frères, a commis quelques infractions qui lui ont valu d'être arrêtée plusieurs fois. Et pour finir elle a coupé les ponts avec sa famille.

— Qui était le garçon ? demanda Jamie.

Kadin sortit son téléphone portable pour leur montrer une photo.

— Pas notre homme

Reese se pencha pour mieux voir et dut admettre qu'il n'y avait pas de correspondance avec l'homme qui apparaissait sur la photo avec Ella — ou plutôt, Eva.

— Donc, nous avons une femme qui a fui la Californie et qui a changé de nom, récapitula-t-elle.

— Elle a été arrêtée pour complicité dans une attaque à main armée. Elle était en liberté sous caution quand elle s'est enfuie. Ce qui est intéressant, c'est que le butin n'a jamais été retrouvé et qu'il s'élevait à plus d'un quart de million de dollars.

Le même montant que Reese avait trouvé.

— Les autres voleurs n'ont pas été retrouvés ? Combien étaient-ils ? interrogea Jamie.

Miller ne perdait pas une miette de la conversation, sirotant une cannette de soda au lieu de travailler.

— Un seul. Il n'a jamais été pris ni identifié. Eva avait utilisé sa propre voiture. Un témoin a relevé sa plaque. Elle n'a jamais donné le nom de son partenaire. Et de votre côté ? Du nouveau du côté des touristes.

— Nous avons une liste de ceux qui séjournaient à Never Summer la nuit du meurtre, répondit Reese. La plupart étaient des familles, à l'exception de quatre couples, et de deux hommes seuls. Nous avons réduit notre recherche à ceux qui sont restés la nuit précédant le meurtre, mais pas la nuit du meurtre, car il est logique que l'assassin ne se soit pas attardé sur les lieux de son méfait. Cela concerne deux couples séjournant à l'hôtel, deux familles, qui occupaient des chalets, et les deux hommes seuls, qui étaient hébergés dans un gîte rural. Ces derniers ont fait une randonnée à cheval dans la journée, mais ils ont pu revenir en ville le soir. Les familles venaient du Missouri et de l'Oregon. Les couples étaient originaires du Colorado et de Californie. Les deux hommes étaient également de Californie, mais seul un des couples venait de San Diego.

Reese alla s'asseoir à son bureau et sortit son ordinateur de veille.

— J'allais lancer une recherche, quand le rapport sur Bishop est arrivé.

— Bishop ? répéta Kadin, sans comprendre.

Jamie lui expliqua ce qui s'était passé.

— Fantastique ! J'ai failli perdre ma fille.

— Non, j'avais Jamie avec moi, dit Reese.

Elle savait que c'était la meilleure façon de le rassurer.

Naviguant dans différentes bases de données, elle annonça :

— Le couple de San Diego était enregistré sous le nom de l'homme, Darius Richardson. Sa dernière adresse connue était à San Diego.

Elle ouvrit sa photo. Darius Richardson y semblait proche des quarante ans.

— La photo date de trente ans, donc il en aurait soixante-dix maintenant.

— Il est peut-être mort, dit Miller.

Tout le monde tourna la tête vers lui, puis Reese chercha un acte de décès et n'en trouva pas.

— C'est curieux, fit-elle. Je ne trouve aucune trace de documents officiels. On dirait qu'il a tout bonnement disparu.

— Je peux ? demanda Kadin.

Reese lui céda sa place, et il se connecta à un site auquel il avait probablement un accès spécial. Cette idée intrigua Reese. Ne serait-ce pas exaltant d'avoir des ressources aussi sophistiquées à portée de clavier ?

Kadin parut trouver ce qu'il cherchait. Il prit alors son téléphone et appela quelqu'un.

— Mallory ? Ici Kadin Tandy.

Il sourit tandis que l'homme à l'autre bout du fil parlait.

— Penny et moi allons très bien. Clayton pousse comme une mauvaise herbe. Et toi ? Comment vont les enfants ?

Il marqua une plus longue pause, écoutant son interlocuteur se confier interminablement.

— Écoute, finit-il par le couper, je t'appelle pour te demander une faveur. Je voudrais que tu vérifies quelque chose au sujet d'un certain Darius Richardson.

La conversation se poursuivit quelques minutes.

— Bien, conclut Kadin. Peux-tu m'envoyer cela par e-mail ?

Il mit fin à la communication.

— Darius Richardson a été recherché pour être interrogé au sujet d'une personne disparue. La mère de la jeune femme a déclaré que sa fille était partie avec lui quelques jours avant sa disparition. Il semblerait qu'il ait été la dernière personne à l'avoir vue vivante.

Il tapa quelque chose sur son téléphone et releva les yeux vers Reese.

— Vérifie ta messagerie.

Reese ouvrit l'e-mail, et Jamie se pencha par-dessus son épaule pour lire en même temps qu'elle.

— Cette affaire est très bizarre, murmura Reese. Darius aurait assassiné à la fois Paula Kowalski et Eva ?

— Regarde bien l'adresse qui figure dans l'e-mail, dit Kadin. La sœur de Darius vit à Durango.

Reese écarquilla les yeux.

— Le corps d'Eva a été découvert sur l'Autoroute 149, qui mène justement à Durango, intervint l'adjoint Miller, qui avait carrément tourné sa chaise de leur côté.

— Eh bien, voilà une nouvelle piste à explorer, déclara Kadin. Je vous accompagnerais bien, mais j'ai une femme qui m'attend et qui doit commencer à trouver le temps long.

Reese lui sourit, charmée par l'amour qu'ils avaient l'un pour l'autre.

— Pas de problème. Nous allons gérer ça très bien.

Elle ne réalisa qu'après coup avec quelle facilité elle avait dit « nous ».

# 10

La sœur de Darius Richardson vivait dans une vieille bâtisse coloniale de deux étages, dans le quartier historique de Durango. Jamie avait appelé pour annoncer leur visite, et elle les attendait.

— Adjointe Harlow ? demanda-t-elle, en fixant Jamie de ses pâles yeux bleus.

— Oui, et voici Jamie Knox. C'est lui que vous avez eu au téléphone.

— Oui, oui, bien sûr. Entrez.

Elle ouvrit la porte en grand et recula dans le hall.

— J'ai appelé votre bureau pour vérifier que vous étiez bien qui vous prétendiez être. On n'est jamais assez prudents de nos jours.

— Vous avez tout à fait raison, répondit Reese.

La sexagénaire aux courts cheveux blancs les invita à entrer dans le salon en façade. Des fenêtres étroites laissaient entrer une chiche lumière dans la pièce tapissée de rouge et surchargée de petits meubles et de bibelots. Sur la droite, une arche ouvrait sur une salle à manger à l'allure austère, avec ses meubles victoriens en acajou.

Reese et Jamie prirent place sur le canapé, tandis que la sœur de Darius s'asseyait délicatement sur une bergère tendue de damas or.

— Quand vous m'avez dit que vous vouliez me parler

de Darius, ça m'a intriguée. Voyez-vous, je n'ai plus eu de nouvelles de mon frère depuis trente ans.

Reese échangea un regard avec Jamie. Cette nouvelle n'allait pas les aider.

— Nous avons découvert qu'il sortait avec une femme qui a disparu avant qu'il ne parte pour Never Summer, il y a de cela quarante ans, dit Jamie. Nous nous demandions s'il était venu vous voir.

— Oh ! oui. Je me souviens très bien. Il était avec une fille. Paula. Elle avait un nom de famille polonais.

— Kowalski, dit Reese.

— Oui c'est ça. Aussi discrète qu'une souris. Elle n'a quasiment pas dit un mot.

Jamie lui montra une photo de Paula.

— C'est bien elle ?

— Oui.

Il lui montra ensuite une photo de l'homme avec Eva.

— Est-ce que c'est votre frère ?

— Oui. Mais, qui est la fille ? Ce n'est pas celle avec qui il est venu.

Reese échangea un regard avec Jamie. C'était un pas de géant dans l'enquête. Personne avant elle n'en avait découvert autant.

— Est-ce qu'il vous a parlé de Never Summer ? s'enquit-elle.

— Pas que je m'en souvienne. Il m'a appelée avant de quitter San Diego, pour me dire qu'il allait passer me dire bonjour. Il n'a pas dit qu'il amenait une fille.

— Vous a-t-il parlé d'une autre femme qu'il aurait fréquentée avant Paula ? questionna à son tour Jamie.

La vieille dame secoua la tête.

— Il ne parlait jamais de ses petites amies. Nous avons grandi dans un foyer brisé. Notre mère était alcoolique. Darius l'a beaucoup plus mal vécu que moi. Quand nous étions petits, il me protégeait, il prenait soin de moi à la maison. Je crois que ces responsabilités prématurées l'ont usé. Il n'a jamais pu garder un travail. Il s'est drogué, il a trempé dans des histoires louches...

— Mais il n'a jamais été arrêté.

— Non. Il était très prudent. Sa réputation était très importante pour lui. Il faisait des choses illégales, mais il se considérait comme un citoyen respectable. Il était très fier.

— Vous parlait-il d'argent ? demanda Jamie.

La vieille dame secoua la tête.

— Jamais. Encore une chose personnelle dont il ne parlait pas. Il était très sensible à la façon dont les gens le percevaient. Comme je vous l'ai dit, il était fier.

— Vous aimiez votre frère, dit Reese.

— Oui. Et ça me brise le cœur de ne pas savoir ce qu'il est devenu. Il doit être mort. Sinon, il m'aurait donné des nouvelles.

— Même s'il était suspecté de meurtre ? lança Jamie.

La vieille dame tiqua, et son regard chaleureux se fit incrédule.

— De meurtre ? Darius n'aurait jamais tué qui que ce soit. C'est pour ça que vous êtes ici ? Qui a été tué ?

— La femme sur la seconde photo que je vous ai montrée, dit Jamie. Et sans doute aussi celle qu'il a amenée ici.

— Oh ! mon Dieu ! C'est un tel choc pour moi. Je n'arrive pas à y croire.

— Vous permettez que nous jetions un coup d'œil dans la maison ? demanda Jamie. Lors de sa visite, il a peut-être laissé quelque chose qui nous serait utile.

— Oh...

La vieille dame se leva.

— Ce n'est pas la peine de chercher. Il a bien laissé quelque chose derrière lui. Attendez ici.

La sœur de Darius ne tarda pas à revenir avec une pochette de photographe et la tendit à Reese.

Jamie se rapprocha pour regarder avec elle les clichés qu'elle contenait.

La première leur confirma qu'ils avaient touché le jackpot. Il s'agissait de Paula Kowalski. Elle avait bien fait le voyage avec lui.

Jamie ne voulut pas alarmer Reese en lui disant qu'il pensait que quelqu'un les observait.

Discrètement, il retourna se poster derrière l'une des fenêtres en façade du poste de police. Environ une heure auparavant, il avait remarqué qu'un homme dans une voiture aux vitres teintées était garé en face.

L'homme finit par le voir et démarra. Jamie ne quitta pas son poste d'observation avant d'être sûr que la voiture avait disparu.

Il revint vers le bureau de Reese, sous le regard curieux de Margaret, la secrétaire administrative.

Bishop étant en prison, il aurait bien aimé savoir pourquoi un autre avait pris le relais. Plus il y réfléchissait, plus il se disait que tout cela n'avait rien à voir avec le meurtre d'Eva.

— Quelque chose ne va pas ? demanda Reese.

— Non.

Il le lui dirait quand il serait absolument sûr.

Elle se remit à taper sur son clavier, le bruit des touches résonnant dans la pièce vide. À part Margaret, ils étaient seuls.

Ils avaient quitté Durango la veille et cherchaient d'autres meurtres dans les comtés environnants. Paula était toujours portée disparue, morte ou vivante. Jusqu'à présent ils n'avaient obtenu aucun résultat.

— Je pense que j'ai peut-être trouvé quelque chose, annonça Reese, une demi-heure plus tard.

Il fit le tour de son bureau et se pencha, une main posée

sur une pile de documents. Reese contempla sa main, puis son regard remonta le long de son bras et se posa sur son visage.

Elle faisait ça souvent — le caresser des yeux, probablement sans s'en rendre compte.

Il se colla à elle, tête baissée, la testant. Elle écarquilla les yeux, puis se concentra sur son ordinateur.

Retenant un petit rire, il regarda l'écran.

— C'est un e-mail du département de police d'Alamosa.

Jamie lut qu'une femme avait été tuée à Alamosa et que son cadavre n'avait jamais été identifié. Reese avait envoyé par mail une copie de la photo de Paula, et l'inspecteur avait confirmé qu'il s'agissait de son inconnue. Paula avait été étranglée, entièrement déshabillée et jetée sur le bas-côté de la route longeant la réserve naturelle consacrée à la vie sauvage d'Alamosa. Il y avait des traces de rapport sexuel. Consensuel ou forcé, le coroner n'avait pu se prononcer. Son ADN était au dossier mais, comme dans le cas d'Eva, aucune correspondance n'avait été établie.

— Je vais lui demander de nous communiquer l'ADN pour le comparer avec celui trouvé sur Eva, dit Reese.

Cela risquait de prendre du temps.

En entendant la porte d'entrée s'ouvrir, Jamie tourna la tête et vit un homme s'approcher de la réception. En jean, avec un T-shirt blanc et une veste ouverte, il marchait d'un pas lent et souple. Il avait des cheveux bruns coupés court, des yeux noirs enfoncés dans les orbites, et la peau mate.

— Bonjour, dit-il à Margaret.

— En quoi puis-je vous aider ? demanda aimablement la secrétaire.

L'homme brandit une arme.

— Vous pouvez vous lever et faire le tour du comptoir.

Margaret inspira profondément et resta sans bouger, tétanisée par la peur.

Jamie et Reese dégainèrent en même temps, mais ils ne furent pas assez rapides.

Braquant son pistolet équipé d'un silencieux sur la tête de Margaret, l'homme tendit l'autre main dans leur direction.

— Si vous tentez quoi que ce soit, je la tue.

— S'il vous plaît, supplia Margaret.

L'estomac de Jamie se révulsa de peur. S'il essayait d'abattre l'homme, serait-il assez rapide ? Il ne voulait pas prendre le risque qu'une innocente meure à cause de lui.

— Posez vos armes, ordonna l'homme.

Jamie posa son arme sur le bureau de Reese, et elle fit de même, échangeant avec lui un regard désespéré.

Il s'en voulait de ne pas avoir mieux surveillé l'homme. Il n'aurait pas dû supposer qu'il était parti. Mais comment aurait-il pu deviner qu'il rentrerait dans le poste de police et prendrait un otage ?

L'homme fit le tour du comptoir, passa le bras autour du cou de Margaret et appuya le canon de son arme sur sa tempe.

— Si vous voulez vivre, vous allez faire exactement ce que je vous demande, lui dit-il.

Elle hocha la tête.

— Menez-moi à Christopher Bishop.

Margaret s'engagea dans un petit couloir qui débouchait sur une porte fermée.

Jamie suivit, s'assurant que Reese restait derrière lui.

D'une main tremblante, la secrétaire se servit de la clé qu'elle avait toujours sur elle pour ouvrir la porte.

De l'autre côté, trois des huit cellules étaient occupées. Bishop était dans la première. Couché sur l'étroit bat-flanc, en combinaison de détenu orange, il bondit et se colla à la grille de sa cellule.

— Il était temps, Holcomb. Je croyais que tu avais oublié notre accord.

— Faites-le sortir, pressa le preneur d'otage.

Reese regarda Jamie, qui hocha la tête.

Ils devaient faire ce que l'homme demandait, jusqu'à ce que les circonstances tournent en leur faveur.

Reese détacha une clé de sa ceinture et l'inséra dans la serrure. On entendit un cliquetis, et Bishop fit glisser la grille.

Gardant toujours Margaret en joue, l'autre homme souleva son T-shirt, sortit une seconde arme de la ceinture de son pantalon et la tendit à Bishop. Celui-ci s'empressa de diriger l'arme vers la tête de Jamie.

Holcomb tendait la main.

— La clé, dit-il, en pressant toujours son pistolet contre la tempe de Margaret. Donnez-la-moi.

Reese avança la main. Jamie prit la clé et la tendit à son tour à l'homme. Il s'en empara d'un geste brusque et ordonna :

— Rentrez dans la cellule.

Conscient que l'homme les tuerait tous s'il résistait, Jamie prit la main de Reese et la poussa devant lui.

— Pas elle, lâcha Holcomb. Elle vient avec nous.

Jamie se tourna pour faire face aux deux hommes.

— Je ne peux pas vous laisser faire ça.

Holcomb ricana.

— Il croit qu'il va pouvoir nous empêcher de faire ce qu'on veut ! s'exclama Bishop, avec un rire cynique.

— On ne lui fera pas de mal tant que vous ferez ce qu'on dit.

Comme s'il allait les croire !

Qu'avait prévu Stankovich ? Sûrement quelque chose d'horrible.

— Tout va bien, Jamie, assura Reese. Je vais les suivre.

En voyant sa force et sa confiance, il sentit un immense amour l'envahir.

Il admirait son cran et, oui, même son indépendance,

et réalisait maintenant que c'était précisément cela qui l'avait attiré chez elle.

— Que voulez-vous ? demanda-t-il à Holcomb.

— Vous le saurez bien assez tôt.

Bishop prit le bras de Reese et pointa son arme sur sa tête.

À présent qu'ils avaient un nouvel otage, Holcomb poussa Margaret dans la cellule.

— C'est l'argent ? poursuivit Jamie, en essayant de gagner du temps.

Une lueur d'agacement passa dans les yeux d'Holcomb.

— Je crois qu'on sait tous les deux comment ça marche.

Il pointa à nouveau son arme sur Margaret.

Jamie n'avait plus le choix.

Après un dernier regard à Reese, qui lui adressa un petit signe de tête pour le rassurer, il entra dans la cellule.

# 11

L'appréhension de Reese allait crescendo tandis que la voiture conduite par Bishop s'éloignait de la ville.

Au sortir du poste de police, personne ne l'avait vu la jeter à l'arrière d'une berline aux vitres teintées. Il y avait des piétons sur le trottoir d'en face, mais ils ne regardaient pas dans sa direction.

Ils venaient de quitter l'autoroute et roulaient à présent sur une route de campagne. Ils n'avaient pas pris soin de lui bander les yeux. Elle avait vu leurs visages et savait où ils l'emmenaient. Cela voulait-il dire qu'ils avaient l'intention de l'éliminer ?

À travers la vitre, elle repéra une mine abandonnée qui avait connu récemment quelques rénovations. La vieille structure en bois de l'entrée avait été remplacée par une sorte de bungalow, avec une porte centrale et deux fenêtres.

En d'autres circonstances, l'agencement aurait presque pu paraître accueillant.

La voiture s'arrêta, et les deux hommes en sortirent. Bishop ouvrit sa portière, en la menaçant de son arme.

Elle descendit de voiture, et il l'entraîna vers la porte du bungalow.

Les jambes de Reese flageolaient. Qu'est-ce qui l'attendait à l'intérieur ? Elle n'avait pas envie de le découvrir.

Jamie lui avait expliqué quel genre d'homme était

Stankovich. Elle n'était qu'une petite shérif adjointe de province. Elle n'était pas de taille à affronter le chef d'une bande de mercenaires.

Holcomb ouvrit la porte, et Bishop la poussa dans le bungalow.

Elle se trouva dans une grande pièce à vivre, avec une cuisine équipée, et un écran géant de télévision dans le coin salon. Au fond, un couloir, raccordé à l'ancien tunnel d'accès à la mine, menait vers la montagne. De part et d'autre du couloir, il y avait des portes donnant probablement sur des chambres.

La personne qui vivait ici semblait obsédée par la sécurité. La porte d'entrée était en épais métal et pourvue d'une alarme, et les vitres devaient être à l'épreuve des balles.

Holcomb la prit par le bras et la poussa vers la première porte sur la droite du couloir. Celle-ci était ouverte, et elle vit, assis à un bureau, un homme petit et trapu, musclé à la façon d'un catcheur. Devant lui se trouvaient quatre écrans d'ordinateur. Un des murs de la pièce était entièrement couvert de moniteurs offrant une vue sur divers lieux qui n'avaient rien à voir avec la mine.

Il posa sur elle un regard d'un bleu si pâle qu'il en paraissait presque transparent. Ses cheveux noirs étaient lissés en arrière et luisaient de gomina. Dans l'échancrure de sa chemise largement déboutonnée, une grosse chaîne en or brillait sur son torse velu.

Reese se demanda s'il était resté coincé dans les années quatre-vingt.

— Tu peux nous laisser, dit-il à Holcomb, avec un accent d'Europe de l'Est.

Holcomb referma la porte derrière lui, et l'homme se mit à détailler Reese d'un regard froid et intimidant.

— Voici donc la femme qui a capturé le cœur de Jamie Knox.

Elle s'exhorta à rester calme et à ne montrer aucune peur.

— Apparemment, vous me connaissez, mais je ne sais pas qui vous êtes.

Il leva un sourcil broussailleux.

— Jamie ne vous a pas parlé de moi ?

Elle ne répondit pas. Il n'avait qu'à penser ce qu'il voulait.

— Il est très sûr de lui. Il ne s'est pas dit que je n'apprécierais pas qu'il interfère dans mes affaires ?

De quoi parlait-il ? Qu'est-ce que Jamie avait encore à voir avec lui ? Il avait quitté Aesir international depuis longtemps. Que cherchait cet homme ? À se venger ?

— Pourquoi m'avez-vous fait venir ici ? Qu'attendez-vous de moi ? Jamie m'a dit qu'il ne travaillait plus pour vous.

— Donc, il vous a parlé de moi ?

Il sourit d'un air faussement bonhomme.

— Asseyez-vous, voyons. Nous avons à discuter de beaucoup de choses.

Elle prit place dans l'un des fauteuils qui faisaient face au bureau, certaine qu'elle n'avait aucune chance de s'échapper avec Bishop et Holcomb dans la maison.

— Ça fait longtemps que vous vivez ici ? demanda-t-elle.

— Je ne fais qu'y séjourner provisoirement. Je cherchais l'endroit idéal et je me suis invité ici.

Il regarda autour de lui d'un air satisfait.

— Ce n'est pas trop mal, n'est-ce pas ?

Reese n'osa pas imaginer ce qui était arrivé aux propriétaires.

— C'est original, répondit-elle, consciente qu'elle devait se montrer prudente avec un homme tel que lui.

— Jamie s'est donné beaucoup de mal pour vous dissimuler la vraie nature de son association avec moi.

Reese attendit patiemment qu'il lui donne sa version, décidée pour le moment à ne pas le contrarier.

Stankovich croisa les jambes et leva le menton, d'un air supérieur.

— Il vous a dit qu'il avait quitté l'armée pour venir travailler dans mon entreprise ?

— Oui.

— Vous a-t-il dit pourquoi ?

— Je sais qu'il a quitté l'armée de façon honorable.

— L'honneur, ou tout au moins son apparence, est très important pour Jamie. Je l'ai découvert très vite après l'avoir engagé. C'est une de ses faiblesses. Sous des dehors de héros irréprochable, il avait envie de se mettre en danger, de vivre des situations extrêmes que l'armée ne lui offrait pas. Bref, de libérer l'animal qui est en lui.

Cela ne ressemblait pas au Jamie que Reese connaissait. Il était doux, tendre, charmeur. Son but était de sauver des vies, pas de les prendre.

— Il n'a pas dû vous parler des missions auxquelles il a participé et où des innocents se sont trouvés en travers de son chemin. C'est ce que vous, Américains, appelez pudiquement des « dommages collatéraux ».

— Jamie n'aurait jamais tué des innocents.

— Si vous le dites. Il vous a sans doute raconté que je l'avais piégé ?

Elle ne répondit pas, mais ses yeux durent la trahir.

Stankovich eut un petit hochement de tête.

— Je vois que oui. Et c'est vrai. Je l'ai piégé, mais c'était pour son bien. Il prétendait qu'il avait changé, qu'il ne voulait plus de cette vie chaotique, qu'il voulait rentrer dans le rang, mener une existence tranquille...

Stankovich balaya ces arguments d'un revers de main.

— J'ai peut-être été un peu trop dur avec lui, mais il n'est pas fait pour mener une petite vie tranquille comme monsieur tout le monde.

— Vous êtes libre de le croire. Permettez-moi d'avoir une opinion différente.

Stankovich soupira de façon un rien trop appuyé.

— Quel dommage que vous ne vouliez pas ouvrir les yeux et le voir tel qu'il est.

— Et si vous me disiez plutôt pourquoi vous m'avez fait venir ici.

— Pour deux raisons : savoir s'il vous aime, et le tuer.

Il avait dit cela si froidement qu'elle eut une vision effrayante de sa personnalité : un criminel n'accordant aucun crédit à la vie, aimant le pouvoir, le contrôle...

— En quoi ça vous concerne qu'il m'aime ?

— Oh ! ça me concerne grandement.

Une lueur cruelle dansa dans les yeux pâles de Stankovich.

— Voyez-vous, ce qui me ferait le plus plaisir dans tout cela, c'est de voir souffrir Jamie Knox.

— Mais alors, pourquoi Bishop a-t-il essayé de nous tuer ?

Stankovich ne répondit pas et se leva.

— Venez. Je vous promets que vous serez bien traitée durant votre séjour avec nous.

Reese n'eut pas d'autre choix que de le suivre.

Il ouvrit la porte derrière laquelle Bishop attendait.

— Mets-la avec l'autre.

Reese lança un regard surpris à Stankovich, tandis que Bishop lui prenait le bras.

Quel autre ?

Quelques minutes après que Reese eut été enlevée, le shérif avait regagné le poste de police et trouvé Jamie en train de hurler dans la cellule, et Margaret proche de l'évanouissement. Sous le choc, la secrétaire avait été emmenée en ambulance à l'hôpital du comté.

Morose, Jamie observait à présent la neige qui commençait à tomber. Il avait oublié qu'une tempête hivernale avait été annoncée, ce qui n'allait pas faciliter les recherches.

Où les deux hommes avaient-ils emmené Reese ?

Combien de temps Stankovich allait-il le faire attendre s'il ne la trouvait pas en premier ? Et qu'avait-il fait à Reese ? Était-elle saine et sauve ?

Jamie n'avait pas l'habitude de paniquer comme ça.

Personne n'avait jamais réussi à le piéger au cours d'une mission. Il avait sûrement dû baisser sa garde tant il était obsédé par Reese et ces folles idées de vie commune.

Mais que lui était-il donc arrivé ?

Le shérif entra et stoppa net en voyant Jamie se frapper le front du plat de la main. S'abstenant de tout commentaire, il ôta son chapeau avec un soupir, puis il suspendit sa veste à la patère.

— Reese est une très bonne adjointe, dit-il, d'un ton qui se voulait réconfortant.

— Ses parents ont-ils été prévenus ?

— Je les ai appelés et je leur ai appris ce qui s'était passé.

— Ils sont inquiets pour elle ?

— Évidemment !

Le shérif le regarda curieusement, comme s'il se demandait comment Jamie pouvait poser une telle question.

— Ils étaient tous les deux bouleversés quand je leur ai dit. Ils voulaient venir ici et attendre avec nous, mais je leur ai dit que ce n'était pas la peine.

— Reese ne semble pas être très proche d'eux.

— M. et Mme Harlow sont des gens calmes. Ils ne montrent pas leurs émotions. Ils sont très gentils, mais il ne faut pas espérer avoir une longue conversation avec eux lors du barbecue local. Mais j'imagine que Reese a des relations différentes avec eux. Elle a toujours été une gentille gamine, et un jour elle deviendra shérif. Elle a de l'ambition et elle est intelligente. Je ne pourrais rêver mieux pour me succéder.

Jamie n'en était pas aussi sûr. Il pensait que ce job n'était pas à la hauteur des capacités de Reese. Ses parents avaient sans doute étouffé ses rêves, l'empêchant de viser trop haut. Mais elle avait un grand appétit de vivre et de se réaliser pleinement. Elle tenait cela de son vrai père. Seulement, elle ne s'apercevait pas qu'elle était en train de s'organiser une vie plus tranquille que celle à laquelle elle aspirait vraiment.

Reese avait grandi sans démonstrations d'affection. Ce n'était pas étonnant qu'elle soit aussi indépendante. Elle ne savait pas comment aimer. Personne ne le lui avait jamais appris. Il suffisait de voir comme elle regardait Kadin et Penny. Il y avait de la fascination, bien sûr, mais aussi une forme d'incompréhension. Ignorant ce qu'était le véritable amour, elle ne pouvait qu'observer, mais n'était pas capable de reconnaître ce qu'elle-même ressentait.

À chaque fois qu'il faisait l'amour avec elle, qu'il la touchait, qu'il l'embrassait, elle devait bien ressentir quelque chose. Peut-être essayait-elle de le minimiser, mais c'était là.

S'il trouvait un moyen de briser ses barrières, elle prendrait peut-être conscience de ce qu'elle s'obstinait à nier.

Elle ne le faisait sans doute pas intentionnellement. On l'avait éduquée de façon à ce qu'elle ne montre pas ses émotions, à ce qu'elle ne dise jamais un mot plus haut que l'autre. Ses parents étaient peut-être un peu plus démonstratifs en privé. Ou peut-être ne parvenaient-ils pas à sortir de leur carcan…

— Qu'est-ce qui vous fait penser que ses parents ne se soucient pas d'elle ? demanda le shérif.

— Je n'ai pas dit ça. Comme vous l'avez souligné, ce sont des personnes discrètes, pour ne pas dire secrètes. Reese est d'un abord moins… revêche.

— Tout le monde l'apprécie. Et c'est pour cela qu'elle sera parfaite au poste de shérif d'Ute County.

L'homme rayonnait de fierté, comme si l'avait élevée et éduquée lui-même dans ce seul but.

— Le fait d'avoir rencontré son vrai père pourrait changer la donne.

Jamais Kadin ne retiendrait ses sentiments vis-à-vis de sa fille. Surtout après en avoir perdu une.

Le shérif redescendit sur terre, réalisant sans doute que Kadin avait beaucoup plus à offrir à Reese que ce qu'elle pourrait trouver à Never Summer.

Si seulement elle pouvait s'en rendre compte.

L'adjoint Miller rompit un silence pénible en entrant, auréolé d'une odeur de beignets chauds.

Assis au bureau de Reese, Jamie releva la tête de ses mains et vit Miller taper ses bottes pleines de neige sur le paillasson et secouer son chapeau avant de l'accrocher à la patère. La tempête avait bel et bien commencé.

Miller s'avança vers lui et lui tendit le sachet de beignets. Jamie refusa d'un signe de tête. Comme s'il avait le cœur à manger, alors qu'ils étaient sans nouvelles de Reese.

Il avait vérifié les vols privés et commerciaux, ainsi que les hôtels et autres hébergements des environs. Personne correspondant à la description de Stankovich n'avait été vu nulle part. Il ne s'était pourtant pas volatilisé.

Le shérif s'approcha et plongea la main dans le sachet de beignets. Au même moment, sa ligne directe sonna, et il se précipita dans son bureau.

— Pardon ? Vous pouvez répéter ? dit-il, en se laissant tomber sur son siège.

Jamie se redressa et fit pivoter son fauteuil vers lui.

— Nous allons vérifier.

Miller cessa de mâchonner son beignet tandis que le shérif revenait vers eux.

— Ray Benson ne s'est pas présenté à la banque ce matin. D'après Candace, il n'est jamais en retard.

L'homme pouvait avoir eu un problème médical, ou une panne de voiture. Jamie s'apprêtait à dire qu'il allait rester là pendant que le shérif allait vérifier, quand Miller changea la donne.

— Ray habite bien dans cette ancienne mine transformée en habitation ?

— En effet, dit le shérif, en enfonçant son chapeau sur son crâne.

Une intuition poussa Jamie à se lever.

— Nous devrions tous y aller et nous attendre à l'inattendu.

# 12

— Nous n'allons jamais sortir de là, dit Ray, d'un ton plaintif.

Pour un homme de près de soixante-cinq ans, à la silhouette chétive, le fait d'être enfermé dans sa chambre d'amis était une épreuve. De profonds cernes noirs ombraient ses yeux, et il avait l'air déshydraté.

Ils avaient fait connaissance, bien malgré eux, la veille au soir.

Une fois, Reese avait voulu vérifier le couloir et avait trouvé, montant la garde devant la porte, un homme armé qu'elle n'avait pas encore vu. Ray et elle étaient bel et bien coincés là. Bâties dans le flanc de la montagne, les pièces à l'arrière n'avaient pas de fenêtres.

— Ils ne nous laisseront jamais partir, ajouta Ray. Nous avons vu leurs visages.

— Ils ne sont pas du genre à se soucier de ce genre de choses.

Reese posa la télécommande de la télévision, renonçant à trouver un programme qui pourrait lui changer les idées.

L'ambiance de la chambre la déprimait, ce qui n'aidait pas. Sans autre source de lumière que celle des lampes de chevet, de chaque côté du lit *queen-size*, la pièce était sombre comme une grotte. Ray lui avait proposé le couvre-lit rouge pour se tenir chaud, mais elle avait refusé.

Elle avait passé une grande partie de la nuit à discuter avec lui. Il lui avait expliqué comment Stankovich et ses hommes avaient pénétré par effraction chez lui et avaient pris possession des lieux. Ils avaient fait de Ray un prisonnier dans sa propre maison.

— Pourquoi ne nous ont-ils pas encore tués ? demanda-t-il.

Reese préféra ne pas y penser.

Ray se leva du rocking-chair et marcha vers la commode, sur laquelle la télévision fonctionnait en sourdine.

— Je ne suis plus moi-même depuis la mort de ma femme.

Reese le connaissait un peu par son travail à la banque, mais elle ne savait rien de sa vie privée.

— Elle adorait cette pièce. Je n'ai rien changé, mais je ne viens quasiment jamais ici. Quand je le fais, je ne peux pas y rester plus de quelques minutes.

Ce devait être d'autant plus difficile pour lui de s'y trouver confiné.

— Je suis désolée. Combien de temps avez-vous été mariés ?

— Seulement cinq ans. Je ne croyais pas retrouver l'amour à mon âge, puis elle est arrivée. Je l'ai rencontré par le biais d'un site Internet, bien des années après que ma première femme m'eut quitté.

— Pourquoi avez-vous choisi d'habiter ici ?

— J'aime la géologie.

Reese eut un petit sourire.

— C'est une bonne raison.

Soudain, elle réalisa que Ray était dans la bonne tranche d'âge pour avoir connu Eva.

— Quand votre première femme vous a-t-elle quitté ?

— Quand j'avais vingt-six ans. Nous n'avons vécu que trois ans ensemble.

Il soupira.

— Je croyais que c'était mon âme sœur, que nous resterions ensemble toute notre vie.

— Comment s'appelait-elle ?

Il se rembrunit.

— Quand j'ai épousé Beatrice, j'ai promis de ne plus prononcer le nom de ma première femme. J'avais beaucoup trop parlé d'elle quand nous avons commencé à sortir ensemble, et Beatrice en a pris ombrage. Maintenant qu'elle n'est plus là, elle non plus, je veux continuer à tenir ma promesse.

Reese trouva curieux qu'il ne veuille pas prononcer le nom de cette femme. Mentait-il à propos de la promesse qu'il avait faite ?

Une explosion l'empêcha de poser davantage de questions.

Ray se plaqua contre le mur, terrorisé.

Reese courut vers la porte et l'ouvrit.

Il n'y avait personne dans le couloir. Elle se tourna vers Ray.

— Il faut sortir d'ici. Allons-y !

— Non.

Il glissa le long du mur, jusqu'à l'angle derrière la commode.

— C'est notre seule chance !

Elle courut vers Ray et lui prit la main.

— Venez !

— Non, non ! protesta le vieil homme, en résistant.

Reese cessa d'essayer de le forcer et réfléchit.

— S'il y a un incendie, vous allez être coincé. Et cette explosion a sûrement causé un départ de feu.

— Reese !

Elle pivota et vit Jamie dans le couloir, que la fumée commençait à envahir. Il ressemblait à une apparition, tout en noir, avec un gilet pare-balles et un équipement d'assaut fixé autour de ses jambes.

— Il faut y aller sans perdre une minute, dit-il.

Cette fois, Ray ne résista pas quand Reese lui prit la main.

Jamie ouvrit la marche. Elle enjamba un corps après lui, et Ray fit de même.

Les flammes avaient déjà envahi la grande pièce, masquant à leur vue la partie cuisine.

Ils débouchèrent à l'extérieur, et Reese trébucha dans la neige, le souffle coupé.

Battant des paupières pour accommoder sa vision, elle vit le shérif et l'adjoint Miller embusqués derrière leurs véhicules, prêts à faire feu en cas de besoin.

Il n'y avait personne d'autre. L'assaut avait semblé facile. Elle regarda Jamie, toujours concentré sur sa mission et aux aguets.

Était-ce lui qui faisait paraître les choses faciles ?

Certain maintenant qu'ils ne risquaient plus rien, il abaissa son arme et passa un bras autour des épaules de Reese.

Elle ne le repoussa pas, s'accrochant au contraire férocement à lui.

Miller guida Ray vers son véhicule et le fit monter à l'arrière, où il serait à l'abri de la neige et au chaud.

Reese et Jamie se dirigèrent vers la voiture du shérif, et Miller les rejoignit.

— Stankovich n'était pas là, annonça Jamie. Il n'y avait que deux gardiens.

— Holcomb et Bishop, suggéra le shérif.

— Non, pas eux.

Reese regarda vers la maison. Les flammes sortaient par les fenêtres et par le trou béant laissé par la porte que Jamie avait fait sauter.

— Où sont-ils allés ? demanda-t-elle.

— C'est ce que j'aimerais bien savoir, répliqua Jamie.

Il leva les yeux vers le ciel.

— Sortons de cette tempête.

Au même moment, le portable du shérif sonna.

Presque aussitôt, il écarquilla les yeux et dit :

— Nous arrivons.

Il mit fin à la communication et s'adressa à Reese.

— La banque vient d'être cambriolée. L'argent que vous avez déposé dans un coffre a été volé.

Le lendemain, la vidéosurveillance montra deux hommes masqués en train de dérober l'argent de Reese, et un troisième malfrat, lui aussi masqué, qui menaçait Candace d'une arme.

Ils avaient cherché des traces de Stankovich, mais celui-ci semblait avoir disparu. Des avis de recherche avaient été lancés sur un plan national, et les frontières étaient sous surveillance au cas où il se risquerait à rentrer dans son pays.

Jamie referma le dossier et se cala contre le dossier de son siège.

À intervalles réguliers, le bruit de la main de l'adjoint Miller qui plongeait dans un sachet de chips se mêlait à la musique country jouant en sourdine dans le bureau du shérif.

De temps en temps, on entendait le clic de la souris de Reese, tandis qu'elle étudiait les rapports qu'elle venait de recevoir. Ils concernaient les résidents masculins correspondant à la fourchette d'âge de l'homme qui posait sur les photos avec Eva.

— Bonjour, Tad, dit le shérif Robinson, en répondant au téléphone dans son bureau.

Jamie ouvrit l'un des rapports que Reese lui avait envoyé par mail. Ils s'étaient en effet partagé la tâche.

Après quelques secondes, le shérif déclara :

— Je n'arrête pas de te demander de venir nous voir, ta mère et moi. Tu as mis les choses au point avec Eddy. Il fait toujours la tête à propos de cette soirée où quelqu'un t'a parlé trop longtemps à son goût. Tu ne peux rien faire de plus.

Le shérif resta silencieux un moment, avant de reprendre.

— Il faut qu'il apprenne à te faire confiance. Arrête de l'appeler. Je parie qu'il va revenir très vite.

Jamie passa au rapport sur Ray Benson.

— Viens nous voir. Réserve un vol. Nous t'aimons... D'accord... Au revoir.

— Ray n'a rien à se reprocher, lança Jamie, en élevant la voix pour que Reese l'entende. Sa première femme s'appelait Sandy.

N'obtenant pas de réponse, il regarda Reese avec insistance.

— Par contre, dit-elle, Virgil Church n'est pas clair.

Jamie fit rouler sa chaise depuis le troisième bureau jusqu'à celui de Reese.

— Ceci établit qu'il est mort, il y a trente ans. Mais le voici, bien vivant à New Summer.

Elle cliqua sur un dossier associé que lui avait envoyé Kadin.

— Voici le vrai Virgil Church. Né à Grand Junction. Mort d'une leucémie à quinze ans.

Ils lurent la suite. Virgil avait endossé l'identité d'un garçon qui n'avait pas encore acquis de numéro de sécurité sociale, mais dont l'anniversaire était proche du sien. Comme il n'y avait pas d'ordinateurs à l'époque, cela rendait ce genre de mystification plus facile.

Jamie sembla soudain avoir une illumination.

— Je suis sûre que Virgil n'est autre que Darius Richardson. Il devait penser qu'Eva lui avait menti en affirmant ne pas savoir ce qu'était devenu l'argent. Et il a attendu dix ans avant de s'installer ici. Son apparence avait suffisamment changé pour que personne ne le reconnaisse depuis l'époque où il était venu en touriste.

— Et pendant tout ce temps il a travaillé au magasin de bricolage, dit Reese, l'air médusé.

— Devons-nous le mettre au pied du mur ?

— Non, il faut d'abord essayer de l'identifier. On ne peut pas se contenter d'une intime conviction. Pour le moment, il vaut mieux qu'il ne sache pas que nous nous intéressons de près à lui. Il doit se dire qu'il ne reste plus rien aujourd'hui.

— Tu es bien la fille de ton père.

Elle le regarda avec cette incertitude qui s'emparait toujours d'elle quand quelque chose menaçait le bon ordonnancement de son avenir.

Son commentaire avait dû éveiller quantité de futures implications : la permanence dans sa vie de la présence de Kadin, la perspective de rejoindre DAI...

Il sourit. Cette façon de s'angoisser sans cesse était attendrissante.

Quand un pli soucieux se creusa entre ses sourcils, il se pencha pour y déposer un baiser.

— Arrête de t'inquiéter comme ça. Laisse les choses se faire. Ne te projette pas dans le futur. Reste ici, en ce moment, avec moi.

Il fit rouler son siège jusqu'à son bureau.

— Et puis, conclut-il, tu viens de faire faire un pas de géant à l'enquête. Si tout se passe bien, tu ne vas pas tarder à être débarrassé de moi.

— Si seulement c'était vrai, répondit Reese, sur le ton de la plaisanterie. Mais assez discuté. Ça te dirait d'aller voir si on peut trouver quelque chose chez Virgil ?

— Bien sûr.

Dehors, la tempête avait cessé, laissant les rues verglacées.

— Tu ne vas pas te trouver en compétition avec Miller, si tu prétends au poste de shérif ? demanda Jamie.

Elle lui jeta un coup d'œil outré.

— Il n'a jamais dit qu'il voulait être shérif.

— Il est plus vieux que toi. Tu imagines vraiment qu'il a envie de rester adjoint pendant toute sa carrière ?

Elle avait dû y réfléchir, mais elle n'avait apparemment pas envie d'en parler.

— En tout cas, ce n'est pas lui qui va résoudre l'affaire Neville.

— La seule enquête non résolue de Never Summer.

Elle s'ennuierait vite sans autre défi à relever. Pensait-elle vraiment qu'elle pourrait s'accomplir ici ?

— C'est exact. Un excellent argument pour étayer ma candidature.

Non mais, elle s'entendait ? Comment pouvait-elle se fourvoyer à ce point ? Miller était davantage fait pour le genre de travail qu'il y avait à faire ici. Il aimait rester assis à son bureau à se goinfrer d'aliments gras.

— Et ensuite, ajouta Reese, retour aux bagarres d'ivrognes dans les bars.

— Ce n'est pas très excitant.

Elle s'arrêta à côté de la voiture de location de Jamie.

— Tu essaies de me convaincre de rejoindre DAI ?

Il déverrouilla les portières.

— Non. Je dis seulement que ce n'est pas très excitant.

En voyant son air médusé, il comprit qu'elle ne savait pas de quoi elle parlait. Elle avait des idées bien arrêtées, mais elle ne voyait pas combien elles étaient étriquées.

Il lui ouvrit la portière.

Elle ne bougea pas.

— Tu crois que j'ai besoin d'excitation ?

— Une femme indépendante comme toi ?

Il hocha vigoureusement la tête.

— Oh ! que oui !

# 13

Reese et Jamie s'étaient garés dans un chemin forestier et se dirigeaient à pied vers le chalet de Virgil et Lavinia.

Le soleil commençait à faire fondre la neige sur les pins et sur la façade sud des collines. Mais les pics rocheux au loin mettraient plus de temps à se défaire de leur manteau de neige.

— Je ne pensais jamais dire cela, remarqua Jamie, mais je crois que j'aime autant la nature sauvage que les villes.

— Qu'est-ce qui te séduit tant dans les villes ?

Elle ne comprenait vraiment pas qu'on puisse s'y plaire.

— Il y a tellement de bruit et de pollution.

Il réfléchit tandis qu'ils progressaient à pas lents sur la sente pentue et enneigée.

— Je pense que j'ai du mal à rester silencieux et tranquille, finit-il par répondre.

En ville, il pouvait penser à des quantités de choses à faire. Après avoir travaillé pour Aesir, le contrecoup de tant d'excitation devait avoir contribué à ce choix géographique quand il était rentré aux États-Unis.

— Es-tu en train de devenir un homme tranquille ? demanda-t-elle d'un ton moqueur.

— Étant donné que je travaille pour une agence d'investigation du nom de Dark Alley, j'en doute.

Elle rit doucement.

— C'est vrai que tu ne vas pas t'ennuyer en travaillant là. Elle non plus, d'ailleurs...

Remarquant la mimique entendue de Jamie, elle sut qu'il avait une fois de plus deviné ses pensées.

Elle pressa le pas, ses bottes de service à semelles crantées offrant une bonne accroche dans la poudreuse.

— J'espère que Virgil ne nous voit pas arriver.

— Jolie façon de changer de sujet. Mais si nous entendons une voiture, nous aurons le temps de nous cacher dans les bois avant qu'il ne nous repère.

Ils atteignirent la clairière entourant le chalet des Church et restèrent à couvert derrière un bosquet.

— On dirait qu'il n'y a personne, dit Jamie.

— La dernière fois, ils avaient mis leur voiture au garage.

— Restons dans le bois et cherchons un meilleur endroit pour nous approcher.

Ils continuèrent à avancer, jusqu'à ce qu'ils atteignent un endroit déboisé, où le soleil avait fait fondre la neige, creusant sur le sol de larges plaques de terre battue couverte d'épines de pin.

L'odeur de résine monta aux narines de Reese, et elle ferma les yeux pour inspirer profondément. Quand elle les rouvrit, elle vit que Jamie l'enveloppait d'un regard enflammé.

Ils quittèrent l'abri des bois et coururent vers le côté du garage. Jamie jeta un coup d'œil par la fenêtre.

— Pas de voiture.

Ils se dirigèrent ensuite vers la porte d'entrée et la trouvèrent déverrouillée.

Reese sortit son arme et poussa le battant.

La maison, silencieuse, semblait dépourvue de toute vie. Une odeur de bacon frit flottait dans l'air.

Reese pointa deux doigts pour désigner le couloir à Jamie, puis indiqua qu'elle se chargeait du garage.

Il hocha la tête, et ils se séparèrent.

Elle traversa le salon, contournant une table basse couverte de magazines, où avait été abandonnée une tasse de café à moitié pleine. Par terre gisait une bouteille de bière vide.

Atteignant la cuisine adjacente, elle entrebâilla la porte du garage. Au fond, des étagères accueillaient de l'outillage et des matériaux, quelques jardinières en plastique vides, un sac de terreau entamé, trois cartons avec de vieux appareils électroménagers, de la vaisselle dépareillée et des magazines écornés. À part cela, pas d'autres souvenirs d'une vie antérieure.

Revenant au salon, elle y retrouva Jamie, qui lui confirma n'avoir rien découvert de particulier dans les chambres.

— Tu ne trouves pas bizarre, dit-il, que la banque ait été cambriolée par trois hommes armés, alors que Virgil s'avère être l'homme sur les photos avec Eva.

— Tu crois qu'ils ont agi ensemble ? Mais comment se seraient-ils rencontrés ?

— Supposons que Virgil ait entendu parler Bishop et Holcomb, par exemple un soir dans un bar, après avoir bu quelques bières. Il a pu aller vers eux, et leur révéler son propre passé criminel.

— Ce n'est pas un peu tiré par les cheveux ?

— Bah… C'est une petite ville.

— Admettons.

Reese s'efforça de suivre le raisonnement de Jamie.

— Virgil aurait posé des questions sur moi. Holcomb et Bishop auraient révélé que tu avais travaillé pour Stankovich, et qu'il était en ville pour collecter une dette.

— Puis Virgil, se sentant en confiance, aurait mentionné qu'il y avait plus d'argent à trouver.

— Pourquoi prendre le risque de mettre une tierce personne dans la confidence ? Surtout quelqu'un d'aussi dangereux que Stankovich ?

— Tu as vu Virgil avec Lavinia. Malgré leurs disputes, il l'aime. S'il a tué Eva, ce n'est pas un homme comme Stankovich qui va lui faire peur. Et puis, souviens-toi qu'il n'a pas de casier judiciaire. Il est prêt à tout pour conserver son anonymat. En laissant Stankovich agir, il détourne l'attention de lui et il récupère une partie de l'argent. Ce qui est mieux que rien du tout.

— Oui, j'imagine qu'il a négocié un pourcentage en échange de ses informations. Et, pour un homme comme lui, qui a de si faibles ressources financières, le jeu en vaut la chandelle.

Au même moment, le bruit de la porte du garage qui s'ouvrait les alerta.

Reese suivit précipitamment Jamie vers la porte d'entrée.

Tandis qu'ils sortaient, Reese entendit Lavinia rire aux éclats.

— Quelle belle journée. Je m'inquiète un peu de tout cet argent que tu as dépensé, mais c'est comme si nous étions jeunes à nouveau.

— Rien n'est trop beau pour mon amour.

Ces deux-là avaient une relation étrange.

Reese échangea un regard avec Jamie, qui se tenait dans son dos, très près d'elle, à l'abri d'un cyprès. Puis elle regarda à travers les branches et vit que Lavinia et Virgil se tenaient près du coffre de leur voiture et déchargeaient des sacs. Ils étaient partiellement masqués par la maison et le garage légèrement en débord.

Lorsque Lavinia suivit Virgil vers la porte de communication entre le garage et la cuisine, Jamie prit la main de Reese et ils coururent vers la forêt.

— Je faisais des randonnées autrefois, dit-il. C'est curieux, j'avais presque oublié. Ça doit être la fraîcheur de l'air et l'odeur des pins qui réveillent mes souvenirs.

— Tu ne m'as pas dit que tu étais de Whitman Park ?

— Si. Mais nous allions camper dans les Appalaches, et quand j'étais stationné à Fort Carson je passais le plus de temps possible dans les montagnes.

Alors qu'elle commençait à se dire qu'elle avait cerné sa personnalité, voilà qu'il la surprenait à nouveau.

— Finalement, tu n'es pas aussi citadin que tu le prétends.

— Je l'étais. Il a fallu que je rencontre Kadin et ensuite toi pour réaliser que je n'aimais plus la ville.

— Mais ça ne t'empêche d'essayer de me convaincre de déménager dans le Wyoming.

— Il y a des montagnes dans le Wyoming.

Il ne nia pas qu'il avait essayé de la manipuler. Et pourtant elle ne se sentait plus du tout menacée. Comment était-ce possible, alors qu'elle persistait à penser qu'elle courait à sa ruine si elle continuait à s'attacher à lui ? Il détruirait tout ce pour quoi elle avait travaillé si dur, et tout ce qu'elle avait prévu de réaliser, si elle le laissait parvenir à ses fins. Et cependant, quand il discutait avec elle ainsi, elle ressentait une profonde et satisfaisante connexion. Quel que soit le sujet dont ils parlaient, elle se sentait en accord avec lui. Sans doute parce qu'ils avaient les mêmes goûts, les mêmes idées et les mêmes besoins émotionnels.

De retour à la voiture, il la plaqua soudain contre lui.

Elle chercha son souffle, surprise, mais immédiatement émoustillée.

— Nous ne sommes pas très loin de Slumgullion Pass, dit Jamie. Il y a un endroit incroyable que je voudrais te montrer.

— Ce ne serait pas Windy Point Overlook, par hasard ?

— Je ne me souviens pas du nom, seulement de la vue et de l'histoire.

Quelle histoire ? Elle s'apprêtait à le demander quand il s'inclina sur elle et l'embrassa.

Durant les quelques minutes de trajet sur l'Autoroute 149, Jamie jeta de nombreux coups d'œil vers Reese pour vérifier comment elle se remettait de leur baiser.

Il ne s'était pas montré trop insistant, cherchant uniquement à lui rappeler qu'il y avait quelque chose de spécial entre eux. Elle avait répondu instantanément, et sa réaction n'avait fait qu'intensifier le désir que lui-même ressentait.

Il n'en oublia pas pour autant de surveiller son rétroviseur pour vérifier qu'ils n'étaient pas suivis. Il devait se tenir sur ses gardes avec Stankovich, dont le désir de vengeance ne devait que croître depuis son dernier échec. En fait, il en était venu à se demander si Stankovich n'avait pas prévu qu'il vienne à la rescousse de Reese, afin de lui laisser le champ libre pour cambrioler la banque.

Ça, c'était la phase un. Quelle serait la phase deux ?

Une fois garé à Windy Point Overlook, il se cala contre son dossier, s'absorba dans la contemplation du paysage et laissa remonter ses souvenirs.

Il était si rêveur autrefois, croyant qu'il ne lui arriverait que des bonnes choses. Jamais il n'aurait pu imaginer faire une rencontre aussi épouvantable que celle de Stankovich. Tous les jeunes gens n'étaient-ils pas ainsi ? Il avait des ambitions, se croyait invincible... Et puis la vie s'était chargée de transformer un jeune fou en homme adulte.

— Je ne m'en lasse jamais non plus, dit Reese.

Elle avait incliné son siège, fermant les yeux comme si elle prenait le soleil par une belle journée d'été.

Jamie ouvrit sa portière et marcha jusqu'au bord de la corniche surplombant le lac San Cristobal. S'étendant à perte de vue, sa surface bleu-vert scintillait comme si elle était piquetée de milliers de diamants.

— À certaines heures de la journée, les nuages se reflètent dans le lac, dit Reese. Il a été formé par le Slumgullion Slide.

— Je sais, j'ai tout lu sur cet endroit après y être venu.

— Tu ne m'avais jamais dit que tu avais visité la région.

— Je te le dis maintenant.

Il lui adressa un sourire, puis se tourna à nouveau vers la vue et désigna la montagne.

— C'est l'Uncompahgre Peak. À l'époque, le Wetterhorn était probablement un immense volcan. Les pics Sunshine et Redcloud sont d'ailleurs composés de roches volcaniques.

— Tu t'intéresses à la géologie ?

— Beaucoup. J'ai hésité entre m'engager dans l'armée et poursuivre mes études. Finalement, c'est devenu une passion, et je lis beaucoup sur le sujet.

— En tout cas, tu m'en apprends sur ma ville natale. Je ne savais pas qu'il y avait eu des volcans.

— Eh bien, maintenant tu le sais.

Posté derrière elle, il passa les bras autour de sa taille et l'attira contre lui.

— Il commence à y avoir du vent.

Elle ne résista pas, pas plus qu'elle n'essaya de le repousser. Et ils restèrent ainsi longtemps à contempler la vue, dans un silence chargé d'émotion et de complicité.

Reese se réveilla lentement, blottie dans la chaleur du corps de Jamie, dont le bras reposait sur elle. Ses sens aussitôt en éveil, elle ne put résister à l'envie de caresser son beau visage endormi, s'attardant sur ses lèvres. Ses baisers lui procuraient un tel bien-être...

Refusant de laisser sa conscience interférer, elle s'installa à califourchon sur lui.

Jamie entrouvrit les yeux, puis ses mains se posèrent sur ses cuisses, avant de remonter sur ses hanches.

Elle le sentit grossir entre ses jambes, tandis qu'il ouvrait complètement les yeux.

Reese s'inclina pour l'embrasser. Il enfouit les doigts dans ses cheveux et son baiser se fit passionné. Mais, quand Reese voulut se mouvoir sur son érection, il l'immobilisa et la repoussa.

Elle le dévisagea sans comprendre.

— Qu'est-ce qui se passe ? Quelque chose ne va pas ?

— Je veux autre chose que du sexe pour nous réunir.

Médusée, elle le regarda quitter le lit et se diriger vers la salle de bains, où il s'enferma.

Se hissant sur les coudes, Reese fixa la porte fermée, en essayant de refouler l'amertume que lui procurait ce rejet. Il n'avait pas hésité jusqu'ici à se servir de leur attirance sexuelle réciproque pour parvenir à ses fins. Pourquoi avait-il changé ?

Fallait-il en déduire qu'il avait des sentiments plus forts pour elle ?

Si d'un côté elle fondait à cette idée et avait envie de le rejoindre, sa raison la mettait en garde. Il y avait de grands risques qu'elle soit obligée de mettre un terme à une relation dont elle savait qu'elle ne durerait pas.

Elle ne voulait pas faire souffrir Jamie. Elle ne voulait faire de mal à personne. C'est pour cela qu'elle devait se montrer prudente.

Si Jamie n'avait plus envie d'une relation sans lendemain, alors elle devait y mettre un terme avant que ça ne devienne trop sérieux.

Peu importe qu'il lui soit difficile de rompre leurs liens. Elle devait penser à lui avant de penser à elle-même.

Elle appréciait Jamie. Elle aimait sa force et sa détermination. Elle aimait son esprit. Elle aimait tellement de choses de lui.

Cette notion d'amour revenait beaucoup. Elle le releva, mais elle évita de s'attarder sur sa signification.

Elle se leva et enfila son peignoir, puis elle se dirigea

vers la cuisine, où elle attendit qu'il ait terminé dans la salle de bains.

Elle attaquait sa deuxième tasse café, quand Jamie apparut, entièrement habillé.

Elle essaya d'ignorer le sentiment d'abandon qu'elle ressentait. Il ne l'avait pas invitée à prendre sa douche avec lui. Il l'avait repoussée et tenue à l'écart.

— Jamie, il faut que nous parlions.

Il ne lui répondit pas et se servit une tasse de café.

— Ta réaction de tout à l'heure me prouve qu'il est temps.

Il prit appui contre le comptoir.

— Quelle réaction ?

— Pourquoi m'as-tu repoussée ?

Comme il gardait le silence, elle se demanda s'il ne commençait pas à prendre les choses trop au sérieux.

— Tu dois admettre que, jusqu'à maintenant, tu jouais avec moi... Enfin, pas exactement avec moi, mais avec mon attirance envers toi.

Il but une gorgée de café, et elle le trouva trop calme, trop sûr de lui.

— Je te fais la cour. Et j'espérais que tu finirais par te laisser faire.

En disant oui au mariage, aux bébés et au compte commun ?

— Écoute, je ne dis pas que c'est ce que tu fais, mais j'ai l'impression que tu essaies de me piéger.

— Je ne t'ai pas demandé de m'épouser.

On percevait une légère colère dans son intonation. C'est vrai, il ne l'avait pas demandée en mariage.

Peut-être réagissait-elle avec un rien d'exagération. Pourtant, elle ne pouvait se départir d'une certaine appréhension. Elle avait eu des relations avec des hommes qui voulaient s'installer pour de bon avec elle, tout en sachant que la réciproque n'était pas vraie. Les ruptures avaient été compliquées, inconfortables. Elle en avait été bourrelée de culpabilité.

— J'avais des projets avant de te rencontrer, dit-elle, sur un ton qui n'était pas dépourvu de reproche.

— Est-ce que je t'ai demandé de les changer ?

— Non.

À nouveau, elle se demanda si elle ne réagissait pas avec excès.

Cependant, certaines choses devaient être dites, clarifiées et comprises par tous deux.

— Mais c'est plus que simplement ça, reprit-elle. Un jour nos conceptions différentes de la vie nous séparerons.

— Je ne suis pas comme les autres hommes que tu as connus, Reese. Alors, arrête !

— Je le sais bien que tu n'es pas comme eux.

Jamais elle ne ferait la comparaison.

— Seulement, la situation présente des similarités. Et tu sais que j'ai toujours rêvé de devenir shérif de Never Summer.

— Et je ne te demanderai jamais d'y renoncer.

— D'une certaine façon, tu m'obliges à me poser la question. Tu viens juste d'accepter un emploi dans le Wyoming. Tu ne peux pas travailler là-bas et vivre ici. En outre, je ne veux pas te faire du mal comme j'ai pu en faire à d'autres. C'est pourquoi je pense qu'il est temps de calmer les choses.

Il vint vers elle, intense, masculin, et outragé.

Elle dut se retenir pour ne pas faire un pas en arrière.

Il lui prit le menton entre le pouce et l'index pour l'obliger à le regarder dans les yeux. Son regard était fier, mais dénué de colère. Elle n'y lisait que de la détermination.

— Ne te méprends pas, dit-il d'une voix plus rauque qu'à l'ordinaire. Il viendra peut-être un jour où tu parviendras à me convaincre que tu n'accepteras jamais ce qu'il y a entre nous. Tu es une femme qui ne sait pas ce que veut son propre cœur. Si je suis toujours ici, c'est que je n'ai pas perdu espoir que tu te décides un jour à l'écouter.

Il laissa retomber sa main et recula.

— Tu n'es pas la seule à avoir une décision à prendre, Reese.

Chacun des mots de Jamie, d'une vérité frappante, l'atteignit en plein cœur.

Sous le choc, elle resta figée tandis qu'il tournait les talons et quittait la pièce.

# 14

Kadin leur avait demandé de s'arrêter au chalet. Il n'avait pas expliqué pourquoi, et Jamie soupçonnait qu'il avait envie de voir Reese.

Il se dirigea vers la porte. Reese marchait un peu en retrait. Elle n'était pas crispée et sur ses gardes comme la première fois qu'elle était venue ici. Non, si elle était silencieuse, c'était pour une autre raison.

De toute façon, il n'avait pas envie de lui parler pour le moment. Le fait que son entêtement barre ainsi le chemin à leur futur bonheur l'exaspérait.

Lorsqu'il était venu à Never Summer, il était persuadé que rien de ce que Reese pourrait dire ou faire n'entamerait sa détermination.

C'était pourtant le cas aujourd'hui.

Elle disait qu'elle ne voulait pas lui faire de mal comme elle avait pu en faire à d'autres auparavant. Et elle préférait qu'ils se séparent plutôt que de changer ses projets. Qu'ils soient bons ou mauvais.

Il ne savait pas contre qui, d'elle ou de lui, il était le plus en colère. Peut-être contre Reese. Comment pouvait-elle choisir de rester aveugle à l'amour que tous deux étaient en train de construire.

Jamais auparavant il n'avait connu la trahison d'une femme. Ses précédentes relations n'avaient pas duré assez longtemps et, de plus, il se montrait toujours honnête sur le temps qu'il avait à leur consacrer.

Mais il avait bel et bien expérimenté la trahison avec Stankovich, et il se retrouvait aujourd'hui dans le même état d'esprit, dépité, désabusé, conscient qu'il n'aurait pas dû accorder aussi facilement sa confiance.

Reese ne voulait pas changer, et il n'y avait rien à y faire.

Jamie sonna, captant dans sa vision périphérique Reese qui l'observait. Il voyait bien que son comportement la troublait. Mais il s'en moquait.

Kadin les fit entrer. Il était rasé de frais et portait un jean ,avec un ceinturon à grosse boucle d'argent, et une chemise de flanelle à carreaux.

Il leur jeta au passage un coup d'œil surpris.

— Querelle d'amoureux ?

Jamie l'ignora et salua Penny, qui donnait le biberon au bébé. Elle était habillée simplement d'un legging et d'une veste kimono à l'imprimé noir et blanc porté sur un T-shirt blanc.

— Comment avance l'enquête ? s'enquit Kadin, tandis que tout le monde prenait place dans le salon. Vous n'avez pas appelé.

— Je crois que nous savons qui a tué Ella Neville, alias Eva, rapporta Reese.

Jamie l'écouta raconter tout ce qu'ils avaient découvert. Quand elle eut terminé, Kadin s'adressa à lui.

— Autre chose ?

Il secoua la tête.

— Votre maison à Rock Springs a été cambriolée, annonça Kadin, sans préambule.

Si ce n'était pas totalement une surprise pour Jamie, la nouvelle l'inquiéta quand même. Ses soupçons étaient donc fondés.

— Qu'est-ce que vous me cachez ? demanda Kadin.

— Si je vous le disais, vous seriez tous en grand danger.

— Au risque de paraître arrogant, vous oubliez à qui vous parlez, protesta Kadin. Personne ne peut m'atteindre.

Reese lança un regard impatient à Jamie.

— Arrête de faire des mystères et dis-nous tout, exigea-t-elle.

— Si tu insistes...

Il se cala contre le dossier de son fauteuil et commença son récit.

— Après avoir réussi à détruire les fausses preuves que Stankovich avait rassemblées contre moi, j'ai à mon tour monté un dossier à charge contre lui, une sorte de police d'assurance s'il essayait de s'en prendre à moi. Je ne pensais pas qu'il le ferait.

Il s'interrompit. En révéler plus les mettrait tous en danger.

— Continuez, l'encouragea Kadin.

Peut-être après tout était-il trop tard pour les secrets.

— Tout d'abord, vous devez comprendre que ces informations ne concernent pas uniquement Stankovich. Elles impliquent une organisation tout entière, quelque chose de terrible. Stankovich n'est que du menu fretin à côté.

Il se tourna vers Penny, hésitant.

— Ne me demandez pas de quitter cette pièce, dit-elle. Si quelqu'un risque de s'en prendre à mon mari, je veux tout savoir pour pouvoir me battre si besoin est.

— Et moi, je suis policier, renchérit Reese. Stankovich a commis un délit dans mon comté. Je dois savoir à qui j'ai affaire.

Jamie laissa échapper un soupir.

— Très bien. Mais pas de noms.

Il les regarda tour à tour dans les yeux, avant de poursuivre.

— Pour obtenir ce que je détiens aujourd'hui contre Stankovich, j'ai dû parler à quelques personnes pour découvrir ses dernières activités. J'ai suivi ses hommes de confiance et découvert qu'il avait prévu d'aller en Crimée pour voler des armes. Je les ai pris en photo pendant qu'ils cambriolaient un entrepôt. Ensuite, j'ai eu connaissance de leur projet d'emporter ces armes en Syrie pour les vendre. Encore une fois, je les ai suivis et pris en photo. J'ai appris par la suite que les armes appartenaient à un mafieux Russe.

— Comment Stankovich a-t-il su que vous aviez des preuves contre lui ? demanda Kadin.

— J'avais un informateur au sein de son organisation. Stankovich a dû le faire parler.

— Et maintenant Stankovich veut ces photos, dit Reese. C'est pour ça qu'il m'a enlevée ?

— Je le pense.

— Nous devons retrouver Stankovich, déclara Kadin.

Tandis que la conversation se poursuivait quelques minutes entre Jamie et Kadin, Reese remarqua une pile de dossiers sur la table et se rendit compte qu'ils étaient sans rapport avec l'affaire Neville.

— Vous travaillez sur une nouvelle enquête ?

Kadin se pencha et fit glisser les dossiers vers elle.

— C'est une affaire de crimes en série. Pas d'ADN, pas d'empreintes, pas de fibres.

Reese jeta un coup d'œil aux documents.

— Toutes les femmes sont violées, puis tuées au couteau, résuma-t-elle. Pas de témoin. L'assassin est méticuleux et sait comment ne laisser aucune trace. Cela fait six ans qu'il réussit à passer entre les mailles du filet.

Un profond désir d'arrêter ce fou s'empara d'elle. Après tout, n'était-ce pas dans ce but qu'elle avait fait des études de criminologie ? Jamie avait-il raison quand il disait qu'un emploi de shérif ne serait pas assez excitant pour elle ?

Le portable de Kadin sonna. Les chalets étaient situés suffisamment près de l'autoroute et de l'antenne-relais pour qu'il y ait du réseau.

Il répondit, et Reese attendit pendant qu'il échangeait quelques mots avec son interlocuteur. Penny en profita pour aller coucher le bébé.

— L'ADN retrouvé sur Eva correspond à celui de l'affaire Paula Kowalski, annonça-t-il, après avoir raccroché. Elles ont été tuées par la même personne. Jeffrey Neville a été mis hors de cause.

Reese se réjouit d'apprendre que Jeffrey était innocent. Mais qu'en était-il de Virgil ? Était-il l'assassin ? À présent, il ne semblait pas avoir le profil d'un tueur, mais quarante ans s'étaient écoulés.

Il fut bientôt temps de se séparer, et Reese fut surprise de constater qu'elle n'avait pas envie de partir. Si elle restait, elle pourrait discuter davantage avec son père, et pas uniquement de dossiers criminels.

Quand il la prit dans ses bras pour une accolade, elle ne put contrôler une légère crispation.

— Appelle plus souvent. Et passe me rendre visite quand tu veux.

— D'accord.

Elle mit les bras autour de lui et lui donna à son tour une accolade.

C'était quelque chose d'inédit pour Reese. Elle n'embrassait jamais personne. Mais ce contact physique avec son vrai père lui offrit un réconfort qu'elle n'avait jamais connu auparavant.

— Au fait, dit Kadin, alors qu'elle commençait à se diriger vers la porte.

Il tourna la tête.

— J'ai failli oublier. Je voulais te demander si tu avais des photos de toi quand tu étais bébé, ton premier anniversaire, les vacances... Ce genre de choses. Et peut-être, quand ton enquête sera résolue, pourras-tu me parler de ta vie. J'ai tellement d'années à rattraper.

À la décharge de Kadin, elle reconnut qu'il avait su se montrer patient. Il avait attendu jusqu'à maintenant pour faire une telle requête. Il lui avait laissé le temps de s'habituer à lui en tant que père. Et, même s'ils avaient beaucoup de chemin à faire avant de pouvoir affirmer qu'ils se connaissaient bien, ils avaient pris un bon départ.

— Oui, bien sûr.

Elle hocha la tête, se sentant comme toujours vaguement menacée. À la différence que cette fois sa résistance lui parut stupide.

Pourquoi refuser de connaître son père ? Oui, c'était différent de ce qu'elle avait connu avant. Mais il n'était pas interdit d'apporter un peu de changement dans sa vie.

— Prenez bien soin d'elle, dit Kadin à Jamie. Et toi, Reese...

Elle se crispa, dans l'attente d'un conseil paternel.

— Ce n'est pas un mauvais garçon. Laisse-lui une chance.

Reese en resta bouche bée.

— C'est ma façon de te donner ma bénédiction.

— Merci, boss.

Jamie rit et guida Reese vers la porte.

Elle se força à sourire.

— Au revoir, papa.

Le sourire de Kadin s'élargit, et il leva la main pour leur faire un signe d'adieu.

Dehors, Reese marcha dans un état second jusqu'à la voiture.

Elle ne savait pas vraiment ce qu'il lui était arrivé, mais il s'agissait incontestablement de quelque chose d'important.

— Bon travail, lui dit Jamie.

— Quoi ? Quel travail ?

— Tu as donné une accolade à ton père.

Il lui ouvrit la porte du côté passager.

— C'est une bonne chose si tu ressens un lien avec ton père, Reese. Ne sois pas aussi dure avec toi-même.

Elle ne monta pas tout de suite dans la voiture.

— Je suis dure avec moi-même ?

— Tu gardes toujours ce que tu ressens profondément enfermé en toi. Tu viens juste de laisser filtrer quelque chose, et c'était incroyable. Tu devrais peut-être essayer plus souvent.

Elle le regarda avec un mélange de stupéfaction et d'agacement. N'était-ce pas déjà ce qu'elle faisait ?

Virgil arriva au travail à l'heure le lendemain matin. Il sortit de sa voiture, en tenant à la main un gobelet de café en carton.

— On pourrait utiliser ça s'il refuse de nous fournir un échantillon ADN, suggéra Reese.

— On verra.

Ils étaient vraiment très près de l'arrêter. Et s'il prenait la fuite ? Jamie n'y croyait pas trop.

Il s'approcha de Virgil avec Reese.

— Bonjour, Virgil, dit cette dernière.

L'homme s'immobilisa, surpris de les voir, et se demandant visiblement ce qu'ils lui voulaient.

— Vous permettez que nous vous posions quelques questions ? Nous aimerions pour cela vous conduire au poste de police.

— Pour quelle raison ?

— Le meurtre d'Eva Sinclair, répondit calmement Reese, d'une voix amicale.

La réaction de Virgil se limita à un battement de cils.

— Eva ?

— Oui. Vous venez avec nous ?

— Je ne peux pas, j'ai du travail.

Il cherchait visiblement à se défausser

— Nous avons découvert que vous avez endossé l'identité de quelqu'un d'autre, monsieur Church, dit Jamie. Et l'époque coïncide avec le meurtre d'Eva. Celui de Paula Kowalski également. L'ADN est identique sur les deux scènes de crime, et nous aimerions vous disculper en tant que suspect.

Virgil parut d'abord médusé, puis un masque de froideur s'installa sur son visage.

— Et si je refuse ?

— Nous vous considérerons comme suspect dans les deux meurtres, rétorqua Reese. Et je peux d'ores et déjà vous arrêter pour usurpation d'identité. Mais nous voulons seulement vous poser des questions et obtenir votre ADN.

— Rien ne m'oblige à vous parler.

Virgil se mit en marche vers le magasin de bricolage. Tournant la tête, il déclara :

— Je n'ai tué personne et je ne connais pas de Paula ou d'Eva.

Jamie et Reese le suivirent des yeux, jusqu'à ce qu'il ait disparu dans le magasin.

— Je me doutais qu'il agirait de cette façon, affirma Reese.

— Il a l'air coupable.

— Il est vrai que, s'il ne veut pas parler, c'est sans doute qu'il a quelque chose à cacher, renchérit Reese.

Elle soupira, avant d'ajouter :

— C'est presque triste. C'est un homme âgé qui a réussi à reconstruire sa vie. Il regrette probablement ce qu'il a fait.

— Il a tué deux femmes. J'espère que ça le hantera jusqu'à la fin de ses jours.

— Je ne dis pas que ce qu'il a fait est bien. Il a perdu le contrôle et aujourd'hui il va devoir en payer les conséquences.

Par la vitrine, Jamie vit Virgil disparaître dans l'arrière-boutique.

— Attendons que le magasin ouvre et voyons ce qu'il a fait de ce gobelet.

Quinze minutes plus tard, le propriétaire du magasin de bricolage ouvrit les portes. Jamie et Reese sortirent de voiture et traversèrent la rue.

— Bonjour, Reese, dit le propriétaire depuis son comptoir. Je pensais que vous aviez fini vos travaux.

— Il me reste encore quelques détails à terminer.

Jamie l'accompagna tandis qu'elle faisait mine de s'intéresser aux tringles à rideaux. Ils repérèrent Virgil dans l'allée d'en face, en train de mettre en rayon des bidons de lave-glace.

Leur suspect marqua une pause, vida le contenu de son gobelet de café et l'abandonna sur une étagère. Quand il regarda de leur côté, Jamie souleva un abat-jour et le montra à Reese. Virgil parut agacé, mais il continua à travailler, comme s'il était certain qu'ils ne lui passeraient pas les menottes séance tenante.

Quand il eut terminé de tout mettre en rayon, Virgil récupéra son gobelet, se dirigea vers le comptoir et le jeta dans une poubelle derrière la caisse.

Jamie circula entre les rayons et s'arrêta devant les pelles. Virgil lui glissa un regard en biais et retourna dans l'arrière-boutique.

Reese, ayant fixé son choix sur une tringle, rejoignit Jamie et passa en caisse. Le propriétaire lui fit payer son achat et lui dit au revoir d'un ton détaché.

De retour à la voiture, Jamie fit le tour du magasin et se gara à proximité de la benne à ordures.

— Ça risque de prendre un peu de temps, dit-il.

— Mouais.

Avec un soupir, Reese inclina légèrement son siège et ferma les yeux.

— Ça t'a fait quoi d'embrasser ton père ? lança Jamie, à brûle-pourpoint.

Elle ouvrit un œil et lui coula un regard agacé.

— C'est maintenant que tu me demandes ça ? Pendant que nous traquons un suspect.

Elle ferma à nouveau les yeux.

— Et pourquoi pas ? Il n'y a pas de moment plus indiqué que d'autres pour en parler.

— Peut-être, mais je n'ai pas envie d'en discuter du tout.

— Ça te fait peur ?

Les deux yeux bien ouverts, elle se redressa sur son siège, ses cheveux blonds virevoltant autour d'elle tandis qu'elle tournait la tête de son côté.

— Qu'est-ce qui te fait penser ça ?

— Tu refuses de t'engager avec moi par peur de l'inconnu. Tu as des projets dont personne ne te détournera. Mais ce que tu ne comprends pas, c'est que ce n'est pas moi qui te vole tes rêves. C'est toi qui te prives d'opportunités en n'ayant pas l'esprit ouvert.

— Tu m'en veux toujours ?

— Je ne t'en veux pas. C'est à moi que j'en veux de t'avoir fait confiance.

Ce commentaire lui fit baisser les yeux. Jamie la regarda avaler sa salive, comme si la vérité était coincée dans sa gorge.

— Je t'ai dit que je n'étais pas prête pour une relation sérieuse, dit-elle.

Il comprit qu'elle s'accrocherait à cette excuse jusqu'à ce qu'elle l'ait perdu. Personne ne pouvait lui faire entendre raison. Il allait falloir qu'elle ouvre les yeux toute seule.

— Quand les gens se rencontrent, ils ne savent pas qu'ils viennent de trouver leur âme sœur.

Il savait quant à lui depuis la première seconde où leurs regards s'étaient croisés que Reese était la femme qu'il avait toujours attendue.

— Les projets peuvent changer. La vie n'est faite que de changements. Si tu refuses d'évoluer, tu seras coincée toute ta vie au même endroit. Prends exemple sur tes parents adoptifs, si tu ne me crois pas.

Il n'avait pas besoin de les rencontrer en personne pour savoir qu'ils étaient ainsi.

Lentement, elle tourna la tête vers lui et le dévisagea.

— Admets que ça t'a fait du bien te prendre ton père dans tes bras, insista-t-il.

Il voudrait qu'elle ait le courage de l'admettre, mais elle garda le silence.

— Tu sais aussi au fond de toi que tu adorerais travailler avec lui. La lumière dans tes yeux quand il t'a montré le dossier sur le *serial killer* t'a trahie.

— Ne commence pas !

— Tu crois vraiment qu'il a laissé ces dossiers sur la table par hasard ?

— Jamie...

À sa grande surprise Jamie remarqua qu'elle avait les larmes aux yeux. Aurait-il enfin réussi à ouvrir une brèche dans le mur de défenses qu'elle avait érigé autour d'elle ?

— Il te connaît mieux que toi-même. Mais c'est normal, tu es sa fille. Il suffit de te regarder pour voir que tu es une enquêtrice-née, comme lui.

Une larme glissa sur la joue de Reese. À l'intérieur, elle devait être dévastée. Tout ce en quoi elle avait toujours cru ne tenait plus face à cette nouvelle réalité.

— J'ai une vie ici, essaya-t-elle de protester.

— Tu as une vie avec ton père aussi. Oublie-moi, et

pense à Kadin. Tu vas le repousser lui aussi ? Pourquoi as-tu cherché à le retrouver, si tu n'avais pas l'intention de partager quelque chose avec lui ?

— Je ne sais pas.

Elle frappa sa cuisse du plat de la main.

— Je ne sais pas, d'accord ?

Jamie eut l'impression qu'il devait lui arracher ce qu'elle ressentait pour lui faire voir ce à côté de quoi elle passait.

— Je ne veux pas te faire du mal, dit-il.

Elle renifla, avant de répondre :

— Ça m'a fait du bien.

Il se pencha derrière le siège passager pour attraper une boîte de mouchoirs sur la banquette arrière.

— L'accolade ? demanda-t-il, en lui tendant une poignée de mouchoirs.

Elle hocha la tête, avant de se tamponner les yeux et de se moucher.

— Ça avait l'air réel. Comme s'il était sincère. Comme si ça venait de son cœur.

Touché au-delà de toute mesure, ébahi qu'elle ait renoncé l'espace d'un instant à ses certitudes pour laisser filtrer ce bref moment de véritable amour, Jamie lui prit le menton dans les mains et tourna vers lui son regard encore embué.

— Tu étais sincère quand tu m'embrassais ? s'enquit-il d'une voix hésitante.

La façon dont elle reprit son souffle, comme au plus fort de la passion, la trahit avant qu'elle ne réponde :

— Oui.

— Est-ce que tu le sens que je suis sincère ? Est-ce que tu sens que ça vient de mon cœur ?

Elle ferma les yeux un bref instant.

— Je ne sais pas.

Jamie essaya de contenir sa déception. Elle s'était tellement fermée à l'amour qu'il était difficile de lui faire ouvrir son cœur. Et pourtant elle avait baissé sa garde.

Approchant de son visage celui de Reese, il murmura :

— Détends-toi et fais-moi une place, Reese.

Il effleura ses lèvres d'un baiser, et l'accélération de leurs souffles emplit l'habitacle. Il se retint cependant de l'embrasser passionnément.

Ce baiser était destiné à lui faire passer un message. Un message doux et pur.

Dans l'état de vulnérabilité où elle se trouvait, elle se laissa emporter par le baiser d'une manière beaucoup plus douce que d'habitude. Ce n'était pas la passion qui les menait, mais leurs cœurs. Il se sentait plus proche d'elle que jamais et revitalisé qu'elle le traite comme un égal, ne serait-ce qu'une fois.

Il avait mené de nombreuses batailles, mais celle-ci serait la plus difficile. Reese faisait chanter dans sa tête de tendres notes qui n'y étaient jamais entrées. Il se sentait soudain exagérément sentimental et avait l'impression d'avoir le cœur comme un nuage léger et duveteux.

Il s'écarta et la regarda ouvrir les yeux, dardant sur lui un regard noyé d'émotion, le visage rougi et la respiration altérée.

— Je t'aime.

Les mots lui avaient échappé. Il était trop tard pour les reprendre et attendre qu'elle soit prête.

— Je t'aime depuis cette première nuit.

— Oh ! Jamie.

Une nouvelle larme roula sur sa joue.

Était-ce assez pour la ramener à la maison avec lui ?

Elle avait une vie à Never Summer. Et son désir de devenir

shérif ne pouvait être aisément négligé. Serait-elle capable d'assumer un tel changement ?

Elle ne dit pas qu'elle l'aimait aussi, et le doute vint entacher ses espoirs.

# 15

Après avoir fouillé dans la benne à ordures et trouvé le gobelet en carton, Reese donna l'échantillon à Kadin, afin que ce dernier fasse accélérer les analyses grâce à ses relations privilégiées avec un laboratoire.

À présent, Jamie et elle pouvaient déployer toute leur énergie à retrouver Stankovich, avant que celui-ci n'ait le temps passer à la vitesse supérieure.

Pour le moment, ils avaient totalement perdu sa trace.

Ils savaient que Stankovich avait passé une nuit au ranch de Shadow Mountain, mais il semblait s'être volatilisé depuis. Personne ne l'avait vu en ville, et il n'avait pas pris d'avion au départ des aéroports les plus proches, que ce soit sur un vol privé ou commercial.

Dans l'espoir de trouver un indice, ils décidèrent de fouiller ce qu'il restait de la maison de la mine, qui avait été presque entièrement détruite par l'incendie.

La brume donnait un aspect fantomatique et désolé au paysage, et l'endroit semblait d'autant plus sinistre qu'il y régnait un calme inquiétant. La circulation, d'ordinaire assez dense sur cette portion de route, qui permettait de rejoindre l'autoroute, était quasi inexistante en raison du mauvais temps, et l'épais tapis de neige accumulée en l'espace d'une journée étouffait de toute façon les bruits ambiants.

Des flocons de neige tourbillonnaient autour d'eux, créant autour des ruines un halo irréel. Reese se tourna vers Jamie, fascinée par les résidus de neige qui perlaient au bout de ses cils et s'accrochaient à ses cheveux. Elle était toujours déconcertée par les choses qu'il lui avait dites.

Elle n'avait pas envie de s'y confronter maintenant. Peut-être même n'en aurait-elle jamais le courage.

— Ça m'étonnerait qu'il parte sans en avoir terminé avec moi, dit Jamie. Ça ne lui ressemble pas. Il ne passe jamais à côté d'une occasion de gagner de l'argent, ce qu'il a pu faire grâce à Virgil, et il ne renoncera pas tant que je serai vivant.

— Où peut-il être allé ? marmonna Reese.

Cessant de fouiller parmi les débris, elle arqua son dos douloureux et regarda autour d'elle.

La porte qui bloquait l'entrée de la mine n'était plus qu'un tas de cendres et de bouts de bois noircis.

À la pensée qu'elle avait été enfermée dans une pièce à proximité, elle ne put retenir un frisson.

Elle repensait aux heures d'angoisse qu'elle y avait vécu quand, soudain, elle eut une illumination.

— Ray m'a dit qu'il voulait transformer la mine en musée. Ce qui veut dire qu'elle est toujours intacte.

Décrochant sa torche de sa ceinture, elle commença à se diriger dans cette direction. Immédiatement sur sa droite, après l'entrée dans le tunnel, elle remarqua une sorte de cage métallique.

— Le monte-charge des mineurs, expliqua Jamie.

Il actionna un mécanisme, et l'appareil se mit bruyamment en marche.

Jamie regarda les câbles bouger tandis que la cabine s'élevait, s'arrêtant à leur niveau dans un vacarme de claquements métalliques.

— Pourquoi la cabine était-elle au sous-sol ? demanda Reese avec étonnement.

— Allons le découvrir.

Jamie dégaina son arme tandis qu'il tirait la grille métallique et entrait dans la cabine. Reese le suivit, mais ne sortit pas son arme du holster qu'elle portait à la ceinture, préférant garder les mains libres pour tenir la torche.

Cherchant le panneau de contrôle, Jamie appuya sur un bouton, et ils amorcèrent la descente.

La lumière de l'ouverture disparut tandis que la paroi rocheuse les encadrait de tous les côtés. Seule la torche de Reese leur procurait un peu de lumière.

— Ray est peut-être revenu, dit-elle.

— C'est possible.

Dans l'obscurité, elle vit Jamie se tourner vers elle. La façon dont il la regardait disait qu'il ne le pensait pas réellement et qu'il regrettait de ne pas pouvoir exiger qu'elle reste en haut.

Le monte-charge s'arrêta bruyamment au fond, devant une ouverture dans la muraille. De là, partaient des rails, qui s'enfonçaient dans l'obscurité de trois tunnels.

Tandis qu'ils s'avançaient vers l'embranchement, un son monta soudain au loin.

— Qu'est-ce que c'était ? lança Reese.

— Je ne sais pas.

— On aurait dit un gémissement.

— Eh bien...

Quelque chose bougea à l'entrée d'un des tunnels. Tous ses sens aussitôt en alerte, Reese tourna sa torche dans cette direction. Un wagonnet apparut dans le faisceau lumineux.

Le temps qu'elle sorte son arme, un homme jaillit sur le côté du wagonnet et pointa un pistolet vers sa tête.

Elle se trouva face à un homme aux yeux d'un bleu

délavé, arborant la même impassibilité que lors de leur dernière rencontre.

*Stankovich.*

— Lâche ton arme, dit-il à Jamie, en regardant par-dessus son épaule.

Épouvantée, elle tourna la tête et vit que Holcomb et Bishop avaient émergé d'un autre tunnel et tenaient Jamie en joue.

Stankovich prit l'arme de Reese dans son holster et la glissa dans la ceinture de son pantalon.

— Fais ce que je dis, ou je la tue.

— Dans ce cas, tu n'auras jamais les photos que j'ai de toi en train de trafiquer avec les Russes.

— J'aurais tout ce que je veux, d'une manière ou d'une autre.

Qu'allait-il faire ? se demanda Reese avec effroi. Torturer Jamie jusqu'à ce qu'il parle ?

— Pas de ma part, affirma Jamie. Certainement pas.

Stankovich ricana.

— Oh que si, tu vas m'obéir. À moins que tu ne préfères avoir la mort du fils de ton patron sur la conscience.

Reese eut un coup au cœur. Stankovich avait enlevé son demi-frère ?

— Ce n'est qu'un bébé ! protesta-t-elle.

— Alors, je vous conseille de convaincre votre amant de poser son arme.

Incapable de contenir les larmes qui lui montaient aux yeux, elle vit Jamie se décomposer. Stankovich était prêt à tout pour obtenir ce qu'il souhaitait.

— Comment puis-je être sûr que tu as bien enlevé Clayton ? Kadin ne laisserait jamais personne prendre son fils.

— Il n'était pas là quand nous avons fait irruption dans son chalet de location. Sa femme s'est bien battue, mais nous étions en supériorité numérique.

Le portable de Jamie commença à sonner. Ce devait être Kadin.

— Ne réponds pas, dit Stankovich.

— J'exige une preuve qu'il est toujours en vie, gronda Jamie, tandis que son téléphone continuait à sonner.

Stankovich fit un signe de tête à Bishop, qui sortit son téléphone de sa poche et montra à Jamie ce qui devait être une vidéo. Puis il composa un numéro et tint le téléphone à l'oreille de Jamie.

Quand ce dernier ferma les yeux de consternation, Reese sut qu'il entendait le bébé. Et ils savaient à présent qu'ils étaient plus que trois à Never Summer. Stankovich avait une équipe.

Jamie laissa tomber son arme.

— À la différence de toi, je ne suis pas un monstre. Dans ce domaine, tu seras toujours le premier. Les hommes comme toi sont des lâches. Tu te sers d'innocents parce que tu n'arrives pas à la cheville d'homme comme Kadin ou moi.

— Assez parlé ! Tu sais ce que je veux en échange de la femme et du gamin.

Il serra le bras de Reese jusqu'à lui faire mal.

— Venez avec moi.

Elle braqua sa torche devant elle, tandis que Stankovich allumait sa lampe frontale.

Plus loin dans le tunnel, d'épais piliers soutenaient la voûte de la grotte.

Stankovich la poussa vers l'un des piliers.

— Asseyez-vous, ordonna-t-il.

Percevant la menace à la fois dans ses yeux et dans sa voix, elle n'opposa aucune résistance.

Il sortit un rouleau de large adhésif gris de sa poche et le lui tendit.

— Mettez ça autour de vos chevilles. Et faites-le correctement, ou je vous tire une balle dans la jambe.

Reese enroula deux tours d'adhésif autour de ses chevilles.

— Maintenant, passez vos bras derrière le pilier.

Reese recula un peu en rampant sur les fesses, afin de pouvoir coller ses bras au poteau, et laissa Stankovich l'attacher sans broncher.

— Et maintenant vous allez attendre ici que je revienne.

— Qu'allez-vous faire ?

Il s'éloigna dans le tunnel sans répondre.

Jamie s'en voulait de ne pas avoir été assez vigilant. Stankovich était parvenu à ses fins. En se servant de Reese, il avait réussi à le contraindre à exécuter ses ordres. Mais, ce que Stankovich ignorait, c'est qu'il avait envoyé un texto à Kadin. Aussi incroyable que ça paraisse, il y avait du réseau en bas, grâce au fait que l'ancienne mine était toute proche de l'autoroute et de l'antenne-relais. Le message, qui disait simplement « plan B », était préenregistré, et il n'avait eu qu'à appuyer sur la touche « envoyer » pour indiquer que Stankovich était dans les parages de la mine. La vidéo que Bishop lui avait montrée faisait voir Clayton dans un wagonnet, et le son qu'ils avaient entendu devait être celui du bébé qui pleurait.

— Toi, dit Stankovich à Holcomb, va surveiller la femme.

Holcomb partit en courant vers le tunnel et disparut dans l'obscurité.

— Je ne pense pas avoir besoin de t'expliquer comment ça va se passer, ajouta Stankovich, en s'adressant à Jamie. Tu as vingt-quatre heures.

Il se dirigea vers le monte-charge et ouvrit la grille métallique, lui faisant signe d'entrer dans la cabine.

— Ne m'oblige pas à rester dans ce trou plus longtemps que ça.

Jamie monta dans la cabine et s'éleva vers la surface. Dès qu'il en fut sorti, Stankovich rappela le monte-charge au sous-sol.

Une fois à l'extérieur, Jamie attrapa son portable. Pourquoi Stankovich ne le lui avait-il pas pris ? Peut-être pour pouvoir rester en contact avec lui ?

Dès qu'il franchit les ruines de l'ancienne maison, il aperçut une cohorte de SUV noirs qui avançaient dans sa direction, en soulevant des tourbillons de neige.

Dès que son bébé avait été enlevé, Kadin avait appelé la cavalerie. Comment étaient-ils arrivés sur place aussi vite ?

Kadin et sa femme jaillirent de l'un des véhicules.

— Où est Clayton ? s'écria Penny.

Jamie expliqua sans tarder la situation et dessina dans la neige, à l'aide d'un bâton, le plan de la mine.

— Si nous utilisons le monte-charge, ils vont l'entendre, les prévint-il.

— Nous allons descendre en rappel, lui répondit Kadin.

Puis il se tourna vers Penny.

— Tu vas rester ici.

Penny protesta, son instinct de mère désireuse de retrouver son enfant prenant le dessus sur sa propre sécurité.

Kadin se rapprocha et la saisit par le haut des bras.

— Je vais te le ramener.

Penny cilla et pressa son front contre le torse de son mari. Quand elle releva la tête, Kadin l'embrassa.

— Reste à l'abri, au cas où.

Elle hocha la tête, et il s'adressa à ses hommes.

— On s'équipe !

Jamie descendit en rappel derrière Kadin.

Ils se posèrent sur le toit du monte-charge, attendirent d'être certains qu'il n'y avait personne dans les parages et se laissèrent glisser le long de la cage métallique.

Le reste de l'équipe suivit, et les hommes se dispersèrent à travers les trois tunnels.

Accompagné de deux hommes, Jamie partit dans la direction où Reese avait disparu. Il entendit parler, mais ne distingua pas ce qui se disait. Il n'y avait que deux voix, celle de Reese et celle de Holcomb.

L'un des agents de terrain s'avança, le dos plaqué à la muraille, son fusil d'assaut levé et prêt à faire feu, tandis que l'autre couvrait leurs arrières.

En quelques secondes, Holcomb fut abattu tandis que, au loin dans les galeries, résonnaient d'autres coups de feu.

Jamie se précipita vers Reese pour la détacher.

— Tout va bien, dit-il. Tu ne risques plus rien, à présent.

Regagnant l'entrée, ils virent émerger des autres galeries les hommes de Kadin, qui escortaient des prisonniers. Stankovich n'était pas parmi eux.

Guidés par les pleurs de Clayton, ils suivirent les rails et découvrirent le bébé dans un wagonnet. Kadin gisait au sol, blessé au dos et inconscient. Il avait été stoppé net dans sa détermination à retrouver son fils.

Deux agents de terrain s'approchèrent.

— Il faut demander de l'aide, cria Reese.

Tandis que l'un des deux communiquait par radio, l'autre s'avança vers le wagonnet et souleva Clayton dans ses bras.

Jamie déposa un rapide baiser sur les lèvres de Reese.

— Je pars à la recherche de Stankovich.

À peine eut-il prononcé ces mots que deux hommes apparurent, poussant rudement Stankovich devant eux.

Jamie marcha jusqu'à son ennemi et lui asséna un coup de poing au visage.

Reese trouva cette punition justifiée et se réjouit de cette capture, tout en s'inquiétant pour Kadin. Son père.

Elle ne pouvait pas le perdre maintenant, alors qu'elle venait tout juste de comprendre ce qu'il représentait pour elle.

Soudain, un des étais en bois craqua et des pierres commencèrent à s'ébouler.

Profitant de l'effet de surprise, Stankovich donna un

coup de coude à l'un des hommes qui le détenaient, poussa l'autre, et se mit à courir.

Sans la moindre hésitation, Jamie sortit son arme et tira.

Stankovich vacilla en arrière et fut bientôt enseveli sous un éboulis.

— Vite ! cria Reese. Il faut sortir d'ici.

Les hommes de Kadin le soulevèrent et le transportèrent vers le monte-charge, dans un nuage de poussière et de débris. Jamie et Reese suivirent.

Au moment où ils montaient dans la cabine, le plafond s'effondra dans la galerie qu'ils venaient juste de quitter.

La cabine s'éleva, et l'air commença à devenir plus respirable, alors que la lumière extérieure filtrait peu à peu autour d'eux.

Les secondes ressemblaient à des heures tandis que Reese contemplait le visage inanimé de son père. Comment un homme aussi fort avait-il pu être abattu ainsi ?

Stankovich était mort. Ses hommes avaient probablement tous péri dans la mine. Ils n'avaient plus rien à craindre de lui, et pourtant Reese ne pouvait s'empêcher de ressentir une terrible impression de gâchis à l'idée que tant de vies avaient pris fin.

Kadin ne pouvait pas mourir lui aussi.

La cabine s'arrêta, et Jamie tira la grille.

Penny se précipita vers eux, le visage ravagé par l'inquiétude.

Voyant que son bébé, blotti dans les bras d'un des agents de DAI, allait bien, elle se précipita vers Kadin et le supplia de se réveiller.

Reese croisa le regard de Jamie et vit qu'il avait compris ce que représenterait pour elle la perte de son père.

# 16

Reese était assise à côté de Jamie dans la salle d'attente de l'unité de soins intensifs. Kadin avait été transporté par hélicoptère à l'hôpital de Montrose, et on était en train de l'opérer.

Des photographies encadrées de plages ornaient les murs, et semblaient déplacées et inappropriées. Qui aurait envie de penser à quelque chose d'aussi agréable que des vacances au bord de la mer quand quelqu'un risquait de mourir ? Des magazines écornés encombraient la table basse, et il flottait dans l'air une odeur de renfermé et de sale, comme si des centaines de personnes y avaient laissé leurs germes, leur mauvaise haleine et les remugles de leur transpiration.

C'était une pièce horrible.

Berçant son bébé dans ses bras, Penny faisait les cent pas. Elle tenait remarquablement bien le coup, mais Reese savait très bien ce qu'elle ressentait à l'idée de perdre son mari.

Quant à elle, le choc l'avait laissée dans un état second, incapable de penser à autre qu'à la perspective que son père pourrait mourir et qu'elle avait besoin de lui.

Cette accolade qu'il lui avait donnée avait changé beaucoup de choses. Le lent et subtil travail de persuasion mené par Jamie n'y était pas pour rien non plus.

Tout semblait si simple avant : faire des études, trouver

un poste de shérif adjoint, obtenir une promotion... Ses projets excluaient tout aspect personnel, et elle comprenait aujourd'hui que c'était une erreur.

Élevée par des parents distants qui lui avaient appris à se débrouiller seule, elle s'était forgé une belle réussite sociale, mais guère plus. Elle avait connu une certaine forme d'affection, mais jamais de véritable amour.

En rencontrant Jamie et Kadin, elle avait réalisé tout ce à côté de quoi elle était passée. Il n'y avait rien de mal à inclure sa nouvelle famille dans son cercle. Au contraire, Kadin, Penny et Clayton ne pouvaient qu'enrichir sa vie, la rendre plus complète.

Elle voulait une chance de pouvoir vivre cela.

*Et Jamie ?*

L'étincelle qui se produisait à chaque fois qu'elle posait les yeux sur lui la déstabilisait. Elle ne savait pas comment appréhender les sentiments qu'elle ressentait.

Était-ce de l'amour ?

Elle n'en savait rien. Mais elle avait besoin d'y voir clair. Elle ne pouvait pas se donner complètement à lui avant d'avoir décidé ce qu'elle allait faire. Rester avec lui, ou mettre un terme à leur relation ?

Peut-être avait-elle besoin d'un peu plus de temps ?

Elle en était là de ses réflexions quand un médecin entra dans la salle d'attente.

— Oh ! dit doucement Penny.

Reese se leva et vint à côté d'elle, imaginant la panique qui devait l'envahir à cet instant. Jamie les rejoignit.

— Tout va bien, annonça le médecin.

D'origine amérindienne, avec des lunettes à la John Lennon, et d'épais cheveux noir corbeau, il était grand et mince.

Les épaules de Penny s'affaissèrent, tandis qu'elle laissait échapper un nouveau « oh ! » avant de déposer un baiser sur le front de Clayton.

Reese partagea son soulagement.

— La balle a évité le cœur et le poumon. Il a eu beaucoup de chance. En fait, c'est le coup à la tête qui m'inquiétait le plus. En restant inconscient aussi longtemps, des séquelles étaient à craindre. Mais il s'est réveillé avant l'opération et s'est mis à pester en découvrant où il se trouvait. Il a une légère commotion, et il a fallu lui poser quelques points de suture au cuir chevelu, mais c'est tout.

— Mon mari n'aime pas se trouver en position de faiblesse, dit Penny, en glissant une mèche de cheveux auburn derrière son oreille.

— Oh ! il en est loin, répliqua le médecin en riant. S'il n'avait pas été blessé dans le dos, il aurait été capable de s'opérer lui-même.

Penny esquissa un sourire.

— Il ne va pas tarder à se réveiller. Vous pouvez aller le voir.

Marchant à côté de Jamie, Reese suivit Penny vers l'ascenseur. Tandis qu'ils montaient vers l'étage où Kadin était désormais en train de récupérer, elle se rapprocha et Jamie passa un bras autour de sa taille.

Penny ne remarqua rien. Elle berçait Clayton dans ses bras, se dandinant nerveusement d'un pied sur l'autre.

Les portes de l'ascenseur à peine ouvertes, elle marcha d'un pas pressé dans le couloir et entra en trombe dans la pièce qu'on leur avait indiquée.

Lui tenant la porte, Jamie laissa passer Reese, et ils demeurèrent en retrait pour laisser un peu d'intimité à Penny.

Son fils calé sur un bras, elle caressa le visage de son mari.

Il ouvrit les yeux.

— Kadin, murmura-t-elle, avant de se pencher pour l'embrasser.

Lorsqu'elle se redressa, il leva la main et la posa sur la tête de son fils, les yeux brillant d'un intense amour pour l'un et pour l'autre.

Après ces touchantes retrouvailles, Penny prit place sur la chaise placée à côté du lit, et Kadin tourna la tête vers Jamie.

— J'ai une dette à vie envers vous.

— Je n'étais pas seul.

Regardant Reese, Kadin tendit la main vers elle.

Elle s'approcha et la serra dans la sienne.

— Notre famille est à nouveau au complet, dit-il.

— Quel genre de drogue vous ont-ils donné ? essaya-t-elle de plaisanter, sans grand succès.

— Je suis sérieux. Tu es ma fille, et je voudrais que nous passions le plus de temps possible ensemble.

— Je le voudrais aussi.

— Prends tout le temps qu'il te faudra.

Il lui adressa un petit clin d'œil.

— Jusqu'à ma sortie de l'hôpital, ça suffira ?

Il était plus doué qu'elle pour les plaisanteries.

— Vous n'allez pas rester longtemps ici. Le médecin a dit que vous étiez intenable.

— Un peu comme toi ?

Moins d'une semaine plus tard, les résultats des tests ADN confirmèrent que Virgil Church était bien Darius Richardson et que l'homme avait tué Eva et Paula.

Jamie et Reese se rendirent au chalet des Church pour prévenir Lavinia que son mari avait été arrêté.

La vieille dame les reçut aimablement et leur proposa un thé, avant de leur annoncer, d'un ton passablement guilleret, que Virgil l'avait quittée et qu'elle ne savait pas où il était.

Elle était toujours en chemise de nuit au beau milieu de l'après-midi et elle semblait un peu confuse de les voir là, alors qu'elle n'avait pas appelé à l'aide.

— Pourquoi est-il parti ? s'enquit Reese, tandis que Lavinia lui tendait une tasse de thé brûlant.

— Il m'a laissé une lettre.

La vieille dame s'assit à la table de la cuisine et se mordilla un ongle.

— Je n'aurais jamais dû l'épouser. Il n'était pas celui que je croyais. Il m'a menti.

Auraient-ils la chance d'avoir une confession écrite ?

Jamie écarta une chaise pour Reese, qui le regarda comme s'il était complètement démodé, ce dont il se moquait éperdument. Il ferait encore cela pour elle quand ils seraient un vieux couple aux cheveux blancs.

Si elle acceptait de vivre avec lui…

Il s'assit à son tour, Reese ayant pris place à côté de Lavinia.

— Nous pouvons voir la lettre ? demanda-t-elle. Elle pourrait contenir des indices.

La vieille dame plissa le front.

— Des indices ?

Puis elle leva les yeux au ciel en agitant la main devant elle.

— Il a endossé l'identité d'un autre homme.

Elle se leva et se dirigea vers un buffet rustique à deux corps, dont la partie haute s'ornait de vitraux, et sortit la lettre d'un des deux tiroirs.

Revenant vers la table, elle la déposa devant Reese.

— Toute une vie de mensonges, dit-elle d'un ton écœuré.

Elle secoua lentement la tête, tout en se rasseyant.

— Et moi qui avais confiance en lui.

Reese posa sa main sur celle de la vieille dame et commença à lire.

*Ma chère Lavinia,*

*Je ne trouve pas les mots pour te dire à quel point je regrette de devoir t'apprendre ceci.*

*Il y a quelque chose que je ne t'ai jamais dit.*

*Bien avant de te rencontrer, j'ai vécu à San Diego et j'ai rencontré une fille dont je suis tombé amoureux. J'étais jeune et dévoré par l'envie de gagner beaucoup d'argent. Je suis devenu un voleur et j'aurais probablement continué à l'être toute ma vie si je ne t'avais pas rencontrée.*

Reese leva les yeux vers Lavinia, qui avait porté une main à sa bouche et écoutait d'un air médusé.

*J'aurais emporté ce secret dans ma tombe si la police ne m'avait pas retrouvé. Ils sont allés voir ma sœur à Durango et m'ont demandé un échantillon d'ADN. J'en ai déduit qu'ils avaient fait le lien entre moi et l'homme que j'avais été, Darius Richardson. Je ne peux pas te dire le reste. Cela te ferait trop de mal. Tu le découvriras bien assez tôt, je suppose. La police va venir me chercher, et je dois partir.*

— Qu'est-ce qu'il raconte à propos de la police ? C'est vrai que nous avons nos problèmes, mais ce n'est pas une raison pour l'arrêter.

— Ce n'est pas pour cela, dit Jamie.

— Mais, pour quoi, alors ? Pour vol d'identité ?

— Pour meurtre.

Lavinia ouvrit de grands yeux.

— Quoi ?

— C'est lui qui a tué Ella Neville, expliqua Reese. L'argent que j'ai trouvé dans ma maison avait été volé. Darius Richardson a cambriolé une banque avec l'aide d'Ella, dont le vrai nom était Eva Sinclair. Eva est partie avec l'argent,

Darius l'a retrouvée et l'a tuée avant qu'elle ait eu le temps de le dépenser.

Lavinia posa une main sur son cœur.

— Oh ! mon Dieu ! C'est encore pire que ce que je pensais. J'étais mariée avec un meurtrier ?

— Nous sommes désolés d'avoir dû vous l'apprendre, affirma Jamie.

— J'aurais préféré le savoir quand j'étais plus jeune. Je ne risque plus de trouver un autre mari, maintenant. Je vais être obligée de vivre toute seule jusqu'à la fin de mes jours.

Ses yeux se perdirent dans le vague tandis qu'elle envisageait le triste sort qui l'attendait.

— Je suppose que je pourrais lui écrire en prison, quand vous l'aurez arrêté.

— C'est déjà chose faite, dit Reese. Mes collègues des US Marshals l'ont intercepté alors qu'il allait passer au Mexique. Il a été ramené au Colorado et a tout avoué.

Virgil était devenu nerveux quand Reese avait commencé à enquêter sur l'affaire Ella Neville, d'autant que l'homme qui était venu à Never Summer pour l'aider travaillait pour une agence prestigieuse.

Il avait découvert le passé de Jamie, et en particulier sa collaboration avec Aesir international. Quand il avait croisé Stankovich en ville, il avait reconnu en lui le propriétaire d'Aesir. Il l'avait approché après avoir appris que Reese avait trouvé de l'argent chez elle.

Eva avait prétendu avoir dépensé cet argent pour acheter la maison avec Jeffrey. Après l'avoir tuée, il avait fouillé partout pour s'assurer qu'elle n'avait pas menti. N'ayant rien trouvé, il s'était fait une raison. Jusqu'à ce que la rumeur de la découverte faite par les ouvriers chargés de la restauration se répande en ville. Il avait passé un accord avec Stankovich, supposant qu'Eva avait caché le reste de l'argent quelque part ailleurs dans la maison. Il espérait par ailleurs que Stankovich réglerait leur compte à Reese et Jamie avant que ces derniers ne découvrent qui il était vraiment.

Pour ce qui était des meurtres d'Eva et Paula, il prétendait avoir traqué Eva parce qu'elle lui avait volé son argent. Quand il avait retrouvé sa trace à Never Summer et découvert qu'elle avait épousé un autre homme, il était devenu fou. Malgré sa trahison, il l'aimait encore. Quand elle lui avait dit que tout l'argent était parti « dans la maison » qu'elle avait achetée avec Jeffrey, il l'avait tuée. Puis il avait été obligé d'éliminer Paula car celle-ci l'avait vu étrangler Eva, et il redoutait qu'elle le dénonce, malgré sa promesse de ne pas le faire.

Entre les aveux et la correspondance ADN, l'enquête était désormais close.

Jamie tint ouverte la porte de la grange, et Reese entra. La ville avait organisé un bal western en son honneur, et elle portait une jupe et un chemisier dans le plus pur style country, ainsi que des bottes de cow-boy.

Jamais elle n'aurait pu résoudre une enquête vieille de quarante ans sans l'aide de Jamie et de Kadin, pas plus qu'elle n'aurait été promue au titre de première adjointe du shérif, mais elle ne pouvait pas refuser cet honneur.

Jamie faisait un peu la tête depuis qu'elle avait obtenu cette promotion, et elle ne savait pas vraiment elle-même si elle devait se réjouir ou regretter cette avancée inattendue dans sa carrière.

Une estrade trônait au fond de la salle, occupée par un orchestre, et des tables rondes avaient été disposées sur les côtés, laissant au milieu un vaste espace réservé aux danseurs.

Betty et Horace Miller dansaient avec beaucoup plus d'entrain que les autres couples, pourtant plus jeunes.

— J'aimerais être aussi en forme qu'eux quand j'aurai leur âge, dit Jamie.

Refusant de se demander si Jamie ferait toujours partie de sa vie quand elle aurait soixante-dix ans, Reese regarda autour d'elle et aperçut Candace qui agitait la main dans sa direction.

— Félicitations ! s'écria chaleureusement l'employée de banque, tandis qu'elle approchait d'eux. Vous avez réussi à élucider cette affaire. C'est incroyable.

— Merci, mais j'ai été aidée.

Candace lui donna une petite tape sur le bras.

— Vous êtes trop modeste.

— Si seulement elle n'avait que des qualités, marmonna Jamie.

— Il pense que je suis têtue, expliqua Reese.

— Vous êtes ensemble, n'est-ce pas ? Le shérif m'a dit qu'il vous avait vus vous embrasser.

Candace fit mine de faire les gros yeux à Jamie.

— Mais alors, vous allez nous enlever notre célébrité ?

— Si seulement je pouvais la convaincre de venir vivre avec moi dans le Wyoming.

Il tourna un regard interrogateur vers Reese, qui haussa les épaules.

— Et son père serait ravi qu'elle vienne travailler avec lui.

— Oh ! mais c'est formidable.

Masquant ses lèvres de sa main, Candace murmura à l'attention de Reese.

— Rassurez-vous, je ne dirai rien au shérif.

— Qu'est-ce que vous ne me direz pas ?

Mortifiée, Reese découvrit que le shérif se tenait juste derrière elle.

— J'essaie de vous la voler, déclara Jamie.

Elle lui lança un regard de mise en garde, mais il sourit et déposa un bref baiser sur ses lèvres.

— Il plaisante, dit-elle, gênée.

Le shérif Robinson l'attira à lui et lui donna une chaleureuse accolade.

— Vous méritez cette promotion, Reese. Vous êtes une excellente enquêtrice.

— Excusez-nous.

Jamie lui prit la main et l'entraîna vers la piste de danse. Une valse country venait de commencer.

— Je n'essaie pas d'influencer ta décision. Je plaisante. Tu as besoin de temps pour te décider, et je sais me montrer patient quand il le faut. C'est pourquoi j'ai décidé de te laisser un peu de recul.

— Que veux-tu dire ?

— Je retourne dans le Wyoming demain matin. Après cette danse, je passe à mon hôtel faire mes bagages.

— Tu ne restes même pas pour le dîner ?

— Je suis content pour ta promotion, mais je ne vais pas fêter quelque chose qui va t'enlever à moi. Tu dois décider si je mérite que tu procèdes à quelques changements dans ta vie.

Elle s'immobilisa au beau milieu de la piste.

— Tu me demandes de quitter la ville où j'ai grandi ?

Il laissa retomber ses bras le long de son corps.

— Oui, je te le demande. Il n'y a pas que moi qui t'attende dans le Wyoming.

Son père.

Elle avait de la famille là-bas. Une vraie famille.

— Tu m'attendras ?

— Je crois en nous.

Lentement, il leva la main et lui caressa la joue.

— J'aimerais que tu en fasses autant.

Sans éprouver la même certitude que celle dont Jamie faisait preuve, Reese ne pouvait rien promettre.

Non seulement elle devait décider ce qu'il y avait de mieux pour elle et pour son avenir, mais elle devait être sûre que ses sentiments soient assez forts pour abandonner tout ce en quoi elle avait cru jusqu'ici et faire un grand saut dans l'inconnu.

# 17

— Et donc, tu l'as abandonnée comme ça ?

— Tu aurais voulu que je la supplie ?

Jamie franchit la porte du hall, et le vent froid de février vint le gifler au visage.

Quelques mètres en contrebas, une voiture de sport d'un rouge flamboyant se garait le long du trottoir.

Avec un de ses collègues de DAI, Jamie avait décidé d'aller déjeuner au Spicy Habanero. Jasper Roesh, un grand gaillard d'origine suisse, aux cheveux blonds et aux yeux bleus, comptait parmi les premiers collaborateurs recrutés par Kadin, quand ce dernier avait décidé d'ouvrir son agence d'investigation.

— Non, répondit-il, mais si j'avais rencontré une fille comme ça, je n'aurais pas renoncé aussi vite.

Il s'arrêta pour admirer la voiture de sport.

— Qui a dit que j'avais renoncé ? protesta Jamie.

Jasper lui donna un coup de coude tandis qu'une femme sortait de la voiture.

— Regarde un peu ça.

Une beauté hispanique toute en jambes se hissa hors du coupé. De longs cheveux noirs bouclés encadraient un visage à la peau mate et des lèvres pleines. Ses yeux étaient cachés derrière d'immenses lunettes de soleil, mais Jamie était prêt à parier qu'ils étaient aussi époustouflants que tout le reste de sa personne. Tenant une pochette de cuir noir rehaussée de strass sur les contours, elle portait une robe noire sans manches, très ajustée, et dont l'ourlet s'arrêtait à mi-cuisses.

— Mince alors, dit Jasper entre ses dents.

Si Jamie n'avait pas déjà rencontré son âme sœur, sans doute serait-il lui aussi resté bouche bée. Elle était l'exact opposé de Jasper, sombre là où il était lumière. Mais ils avaient tous les deux le physique pour s'attirer l'un l'autre.

— L'un de vous deux est-il Kadin Tandy ? demanda-t-elle, sans la moindre trace d'accent.

— Il est en congé pour plusieurs semaines, dit Jasper.

Penny avait exigé de son mari qu'il prenne un peu de temps pour être avec sa famille. Une famille qui compterait bientôt un nouveau membre si Reese prenait la décision que tout le monde attendait.

— Je peux vous aider ? s'enquit Jasper.

La femme hésita, jetant un coup d'œil vers sa voiture comme si elle envisageait de s'en aller.

Une berline noire aux vitres teintées ralentit. Le conducteur baissa sa vitre et fit feu en direction de l'inconnue, qui tomba à terre.

Jasper se précipita pour lui porter secours, tandis que Jamie dégainait son arme et tirait à plusieurs reprises.

Prenant de la vitesse, la voiture noire disparut.

Des gens commencèrent à sortir des boutiques voisines, certains tenant leur téléphone à l'oreille. Une femme dit qu'elle avait prévenu les secours.

L'inconnue avait été touchée à la poitrine et perdait beaucoup de sang.

À genoux à côté d'elle, Jasper exerçait une pression sur la plaie.

Jamie s'agenouilla de l'autre côté et prit le poignet de la jeune femme. Son pouls était faible et instable.

Cherchant des yeux le signe que l'ambulance arrivait, il entendit la sirène avant de voir le véhicule aborder le coin de la rue.

Quelques secondes plus tard, les secouristes prenaient l'inconnue en charge. Reliée à une perfusion, elle fut placée sur un brancard. Jasper monta avec elle dans l'ambulance.

Resté seul, Jamie prit conscience que les gens posaient des questions.

Il les ignora et se dirigea vers le coupé sport.

Ouvrant la portière du côté conducteur, il se pencha à l'intérieur et chercha des papiers d'identité. Il n'y avait ni certificat d'immatriculation ni attestation d'assurance. Jasper avait emporté son sac avec lui dans l'ambulance. Il allait devoir attendre pour savoir qui était cette femme.

Le lendemain, Reese gara sa jeep devant l'immeuble de Dark Alley Investigations. Il lui sembla différent de la dernière fois. Elle n'avait pas noté les détails architecturaux et les fenêtres teintées.

Elle sortit de voiture. Ne portant plus son uniforme, elle avait opté pour une jupe et une veste. L'air frais qui s'enroulait autour de ses jambes tandis qu'elle se dirigeait vers l'entrée lui arracha un frisson.

Elle fut accueillie par une réceptionniste très affable.

— Puis-je vous renseigner ?

— Je viens voir Jamie Knox. Voulez-vous bien le prévenir que Reese Harlow voudrait lui parler ?

— C'est inutile. Il m'a dit de vous faire entrer si vous veniez.

Elle se leva et déverrouilla la porte intérieure à l'aide de son badge.

— Merci.

Reese entra dans la zone de travail en pleine effervescence. Des enquêteurs parlaient au téléphone et entre eux.

Elle atteignit le fond du couloir. La porte de Jamie était ouverte.

Son cœur battait à tout rompre, et elle avait les mains moites.

À proximité du seuil, elle ralentit, alors que la vue de l'homme qu'elle aimait déclenchait en elle un choc électrique désormais familier.

Elle entra et ferma la porte, prenant soin de tourner la clé avec assez de force pour qu'il entende.

Jamie releva les yeux de l'écran de son ordinateur et la fixa, d'abord stupéfait. Puis son regard se réchauffa, et un grand sourire éclaira son visage.

Elle eut un rire léger, la joie de ce moment la stimulant également, puis elle se précipita vers lui tandis qu'il se levait de son fauteuil.

Contournant son bureau, elle jeta les bras autour de son cou et il la souleva contre lui pour l'embrasser.

— Oh ! Jamie, murmura-t-elle contre sa bouche. J'ai eu le cœur brisé quand tu as quitté la grange.

Elle picora son visage et ses lèvres de baisers.

— Je me sentais si seule, si perdue sans toi.

Elle embrassa sa bouche plus longuement.

Puis elle posa les mains de chaque côté de son visage et rejeta la tête en arrière.

— J'ai l'impression qu'il me manque une partie de moi quand tu n'es pas là.

Il la dévisagea longuement, se réchauffant visiblement à la chaleur de leur amour.

— Qu'est-ce qui t'a pris si longtemps ?

— Il fallait que je sois sûre. J'ai eu une longue discussion avec ma mère… ma vraie mère.

— Tu l'as revue régulièrement ?

— Oui. Et elle m'a aidée à trouver la bonne direction.
— Et te voilà.
— Oui, me voilà.
Elle rit de bonheur.
— Et je ne pourrais pas être plus heureuse.
— Épouse-moi.
— Quand ?
— Le plus vite possible.
— Il y a quelque chose que tu dois savoir.
— Je t'écoute.
— Je t'aime depuis le premier jour, moi aussi.
Il rit.
— Je sais, mais ça fait toujours plaisir à entendre.
Un coup frappé à la porte les fit sursauter.
— Jamie ?
— C'est un de mes collègues, expliqua Jamie, en la repoussant. Il doit avoir des nouvelles de la femme sur qui on a tiré hier.
Il marcha d'un pas pressé vers la porte et la déverrouilla.
Un homme entra et les observa tous deux avec curiosité, visiblement surpris d'avoir trouvé la porte fermée à clé.
Jamie fit les présentations.
Jasper eut un sourire entendu.
— Je te l'avais bien dit.
— Tu ne m'as rien dit du tout, marmonna Jamie.
— La femme s'est réveillée, annonça Jasper, redevenant sérieux. Sa convalescence sera longue, mais elle se remettra. Je vais lui rendre visite. Tu veux m'accompagner ?
Jamie enveloppa Reese d'un regard aimant et passa un bras autour de sa taille.
— Non, je dois aider Reese à s'installer avec moi. Tu as pu avoir son identité ?
— Non. Elle n'avait aucun papier sur elle. Juste du maquillage et une grosse somme d'argent dans son sac.

— J'ai eu mon compte de mystère, déclara Jamie. Je laisse ça aux enquêteurs comme toi et je retourne à mes occupations.

Attirant Reese contre lui, il lui planta un baiser dans les cheveux.

— Et je vais peut-être commencer à fonder une famille.

Reese écarquilla les yeux.

Ils n'avaient pas parlé de ça.

Que ressentait-elle à l'idée d'avoir un bébé ? Occupée qu'elle était à ouvrir son cœur à l'amour, elle n'avait jamais envisagé d'avoir des enfants avec Jamie.

— Tu vas devoir travailler dur pour me convaincre, prétendit-elle.

— Si j'ai pu t'amadouer pour que tu vives avec moi, je saurai le faire pour que tu portes mon enfant.

— Ton enfant ?

— Tu ne trouves pas ça romantique ?

Elle fit la moue.

— Je n'en sais trop rien.

— Tu n'étais pas sûr pour moi non plus.

— Bon, on dirait que la conversation prend un tour personnel, dit Jasper, avant de se diriger vers la porte. Je vous laisse, les amoureux.

Sur le seuil, il se retourna et secoua la tête avec une commisération exagérée.

— Qu'est-ce que l'amour ne fait pas faire aux hommes !

— Tu devrais essayer, un de ces jours, lui conseilla Jamie.

— Non, merci.

Il sortit et ferma la porte derrière lui.

— Il apprendra, décréta Reese. Si j'y suis arrivée, tout le monde peut le faire.

Heureuse de le retrouver, et de savoir qu'ils avaient désormais toute la vie devant eux, Reese tendit ses lèvres à l'homme qui lui avait appris ce qu'était le véritable amour.